KB080533

2017
신예작가

선정위원
소 설 가 김지연 김호운 김성달
문학평론가 장두영 안미영

2017
신예작가

사단법인 **한국소설가협회**

| 차례 |

2017년 신예작가 포럼에 붙여

김지연芝娟
(한국소설가협회 이사장)

소설이 읽히지 않는 시대의 작가들은 외롭지 않을 수 없다. 디지털문화와 영상매체에 떠밀려 사람들이 소설 읽기를 멈추고, 따라서 소설책이 팔리지 않으니 소설을 써서 생계를 연명하던 작가들의 삶이 궁핍해짐은 당연하다.

사람들의 손에서 소설이 서서히 멀어지기 시작한 세월이 어언 10년 가까이 접어들면서 요즘은 그 흔하던 책 광고조차 보기 힘들다. 연전에 소설 표절 문제가 부상되면서 소설의 진정성에 대한 불신풍조가 이는 듯했지만, 그러나 세계적인 '맨부커상'을 국내 작가가 수상하면서 반짝 관심과 호기심이 떴으나 가라앉고 말았다.

시국과 세상살이가 소설보다 더 드라마틱한데, 허구로 구성된 맥없는 '착한 소설'은 재미가 없다는 독자도 적지 않다.

의식도 사물도 첨단으로 치닫는 시대의 변화에 소설이 허둥지둥 좇아갈 이유는 없지만, 변화된 세상살이의 바탕인 정신적 무늬는 파악해야 작가의 소명인 현실보다 더 인간적인 삶을 창조할 수 있다. 다양한 색깔의 삶 속에서 진실을 추출하며 사람들을 위로·정화시키고, 궁극적으로 구원救援할 수 있을 것이다.

점점 장황스러워지는 것은, 사람들이 소설을 읽지 않는 이유가 전적으로 작가의 책임인 양 혹시 덮씌울까 노파심 때문이다.

본 책자에 게재된 열여섯 작품의 저자들은 등단하고 작가생활 3년 미만인 신예작가들이다. 더 구체적인 표현으로 정예精銳작가 군단이다. 데뷔 후 짧은 기간이지만 열심히 좋은 글을 쓰서 적은 숫자이지만 독자들에게 많이 읽힌 소설과 작가들이 한 자리에 동참한 것이다.

소설을 읽지 않는 세상이라 해도 웹소설을 읽는 이도 있고, 본격소설과는 거리가 있지만 판타지소설 공상과학소설도 부상하고 있다. 무엇보다 경이로운 점은, 소설을 읽지 않고 소설책이 팔리지 않는데 해마다 소설 장르의 작가 지망자는 증가하고 있으며 경쟁 또한 치열하다. 금전과는 무관한 예술 본질의 영원성 때문일 것이다.

데뷔 후 3년 미만의 신예작가라 해도 연령대가 반드시 젊은 것은 아니지만 그러나 짧은 연조만큼 순수하고 풋풋하며 무한한 가능성의 여백이 있다. 이들이 선두로 혼신을 다하여 투신할 앞날의 소설작단에 희망을 걸면서, 재미있고 의미가 깊어 삶의 방향 제시와 위안을 줄 수 있는 그런 좋은 본격소설 창작에 매진함이, 이들과 더불어 우리 모든 작가들의 과제가 아닐까도 싶다.

특히 신예新銳 정예精銳의 타이틀로 선정된 열여섯 작가들에게 초심의 '최선'을 잊지 마시라는 당부와 앞날에 문운이 확 트이기를 진심으로 기원해 본다.

2016년 12월

이재은

2015 중앙신인문학상에 「비 인터뷰」로 등단
명지대 대학원 문예창작과 졸업
성공회대 대학원(문화기획전공) 재학 중

인턴

이재은

지금은 아무 말도 하고 싶지 않다. 나는 이룩의 물음에 대답하지 않는다. 말하고 싶지 않은 날이 있다. 벙어리 행세를 하는 것이 아니라 침묵하는 것이다. 지금 나는 이룩에 대해서, 그리고 이룩과 관련된 어떤 얘기도 하고 싶지 않다. 마음 속으로 이룩의 질문을 센다. 한 번, 두 번, 세 번, 나는 여전히 입을 열지 않는다. 이룩에게 화가 난 것은 아니다. 좋은 점 한 가지만 말해봐. 그래도 한 가지는 있을 거 아냐. 이룩은 자기의 좋은 점을 말해달라고 재촉한다. 난 너의 장점을 열 가지, 아니 백 가지라도 말할 수 있어. 내 단점을 장점이라고 우겨도 좋아. 한 가지만. 응? 이룩이 소리를 높인다. 이룩의 시선이 느껴지지만 나는 여전히 고개를 숙인 채 팔짱을 끼고 앉아 있다. 이룩과 눈을 마주치고 싶지 않다. 나는 성대 사용을 금지당한 사람처럼 입을 다물고 있다. 오늘은 더 이상 말하기 싫다는 말도 하지 않는다.

저녁을 먹고 술집으로 자리를 옮긴 뒤 나는 불현듯 이런 말을 뱉어낸다. 너의 안경, 너의 주름, 너의 피부색, 너의 허스키한 음색이 견딜수 없어. 너와 있는 시간이 즐겁지 않아. 얼굴이 변한 이룩이 내 얘기를 가볍게 넘기려고 하자 나는 이렇게 덧붙인다. 진지해야 할 때는 좀 진지해 줄래? 그리고 입을 다문다. 이룩의 장점이 생각나지 않는다. 말하지 않는 게 아니라 말하지 못하는 걸지도 모른다. 나는 당신을 생각한다. 당신이라면 내게 이런 식으로 강요하지 않을 거라고 여긴다. 당신은 이룩처럼 눈치 없이 물고 늘어질 사람이 아니다. 당신은 금세 상태를 파악하고 나를 집으로 돌려보낸 뒤 며칠 후 다시 얘기를 꺼낼 게 틀림없다. 이룩은 내가 헤어지자는 말이라도 한 것처럼 나를 몰아세운다. 내 앞에서 대답을 강요한다. 나는 이룩에게 지지 않기로 한다. 힘이 될 것 같아서 그래. 한 가지만 말해주면 내가 힘이 될 것 같아서. 이룩이 한숨처럼 말한다. 이룩의 약한 모습에 혐오감을 느낀다. 나는 흔들리지 않는다. 나는 이룩에게 힘을 주고 싶지 않다. 이룩이 나를 붙잡을 힘을 놓아버렸으면 좋겠다고 생각한다. 나는 고집 센 사람이 아니다. 나는 타인의 성질을 돋워 일부러 화나게 하는 사람도 아니다. 나는 누군가의 자존심을 건드려 상처 주는 일을 즐기지도 않는다. 화낼 수밖에 없는 상황에서도 나는 최대한 자제하는 편이다.

하지만 나는 지금 고집을 부린다. 내 고집은 이룩을 마음 상하게 하고 이룩을 자극한다. 이룩은 연거푸 술잔을 비운다. 내 대답을 기다리고 있다는 것을 이룩은 손의 움직임으로 알린다. 내가 대답할 말을 찾고 있다고 생각하는 걸까. 내가 고민하고 있다고 여기는 걸까. 내 머릿속은 점점 텅 비어가지만 당신의 얼굴은 떠나지 않는다. 당신 때문에 나와 마주앉아있는 이룩이 거슬린다. 당신이 이룩과 함께 있는 나를 보게 될까봐 이 자리가 불편해진다. 나는 빨리 이곳을 벗어나고 싶다. 이룩이 화장실에 가기 위해 자리에서 일어난 뒤 나는 가방을 들고 술집에서 나온다.

한 달 전에 갔던 부서 야유회에서 나는 당신에게 반한다. 일흔 명이 넘는 사람들은 선발대, 후발대로 나뉘어 오후 늦게 모두 양평에 도착한다. 먼저 출발한 사람들이 장을 보고 밥을 하고 고기를 구웠다. 인턴

사원인 나는 사람들하고 어울리는 것이 낯설다. 술이라도 마시면 두려움이 조금 가시겠지만 나는 고기와 술을 즐기지 않는다. 구원자를 찾아보지만 같은 팀의 여 선배는 여기저기서 바쁘게 술잔을 부딪치고 있다. 먼저 말을 건넬 주변머리도 없어서, 나는 자리를 지키는 정도로 조용히 옆에 있는 사람과 대화를 나눈다. 옆 자리는 비워졌다가 채워지고, 아무도 앉지 않았다가 지나가던 사람이 우연히 자리를 차지하기도 한다. 모닥불이 피워지고 사람들이 불가로 모여든다. 이제야 제자리를 찾은 듯 나는 모닥불의 주변인이 된다. 누군가 옛 노래를 부른다. 서 있던 사람들이 어깨동무를 하며 노래를 따라 부른다. 어느새 다가온 당신이 내 어깨에 손을 올린다. 이런 날은 그냥 이렇게 노는 거예요. 내가 쑥스러워하는 것을 눈치 챈 당신이 다정하게 말한다. 키가 큰 당신의 오른쪽 어깨가 내 쪽으로 기울어진다. 하지만 당신은 노래가 끝날 때까지 팔을 풀지 않는다. 내 손은 당신의 어깨에 닿지 않는다. 그렇다고 당신의 허리에 감을 수도 없다. 두 팔은 어정쩡하게 차려 자세를 하고 있다. 나는 당신의 행동이 동료애 이상의 그것은 아님을 안다. 나는 그만큼의 관심과 친근함이 마음에 든다.

술집에서 나온 나는 집까지 걷기로 한다. 무악고개를 넘으면서, 집 근처 교회 정원 앞을 지나면서 숲 냄새를 맡는다. 나무가 많은 곳에서 나는 잎사귀들의 향기다. 교회 앞에서 휘파람을 분다. 내 휘파람 소리는 입술을 오므려 입김을 불어서 나오지 않고 숨을 들이마시면서 난다. 그렇게 숲 냄새를 끌어당기면 작은 풀잎 하나 정도는 빨려 들어온다. 나는 가끔 숲 속에서 누군가 날 끌어당기는 상상을 한다. 청량한 풀잎 향을 거부하지 못하는 나는 낯선 이에게 이끌릴 수밖에 없다. 하지만 그런 일은 일어나지 않는다.
골목에 들어서자 집 앞에 이룩이 앉아있다. 오늘은 더 이상 이룩을 보지 않을 거라고 믿었던 나는 조금 억울한 마음이 든다. 나는 이룩에게 다가가 앉아있는 이룩을 내려다보며 집에 가라고 한다. 오늘은 아무 말도 하고 싶지 않다고 말한다. 나는 성큼성큼 걸어 집에 들어가 문을 잠근다. 내 걸음과 표정에서 분노를 눈치 채고 이룩이 그만 돌아갔으면 좋겠다. 뒤따라온 이룩이 손잡이를 돌렸다가 문이 잠긴 걸 알고 쾅쾅 문을 두드린다. 큰소리가 싫은 나는 할 수 없이 문을 열어 똑같은 말을 반복한다. 오늘은 얘기하고 싶지 않다고, 다음에 얘기하자고. 이룩이 나를 옆으로 밀어내고 들어온다. 나는 이런 상황에 조금 짜증이 난다. 이룩은 신발을 벗고 방으로 들어간다. 나는 욕실에 들어가 문을 잠근다. 변기 위에 앉아 깊은 한숨을 쉰다. 내가 사는 곳을 이룩이 알고 있다는 것에, 그래서 무턱대고 찾아온 것에 나는 마음이 수선스러워진다. 오늘은 얘기하고 싶지 않다는 말을 무시하고 집에 들이닥친 이룩에게 적의를 느낀다. 이런 일이 한 번도 없었기 때문에 어떻게 해야 할지 모르겠다. 지금이라도 갔으면 좋겠다. 지금 떠나주면 나는 오늘 침묵한 것에 대해, 술집에서 말없이 나온 것에 대해 반성할 것이다. 집까지 찾아온 이룩에게 신경질적으로 군 것을 미안해하며 이룩에게 사과할 것이다. 지금만 아니라면 언제라도 차분히 얘기할 수 있을 것이다.

나는 집밖에 나가기로 한다. 이룩이 나가지 않는다면 내가 나갈 수밖에 없다. 나는 욕실 문을 열고 성난 걸음으로 현관까지 간다. 신발을 신고 문을 반쯤 열었을 때 달려 나온 이룩에게 팔목이 잡힌다. 놓으라고 하지만 이룩의 손아귀에서 벗어나지 못한다. 그 위압에 소리 지르고 싶은 걸 가까스로 참는다. 누구에게도 현재 내 상태를 알리고 싶지 않다. 나는 사람들이 알지 못하게 이 일을 해결하고 싶다. 이룩은 거칠게 현관문을 닫으며 내 손을 이끌고 방으로 간다. 나는 이룩에게 힘으로 지배당한다. 이룩은 나에게 도대체 왜 이러는지 모르겠다고 말한다. 말도 없이 사라져서 걱정했다고 한다. 부랴부랴 택시를 타고 왔다고 한다. 만나면 커피 한 잔 마시면서 얘기할 수 있을 거라고 생각했다고 한다. 자신의 행동이 지나친 건 아니지 않느냐고 한다. 지금 이룩과 나는 뭔가 잘못됐다. 이룩은 무모할 정도로 한심하고 나는 속절없이 비겁하다. 어쩔 수 없이 방으로 들어간 나는 바닥에 앉아 무릎을 세우고 그 위로 고개를 묻는다. 나는 이룩에게 다시 한 번 가라고 말한다. 부탁이라고, 제발 다음에 얘기하자고 한다. 나는 화를 낼 수도 있고 소리를 지를 수도 있다. 하지만 나를 자학하고 싶은 욕망이 붉어진다. 모든 게 내 잘못이라는 생각이 든다. 골목에서 이룩을 봤을 때 뒤돌지 않은 것을 후회한다. 이룩이 문을 두드렸을 때 잠금장치를 푼 것을 후회한다. 나는 지금 힘없는 동물이다. 나는 무거운 몸을 일으킨다. 이룩이 다시 팔목을 잡는다. 이제 이룩의 행동은 폭력적이다. 이룩은 내가 집에서 내 마음대로 움직이는 걸 막고 있다. 내 의사를 무시하고 내 움직임을 저지하고 내가 원하지 않는 걸 하도록 요구하고 있다.

　나는 화장실에 가고 싶다고 한다. 그래도 이룩은 팔목을 놓지 않는다. 나는 급하다고, 다소 누그러진 애원조로 말한다. 차분할 정도로 부드러운 말투에 구토를 느낀다. 요의를 느낀다는 말은 거짓이 아니었다. 하지만 이런 기분에서, 이룩이 내 공간에 침입해 있는 상태에서 소변을 누는 일이 부끄럽게 느껴진다. 화장실에 들어간 나는 휴대전화를 챙기지 못했음을 안다. 경찰에 전화를 걸어 집에 모르는 사람이 있다고 말하고 싶다. 낯선 사람이 내 집에서 나가지 않는다고 말하고 도움을 청하고 싶다. 나는 거울에 비친 얼굴을 본다. 분노와 원망과 실망으로 가득한 모습이다. 취업준비생들 사이에서 체력도 스펙이라는 말이 돌았다. 취미와 특기란을 채우기 위해 복싱과 주지츠, 마라톤을 시작한 후배들이 있다는 말이 들렸다. 면접관이 체력은 좋은지, 취미로 하는 운동이 있는지 묻는다고 했다. 취미란에 복싱을 적었더니 흥미를 보였다는 둥 끈기 있음을 어필하려면 마라톤이 딱이라는 둥 하는 찌라시가 떠돌았지만 최종합격자의 말은 아니었다. 주지츠가 뭔지 찾아봤더니 여성이 남성을 제압할 수 있는 유술 같은 거라고 했다. 공대 쪽은 현장 근무가 많아서 체력점수도 높대. 키 작고 왜소하면 면접에서 밀릴 수밖에 없지. 요가나 등산은 면접관한테 어필하기엔 너무 평범하잖아. 아직 덜 유명하고 극한 운동인 주지츠가 딱이야. 집이나 카페가 연상되는 독서나 음악감상보다 활동적인 사람으로 보이는 운동이 낫지 않아? 복싱이나 무술은 배우고 싶지 않았다. 독서와 음악감상은 진짜 취미가 아니어서 적을 수 없었다. 매일 가다시피한 도서관 로비에 합창단 모집 포스터가 붙어 있었다. 20대 이상 구민이면 누구나 지원할 수 있었다. 조화와 인정이 요구되는 합창이라면 면접관이 흥미를 가질 만하다고 생각했다. 지원자들은 대부분 중년여성과 은퇴한 어르신이었다. 30대 강사와 나, 이룩은 어린 축에 속했다. '담배 가게 아가씨'를 연습했는데 강사가 이룩과 내게 남녀 부분 솔로를 맡겼다. 기왕 젊은 사람이 있으니 스토리 있는 가사의 매력을 살리자는 것이었다. 어르신들이 박수로 환호했다. 솔로라면 합창단 경험 이상의 괜찮은 스펙이 되겠다는 생각이 들었다. 나는 이룩과 자주 눈을 맞췄다. 목젖까지 보이도록 입을 크게 벌리세요. 노래방에서 하는 것처럼 자신 있게 내지르세요. 이정도밖에 안 된다고요? 좀 더 지르세요. 강사는 이룩과 내 음성에 설렘이나 끌리는 마음이 전혀 실려 있지 않다고 지적했다. 실제로 아가씨를 꾀는 것처럼, 정말로 새침 맞은 아가씨처럼 노래해야 한다고 강조했다. 반복되는 연습에도 나아지지 않는 것 같았는지 이룩은 솔로를 바꿔달라고 했다. 나는 그가 포기하지 않고 계속 해주길 바랐다. 이룩을 좋아하고 있었다. '신선 합창단'은 구민의 날 행사에서 복고풍의 복장으로 무대에 섰고, 환호 속에서 '담배 가게 아가씨'를 열창했다. 스펙 따위는 완전히 잊은, 함께 한다는 기쁨과 흥분으로 가득한 시간이었다. 행사 후 강사의 계약해지로 합창단은 와해됐다. 구청 담당자는 모르는 일이라고만 했다. 다시 변기 위에 앉는다. 한숨을 쉬거나 고개를 파묻는 일 외에는 달리 할 것이 없다. 나는 이룩이 갈 때까지 욕실 문을 열지 않을 것이다. 내 방에서 나가지 않는 이룩이 지겹다. 이 상황이 진절머리 나도록 지겹다. 라이터를 켜는 소리가 들린다. 이룩이 욕실 문 밖에서 담배를 피우고 있다. 나는 담배 냄새를 싫어한다. 나는 누구에게도 내 집에서 담배 피우는 것을 허락하지 않았다. 그런데 지금, 이룩이 담배를 피운다. 아까부터 줄담배를 피우고 있었는지도 모른다. 나는 이렇게라도 이룩과 떨어져 있는 것에 안도한다. 하얀색 페인트가 칠해진 나무문이 이룩과 나를 갈라놓고 있다. 이룩이 돌아가기 전까지 이 문은 열리지 않을 것이다.

너랑은 통하는 게 많다고 생각했어. 너랑 나는 좋아하는 것도 비슷하잖아. 그래서 오래 만날 수 있을 것 같았어. 쌀국수에 고수를 넣어 먹는 게 좋았어. 액션보다 공포 영화를 선호하는 것도 같았잖아. 패밀리 레스토랑을 좋아하는 여자를 사귄 적이 있는데 맞춰주는 것도 한 두 번이지 결국 그것 때문에 헤어지게 되더라. 그런 게 좋았어. 대부분의 사람들이 유행에 따라 좇는 걸 너는 너 나름의 이유로 꺼린다는 점이. 가끔 네가 하는 말을 듣고 있으면 마치 다른 세계에 살다 온 사람처럼 느껴졌어. 내가 만났던 여자들과는 달랐지. 가만히 있는 것이 그의 얘기를 경청하는 걸로 보일까봐 나는 이를 닦기로 한다. 칫솔 끝부터 끝까지 치약을 묻혀 아주 느리게 손을 움직인다. 칫솔질을 하는 내 손은 어떤 소리를 만들어내기 위한 움직임에 불과하다. 이런 말, 네가 싫어할지도 모르지만, 예전에 6개월 정도 사귄 여자가 있었는데, 그 친구는 섹스 한 다음에 꼭 이를 닦았어. 담배를 피우는 여자, 관계 후 바로 샤워를 하는 여자, 옷을 꿰입는 여자는 봤지만 이를 닦는 여자는 처음이었어. 세수를 하는 것도 아니고 정말 이만 닦고 오는데 난 그게 너무 싫더라. 나는 이룩이 왜 이런 말을 하는지 모르겠다. 나는 이룩의 말을 듣고 싶지 않다. 이룩은 투병 중인 아버지 얘기며 구애를 받아주지 않는다로 이유로 칼로 손목을 그었던 여자 얘기도 한다. 나는 찬물로 몇 번이고 얼굴을 씻는다. 수건으로 얼굴을 닦고 귀를 가려 소리를 거부하는 동작을 취한다. 나는 이룩의 과거가 궁금하지 않고 이런 식으로 그의 가족 얘기를 듣고 싶지도 않다. 나는 말하고 싶지 않은 침묵과 듣고 싶지 않은 침묵을 동시에 원한다. 하지만 이룩은 철저히 이기적이다. 수건으로 귀를 감쌌지만 내 귀는 그의 말을 받아들여서 계속 이룩의 목소리가 들린다. 너랑은 잘 살 수 있을 것 같았어. 사생활을 존중하는 동거인처럼 서로를 배려해줄 거라고 생각했어. 결혼해서 섹스를 하지 않아도 괜찮을 것 같았어. 둘 다 자유로운 프리랜서여도, 그냥 모든 게 나쁘지 않을 것 같았어.

나는 수도꼭지를 돌린다. 샤워기로 찬물이 쏟아져 나온다. 나는 머리 위로 샤워기에서 나오는 물을 뿌린다. 금세 옷이 젖고 몸에 찬 기운이 번진다. 쏟아지는 물줄기에 이룩의 목소리와 내 생각이 쓸려 내려간다. 더 이상 이룩의 말소리가 들리지 않는다. 이룩이 내뱉는 담배 냄새가 맡아지지 않는다. 나는 이룩을 괴롭히고 싶은 마음으로 나를 괴롭힌다. 이룩에게 호스를 들이대고 싶은 마음으로 물이 뿜어져 나오는 호스를 내게 겨눈다. 이룩의 말을 거부하고 인정하지 않는 대가를 치른다. 젖은 옷이 몸에 달라붙는다. 욕실 바닥에 쪼그려 앉은 나는 바지를 입은 채로 오줌을 눈다. 다리 아래로 뜨거운 물과 차가운 물이 섞여 흐른다. 머리에서, 얼굴에서, 눈에서, 입술에서 물이 흘러내린다. 몸이 떨리고, 윗니와 아랫니가 강하게 부딪친다. 나는 머리 위로 올렸던 손을 아래로 내리지만 물을 잠그지는 않는다. 내가 하는 짓을 눈치 챈 이룩이 그만하라고 외친다. 나는 이룩을 참을 수가 없다. 내 자신을 견딜 수가 없다. 다음에 얘기하자고? 다음이 언젠데? 다음이 언젠지만 말해주면 갈게. 다음이 언제야? 내일 볼 수 있는 거야? 내 전화는 받을 거니? 나는 샤워기를 세면대 위에 올려놓고 욕실 바닥에 주저앉는다. 몸이 떨리면서 본능적인 신음 소리가 난다. 딱딱거리는 소리를 멈추려고 이를 악물어보지만 오한이 들며 더욱 심하게 이가 부딪친다. 나는 몸과 마음으로 울부짖는 동물이 된다. 두 팔로 가슴을 감싸 안으며 나는 당신을 생각한다. 창문을 깨고, 창문 밖에 달린 안전창살을 뜯어낸 뒤 당신에게 달려가고 싶다. 젖은 입술로 당신과 키스하고 젖은 몸으로 당신에

17

게 안기고 싶다. 나는 당신이 보고 싶다. 나를 질리게 하는 사람 따위는 다시 만나고 싶지 않다. 이룩은 자신이 원하는 걸 포기하지 못하는 만큼 타인의 욕망도 강하다는 걸 모르고 있다. 자기가 대답을 듣고 싶은 만큼 상대는 대답하기 싫을 수도 있다는 걸 모르고 있다. 나는 그런 이룩이 가엾고 딱하다. 이것만 대답해줘. 다음이 언제니? 다음이 언젠지만 말해주면 갈게. 그것만 대답해. 나는 다음 같은 건 없다고 한다. 다시 한 번, 다음 같은 건 없다고 또박또박 말한다. 이룩은 내 말을 해석하고, 확인한다. 다시는 안 볼 거란 뜻이니? 나는 그렇다고 한다. 다시는 보고 싶지 않다고 대답한다. 너, 정말 사람 질리게 하는구나. 너처럼 형편없는 사람과 만났던 내 자신을 저주해. 나는 속엣말을 한다.

　나는 한 눈에 당신을 알아본다. 당신은 어떤 옷이든 잘 어울리지만 나는 특히 양복을 입은 당신의 뒤태를 좋아한다. 나는 당신을 따라간다. 출근길 환승로는 분주하지만 나는 당신을 놓치지 않는다. 나는 플랫폼의 타는 곳 앞에서 걸음을 멈춘 당신과 조금 떨어진 곳에 선다. 나는 당신에게 인사를 하고 싶다. 안녕하세요? 라고 말하며 미소를 짓고 싶다. 하지만 짧은 인사 뒤의 서먹함이 두렵다. 나는 말하는 걸 즐기는 편이 아닌데다 가능하면 아침에는 말을 적게 하려고 애쓴다. 나는 당신의 뒷모습을 보며 출근하는 쪽을 택한다. 당신의 뒤를 따라가는 내 걸음은 평소보다 조금 조급하다. 빌딩 안, 당신이 먼저 엘리베이터에 타고 내가 뒤따라 타면서 문을 향해 돌아선 당신과 눈이 마주친다. 당신과 나는 거의 동시에 서로에게 목례를 한다. 나는 당신이 내 얼굴에 깃든 반가움을 알아줬으면 좋겠다. 문이 닫히기 직전, 같은 부서에서 일하는 남자직원이 엘리베이터 안으로 들어온다. 남자직원은 지하식당에서 아침을 먹고 오는 길이라고 한다. 나는 당신이 아침을 먹었는지 궁금하다. 나는 늘 당신의 배가 든든했으면 좋겠다. 아침마다 회사 앞 포장마차에서 당신과 야채토스트를 먹는 상상을 해본다. 나는 커피

우유를 좋아하는데, 당신은요? 나는 차실에서 당신과 또 마주친다. 차실에 들어서기 직전 당신이 종이컵에 믹스커피를 붓는 소리를 듣는다. 나는 들어가려던 걸음을 멈춘다. 차실은 두 사람이 함께 있기에는 조금 비좁다. 당신은 내게 또 뵙네요, 라고 말한다. 나는 당신과 우연히 마주치는 일이 잦았으면 좋겠다. 같은 사무실을 사용하긴 해도 팀이 다른 탓에 부딪칠 일이 별로 없다. 나는 부끄러운 듯, 하지만 활짝 웃으며 네, 라고 대답한다. 당신은 양손에 종이컵을 들고 나온다. 오른손에 쥔 컵에 녹차티백 실끈이 달랑거리는 게 보인다.

나는 이룩에게 걸려오는 전화를 받지 않는다. 이룩이 보낸 문자메시지는 미안하다는 말로 가득하다. 나는 이룩의 맥락 없는 사과를 받아들이지 않는다. 미안하다고 말할 사람은 나지 이룩이 아니다. 그런데 이룩은 내게 잘못을 빌고 있다. 아니다. 더는 따지고 싶지 않다. 미안함, 누구의 잘못, 사과, 그런 것을 멀리하고 싶다. 하지만 왠지 이룩의 생각이 머릿속에서 떠나지 않아 일에 집중하기가 힘들다. 해체한 지 1년도 넘은 신선 합창단의 '담배 가게 아가씨'가 자꾸 리플레이 된다. 퇴근 시간을 넘긴 뒤에도 나는 사무실을 나가지 않는다. 금요일이어선지 동기들이 술을 권한다. 나는 피곤하다는 이유로 모두 거절하고 버스를 탄다. 시간이 더 걸리더라도 퇴근할 때는 창문을 열 수 있는 버스가 좋다. 오늘 같은 날은 더더욱 버스를 탈 수밖에 없다. 저녁 바람에 머리카락이 날린다. 골목에서 이룩을 발견한다. 나는 얼른 뒤돌아 나온다. 급한 대로 몸을 돌렸지만 이대로 피하기만 할 수는 없다. 한 번은 이룩과 말해야 한다고 생각한다. 하지만 준비되지 않은 상태에서는 솔직한 대화를 나눌 수 없다. 나는 어제 오늘, 이룩이 보이는 행동이 현명하지 않다고 생각한다. 나는 이룩이 언제까지 집 앞에 앉아 있을지 예측할 수 없다. 어쩌면 밤을 새울지도 모른다. 나는 방금 내린 버스정류장으로 가서 이룩에게 전화를 건다. 다짜고짜 너에게 질렸다고 한다. 어젯밤,

네가 보인 집요함에 넌덜머리가 난다고 한다. 다시는 만나고 싶지 않다고 한다. 너에게 눈곱만큼도 미안하지 않다고 한다. 내가 집에 갔을 때 골목에서 너를 발견하면 죽을 때까지 원망할 거라고 한다. 나를 놓아달라고 한다. 나를 버려달라고 한다. 나는 이룩에게 사랑하는 사람이 있다고 말한다. 번호를 확인하지 않고 버스를 탄다. 나는 이룩이 나를 미워하길 바란다. 갑자기 나타난 이룩이 세게 따귀를 때리고 내가 뺨을 움켜잡는 동안 달아났으면 좋겠다. 내게 선물한 물건을 빼앗아가고 내가 선물한 물건을 모두 쓰레기통에 버렸으면 좋겠다. 친구들 앞에서 나를 비난하고 술에 취한 뒤 내뱉는 욕지거리의 대상도 나였으면 좋겠다. 나 같은 여자는 끔찍하다고 생각했으면 좋겠다. 나는 이룩이 나를 나쁜 여자로 기억해주길 원한다. 나는 몇 번이나 버스를 갈아타며 시내를 돌아다닌다. 어두운 골목길, 이룩의 그림자는 보이지 않는다. 이 밤, 어느 곳에서도 나를 바라보는 이룩의 눈길은 없을 것이다. 집에 들어온 나는 차를 한 잔 마신 다음 방 안을 어슬렁거리며 이룩과 관련된 것들을 정리한다. 전신거울 위 고무걸이에 집게로 꽂아둔 이룩의 사진을 빼낸다. 책장에서 이룩이 선물한 만화책 몇 권을 끄집어낸다. 머플러와 모자를 재활용 봉투에 담는다. 이렇게까지 할 필요는 없는지도 모른다. 하지만 가능하면 단순해지고 싶다.

새로운 사이트에 대한 교육이 잡힌다. 정식 사이트를 사용하기 시작하면 프로그램 수정이 어렵기 때문에 테스트 기간에 많은 교육을 한다. 당신은 노트북을 빔 프로젝터와 연결해서 스크린에 사이트 화면을 띄운다. 크지 않은 회의실의 타원형 원탁 주변에는 직책자들이 자리를 잡는다. 인턴인 나는 벽에 일렬로 놓인 의자에 앉아있다. 나는 당신의 옆모습을 바라본다. 당신의 옆머리는 귀 바로 위까지 다듬어져 있다. 와이셔츠의 어깨선은 다림질로 반듯하게 잡혀 있다. 그 반듯함은 당신을 성실한 샐러리맨으로 낙인찍는 것처럼 보인다. 당신은 목소리가 작다. 설명하는 동안 당신은 몇 번이나 잘 안 들립니다, 크게 말씀해 주세요, 하는 말을 듣는다. 당신은 그때마다 헛기침을 하고 죄송하다고 말한 뒤 조금 목소리를 높인다. 시스템 팀에서 근무하는 당신은 개편 사이트의 책임자 중 한 명이다. 당신은 사람들이 게시판에 남긴 불편사항이나 개선사항 등에 대해 하루에도 몇 번씩 답변을 한다. 당신에게는 문체가 있다. 나는 당신의 문체를 설명할 수 있다. 당신은 한 줄에 한 문장만 쓴다. '-니다' 형으로 정중하게 답변을 하고 약어를 쓰지 않는다. 콤마나 맞춤법 외에 다른 기호는 사용하는 일이 거의 없다. 당신은 문장 끝에 꼭 마침표를 찍지만 마지막 문장에는 마침표를 두지 않는다. 마지막 문장 바로 윗줄은 여백으로 남긴다. 당신이 쓰는 마지막 문장은 대개 좋은 하루 되세요, 행복한 주말 보내세요, 같은 상투적인 인사다. 마침표를 찍지 않은 인사말은 멈추지 않고 계속 흘러서 당신의 글을 읽은 나는 하루 종일 당신의 당부를 기억한다. 그 문장은 화면 밖으로 흐르고 흘러 끊임없이 내 몸 속을 돌아다닌다. 당신의 설명이 계속된다. 중간 중간에 사람들이 질문을 한다. 나는 기존 사이트에 대한 지식이 없기 때문에 바뀐 사이트는 더더욱 이해할 수가 없다. 하지만 열심히 듣는 척한다. 왼손잡이인 당신은 왼손으로 마우스를 감싸 쥐고 있다. 나는 왼손으로 휠을 움직이고 마우스포인터를 동작시키는 당신의 섬세함에 감탄한다. 당신은 손바닥으로 가볍게 마우스의 등을 덮고 부드럽게 왼손을 움직인다. 나는 문득 홀린다는 말을 생각한다. 나는 계획 없이 당신에게 홀렸다. 그 홀림은 부지불식간에 일어나서 나를 당황스럽게 했다. 그 날 모닥불이 꺼진 뒤에 숙소로 들어간 나는 화장을 지운 후 바로 잠자리에 들었다. 당신과 나는 시내에서 버스를 기다리고 있다. 버스가 오는 방향으로 내가 자주 고개를 돌리는 것으로 보아 당신과 나는 어색한 관계다. 갑자기 하늘에서 폭탄이 떨어지고 도로 저쪽으로 불길이 치솟는 게 보인다. 차들이 부서지고, 사람들은 정신없이 불길에서 멀리 달아나고 있다. 그때 내 옆에 나란히 서

있던 당신이 몸을 돌려 나를 포옹한다. 키가 큰 당신의 포옹은 낮고 깊어서 당신의 상체는 내 등으로 한껏 구부러져 있다. 내 얼굴이 당신의 가슴에 묻힌다. 폭탄은 다시 우리와 가까운 곳에 떨어지고 당신과 나는 포옹을 한 자세로 공중으로 치솟는다. 중력을 거스르는 것처럼 우리는 땅에서 일직선으로 벗어난다. 당신과 나는 로켓 같았다. 언젠가 로켓 모양의 소화기를 본 적이 있다. 그 소화기는 접힌 우산처럼 벽에 걸려있었고 화재 시 인공지능으로 작동하는 것처럼 보였다. 잠에서 깬 나는 로켓 모양의 소화기를 떠올린다. 우리는 함께 불을 뿜고 또 불을 잠재웠다. 그 꿈이 내 홀림의 시작이다. 홀림은 나를 종종 비이성적인 사람으로 만든다. 이룩과 이별한 과정에서의 내가 그렇다. 나는 이룩에게 좀 더 친절했어야 했다. 이룩은 나를 걱정해주고 챙겨준 사람이다. 하지만 우리의 헤어짐은 거칠었다. 나는 이룩에 대해 많은 것을 알고 있다. 그렇긴 해도 이런 사실은 내 감정에 아무런 변화도 일으키지 못한다. 나는 당신에 대해 아는 것이 별로 없지만 내가 당신의 어떤 것을 알아야 할까? 나는 내가 당신에게 홀릴 수 있었던 당신의 목소리와 몸짓을 진지하게 받아들인다. 그것으로 충분하다.

부서에서 가을 산행을 한다. 일찍 도착한 나는 사람들에게 간식 나눠주는 일을 돕는다. 녹차 영양갱과 생수, 아트라스 초코바다. 당신은 제 시간에 나타난다. 오래돼 보이는 당신의 갈색 등산화가 마음에 든다. 단체 사진을 찍기 위해 모였던 사람들은 두 번의 찰칵 후에 자유롭게 흩어진다. 뒤처지는 걸 싫어하는 나는 산을 아주 잘 타는 사람처럼 산에 오른다. 밤이슬이 마르지 않은 산 속은 습기 찬 방처럼 축축하다. 젖은 공기가 기분을 가라앉힌다. 이 느낌은 비가 오면 마음이 차분해지는 것과 비슷하다. 이런 날은 생각을 집중시키기에 좋다. 생각이 꼬리에 꼬리를 물거나 여러 갈래로 퍼져나가지 않고 응집력 있게 그릇에 담긴다. 어쩌면 비가 내리고 있거나 비가 온 뒤의 젖은 느낌을 좋아하기 때문인지도 모른다. 그래서 생각이 단순해지는 건지도 모른다. 당신에 대한 생각, 당신에 대한 관심은 여전하다. 당신을 생각하면 왠지 답답할 때도 있고 풍만할 때도 있고 고마울 때도 있지만 오늘은 기분이 좋다는 마음뿐이다. 기분이 좋다, 역시 단순한 느낌이다. 수락산은 두 번째다. 처음 왔을 때 헬리콥터를 봤고, 프로펠러가 일으킨 흙바람의 회오리 때문에 먼지를 뒤집어 쓴 기억이 있다. 어떤 기억은 사물과 연결된다. 그래서 특정 사물과 함께가 아니면 잘 떠오르지 않는다. 내기억 속의 당신은 느낌으로 존재한다. 나는 당신을 설명하기가 힘들다. 후에 느낌이 지워지면 당신의 기억도 지워지겠지만 느낌이 존재하는 한, 그것은 사물의 기억보다 아름답다. 수락산은 산세가 험하지 않아서 오르기가 수월하다. 한 시간 만에 정상에 도착한다. 벌써 바위 위에 앉아 땀을 식히는 사람들이 보인다. 나도 그 옆에 엉덩이를 붙인다. 산 위에서 보는 도시는 언제나 초라하다. 하지만 땅 위에 서면 나는 당장에 작아져버린다. 버트런드 러셀은, 우주의 힘 앞에서 인간의 무력함과 왜소함을 깨달으면 깨달을수록 인간의 성취가 더욱 놀라운 것으로 다가온다고 말했다. 굴복이 아닌 깨달음, 새겨둘만한 말이다. 내려가는 길에 당신을 만난다. 당신은 혼자 내려가고 있다. 나는 당신을 따라 간다. 키가 큰 당신의 두 다리가 가볍게 휘청거린다. 왼발, 오른발, 왼발, 오른발, 나는 당신과 짝을 맞춘다. 당신과 내가 밟는 낙엽 소리가 사방에 사각거린다. 한참 뒤에 당신이 뒤를 돌아본다. 나는 걸음을 멈춘다. 우리가 길을 잘못 들었나 봐요. 당신이 말한다. 나는 아, 하는 표정으로 당신을 쳐다본다. 고개를 돌리니 정말 아무도 보이지 않는다. 저를 따라온 것 같은데 어쩌죠? 당신은 내 걱정을 한다. 나는 괜찮다고, 어떻게든 내려가면 되겠죠, 라고 말한다. 두 마디의 대화로 당신과의 보폭이 좁아져 당신과 내가 가까워진다. 둘만 내려가는 산길, 우리는 말을 할 수밖에 없다. 당신은 내게 이런 질문을 한다. 회사 다니는 거 힘들지 않나요? 일은 할 만한가요? 동기들과의 경쟁이 부담스럽지는 않은가요? 나는 당신의 평범한 질문에 살을 붙여 대답한다. 가끔 알람이 울리기 전에 눈이 떠질 때가 있어요. 그럼 알람 벨이 들릴 때까지 그냥 누워있죠. 그게 십 분일 때도 있고 이십 분일 때도 있는데 그러다 알람이 울리면 이렇게 말해요. 비록 월세지만 서울에 집이 있어서 다행이다. 인턴이지만 직장에 다니고 있어서 감사하다. 혼자가 아니어서 외롭지 않다. 나는 또 당신에게 꿈 얘기를 한다. 얼마 전에 꿈을 꿨어요. 선배님이랑 제가 시내에서 버스를 기다리고 있는데, 예? 저요? 당신은 '선배님'이 자신을 지칭하는 거냐고 묻는다. 나는 고개를 끄덕인다. 언젠가 조영호 선배님이 꿈에 나왔거든요. 조 선배님이랑 제가 종로에서 버스를 기다리고 있는데 하늘에서 폭탄이 떨어진 거예요. 도로 한가운데요. 달리던 차가 멈추고 사람들이 소리를 질렀죠. 그리고 바로 우리 앞에 또 다른 폭탄이 떨어졌어요. 선배님이랑 제가 동시에 하늘로 치솟았죠. 일직선으로, 로켓이 발사되는 것처럼요. 꿈에서 죽었다고 생각했어요. 폭탄이 떨어지고, 가까이에서 그걸 봤으니 죽는 게 당연하다고 여긴 거죠. 하늘로 날아간 우리가 정말 죽었는지, 운이 좋아 땅 위로 안전하게 떨어졌는지는 몰라요. 어느 날 조 선배님이 꿈에 나왔고, 폭탄이 떨어졌고, 불길에 휩싸여 솟아올랐어요. 선배님이 꿈에 나와서, 나름 주인공이어서, 그래서 하는 말이에요. 당신에게 갑자기 왜 꿈 얘기를 하고 싶었는지 모른다. 기회, 라고 생각했는지도 모른다. 사람들 앞에서 할 수는 없으니까, 둘만 있을 때 말해야 한다는 생각. 당신은

퍽 재미있는 꿈이네요,

라고 말한다. 미소가 묻어있는 말투다. 퍽, 이라는 부사가 나를 기분 좋게 한다. 나는 퍽 재미있는 꿈이네요, 라는 당신의 말에 마침표를 찍지 않는다. 그 말은 오랫동안 내 몸 속에 기억될 것이다.

당신을 조, 라고 부를 수 있었으면 좋겠어요. 다정한 친구처럼요. 만나면 헤이, 조! 라고 인사를 하는 거죠. 악수를 하거나 손바닥을 부딪쳐도 좋고요. 받기만 하는 사랑은 싫어요. 그래서 마음이 끌리는 대로 할

수밖에 없어요. 당신의 목소리가 좋아요. 당신의 목소리는 굵고, 차분하고, 적당히 느리고, 할 말은 다 하지만 지나치게 자기 고집을 드러내지 않을 것 같은 색깔을 가졌어요. 말다툼을 할 때도 상대방에게 적대감을 주지 않으면서 조곤조곤 대꾸할 것 같은 음성이죠. 내 솔직함이 상처가 되지 않았으면 좋겠어요. 나는 당신을 탐하고 싶은 게 아니에요. 당신을 놀라게 하고 싶지도 않아요. 당신이 내 홀림의 감정을 알아주지 않으면 내가 날 알아주면 되니까요.

조선수

전북 익산 출생
이화여자대학교 약학대학 졸업
2016년 한국일보 신춘문예 소설 부문 당선

파두츠의 구두장이

조 선 수

인수는 목적지에 당도했다. 캄보디아에서 출발한 지 27시간 만이었다. 우선 할 일은 파두츠 시내에서 민박할 곳을 알아보는 것이었다. 인터넷을 통해 호텔 사이트를 검색해보았지만 빈방이 없었다. 그는 교통이 편리하면서 경치 좋은 곳으로 자신이 직접 보고 방을 정할 생각이었다. 이곳에서 해야 할 일이 있었다. 넉넉잡고 일주일쯤 머문다면 뭔가 결말이 날 것 같은 예감이 들었다.

리히텐슈타인은 인구가 3만5천명밖에 되지 않는 나라다. 한국인도 몇 명 있다고 들었다. 리히텐슈타인공국의 수도인 파두츠는 방금 지나온 스위스의 여느 소도시처럼 소박하고 정갈한 인상이다. 그는 파두츠 거리를 대강 스케치해두었다.

열두 살 때부터 그가 바라왔던 꿈은 두 가지였다. 이른 봄철 가족외식에서 후식으로 나온 수박 한 조각을 먹다가 그는 이다음 어른이 되면 매일같이 수박을 마음껏 먹을 수 있는 생활을 하고 싶다는 생각을 했다. 그리고 가능하면 여자들이 많은 직장에서 일하고 싶었다. 인수는 이제 막 서른이 된 나이에 자신의 꿈을 모두 이루었다.

홍은 어제 작업했던 구두를 다시 살펴보았다. 녹색 구두를 군청색으로 바꾸는 일이었다. 신던 구두의 색깔을 바꾸는 것은 까다로운 작업에 속했다. 색이 깔끔하게 잘 나와서 그는 미소를 지었다. 9켤레에서 4켤레로 작업할 구두가 줄어들었다. 손끝이 얼얼해졌다. 성 안에서도 그에게 구두를 맡기는 사람들은 대개 성격이 느긋한 편이었다. 금방 수선이 끝나 그 자리에서 바로 돌려주기도 하지만, 보통은 하루가 걸리고 길게는 사나흘 지나 돌려줄 때도 있었다. 며칠 바꾸어 신을 여벌의 구두가 없으면 구두를 맡길 수 없었다.

홍이 파두츠성으로 들어와 구두 수선을 한 지 어느덧 십 년이 되어 가고 있었다. 이제는 성 안 사람들 누구나 홍을 보면 아는 체를 했다. 궁성 정문의 경비도 그에게 가끔 구두를 맡겼다. 홍은 승마 부츠, 정장화, 운동화 등 어떤 신발을 보더라도 어디가 잘못되었는지 금세 알아차렸다. 십칠 년째 한 가지 일만 하다보면 자신이 아닌 누구라도 그리 될 거라고 홍은 믿었다. 성 안에서 그에게 구두를 맡기지 않는 이는 한 사람뿐이다. 국왕 한스 아담 2세는 절대 수선한 구두를 신지 않는다. 국왕은 어떤 구두도 1년만 지나면 버리거나 부하직원들에게 주었다. 그걸 받아 신은 성의 직원들이 종종 수선을 부탁하는 일은 있지만 국왕이 직접 홍에게 구두를 맡긴 적은 아직껏 없었다.

정오가 되자 홍은 도시락 가방을 열고 아내가 싸준 샌드위치와 식혜를 꺼냈다. 그는 먼저 캔을 따서 식혜 한 모금을 마신 후에 샌드위치를 먹기 시작했다. 한국산 식혜는 취리히에 있는 단골가게에 가면 살 수 있었다. 십여 년 전 우연한 기회에 한번 사먹은 다음 예전에 잃어버린 맛을 되찾은 것처럼 홍은 이 음료만 고집하게 되었다.

프놈펜의 4만 5천 평 대지에 세워진 우상무역코리아는 겉에서 보기에도 웅장하다. 망고나무와 파파야나무 두리안나무를 비롯해 여러 수종이 울창하게 서 있다. 캄보디아 현지 한국공장이지만 구성원들은 다양하다. 중국인, 베트남인, 태국인, 미얀마인, 필리핀인, 한국인까지 거의 모든 동남아시아 사람들이 모여 있다. 매일 식탁에 후식으로 수박이 나오는 걸 보며 인수는 혼자 흐뭇해한다. 어린 날의 꿈대로 4,500명쯤 되는 여자들 틈에서 복닥거리면서도 웃음을 잃지 않는다.

인수는 이 년째 이곳에서 일하고 있다. 처음엔 본사 사무직으로 입사했는데 얼마 안 있어 그는 갑갑증을 느꼈다. 도저히 사무실 생활에 적응이 되지 않았다. 퇴근 후 수시로 갖는 회식문화에도 쉽게 동화되지 않았다. 원래 그는 산업디자인을 전공했다. 그쪽으로 딱히 뛰어난 재능은 없었지만 누구라도 한 번 보면 절대 잊어버리지 않을 만큼 얼굴에 대한 기억력이 좋았다. 대학시절 아르바이트로 거리에서 5분 만에 후다닥, 한 사람씩 크로키를 그릴 때 몸에 밴 습성이다.

"그 얼굴이 그 얼굴 같아서 분간할 수가 없으니, 일을 시켜먹을 수가 있어야지."

캄보디아공장에서 잠시 본사로 들어온 정과장이 하는 말을 듣고 그는 얼핏 캄보디아로 가볼까, 하는 흥미가 생겼다. 파견근무를 하면 수당도 많을뿐더러 공장에 딸린 기숙사에서 생활하니까 여러모로 좋은 점이 많을 것이었다. 월세 50만원만 절약해도 그게 어딘가. 더군다나 어학연수로 1년 반 동안 미국에 가서 익힌 영어를 본사에서는 거의 쓸 일이 없어 입이 근지러울 지경이었다. 캄보디아로 가면 애써 익힌 영어도 잊어버리지 않을 테고 월급도 더 많았다. 결혼한 직원들은 육아와 아이들 교육 때문에 꺼려하는 곳이지만 그는 굳이 그럴 이유가 없었다.

회사에서는 그의 현지공장 지원을 기꺼이 수락했다. 일은 힘들지만 나름대로 보람도 있었다. 어린 날의 꿈대로 수박을 매일 먹을 수 있고, 시도 때도 없이 참석해야 하는 회식보다 여자들 속에서 일하는 것이 그저 좋았다. 그러다 그게 조금 시들해질 무렵 거래처에 근무하던 으레악 스마이를 만났다. 그녀는 거래처뿐 아니라 이쪽 회사에까지도 소문난 미인이었다.

그는 그녀와 6개월 전에 결혼식을 올렸다. 아직까지 혼인신고는 하지 못한 상태였다. 시간이 필요한 몇 가지 절차상의 문제로 한국영사관에서 허가가 떨어지지 않은 것이다. 키 크고 눈이 큰 스마이. 웃으면 생기는 보조개가 그의 맘에 꼭 들었다. 결혼 후 그녀는 회사를 그만두었다.

홍은 광부 출신이었다. 처음 광부로 올 땐 실제론 탄광 근처에도 가보지 않은 상태였다. 강원도 도계에서 단기 속성으로 광부 수련을 거쳐 독일에 왔다. 어느새 그가 한국을 떠나온 지 40년이 훌쩍 지났다. 이렇게 오래 해외에 머무를 생각이 아니었다. 정말 어쩌다 보니 그렇게 되었다.

1970년 7월 7일, 홍은 스물여섯의 나이로 한국을 떠났다. 홍은 그 날을 기억한다. 김포공항으로 향하던 중 멀미가 심해서 힘들었다. 파견광부로 독일에 발을 디딘 홍은 보쿰에 있는 광산과의 3년 계약이 끝나면 귀국하는 조건이었다. 당시 한국 직장인들의 평균봉급보다 8배나 많았다. 동료 중엔 공무원을 하던 사람도 있었고, 중고교 선생들도 있었다. 광부 출신보다 광부 출신이 아닌 사람이 더 많았다. 체류기간 연장을 위한 재계약은 어쩌다 가능했고, 독일에서 다른 직업으로 이직하는 것은 불가능했다. 설령 가능하다 해도 그는 독일에 오래 머물고 싶은 생각이 없었다. 3년간 열심히 일을 하여 어느 정도 돈이 모이면 당연히 한국으로 돌아가겠다고 마음먹었다.

인수는 결혼 후 스마이와 함께 기숙사에 있을 수 없어서 공장 근처에 집을 얻었다. 그녀는 한국음식만 못하는 것이 아니라 캄보디아음식도 잘하지 못했다. 인수는 아침을 대충 먹고 공장에 와서야 비로소 음식다운 음식을 먹을 수 있었다. 하루에 한 번 기숙사 식당에서 한국식으로 차려진 밥상을 대할 때마다 그는 자신이 외국인과 결혼했다는 사실을 실감했다. 수박은 매일 먹을 수 있지만, 기본적으로 스마이와 먹는 것이 다르니 서로 노력해도 다가갈 수 없는 한계가 있었다. 그녀는 음식뿐만 아니라 집안일에도 도통 취미가 없는 듯했다. 먹는 것도 조금 움직이는 것도 조금, 온종일 집에서 그냥 시간을 보냈다. 결혼 전에는 몰랐는데 인수는 스마이를 볼 때마다 차츰 답답해지는 마음이 들곤 했다. 캄보디아 물가로 계산해보면 자신이 벌어다주는 돈이 상당한 금액인데, 아무런 대비 없이 주면 주는 대로 다 쓰고야마는 그녀가 미덥지 않았다.

두 달 전에 그는 그녀가 임신한 사실을 알았다. 임신을 확인한 후부터 스마이는 입덧을 핑계로 집안에서 더더구나 음식을 만들지 않았다. 그때부터 그는 기숙사 식당에서 매끼를 해결해야만 했다. 한국인 동료들에게 멋쩍은 생각이 들었지만 염치 불구하고 식사시간에 맞춰 출근하곤 했다. 자신이 세끼를 밖에서 해결해도 그녀는 미안해하는 기색이 없었다. 냉장고 안에는 수박이나 망고 같은 과일과 생수병만 있을 뿐이었다. 스마이는 그날그날 구운 바나나와 찐 고구마를 사먹는 것으로 식사를 해결하는 것 같았다. 인수는 수박이 지겨워지기 시작했다.

그녀는 여전히 예쁘고 늘씬했다. 말이 통하지 않는 것만 빼곤 몸으로는 서로 잘 통했다. 스마이와 나란히 거리를 걸을 때면 사람들이 부러운 듯 쳐다보는 시선이 느껴졌다. 그러나 이런 식으로 살 수는 없다고 생각했다. 자신이 캄보디아 여자를 아내로 고른 것은 치밀하다고까지는 할 수 없지만 나름대로 현재의 처지도 생각하고 앞날에 대한 계획도 생각해서였다. 170센티미터의 신장에 얼굴이 잘 생긴 편도 아니고, 일류대학을 졸업한 것도 아니고, 집안을 내세울 형편도 아니었다. 게다가 외아들이어서 한국에서 결혼하자면 걸리는 게 너무 많았다. 나름대로 그는 쉬운 방법을 택했다. 한 달에 3,000달러면 일반 캄보디아인 월급에 비하면 많은 금액이다. 그중 1,000달러를 그녀에게 생활비로 준다면 2,000달러 정도를 저금할 수 있을 것이다. 그러면 다달이 그 돈을 모아서 프놈펜 중심가에 작은 가게를 낼 생각이었다. 그리고 또……여기서 산다면 사람들과 퇴근 후 어울리지 않아도 되고 매일 수박을 먹을 수 있을 것이다. 처음 계획은 그랬다.

홍보다 먼저 독일에 왔던 첫 번째 아내는 간호사였다. 서울에서 대학을 나왔고, 독일어로 서류를 작성할 수 있었다. 파독 간호사는 파견에 따른 조건도, 독일에서의 신분보장도 광부들보다 훨씬 나았다. 파독 광부는 광산을 그만두거나 이직하면 바로 불법체류자 신세가 되었다. 아내는 간호사로 일하면서도 틈틈이 한국에서 온 정부 관계자와 대기업 간부들을 가이드해줄 정도의 회화실력을 갖추고 있었다.

홍은 처음 독일로 올 때 딱 3년 일하고 목돈을 챙겨 돌아가자던 계획과는 달리 계약기간을 두 번이나 연장하고, 이런저런 우여곡절 끝에 독일에서 살게 된 한국인 간호사와 결혼했다. 그는 비로소 그곳에 정착할 법적 권리를 얻게 되었다. 그렇지만 그 시간은 그리 길지 않았다.

인수는 어떻게 스마이에게 말을 할 것인지 고민했다. 그녀는 비자가 없어서 한국에 갈 수 없었다. 그 역시 한국으로 가려니 2주 동안 마땅히 머물 데가 없었다. 어머니와 누나가 있는 시카고로 가려니 항공료도 비싸고 휴가철이라 빈 좌석도 없었다.

그때 생각난 것이 리히텐슈타인이었다. '행복한 눈물'이란 팝아트 작품을 그린 화가 로이 리히텐슈타인이 생각나는 지명. 6개월 전쯤 화장실에서 언뜻 들었던 나라 이름. 스위스와 오스트리아의 중간 지점에 위치해 있는, 유럽에서는 네 번째, 세계에서는 여섯 번째 작은 나라. 순전히 여행만을 위해 혼자 외국에 간다는 게 선뜻 엄두가 나지 않았지만, 그래도 일 년에 단 한번 14일 간의 유급휴가가 주어진다면 한국과 집만 오가는 것보다는 다른 나라에 가보는 것도 괜찮을 것 같았다. 아니, 평소와 다른 시간이 필요했다. 매일같이 회의할 때 듣는 한국말이 아닌, 현장에서 늘 듣지만 하나도 알아들을 수 없는 캄보디아 말이 아닌, 또 다른 언어가 필요했다. 그는 인천공항을 거쳐 스위스로 가는 가장 싼 항공권을 직원에게 부탁했다.

스마이에게는 출장을 가야한다고 말해두었다. 그녀는 영어를 조금 할 수 있지만 한국직원들 중에 소통할 수 있는 사람은 없었다. 스마이가 전화를 걸어 자신의 출장 중 일정을 물어볼 리도 없을 것이고, 필요하면 서로 카카오톡으로 연락하면 될 터였다. 그는 당당하게 거짓말했다. 그리고 그녀에게 생활비 이외에 500달러를 더 주면서 맛있는 걸 사먹으라고 했다. 그녀는 눈에 띄게 고마워했다. 전날 장모가 다녀간 후 그는 직감적으로 처가에 돈이 필요하다는 것을 알아차렸다. 그가 없으면 처가식구들이 몰려와 자신의 아파트에서 함께 지낼 게 틀림없었다. 스마이도 그걸 좋아할 것이다. 캄보디아 음식을 해먹고 식구들끼리 희희낙락 즐거워할 것이다.

한국에서 연락이 왔다. 아버지는 홍이 두 번째 계약근무를 하던 중간에 돌아가셨지만 어머니는 살아계셨다. 어느 날 형이 부도를 맞아서 온 가족이 거리로 나앉게 되었다고 어머니가 울먹이며 전화했다. 그로서는 방법이 없었다. 어머니를 포함해 온 가족을 거리에 나앉게 하느냐 이곳에 집을 사려고 모아놓은 돈을 내놓느냐 선택은 둘 중의 하나였다. 아내는 완강히 반대했다. 언제까지 한국에 있는 가족 뒤치다꺼리만 하며 살 거냐고 그에게 화를 냈다.

다시 어머니가 전화를 했다. 형은 숨어 다니고, 어쩌면 이게 마지막 연락이 될지도 모른다고 했다. 그로서는 그때까지 저금한 전 재산을 털어서 한국으로 송금할 수밖에 없었다. 마지막 결정은 혼자 했다.

그것으로 끝이었다. 아내 역시 어느 날 그에게 알리지 않고 신변을 정리해 한국으로 돌아갔다. 둘 사이에 아이가 없기에 가능한 선택이었을 것이다. 홍은 갑작스레 불법체류자 신세가 되었다.

인수가 캄보디아에 와서 일 년 반이 지나서였던가. 노조문제로 프놈
펜 시내의 호텔에 갔다가 우연히 마주친 어떤 한국남자와 말을 섞게
되었다. 다른 곳도 아닌 화장실에서 손을 씻다가 옆 세면대의 남자가
자신을 기다리고 선 일행에게 캄보디아엔 무궁화꽃이 없네. 너무 더워
서 그런가, 프랑스에도 있고, 손바닥만 한 리히텐슈타인에서도 보았는
데…… 하고 화장실과는 전혀 어울리지 않는 말을 중얼거렸다. 그는
그때 그 지명을 처음 들었다.

그 나라는 어디에 있습니까? 인수는 남자에게 물어보았다. 그가 빤
히 인수를 바라보며 스위스 바로 옆에 붙어있습니다, 주의하지 않으면
그냥 지나칠 정도로 작은 나라지요, 하고 말했다. 거기에 정말 무궁화
가 있습니까? 인수가 연이어 물었다. 남자가 확신에 찬 목소리로 말했
다. 내 눈으로 보았으니 무궁화꽃이 맞아요. 하도 신기해 핸드폰으로
사진까지 찍었는걸요. 그래요? 거기에 누가 무궁화나무를 심었을까.
그때 인수도 잠깐 그 점이 신기하고 궁금했다.

인수가 리히텐슈타인을 여행지로 택한 것은 화장실에서 만났던 남
자가 이야기한 리히텐슈타인이라는 나라가 갑자기 머릿속에 떠오른
것이지 거기에 피어있다는 무궁화꽃이 궁금했던 것은 아니었다. 그리
고 그때쯤 잠시라도 아내와 떨어져 있고 싶은 시간이 필요했던 것이
다. 어디에 가서든 오랫동안 잊고 지냈던 크로키의 감각을 되살리고도
싶었다. 그는 스케치를 할 때 자신의 손놀림을 좋아했다. 종이 위에 연
필이 닿는 소리와 연필심을 싸고 있는 향나무 냄새를 맡고 싶어졌다.
덥지 않은 나라에서 열흘만 홀홀 지내다 올 수 있다면 한동안 수박을
먹지 않고도 살 수 있겠다 싶었다.

잘 익은 수박 속 같은 노을이 밀려오는 늦은 오후였다. 프놈펜공항으
로 향하면서 그는 자기가 떠나는 게 단지 이 나라만이 아니길 빌었다.

인천공항을 경유하여 비행기를 갈아타고 스위스에 닿았을 때는 한밤 중이었다. 공항 근처 호텔에서 하룻밤을 자고, 다음 날 인수는 셔틀버스를 이용하여 기차역으로 갔다.

불법체류자로 아슬아슬하게 2년을 숨어 살던 홍이 지금의 아내를 만난 것은 천운이었다. 아내가 아니었다면 언젠가는 잡혔을 것이며 추방 형식으로 손에 쥔 것 하나 없이 한국으로 왔을 것이다. 아내는 파독 간호사들에게 독일어를 가르쳤고 그로 인해 유창하게 한글을 쓰고 읽고 말할 수 있었다. 홍은 그런 능력을 가진 아내가 볼품없고 독일말도 제대로 하지 못하는 자신을 선택했다는 것이 아직까지 의문이었다.

다행히 구두 수선은 별달리 대화가 필요 없는 직업이었다. 간혹 어렵거나 까다로운 주문이 들어와서 못 알아듣는 경우가 생기면, 홍은 일을 부탁하는 사람에게 메모지와 펜을 건넸다. 영어나 독일어로 쓰인 포스트잇을 보여주면 아내가 한국말로 설명해주고 그 위에 구두 맡긴 사람의 요구사항을 써주었다.

신발과 그것을 맡긴 사람은 헷갈리지 않는데, 꼬리표처럼 붙인 사람 이름은 구두와도 헷갈리고 사람 모습과도 헷갈렸다. 그렇다고 구두를 바꾸어 내준 적은 없었다. 이름보다는 몸집이나 걸음걸이와 구두를 바로 연결해 기억하면 실수가 없다. 구두의 색깔 바꾸기와 같은 작업지시뿐 아니라 발음하기 어려운 이름들도 부지기수였다. 그럴 때면 홍은 아내에게 도움을 청하곤 했다. 이제는 머리가 거의 반백이 된 아내는 언제나 상냥하게 그를 도와주었다. 아무리 몸이 힘들 때라도 절대 화를 내지 않았다. 화내는 걸 배우지 않은 사람 같았다.

홍이 보기에 아내는 세상일을 받아들이는 자세가 자신과 너무 달랐다. 독일이 전쟁에서 패전했다 해도 아내는 불법체류의 기억도 없고, 배고팠던 기억도 없고 모든 걸 다시 건설해 잘 사는 법만 익힌 나라 사람이었다. 홍은 자신도 이제는 아내처럼 살고 싶다는 생각을 이곳에 와서 하게 되었다.

인수는 파두츠 중심가에서 도보로 10분쯤 걸리는 곳에 방을 얻었다. 아담한 집의 다락방을 일주일간 빌리기로 했다. 달러로 계산하면 하루에 100달러 정도로 호텔 사이트보다 훨씬 싸게 구했다. 그는 100달러로 맥주 몇 캔을 살 수 있는지 계산해보았다. 하루에 캔맥주 3,000개를 마셔버린 결혼식날이 생각나서였다. 그날 그가 지불한 음식 값만 얼마였던가. 흥청망청 정도가 아니었다. 인수는 결혼식 비용을 전적으로 부담하며 느꼈던 그날의 낭패감이 떠올라서 자신도 모르게 얼굴을 찡그렸다.

파두츠성으로 가는 초원길은 쓸쓸하면서도 소박하고 평화로운 정경이었다. 성 앞 잔디밭에 소를 방목하고 있었다. 성문 앞까지는 갔지만 막상 성에서는 관광이 허락되지 않아 사진만 찍고 내려왔다.

파두츠성을 거쳐 우표박물관으로 가는 길가에 그 남자가 말한 대로 보라색 무궁화꽃이 드문드문 피어 있었다. 리히텐슈타인의 우표는 세계적으로 인기가 있어 세금도 없는 이 나라 국고수익의 삼분의 일이 우표판매에서 얻어진다고 했다. 리히텐슈타인을 찾는 관광객이라면 누구나 우표박물관을 방문하는데, 그곳으로 오가는 대로변에서 무궁화를 볼 수 있다는 것이 신기했다. 꽃 생김새가 우리나라에서 본 것과 조금 다른 것 같았다. 색깔이 더 진한 것도 같고 꽃술 모양이 짧아 보였다. 하긴 한국에 있는 무궁화꽃도 수십 가지였다.

자전거를 빌려 타고 돌아본 트리젠베르그 마을 사목구 성당에서 인수는 처음으로 죽음이 두렵지 않은 아름다운 묘지를 보았다. 붉은 양초가 들어있는 사각형 유리촛대가 각 묘비마다 놓여있고, 햇살이 따사로운 곳에 작은 정원을 옮겨놓은 듯 각양각색의 꽃들이 그득했다.

지금의 아내와 재혼한 지 10년이 될 무렵, 베를린 장벽이 무너졌다.

그때쯤 그는 아내의 도움을 받아 독일인으로 귀화했다. 홍이 독일에 온 지 19년이 지나서였다. 독일에서 리히텐슈타인으로 온 것은 1997년 그의 나이 쉰세 살 때의 일로 그것도 벌써 햇수로는 17년 전의 일이다. 아내가 리히텐슈타인 요양병원에 일자리를 얻는 바람에 홍은 아내를 따라왔다. 그즈음 홍과 같이 독일로 왔던 동료들은 거의 한국으로 돌아갔다. 얼마 남지 않은 이들이 홍과 같은 방식으로 독일에 정착해 살거나 다른 나라로 이주했거나, 더러는 아주 다른 세상으로 떠났다.

광산 일을 그만둔 지는 30년도 더 되었다. 그런데 이상하게도 뒤늦게 폐쇄공포증이 생겼다. 정작 갱 속에 들어가 살 때는 먹고 사는 일에 쫓겨 그랬는지 오히려 멀쩡했는데, 요즘엔 비행기만 타면 멀미를 하고 어지럼증이 생겨서 멀리 움직일 엄두가 나지 않는다.

파두츠에 와서야 알게 된 사실이 있다. 그간 광부 노릇은 능숙하게 해내지 못했지만 세상에서 그가 남들보다 잘할 수 있는 일이 한 가지 있었다. 언어도 집안일도 서툰 그였지만 구두를 수선하거나 닦는 일만은 누구보다도 쉽게 잘할 수 있었다. 독일로 오기 전 젊은 시절에는 어떻게든 비껴가고자 했지만, 어려서부터 그가 가장 익숙하게 봐왔던 일이 그것이었다. 종로 화신백화점 뒤편 골목길에서 그의 아버지가 평생 하던 일이라 눈으로 이미 절반은 배운 터였다. 독일에선 함께 온 동료들도 있고 해서 자신의 신발과 아내의 구두만 만졌지 실행하지 못했다. 그러다 이곳으로 이주하자마자 파두츠 거리 한 모퉁이에서 소일거리로 시작한 일이 입소문이 나며 성 안으로 이어졌고, 이제는 천직이 되었다.

그는 정원 뒤쪽에 있는 마구간을 마주보는 푸른색 천막 아래에서, 뒤창이 닳아버린 남자의 걸음새를 떠올리다 흠집이 난 앞코를 기우고, 사포로 바닥을 문지르고 굽을 갈아 끼웠다. 습기로 인해 부패하는 것을 막기 위해 홍은 벌똥을 실에 여러 번 바른 후 장화 한 짝을 마저 꿰맸다. 새 신을 신을 때보다 오히려 발이 더 편해졌습니다. 사람들이 칭

찬할 때면 홍은 슬며시 미소만 지을 뿐이었다. 그의 손님들은 대부분 신발을 헐렁하게 신는 편이었다. 자신의 발등 뼈가 그들보다 높다는 것도 홍은 이 일을 하면서 알게 되었다.

남북 거리 25킬로미터 동서로는 6킬로미터 밖에 안 되는 작은 나라라는데, 여기서 무궁화나무를 심은 한국인을 찾는 일이 어려울 줄은 몰랐다. 이럴 줄 알았더라면 그 제안을 받아들이지도 않았을 텐데……. 리히텐슈타인으로 혼자 휴가를 간다고 카카오톡에 올리자마자 잡지사에 있는 친구한테서 전화가 왔다.

"리히텐슈타인에도 무궁화 거리가 있다는 거 알아?"

"무궁화는 왜?"

"그걸 심은 사람이 한국인이라는 거 아느냐고?"

친구가 덧붙였다. 거기에 그 나무를 심은 사람을 찾아서 인터뷰하고, 무궁화꽃이 피어있는 거리 사진과 그 나무를 심은 사람 사진 몇 컷만 제대로 찍어오면 여행경비 중 일부를 부담하겠노라고 했다.

어차피 인수는 그곳으로 떠날 참이었는데, 경비 중 일부를 주겠다는 소리에 그만 솔깃했다. 그는 무궁화꽃이 예쁘다고 생각한 적이 없었다. 그냥 우리나라 국화거니 하는 것만 인식하고 있을 뿐이었다. 그가 들은 바로는 무궁화는 진딧물도 꾀고, 벌레도 많이 타는 나무였다. 한마디로 병충해에 약한 종자. 질 때는 한 잎 한 잎 꽃잎이 떨어지는 게 아니라 동백꽃처럼 송이째 떨어지는 나무였다.

스위스인, 이탈리아인, 터키인, 독일인 등등 이 성에는 여러 민족이 살고 있다. 구두 수선 일을 하며 홍은 재미난 것을 한 가지 발견했다. 스위스 이탈리아 독일인보다 터키인들의 발등이 높다. 홍 역시 발등이 높은 편이다. 그래서인지 스위스 이탈리아 독일인들 구두는 조금 펑퍼짐한 느낌이고 터키인과 다른 동양인 것은 발등 부분이 위로 솟아 있다.

구두는 잘 파악하면서도 홍은 서양인들의 생김새가 쉬이 눈에 들어오지 않는다. 이걸 신고서 이 사람은 밖으로 나다녔겠지. 다른 나라에도 갔을 것이다. 한국에 갔다 왔을지도 모르지, 생각하면 마치 자신이 바늘 하나로 나라와 나라를 깁는 것 같았다. 구두 주인이 밟았던 땅과 빗물과 눈의 촉감이 그 속에 깊이 배여 있는 것 같았다. 가죽에 가죽을 덧댈라치면, 땅에다 땅을 짜깁기하는 것 같았다.

독일어도 서툴고 영어는 못하고, 그가 가진 보잘것없는 이력이 그를 이 성에 입성하게 해준 배경인지도 몰랐다. 아무리 작은 나라라도 왕족에게는 무엇보다도 비밀이 필요할 것이다. 보안 유지도 필수일 것이다. 이 나라 공용어인 독일어를 제대로 구사하지도 못하면서, 어떻게 너는 성 안에서 일을 하게 되었냐, 그 안에서는 어떤 사람들이 어떤 일을 하고 있느냐, 사람들이 물으면 홍은 대답을 얼버무렸다. 구두를 수선하는 것은 말로 하는 일이 아니므로 성 안에 들어와 비로소 홍은 독일어에 어눌한 자신이 부끄럽지 않았다.

잡지사 친구가 알려준 한국 사람에게 전화를 걸어 무궁화를 심은 사람에 대해 물어봤다. 전화를 받은 사람은 그러한 사람을 알 만한 사람에게 연락해보겠다고 했지만 연결된 사람들 중 아무도 무궁화나무나 그걸 심은 사람에 대해서 궁금해 하지 않았다. 무궁화꽃이 어디에 있는지 외려 그에게 물었다.

"그걸 알아 뭐합니까? 더 예쁜 꽃도 많은데, 차라리 정원을 구경하는 게 낫지 않을까요?"

세 번째 남자는 거의 농담조로 말했다. 리히텐슈타인에 무궁화나무를 심은 사람도, 그걸 기사화하겠다고 하는 친구도, 또 거기에 응하여 그 사람을 찾는다고 이 시간을 허비하는 사람도 모조리 이상한 사람 취급을 했다.

"여행을 왔으면 그냥 놀다 가세요. 스위스에 가면 한국인이 하는 노래방도 있고 유학생이 많아서 쉽게 어울릴 수 있을 겁니다."

인수는 더 이상 그와 말할 기분이 아니었다. 혼자 파두츠 거리를 돌아다녔다. 사흘만 지나면 여길 떠나야하는데, 슈퍼마켓에서 먹을거리를 어느 정도 해결했지만 방값에다가 나흘 동안 체류한 비용이 만만치 않았다. 식비도 비쌌다. 캄보디아 물가로 환산해보면 어마어마한 음식을 먹고 있는 것 같았지만 고기가 좀 연하다는 것만 빼곤 스테이크는 그냥 스테이크 맛이었다. 무궁화나무를 심은 사람을 찾아다니느라 원래 자신이 생각했던 휴가 개념까지도 모호해진 느낌이었다. 한 번 더 둘러본 우표박물관 관람과 파두츠 미술관 앞에 설치된, 자고 있는 영혼을 상징한다는 뚱뚱한 조각상을 구경하는 것도 그만 시들해졌다. 스위스로 가볼까. 이전까지 가졌던 유럽여행에 대한 환상이 사뭇 꺾이는 기분이 들었다. 그렇다고 여기까지 와서 그 사람을 찾는 걸 포기할 수는 없었다.

인수는 무궁화꽃이 활짝 핀 나무를 그린 다음 그 아래에 독일어와 영어와 한국어로 '누가 리히텐슈타인에 무궁화나무를 심었을까요? 알려주세요!'라고 썼다. 그림을 사람들에게 보여주며 수소문했지만 아무도 관심을 갖지 않았다. 그곳에 가면 배추를 살 수 있어서 한국인이 좋아한다는 슈퍼마켓 유리창에도 슬쩍 그림을 끼워놓았지만 이틀째 아무런 반응이 없었다. 무궁화를 심은 사람이 한국인일 거라는 잡지사 친구의 추정이 틀렸을 수도 있다. 그는 슈퍼에서 나올 때 맥주와 샌드위치, 치즈, 소시지 등을 잔뜩 사가지고 숙소로 돌아왔다. 그처럼 큰 매장에 수박이 없었다.

방에서 뒹굴거리며 맥주를 마시는데 'Are you ok? Starbucks is coming soon.' 하고 스마이가 카카오톡에 문자를 보내왔다. 프놈펜을 떠난 지 일주일 만이었다. 그간 인수가 보낸 문자는 수신확인이 되었지만 그녀가 문자를 보내온 건 처음이었다. 스타벅스가 처음으로 프놈펜에 들어온다는 이야기라는 것은 알아들었지만, 뜬금없이 스마이가 왜 그런 문자를 보냈는지는 짐작할 수 없었다. 그는 우표박물관에서 찍은 우표 사진을 전송하며 'ok, thanks!'라고만 썼다. 곧이어 보이스톡을 요청했지만 스마이는 대답하지 않았다.

리히텐슈타인으로 이주한 다음해 봄이었다. 홍이 아내가 운전하는 차를 타고 함께 독일에 다녀오던 길이었다. 길가에서 눈에 익은 꽃나무 가지 여남은 개를 잘라 온 게 시작이었다. 연필 길이만 한 삽목 스무 개를 시내 공터에 심었다. 특별한 의미를 가지고 그랬던 것은 아니었다. 거기에 그가 이름을 아는 나무가 있었던 것뿐이었다. 금방 뿌리를 내리기는 했지만 생각만큼 나무는 쑥쑥 자라지 않았다. 그런데 그같은 무궁화가 파두츠 성 바깥 프랑켄 마을 숲속에도 있었다. 다시 그걸 잘라서 삽목한 나무에 V자로 칼집을 내고 새 가지를 칼집 부위에 맞춰 넣고 흙으로 꼭꼭 여며주었다. 나무들은 쉽게 자라 몇 년 후 꽃을 피웠다. 그러나 리히텐슈타인에 핀 무궁화는 홍이 한국에서 본 무궁화들과 좀 달랐다. 꽃이 아주 싱싱해 보였다. 그는 단지 그게 좋았다.

그렇게 헤맨 지 일주일 만에 인수는 새로운 전화번호를 알아냈다. 슈퍼마켓에서 만난 노인을 통해서였다. 노인은 인수에게 처음엔 일본어로 물었다. 인수가 빨리 대답하지 않자 한국어로 다시 물어왔다. 한국에서 왔습니까? 몇 마디 더 묻다가 노인은 홍의 전화번호를 건네주었다.

인수는 홍에게 전화를 걸었다. 먼저 자신의 신분을 밝힌 후, 혹시 선생님께서 무궁화나무를 심으셨습니까, 하고 묻자 잠시 침묵이 흘렀다. 아닙니다. 그가 또박또박 끊어서 대답했다. 나는 그냥 나무를 심었습니다. 옛날에 많이 봤던 나무 같아서 그걸 그냥 거기에 꽂아놓은 것뿐입니다. 거기까지 말하고 홍은 더는 말이 없었다.

저를 잠깐 만나주실 수 있는지요? 제가 지금 선생님이 계신 쪽으로 가겠습니다. 홍은 아무런 대꾸가 없더니, 한참만에야 마지못해 수락하듯 말했다. 지금은 곤란하고 제가 퇴근한 후에 국회 앞 광장에서 보기로 하지요. 그렇게 해서 6시로 약속을 잡았다. 전화를 끊고 인수는 잡지사 친구가 카카오톡으로 보낸 질문 목록을 살펴보았다. 12가지 질문들 중에 쓸 만한 건 별로 없었다. 그는 스케치북을 열어 몇 쪽이 남아있나 확인해두었다. 혹시나 사진을 찍을 수 없는 상황이라면 크로키라도 해야 할 것 같았다.

홍이 먼저 인수를 보았다. 인수가 인사를 하자 홍이 그에게 질문했다.

"그럼 김인수 씨는 지금 한국에서 오신 겁니까?"

"아닙니다. 캄보디아에서 왔습니다. 하지만 캄보디아엔 잠깐 일하러나와 있는 상태이고 언제든 한국으로 돌아갈 수도 있습니다."

"이곳에 무궁화를 심은 사람은 왜 찾는 겁니까?"

"어쩌다, 잡지사에서 일하는 친구 부탁이었습니다."

약간 구부러진 허리와 온통 주름투성이인 손만 빼고는 그는 꽤 젊어보였다. 하얀 남방과 청바지 차림의 홍은 멋지게 늙어가는 중이었다. 홍이 가방에서 캔 두 개를 꺼내 인수에게 하나를 건넸다.

"선생님, 시간 내주셔서 감사합니다. 그런데 무궁화는 어쩌다가 심으셨는지요?"

"아까 한 얘기 그대로 그게 무궁화라서가 아니라 내가 한국을 떠난지 30년이 지났는데도 첫눈에 익숙해 보이는 나무라서 그랬던 거지요. 사실 나무를 심어놓고도 얼마간 잊어버리고 있었는데 어느 해 여름 저녁 무렵 그 앞을 지나는데 무궁화꽃이 어리둥절하게 피어있는 겁니다."

"그럼 그때부터 더 많이 심으셨던 건지요?"

"그런 건 아닙니다. 어느 해는 꽃이 제법 많이 피어 그 앞을 자주 지나다녔는데, 진딧물이 온통 나뭇가지를 덮고 있는 걸 보고는 만정이 떨어진 적도 있었지요. 벌레가 많이 끼는 나무를 내가 옮겨놓았다는 사실이 겁나기도 하고, 혹시나 사람들이 알게 될까 무서웠습니다."

"그게 언제쯤인지요?"

"한 십 년 되었을 겁니다. 그러다 또 모든 걸 잊고 아내와 그 앞을 지나가는데 벌레 먹은 흔적도 없이 꿋꿋하게 아직도 거기 무궁화가 피어 있더군요. 그래서 아내에게 말했지요. 사실은 저 나무에 벌레가 많이 꾀어 가까이 가기 싫었는데 어쩐 일인지 지금은 벌레 먹은 흔적조차 없다고 말이지요. 아내가 웃더군요. 일 년에 한두 번 방충제를 뿌려주면 진딧물도 벌레도 사라지는데 뭐가 그리 무서웠냐고. 할 말이 없어서 내가 그랬지요. 꽃이 송이째 뚝뚝 떨어지는 것이 꼭 탄광 막장으로 몸이 떨어지는 것 같다고 했더니 아내가 또 말하더군요. 50송이가 떨어지면 그 수만큼 도로 피어날 건데 그리 두려울 게 있냐고."

"선생님께 별 의미는 없었다는 뜻인지요?"

"내가 그 나무를 심었을 때는 아직 한국인이었는지 몰라요. 그 많고 많은 나무 중에 유독 그 나무가 익숙했다는 것도 그렇고. 지금은 이런 거 저런 거 다 내려놓고 아내 옆에서 조용히 늙어가는 파두츠성의 구두장이일 뿐이지요. 그러니 여기에 무궁화를 옮겨 심은 사람 따윈 잊어버리기 바랍니다."

홍이 말하는 동안 인수는 살그머니 연필을 움직였다.

"댁도 나처럼 발등이 높군요. 지금처럼 신발을 꽉 조이게 신으면 핏줄이 눌려 명치가 답답하게 느껴지지요. 발등이 조금 높은 구두를 신으면 몸이 한결 편해질 겁니다."

안경을 쓴 홍의 얼굴이 홍조를 띠고 있었다. 리히텐슈타인의 무궁화는 이전에 인수가 알던 더도 덜도 아닌 그 꽃 그대로일 뿐이었다. 홍이 사진으로 허락한 것은 자신의 두 손까지였다. 이곳에 무궁화를 심은, 손바닥에 쇠 징처럼 옹이가 박힌 파두츠 구두 수선공의 손이었다.

리히텐슈타인을 떠나며 인수는 생각했다. 군대도 세금도 실업자도 없다는 알프스 아래의 이 작고 선선한 마을에 산다면 신발을 헐렁하게 신고 말없이 늙어갈 수도 있으리라. 버스 안에서 안개에 쌓인 성을 올려다보았다. 그 안에 구두를 수선하는 사람이 있다는 것이 그리 새삼스러울 것도 없었다. 그곳도 사람이 사는 곳이니까. 한국인이 독일인으로 바뀌고 리히텐슈타인 사람으로 바뀌는 것도 이상할 게 없었다. 스마이가 아이를 낳으면 그 아이는 한국인일까 캄보디아인일까 그건 누가 결정해야 하는 것일까.

떠나온 지 열흘도 채 되지 않았는데, 매일 치즈와 샌드위치와 소시지로 끼니를 때운 입 안이 바짝 말라 있었다. 이틀 지나면 끼니마다 마음껏 수박을 먹을 수 있다. 기분이 나아지며 절로 침이 넘어갔다. 하얀 소가 어기적거리며 거리를 거니는 모습이 떠올랐다. 다시 프놈펜까지 장장 하루가 걸릴지라도 느긋하게 참을 수 있을 것 같았다. 인수는 차츰 흐릿해져가는 성을 스케치하다 의자 등받이를 뒤로 한껏 젖혔다.

최예지

1989년 전주 출생, 단국대 문창과 졸업
동대학원 문창과 석사과정 재학
2016 매일신문 신춘문예 당선 등단

사람들은 서로에게

최 예 지

    십 분 전만 해도 식탁에 마주앉아 있던 도민이 지금은 변기통을 붙잡고 먹은 것을 죄 게워내고 있었다. 닫힌 화장실 문 저편에서 하루 내도록 푹 고아 낸 우족탕을 들통 째 쏟아 붓는 소리가 이어졌다. 그러나 토한다, 는 말이 주는 일반적인 어감이 웩, 웩, 이라면 지금 내가 듣고 있는 물 쏟아지는 소리에는 도무지 분절점이 없었다.

    "어차피 다 토할 건데 주스는 왜 사오래?"

    "위세척…… 값보다 주스 값이 싸게…… 먹히는 건 알고 말해."

    물소리 사이에 말소리가 드문드문했다. 도민의 핸드백은 화장실 문 앞에 놓여있었다. 들고 있던 젓가락을 내려놓았다. 무릎걸음으로 핸드백 근처까지 다가가자 안쪽의 시큼한 냄새가 훅 풍겼다. 바스락거리는 소리가 새들어가지 않도록 조심하며 지퍼를 당겨 엶과 동시에 화장실 문이 열렸다. 핸드백을 움켜 쥔 채 위를 보았다.

    "뭐해?"

    "어? 이게 쏟아져서."

    재빠르게 닫아 도민에게 건넸다. 그녀는 내게서 받아든 가방을 베개 삼아 거실 한 가운데 드러누워 버렸다. 망할 년, 오 분만 늦게 나오지.

"세 시다."

도민은 누운 자세 그대로 눈만 굴려 시계를 확인하는가 싶더니 벌써…… 하고 작게 읊조렸다.

"미안, 저녁 먹기 전엔 꼭 꺼져줄게."

밥상을 한 쪽으로 밀어놓고, 도민의 옆자리에 따라 누웠다. 하여간 술에 관해서라면 기이할 정도로 대책 없는 인간이었다. 내일이 없는 것처럼 들이붓는단 표현이 꼭 어울렸다. 술 먹는 도민을 대신해서 고통 받는 도민이 따로 있는 것 같기도 했다. 숙취에 시달리다가도 오후 세 시께만 되면 신데렐라 마법 풀리듯 술병으로부터 자유로워지곤 했는데, 일종의 해리 장애가 아닐까 싶을 정도였다. 도민은 어떻게 그 분리를 견뎌내는 걸까? 알 수 없었다. 애당초 인간이 동강날 정도로 술을 마시는 이유가 뭐지.

"죽다 살아난 소감이 어때?"

"생일이 업데이트 돼서 기뻐."

우리는 한참동안 낄낄거렸다.

"언니한테 전화할까? 너 생일파티 하자고."

"그래, 잘도 넘어오겠다."

이미 다 끝난 걸 가지고…… 도민이 제 허벅지를 벅벅 긁으며 말했다.

왜 내가 꼬시는 사람들은 하나같이 나를 미워하게 될까? 풀기 없는 목소리로 주절거리자 맞은편에 앉아있던 도민이 코웃음을 쳤다. 본격적으로 취하기엔 너무 늦었거나 이른 시간이어선지 술집 안엔 손님이 몇 없었다. 하여 도민이 일그러진 내 면전에 대고 참다못한 웃음을 터뜨리고 말았을 때, 그녀의 웃음소리는 어느 때보다도 커다랗게 들렸다.

"비웃어? 못돼가지고."

"네가 언니를 꼬셨어?"

도민이 어지럽게 놓인 접시와 술잔을 한쪽으로 치웠다. 상체를 기울여 내 얼굴을 들여다보는 그녀에게서 이제야 네 속을 알겠다는 표정이 읽히자 모든 것이 마뜩찮아졌다. 탁자 위에는 노가리, 마른 멸치, 구운 한치와 오징어 등속으로 빼곡했다. 메뉴판을 받아들자마자 마른안주만 골라 주문한 건 나였다. 얼큰한 탕류가 당긴다던 도민의 의견은 아랑곳없었다. 미간이 구겨진 그녀에게 오늘은 꼭 씹을 거리가 필요하다 첨언도 했다.

그렇다고 한들 내가, 언니를 씹고 싶은 게 뭐, 그래서 비 맞은 개 꼴을 해가지고 너를 찾은 게 뭐 어때서. 도민이 하나 남은 육포를 집어 입속에 넣고 질겅거렸다. 오늘은 술도 내가 살 건데 너는 하나 남은 거 냉큼, 먹은 건 넌데 왜 내 입에 군침이 도냔 말야.

"꼬셨지, 이거 하자 저거 하자, 뭐 먹자 어디 가자."

오징어 다리 위에 말라붙은 빨판을 하나씩 떼먹으며 양껏 한숨을 쉬었다.

"우리가 달라붙어 지낸 게 몇 년이야? 근데 이렇게 한 순간에?"

우리, 라는 말에 저항감을 느낀 듯 도민은 잠시 눈썹 끝을 치켜세웠다.

도민과 나는 다니던 대학에서 서로를 알았고 서로의 떡잎이 누렇다는 것을 알아본 뒤에 친구가 되었다. 트렌드세터를 경멸하고 힙스터는 조롱하는, 그러니까 낙인찍히는 것과 낙인을 자처하는 것과 자처한 낙인과 더불어 별도의 인장들을 계속해서 바꾸어 나가는 것과 그것을 훈장처럼 자랑스러워하는 일 모두를 혐오하여 불도장이라곤 수두자국밖엔 갖지 못한 밋밋하고 어정쩡한 부류가 우리였다. 그렇다보니, 도민과 내가 일찍이 서로의 가망 없음을 알아챈 것은 바깥으로 드러나는 어떤 명백함 때문이라기보다 미미하게 감지되는 낌새 덕분이라고 말하는 편이 사태의 진실에 가까울 것이다.

예컨대 특정 패턴과 색상의 복색이 유행하면 우리는 그것을 입거나 입지 않았다. 옷장에 처박아버리거나 쓰레기통에 넣었고 가끔은 의도적이라고 말해야 좋을 수준으로 열렬히 입었다. 중요한 것은, 입거나 입지 않는 것이 아니라 패션으로 자기의 무엇을 주장해보겠다는 그 깜찍한 발상 자체를 비웃는 일이었으므로. 비싼 가방을 들지 않았다. 비싼 가방을 드는 여자라는 이미지가 싫었으므로. 비싼 가방을 들었다. 비싼 가방을 들지 않는 부류로 분류되느니 차라리 속된 인간처럼 보이는 게 더 낫다는 사실을 우리는 금세 깨달았으므로, 화장을 하지 않거나 했고, 잡지를 읽으면서 호들갑을 떨거나 만화책을 읽거나 가끔은 베개로 쓰면 알맞을 두꺼운 책에 관심을 두었다. 강남을 신촌을 홍대를 합정을 상수를, 북촌과 이태원과 가로수길 마저도, 싫어했고 그러나 그 모든 곳들에 갔고 사사건건 반대하는 일에 몰두하는가 하면 어느 날은 모두와 모든 것에 열과 성을 다한 찬사를 바쳤다. 이런 까닭에 우리의 취미는 매사 어영부영한 수준을 유지하게 마련이었으나 각자 자기 멋대로 살아왔다는 자부심만큼은 뿌리 깊었다.

우리가 언니와 알게 된 건, 오가닉이니 노르딕이니 북유럽풍이니 하는 것들에 진절머리를 낼 무렵의 일이었다. 도민과 난 강의실이 있는 복도의 끄트머리에서 볕바라기를 하면서 채도 낮은 파스텔 톤 민짜 원단에 흰색이나 애매한 회색빛 기하학을 끼었으면 북유럽이 되고, 촌스런 빨강 덕에 족히 몇 십 년은 재고로 썩었음직한 루돌프 카펫이 노르딕이란 타이틀과 함께 잘도 팔려나가는 현상에 신명 나게 기함하고 있었다. 스칸디나비아는 차라리 귀여운 수준이지, 도민이 개탄할 때 눈앞에 언니가 나타났다.

언니는 한낮의 태양이 만들어내는, 말갛고 쨍한 빛의 장막 저편에서부터, 그러니까 우리가 주저앉아있던 복도의 저쪽 끝에서부터 걸어오고 있었다. 그날의 언니는 머리부터 발끝까지 북유럽의 현신 그 자체였다. 북유럽 색 구두에 북유럽 풍의 가방, 북유럽 패턴이 빼곡한 상하의에서는 우스꽝스러운 비장미라고 해야 할까, 두려움을 베일로 두른 진지함 같은 게 엿보였다. 우리의 두 눈은 화등잔만 해졌다. 그녀가 자기의 몸을 담보로 하여 펼쳐 보인 광경이 퍽 기괴한 농담이나 신탁처럼 여겨진 탓에 내 머릿속엔 성급한 성가가 울려 퍼졌고, 저거 일부러 저러기도 힘든데, 도민이 말했다. 일부러 저러는 거 아닐까, 내가 얼빠진 목소리로 답했다.

우리는 그녀에게 말을 걸어보기로 했다.

"애초에 언니하고 너는 좀, 그니깐 좀, 그런 게 있었어."

"그런 거라니?"

"네가 비웃는 걸 언니는 중요하게 생각했잖아, 안 그래?"

확실히 당초 기대와 언니는 사뭇 다른 사람이었다. 씁쓸하게도 난, 언니가 우리와 같지 않으며, 그녀의 북유럽 스타일 역시 의도적인 애씀의 한 종류였음을 깨달았다. 무심결에 내뱉은 우리라는 말에 도민이 멈칫거린 건 여전히 그 사실을 의식하고 있어서일지.

언니는 북유럽을 입으면 북유럽인이 될 수 있다고 믿을 만큼 순진했고 믿음을 실천으로 옮길 정도로 성실했다. 열심이 온 몸에 드러나는 언니에게서 순진의 때를 벗겨내는 일은 불가능에 가까웠다. 심지어 우리의 쓰레기 같은 농담에 대꾸를 해줄 때조차, 범사에 쓰레기가 되도록 노력하는 게 눈에 보였다. 요컨대 언니의 경우, 재활용이 되고자 재활용 통속으로 가고 젖고자 하여 기꺼이 음식물 쓰레기통을 감내하는 식으로, 일종의 물아일체적 재능을 가진 사람이었다.

그럼에도 나는 그녀를 언니라 부르며 곧잘 따라다녔다. 사실 온아, 온아, 이름을 부를 적이 더 많았다. 그래도 내가 한 살 언닌데, 울상을 하면서도 온아, 하면 꼬박꼬박 용건을 묻고 안부를 물어주는 그녀가 무척 정겨운 터였다.

"그래도 즐거웠잖아."

"그래, 재미 좋았지……."

도민이 마지못한 듯 대답하며 먼 데 시선을 둔 틈을 타 나는 그녀의 화장을 재빠르게 뜯어보았다. 몇 주 전부터 눈매가 확연히 간드러지는 게 보통 솜씨로는 무리려니 싶었는데 이번에 보니까 아이섀도를 바꾼 것 같았다. 대체 어디에서 구한 거야? 발색이 끝내주는데, 하고 속으로 또, 이따가 파우치를 몰래 열어보자…… 생각했다.

어쩌면 도민은 나와 함께 우리, 라는 말로 묶이는 것 역시 못마땅할지도.

비슷한 떡잎에서 출발했음에도 불구하고 오 년이라는 시간이 흐르고 보니, 도민과 내게도 다른 점이 생겼다. 제멋대로 사는 일에도 방향이란 게 있다면, 그게 미묘하게 다르다는 사실을 깨달았다는 편이 옳을 것이다.

애초에 타고나기를 신경줄이 두꺼운 인간인지 도민은 무엇에도 상처받지 않을 것같이 아무 것에나 상처받고 다녔다. 주어진 시간을 사들이듯 살고 또 미련 없이 내버리는 재주가 있었다. 자기란 건 애초부터 없는 사람처럼 매순간 뜨거워졌으며 빠르게 휘발했다. 그러고도 제정신을 유지하고 사는 게 용하다 싶을 만큼. 어쩌면 처음부터 제정신이 아니었는지도 모르겠고.

도민은 자기가 자기라는 사실만으로 언제나 충분해 보였다. 반면 나에겐 나, 라는 게, 나, 라는 스크랩 북 같은 게 존재했다. 자질구레한 소품을 얽어 만든 콜라주 같은 나, 라는 것. 확실히 그게 그녀와 나를 구분 짓는 결정적인 차이라 할 법했다.

별안간 도민이 홱 시선을 돌렸다.

"그니깐 싸우기는 왜 싸워."

"내가 일방적으로 버림받은 거라니깐!"

날카롭게 치솟는 내 목소리가 예상 밖이었는지 그녀는 물티슈에 손가락을 문질러 닦다 말고 놀란 눈이 됐다. 난 그녀에게 끼어들 틈을 주지 않으려고 빠르게 말했다.

"같이 놀았는데 왜 매번 마지막에 와선 내가 범인 비슷한 게 되어버리난 거야. 싫으면 싫다, 안가면 안 간다, 말했으면 되는 거 아냐. 지도 좋으니까 한 거 아냐!"

"매번?"

"이번이 처음이 아냐, 내가 말한 적 있나?"

두어 번 눈을 깜빡이고 나서, 언니가 아예 미쳐버렸다는 말을, 혀끝까지 올라왔던 그 말을 삼켰다. 목 안쪽이 긁힌 것처럼 얼얼했다.

"언니가 나를 미치게 한다니깐? 내가 자길 휘두른다잖아! 마이 매드 팻 다이어리 알아? 거기 나오는 주인공한테 친구가 있거든, 걔가 예쁘고 몸매 좋고 인기도 많고 심지어 착해. 다 가진 애야 걔는. 주인공이 그 친구한테 사사건건 열등감 느끼고 징징거리고 폭식하고 자해하고."

말 중간에 코 먹은 소릴 내길 몇 번, 결국엔 사레가 들렸다. 도민이 진정하라는 의미에선지 내 앞에 놓인 잔에 술을 채우고, 자기 몫의 잔을 손톱으로 톡톡 두드렸다. 나는 캑캑거리며 그녀의 잔을 채워주었다. 짠, 하자 뱃속이 뜨끈해졌다. 위장과 함께 머릿속마저 녹아내리는 듯했다.

"그래서?"

나는 그녀가 비운 잔을 다시 한 번 채우면서 답했다.

"하등하고 열등한 내가 그 잘난 년한테 감정이입이 될 지경이라고."

"내 생각엔, 이건 어디까지나 언니 시점에서 말하는 건데……."

새로 받은 잔을 재차 비워낸 도민이 해야 할 말을 잊기라도 한 듯 잠시 딴청을 피웠다.

"너하고 언니는, 그 여왕벌 나오는 십대 영화에 더 가깝지 않냐."

그녀의 잔에 술을 채워놓으려다 말고 두 눈을 끔벅거렸다. 그건, 너무 전형적인 이야기였다. 새로운 점이라곤 눈을 씻고 찾아봐도 없을 정도로 흔하디흔한 드라마 퀸들의 각본. 한참동안 멍청한 얼굴을 해가지고 도민만 쳐다봤다.

"케이디랑 레지나 나오는 거?"

"그래, 너랑 언니랑 셋이 같이 본 거."

도민의 가설을 만족시키기 위해서는, 속세의 달콤함을 거의 맛보지 못한 까닭에 순진하게만 자라난 케이디, 그녀가 언니여야 했다. 주인공은 이야기의 시작과 함께 고난을 겪게 마련이어서 그녀 역시 비참한 처지, 혹은 이방인의 위치에 놓인다. 그녀의 무구함은 사태에 악영향을 끼치는 주된 요인 중 하나로 제시된다. 집단 내부에서 작동하는 특정 규칙과 위계에 적응하는 데 하등의 쓸모도 발휘하지 못하는 것이다. 이때 주인공의 성장을 보다 극적으로 연출하기 위해 등장하는 악역이 여왕벌, 레지나였다.

집단의 중심에 레지나가 있다. 대체로 오만하고 자기중심적임에도 거부할 수 없는 매력을 가진 빗치로 묘사된다. 그녀는 대가 없는 시혜가 어떻게 사람의 마음을 움직이는가를 환히 꿰뚫고, 타인에게 자신의 능력을 이용한 친절을 베풀기를 주저하지 않는다. 그녀는 각종 간계에 능한데다 자신이 다스리는 세계의 질서 속에 편입된 타인을 가차 없이 이용해먹는 비열함도 갖췄다. 레지나는 케이디를 자신의 들러리로서 기용하고, 케이디는 그녀와의 관계에 근본적인 악의가 도사리고 있음을 깨달아간다…….

그러니까 네 말은, 나는 더듬더듬 말했다.

"내가 악역이란 소리야?"

"너는 그게 낡아빠진 피해의식이라 주장하고 싶겠지만."

무심히 덧붙인 도민이 점원을 불러 오뎅탕과 청하 두 병을 새로 주문했다. 그녀는 오늘 네가 살 거지? 물어왔고, 나는 그녀의 말을 듣지 못한 척 어떻게 그럴 수가 있지…… 중얼거렸다. 어떻게 날, 그런 구식 서사의 악역으로 소비시킬 수가 있지?

청양 고추 많이, 맵게 넣어주세요, 도민이 부엌 쪽에 대고 소리쳤다.

심야에 혼자 영화관에 가, 부당거래를 보았다. 주양의 대사에 이끌

려 찾게 된 거였다. 자기랑 라이벌 관계를 만들려고 하지 말라는 경고
라든지, 호의가 계속되면 권리인 줄 안다는 첨언이라든지. 그의 인상을
결정짓는 데 대사가 차지하는 비중은 큰 편이었다.

재치에는 세계의 무참함조차 무화하는 힘이 있는 듯 영화를 본 사람
들은 주양의 대사에 다소의 유머와 조롱을 가미해 농담으로 만들었다.
그의 자의식을 수많은 기철들이 웃으며 소비한다는 점이 찝찝한 뒷맛
을 남겼다. 주양의 몰이해에서 진심이 엿보인 터였다. 아랫것들이 분수
를 모르고 기어오르는 게 상식적으로 설명이 안 된다는 데서 오는 분
노가 보였다. 집으로 돌아가는 길 내내, 어떤 사고방식이 그로 하여금
권력에 대한 권리를 주장하도록 하는지 고민했다.

"왔어?"

그리고 하나 더. 다 늦은 밤 영화관엘 다녀 온 이유.

문을 열고 방 안으로 들어설 때, 온은 현관을 마주본 벽에 등을 기대
고 앉아있었다. 텔레비전을 보고 있던 모양으로 천천히 화면에서 시선
을 떼어놓은 그녀가 나를 반겼다. 그녀는 내가 신발을 벗는 사이 바닥
에 놓아둔 가방을 대신 집어 들어 정리해주었다. 그리고는 무척 상냥
한 어조로, 영화의 내용이나 연기의 수준 따위에 대하여 물었다.

"그 영화, 재밌다고들 하더라."

"음."

"심심했거든. 같이 갔으면 좋았을 텐데."

온이 보여주는 상냥함은 늦은 밤 귀가한 남편에게 보이는 아내의 그
것과 닮아있었다. 그건 일종의 자기주장에 가까웠다. 자신이 소외당했
다는 사실을, 그러니까 내게 소외감을 느꼈다는 사실을 암시하고 싶은
듯했다. 동의하기 무척 어려운 발상이었으나, 모든 곤란의 난처함은 항
상 그것을 자초했다는 점에 있게 마련이었다.

세 달 째 나는 나의 몫으로 주어진 것을 언니와 나누어 썼다. 온에게
동거를 제안하게 된 건 엉겁결의 일이었다. 그녀가 다소 심각한 상황

에 처해있었다. 절친한 동료와의 관계가 흔들릴 무렵이었고 지갑은 날로 얇아졌으며 엎친 데 덮친 격으로 사귀던 남자친구에게 배신을 당했다. 혼자 있으면 죽고 싶다는 생각밖엔 안 든단 언니의 말 속에서 퍼뜩 딱, 딱, 하는, 가구 뒤틀리는 소리가, 환청인지 정말인지 들려왔다.

동거는 지날수록 끔찍해졌다. 그녀는 함께 덮은 이불 속에 방귀를 북 뀌어버리고 배시시 웃곤 했다. 화장실 문을 닫아도 용변 보는 소리는 밖에까지 들린단 사실을 새롭게 깨달았다. 그녀는 내가 잠들어야 할 때 말을 걸었고 깨어있어야 할 때 코를 골며 잠들었다. 젖어있는 수건, 뚜껑이 열린 채 방치된 화장품, 형편없이 늘어난 바지, 빠르게 줄어드는 생필품, 매 식사 때마다 끼니를 어떻게 해결할지 물어야 하는 일 따위가 내 정신을 이렇게까지 구석으로 몰고 갈 줄은 꿈에도 몰랐다. 구식 컴퓨터 같은 나의 영혼은 생각을 멈추고 쉴 수 있는 시간을 요구했다.

그래서 팔자에도 없는 영화구경까지 다녀오게 된 거였다.

"티비 보고 있었어?"

"어머니한테 전화 왔었어."

내 질문에 애매하게 머뭇거리던 온이 답했다. 이건 또 무슨 아침드라마인가, 생각하자 절로 인상이 찌푸려졌다. 이다음엔 보통 비자발적인 부부싸움의 수순을 밟게 마련이었다. 근데 내가 왜, 언니하고.

"엄마가 언니한테 전화를 했다고?"

"살아있냐고 여쭈시더라. 네가 하도 연락이 없어서 걱정하고 계셔."

온은 나지막이 말했다. 그게 마음에 들지 않았다.

"그렇다고, 엄마가 왜 언니한테?"

"사실은 내가 매주 연락을 드렸거든. 내가 너라면, 좀 더……."

양 손을 휘저어 그녀의 말을 끊었다. 당연한 얘기지만, 온이 나일 순 없었다.

일반적으로 혈연이라 말해지는 관계의 토대에는 시간의 누적이 자리하고 있다. 나는 나의 부모와 태어난 이래 가장 많은 배움을, 가장 많은 끼니를 함께했고 그만큼 오랜 사랑과 미움과 저주를 동시에 품고 있었다. 그러니 물론, 너는 모를 수밖에. 나와 내 가족의 역사에 대해서.

"더 잘할 수도 있잖아. 하다못해 연락이라도 나처럼."

"진짜 부모자식간은 원래 이래."

"어머니는 나한테 네 소식만 물어보셔."

"언니, 지금 나랑 대화하는 거 맞지?"

내 거부 의사와 관계없이 언니가 꺼내놓은 뒷말은 기분을 망쳐놓기에 충분한 것이었지만, 내비치지 않으려 너털웃음을 터뜨렸다. 당장은 이부자리 위에 드러눕는 것밖엔 도리가 없었다. 그녀는 잠시 선 채로 있다가 자리를 피했다. 급작스레 내려앉는 침묵이야말로 내가 혐오하는 것들 중 하나였다. 그녀를 등지고 돌아누우면서, 나도 모르게 끙, 앓는 소릴 냈다.

온과의 사이에 문제가 있음을 인정해야만 했다. 때때로 그녀는 나와 가족을 두고 경쟁하기를 원했다. 자녀로서 갖춰야 할 품행에 대한 짧은 설교를 듣고 난 뒤로부터 혐의는 더욱 짙어졌다. 내가 무언가에 즐거워하면, 그녀는 곧바로 동참했다. 자전거를 샀을 때도 그랬다. 몇 주가 지나자 두발 달린 탈것을 타고 도로에 나가는 짓이 얼마나 위험한 일인지를 피력하기 시작하긴 했지만. 시간이 지날수록 어떤 뉘앙스, 느낌 같은 것이 나에게……

무심한 애인 척하는 데도 한계가 있었다. 일종의 내심을 감춘 겸양이었던 셈인데, 어느새 난감함과 짜증이 섞였다. 나는 그녀와 라이벌 관계를 만들 필요가 없었으므로. 반복되는 불편을 참아주는 이유는 호의를 베풀기 위함이지 그녀가 나에 대한, 혹은 나의 가족들, 나의 세계에 대해서, 어떤 권리를 갖고 있기 때문이 아니라고 하는. 나는 내가 비로소 주양의 심리와 관계하게 되었음을 알았다. 기태들의 뿌리 깊은 자기혐오에 대해서. 내가 내 엄마의 딸이듯이 주양은 스스로를 권력의 아들이라 생각하고 있으므로.

어느 샌가 나는 온에게 내가 나임을 주장했다. 그녀가 나를 따라잡으려고 들수록 나는 더욱 더 빠르게 변덕을 부렸다. 닌텐도를 샀다. 고양이를 기르기 시작했다. 향수를 샀고 화장품을 바꿨으며 새로운 취미에 열을 올렸고 새로운 음식을 좋아하기 시작했고 그런 식으로, 그녀는 내가 보는 것을 보았고 내가 읽는 것을 읽었다.

그러다 모든 것들에 대해 흥미가 떨어질 무렵이 되면 언니는 사물들과 사물들의 일부로서 존재하는 나를 탓했다. 늘 그런 식으로, 관계의 공백을 메우기 위해 상대를 향해 육박해가는 눈먼 연인처럼 굴었다. 크고 검은 아가리를 가진 불가사리 같았다. 그녀는 끊임없이 환상을 먹고 환멸을 게워냈다.

온은 나를 먹고 있었다.

어쩌면 정말로 온은 나를 먹고 싶은지 몰랐다.

내 생각에 언니는 이미 충분했다. 그러나 그걸 깨닫기에 그녀는 너무 단순했다.

"언니, 그거 알아?"

"뭘?"

화장실에서 나온 언니가 손과 발의 물기를 닦으며 되물었다. 두 사람 분의 자리를 마련하기 위해 나는 약간 꿈틀거렸고, 그녀가 내 등 뒤에 자리를 잡고 누웠다. 그녀의 살이 내 몸에 닿았다. 뜻모를 소름이 끼쳤다.

"인간은 입에서부터 똥구멍까지 꼬챙이로 꿸 수 있단 말야."

"갑자기 무슨 소리야?"

"몸 안이 바깥이라고."

어떤 소설 속의 테레사는, 남과 자기를 구분짓고자 겨드랑이에 책을 끼고 거리를 산책했다. 온은 테레사가 토마스의 집으로 갈 때 입장권으로 챙겼던 바로 그 책들처럼, 내게서 나를 골라내 채집했다. 그러나 그녀가 나를 바라는 한 나는 영원히 그녀보다 부자였다. 날 먹어치우는 데 성공한다고 한들 그녀가 흡수하는 것은 그녀 자신이고, 나는 똥 밖엔 되지 않을 거라는 게 이 이야기의 가장 핵심적인 불행이지만.

그녀에게는 악의가 없다. 단지 그녀는 행복하고 싶다. 실제의 나는 디키가 아닌데 어느새 언니는 리플리가 되어서, 내 곁에 잠들어있다. 아주 환장할 노릇이었다.

도민은 취기에 무거워진 고개를 천천히 끄덕였다. 그게 도민이 가정한 언니의 이야기보다 나의 이야기가 더 세련됐다는 인정의 표시인지, 아니면 단순히 내 시점에서의 사정에 동의한다는 의미인지 알 수 없었으므로 나는 초조해졌다.

"재미없는 얘긴가? 이제 졸려? 집에 갈까?"

"것보다, 좀 봐봐, 너 저 프로 보냐?"

도민이 내 등 뒤를 가리키며 말했다. 나는 그것보다, 라는 말에 약간 상처를 받았지만 순순히 고개를 돌려 뒤를 보았다. 그녀가 가리킨 것은 벽면에 걸린 텔레비전인 듯싶었다. 보다 정확히는 거기에서 방영되고 있는 어떤 프로그램. 아이돌 지망생이 떼거지로 나와 경합을 벌이는 내용이 주를 이루는 오락물이었다. 부담스러울 정도로 극적인 진행도 그렇거니와, 공연 중 음이탈을 낸 연습생의 얼굴을 반복해 내보내는 연출방식은 지겨울 정도였다.

"좀 뻔한데."

"알면서 찾는 게 불량식품의 참맛이지."

내게서 별다른 반응이 없자 그녀는 가볍게 혀를 찼다.

"쟤네 눈빛은 리얼이야. 저렇게 예쁘고 재주 많은 애들도 자기를 미워한다니깐."

"서로 미워하는 게 아니라?"

"이유 없이 밉겠냐? 지들도 눈이 있을 텐데."

넌 그걸 알아야 돼, 말하는 도민의 어투는 다분히 훈계조였으나 싫지 않았다. 그럼에도 별달리 대답할 말을 찾지 못해 침묵을 지켰다. 그사이 그녀는 두어 잔쯤을 연거푸 자작했다. 만류를 해도 들어 먹질 않더니, 아니나 다를까 트림을 해도 꼭 저같이 하고 팩 찌그러진 얼굴로 오뎅탕 국물을 냄비 채 들이켰다.

"언니가 그런 거, 잊어버려. 네가 맘마, 빠빠, 어디서 배웠겠어? 다 그러면서 크는 거지."

"다 컸는데 뭘 더 커? 맘마 빠빠 하던 게 자라서 된 게 난데!"

여태껏 항변을 하면 잠자코 듣기만 하던 그녀가 이번엔, 언니는 아직 크는 중인가보지! 하고 성질을 냈다. 너는 그런 적 없냐, 티비 나오는 연예인 무작정 쫓아다니고 따라하고 그런 적 없냐, 묻는데 말문이 턱 막혔다. 그런 시절이 있기는 했다. 갓대 핫의 치열한 공방에 열을 올리고 중도에 속하는 애들을 얼마나 더 많이 포섭하느냐를 가지고 섬기는 우상의 위세를 가늠하던 시기가.

나는 교실 문 앞에 서 있다. 문 안쪽으로부터 책걸상이 부딪혀 내는 소음과 누구인지 모르는 또래들의 고함, 웃음. 급기야 누군가 조용히 하라고 새된 소리를 질렀다. 이름 적을 거야! 의자 끄는 소리가 난 것을 마지막으로, 교실 안은 조용해졌다. 미닫이문은 바닥을 긁으면서 열렸다. 전학생이다. 앞머리를 노랗게 물들인 여자애 하나가 소리쳤다.

수업이 시작하기까지는 삼십 분 정도 남아있었다. 담임은 마음에 드는 자리에 앉으라는 말을 남기고 돌아갔다. 빈자리를 찾아 두리번거리려니까, 키가 아주 크고 테가 없는 안경을 낀 여자애 하나가 가까이 다가왔다. 나를 자기 자리로 데려가 앉혀 놓은 그애는 네댓 명의 여자애들과 내가 앉을 자리를 놓고 의논을 했다. 무리에는 노란 머리의 여자애도 끼어있었다. 그러면 내가 너하고 멀어지잖아! 그애는 느닷없이 앵돌아졌다.

저기, 하고 등 뒤에서 누군가 나를 불렀다. 고개를 돌려 보니 얼굴이 희고 둥근 여자애가 나를 내려다보고 있었다. 물끄러미 그애의 눈만 보았다. 짝 다리를 짚고 팔짱을 낀 품새가 무슨 대단한 말이라도 할 태세였다.

"쟤넨 지오디파야. 우리랑 놀려면 에쵸티를 좋아해야 되는데."

살면서 그렇게까지 진지한 발음의 에쵸티는 처음이었다. 그제야 얼굴이 둥근 애의 등 뒤로, 교실 창가를 등진 채 짝다리를 짚고 팔짱을 낀 몇 명의 여자애들이 더 있음을 깨달았다. 그 반이 에쵸티와 지오디 그리고 젝스키스의 팬들로 천하삼분지계를 이루고 있다는 사실은 나중에서야 알게 되었지만…… 어쨌거나.

"그래, 맞아."

도민에게 탄식과 함께 답했다. 애써 그럴싸한 악역들로 포장해놓은 나의 이야기가 아이돌이 나오는 싸구려 프로그램으로 격하되었다는 데 분심이 일었지만, 그럼에도 부정할 수 없는 사실이긴 했다. 거의 고해성사를 하듯 도민에게 털어놓았다. 나도 그런 적이 있다고. 내가 바라는 것이 내가 누구인지를, 어디에 속할 것인지를 결정하던 때가 있었다고.

"너무 미리 슬퍼하는 거 같은데. 지금이라고 다르겠어?"

커도 다 똑같으니깐 걱정 마, 말하며 도민이 웃었다. 위로라기엔 쓸데없이 냉정한 말이었으나 그녀의 웃음만큼은 핫핫핫, 과 갓갓갓, 을 합쳐놓은 소리로 들려 와서 마음을 끌었다. 그녀가 또 한 번 내 등 뒤를 가리켰다.

"내 친구가 저기 나오는 여자앨 좋아해. 지가 짝사랑하는 여자애랑 닮아서, 저기, 저기, 쟤가 그 여자애 상위호환이거든. 내 기억엔 분명히 그런데, 쟤를 여신처럼 섬기다보니깐 걜 좋아하는 건지 원래 이상형이 쟤처럼 생긴 애인건지 헷갈린단 거야."

"그래도, 아이돌 따라다니기엔 우리가 너무 컸잖아."

"뭐, 우상 붙들고 헛짓하느니 나이트를 가라 할까? 내 친구한테? 아님, 언니한테?"

나는 잠깐 도민의 눈치를 보다가 말했다.

"어, 아니, 감성주점."

도민의 반응은 여전히 시큰둥했다. 나는 다급해졌다.

"거기선 여자가 안 끌려들어가고, 자유롭게 다닐 수도 있고."

무슨 인형 뽑기 기계처럼 픽미 픽미, 바라지 않아도 되고, 시답잖은 거나 점찍어놓고 에너지를 낭비할 바에야 차라리 연애를 하는 게 더 낫지 않나, 다 기어들어가는 목소리로 주절거렸으나 도민은 수긍하지 않았다.

"니미 그래, 주체적인 신여성이라서 좋겠다. 아주 페미니스트 났다, 났어."

그녀는 수긍하지 않고 비꼬기까지 했다. 에쵸티를 좋아하지 않으면 친구가 될 수 없다던 동급생들의 마음을 이제야 이해할 수 있게 되었다. 하지만 내가 그렇게 협박한다고 한들, 도민은 그런 것에 휘둘릴 인간이 아니었다.

"썩을 것들, 투표를 저래 하면 좀 좋나."

뜬금없이 옆자리 아재가 텔레비전을 향해 삿대질을 했다. 그의 삿대질이 우리가 나눈 대화를 겨냥하고 있다 받아들였는지, 도민의 인상이 순식간에 사나워졌다. 그녀의 불같은 성질이 우려스러운 순간이었다. 싹수는 노랬어도 어쨌거나 우리 두 사람은 아가씨였으며 언성을 높인 아재는 덩치가 좋았다. 대충 보기에도 테이블에 깔린 빈 술병이 만만찮았다. 만취 상태의 아가씨가 만취 상태의 아재하고 말싸움이 붙는 건 하루를 최악으로 마무리하기에 안성맞춤인 시나리오였다.

다행히 아재의 맞은 자리에 앉았던 일행이, 동년배처럼 보이니까 아마도 친구사이일 듯싶은데, 목소리 좀 낮추라 언질을 주었다. 그리고는 방송에 관해 몇 마딜 더 했다.

"내 저거 챙기 보는데, 제주에서 온 아 하나 있거든. 샐샐 웃는 게 하이고…… 이뻐가 투위터? 그기서 마 열 번식 투표한다 안하나."

도민의 표정은 금세 부드러워졌다. 나하고 도민은 안 듣는 척 딴청을 부리면서 그의 말에 귀를 기울였는데, 눈치를 채인 것 같긴 했다. 이쪽의 반응이 덩치 좋은 아재의 주의를 끈 듯, 그는 적극적으로 추임새를 넣었다. 아재 앞에 앉은 아저씨의 말귀에 흥이 실렸다.

"딴 아들은 젊어가 하루 열 번도 하고 스무 번도 하고, 백 번하고 그칸다데. 그라모 우리 아는 몬하니까, 니 알계라고 아나? 인터넷은 아예 쓸 주도 몰라가 뉴스에서 알계 어쩌고 씨부리는 거를 뭔가 했지. 신기하지 않나. 열 개씩 만들어가. 즈이들도 투표로는 마 똑같다."

덩치 좋은 아재의 안색이 굳어졌다. 얘길 더 해보라 채근한 마당에 어깃장을 놓기가 애매한 모양이었다. 나와 도민은 서로 눈을 마주치고 흐 웃었다. 어차피 빠심으로 할 투표라면 대통령 보다야 연예인 만드는 국민 프로듀서 쪽이 보다 건전한 일일지 몰랐다.

"연예인 되고 싶어가 울고불고 하는데 함 하게 해주야지."

하이고, 하며, 덩치 좋은 아재가 통박을 놓았다.

"니가 저 아랑 함 하고 싶은 게 아이고?"

그 말에, 앞자리 아저씨와 도민은 썩은 것을 씹다 뱉은 표정을 지었다.

해장 음식으로 족발을 먹는 것도 썩 나쁘지 않은 것 같다고, 점심과 저녁에 걸쳐 긴 식사를 끝낸 도민이 평했다. 그녀가 쪼그린 자세 그대로 바닥에 누웠다. 이제 집에 가야되는데…… 하는 게 한숨처럼 들렸다.

"안 씻어? 씻고 가야지."

속셈이 드러날 만큼 채근하진 않으려고 노력했으나, 여전히 난 도민의 파우치를 포기하지 못하고 있었다. 그녀가 잠깐만 자리를 비워주면 될 일이었다. 무슨 제품을 쓰고 있느냐고 물어볼 수 있다면 좋을 텐데 그건, 뭐라고 할까, 우리의 오랜 역사에 흠집을 내는 일인 듯싶었다. 새도 하나로 너의 뭐가 달라지리라 믿는 거냐 비웃을 그녀를 짐작하면 더욱 그랬다. 뭐라고 반박할 수 있을까, 내가 생각하는 나와 꼭 어울리는 인상이 그 새도 안에 숨겨져 있다고?

"언니는 왜 갑자기 우리를 떠나버렸을까?"

"너겠지. 우리가 아니라."

"어쨌든, 왜지?"

언니는 내게 휘둘리는 일에 진력이 났다고 했다. 친구라고 생각하는 상대를 무작정 따라하는 자신이 이상하지 않으냐 했다. 좋아하는 사람을 만나면 매번 그래왔던 게 트라우마가 되었다고 하는데, 엠병, 그 단어를 발명한 사람은, 그걸 오남용하는 사람들 때문에라도 지옥에서 영원히 고통 받아야 마땅했다.

김유신에게 목이 잘린 말의 심정이 이랬을까 하면, 그래, 그는 적어도 천관의 목을 베진 않았으니까. 애당초 날, 지질한 시간을 연명하면서 살아있기도 하거니와 날마다 변덕스레 변하기도 하는 목숨붙이인 날, 멋대로 자기의 표본으로 삼은 건 그녀였고, 또……. 그게 이상해? 갑자기 도민이 물었다.

"사랑하는 오빠를 호빠에서 만났다고 생각해봐."

"언니하고 호빠 간 적 없어."

도민이 아, 그러셨느냐고, 지청구를 주었다. 그녀가 과장되게 놀라는 표정을 짓기에 그게 한심한 대답이었음을 빠르게 인정했다. 어깨를 으쓱해보이자 그녀가 툭 내뱉듯 말했다.

"언니는, 적어도 너에 대해선 알게 된 거야. 네가 언니랑 똑같다는 거."

"사람들은 다 똑같다면서."

"인류 단위로 오래된 유행이지."

"그래도 언니는 내가 아니잖아. 우린 달라."

나는 온이 아니었다. 언니같이 되려고 한 적도 없고 언니처럼 할 수 없다고 해서 그녀에게 원한을 품은 일도 없었다. 도민은 내 눈만 들여다보다가 머리를 긁적였다.

"로라 메르시에야. 프레스코랑 트러플 섞어서 썼어."

도민이 화제를 크게 건너뛰는 바람에, 그보다 당혹감 탓에, 나는 속을 감추지도 벌어진 입을 다물지도 못했다. 그녀가 재차 물었다.

"계속 궁금해 하던 거 아녔어?"

불현듯 자리를 털고 일어난 도민이 이제 가야겠다, 했다. 그녀와 내 사이에 아직까지 남은 공통점이 있다면 돌연한 침묵을 못 견디게 어색해한다는 사실일 거였다. 부려둔 짐을 챙기는 그녀의 모습을 어설픈 눈길로만 쫓았다. 그녀가 신발을 신다 말고 잠깐 내 쪽을 건너다봤다.

"사지 마. 장담하는데 너하고 안 어울려."

살려고 궁금해 한 거 아냐, 나는 몸속까지 새빨개져서 도민에게 소리쳤다. 그녀는 이번에도 아, 그러셨느냐고 대답하곤 징그럽게 웃었다.

박윤선

경북 대구 출생
울산대학교 섬유디자인과,
서울 디지털 대학교 문예창작학과 졸업
2016 경상일보 신춘문예 단편소설 당선

꽃

박윤선

열차 안은 적요했다. 드물게 앉은 사람들마저도 휴대폰을 들여다보거나 내처 졸았다. 오후 4시, 순옥은 구리에 있는 한 음식점까지 장미바구니를 전달하고 오는 길이었다. 오전 10시 무렵에는 정발산역으로 배달을 다녀왔는데, 천 원짜리 김밥 두 줄로 점심을 때우자마자 의뢰가 들어와 숨도 돌리지 못하고 길을 나선 거였다. 구리 역에 도착해서는 버스를 갈아타고 두 정류장을 가서도 한참을 더 오르막길을 걸었다. 원래는 노인 배달꾼을 배려하는 차원에서 어느 지하철 역에서든 도보로 십 분 안에 도착할 수 있는 배달지가 원칙이었지만 주문자나, 사장이나, 배달꾼이나, 그것이 지켜지지 않는 것에 의문을 제기하는 사람은 없었다.

익숙한 문자 알림 음이 빨간 등산점퍼주머니 속에서 울렸을 때, 순옥은 내려앉은 눈꺼풀을 들기가 죽기보다 싫었다. 까무룩 잠에 취해보려 했으나, 배달주문일지도 모른다는 기대가 의식을 놓아주지 않았다. 게다가, 월세날짜까지는 고작 닷새만을 남겨두고 있었다. 내일 배달이 한 건도 들어오지 않는다면 어쩔 것인가. 다음날도…… 그 다음날도…… 오늘 같은 행운이 이어질리 만무했다. 순옥은 억지로 눈을 떠 휴대폰을 꺼내 들었다.

화장은 잘 끝냈습니다. 안치를 확인하러 와주셔야겠는데요.

순옥은 순간, 허탈함에 맥이 탁 풀렸다. 그럼 그렇지, 조 사장이 하루에 세 번이나 건수를 몰아줄 턱이 있나. 순옥은 메시지를 보낸 담당자가 기대를 무너뜨린 책임이라도 있는 양 원망스럽기까지 했다. 화장한 고인을 굳이 확인하라는 건 또 뭔가. 납골당 측에서야 돈을 쓴 고객에게 완수한 일을 보여주려는 심산이겠지만, 사람에 따라서는 순전히 번거롭기만 한 일일수도 있었다. 늘 말썽을 부리던 오른 무릎이 욱신거리기 시작했다. 무릎을 주무르기 위해 순옥이 허리를 굽혔을 때였다. 마른 팥알만 한 하얀 점들이 불쑥 순옥의 눈에 들어왔다. 완만하게 튀어나온 아랫배 위에 점점이 흩어져 있는 꽃송이들…… 장미 바구니의 가장자리를 빙 둘러가며 장식하고 있던 안개꽃이었다. 손끝으로 툭툭 털었다. 줄기도 없이 떨어져 나온 꽃들은 니트 올 사이에 얽히듯 박혀 좀체 떨어지질 않았다. 순옥은 낡은 니트 사이에 피어난 꽃들을 물끄러미 바라보다 들으라는 듯 힘주어 말을 뱉었다. "징그러운 것들."

징그러운 것들, 쓰임새를 다하고도 제 모습을 또 들이대는 진절머리들…… 사람들은 절화를 살아있는 존재로 여겼다. 하지만 순옥은 잘려진 줄기 끝에 매달린 물 대롱을 볼 때마다 생명을 연장하기 위해 달아놓은 수액 같다는 생각을 했다. 머지않아 몇 방울의 물이 말라버리고 나면 사람들은 진실을 목도하게 될 거였다. 순옥은 달라붙어 있는 꽃들을 내버려둔 채 열차 창밖으로 눈길을 돌렸다.

연락을 받은 것은 이른 아침, 배달주문을 받고 서둘러 외출 준비를 하고 있을 때였다. 머리카락에서 떨어지는 비누거품 사이로 확인한 숫자는 되짚어보아도 도통 모르는 번호였다. 하지만 사무실을 통하지 않고 배달 일을 맡기는 경우가 간혹 있었기 때문에 순옥은 지체하지 않고 전화를 받았다. 휴대폰 속의 목소리는 낯선 이름을 댔다. 바로 통화를 끊으려는데 상대방이 다급한 목소리로 말을 이었다.

"수원시에 사는 할아버지, 모르세요?"

수원과 할아버지, 꽤 오랜 시간을 두 단어가 머릿속을 헤집고 돌아다 닌 후에 순옥은 종료 버튼으로 향했던 손을 제자리로 내렸다. 아는 사 람 같네요.

국립의료원 영안실은 승강기도 운행하지 않는 지하2층에 위치해 있 었다. 한 팔로 난간을 의지한 채, 왼 무릎을 먼저 내려놓고 오른 무릎을 끌어당기듯 안착시키는 과정이 지루하게 이어졌다. 계단을 내려가는 동안 순옥은 검은 한복을 입고 올라오고 있는 한 무리의 여자들과 마 주쳤다. 그때서야 순옥은 생각 없이 평소에 입고 다니는 빨간 등산점 퍼를 입고 온 것을 후회했다. 망자를 만나러 가는 길, 영혼이 주위에 머 무르고 있다가 붉은 옷에 혼비백산해 달아날지도 모르는 일이었다. 그 러면, 내가 여기까지 만나러 온 줄도 모르게 되는 건가…… 허무하다 는 생각과 참참한 기분이 동시에 교차하며 머릿속을 드나들었다. 아닐, 수도 있지 않을까? 수원에 사는 노인이 한 두 명도 아니고…… 다른 노 인이 꽃 주문할 일이 생길 걸 대비해 전해들은 번호를 저장해놓았을지 도 모를 일이었다. 그러면서도 낯익은 주검을 눈앞에 마주하게 된다면, 어떤 표정을 지어야 할지 어떤 행동부터 해야 할지 마음을 종잡을 수 가 없었다.

네다섯 평쯤 되어 보이는 영안실 안엔 반사된 형광등 빛이 가득했다. 서랍장 같은 금속 냉동고가 한 쪽 벽면을 채우고도 모자라 다른 쪽 벽 면에까지 줄을 이었다. 순옥은 밝은 조명 때문에 찔끔 배어나온 눈물 을 급하게 손가락으로 꾹 눌러 훔쳤다. 그 모습이 마치 힘겹게 슬픔을 참아내고 있는 유족 같아 스스로도 울적해지는 기분이었다.

흰 가운을 입은 검안의가 무표정한 얼굴로 금속서랍 앞에 섰다. 차 트를 확인하곤 냉동고의 가장 아래 칸 손잡이를 잡고 끌어당겼다. 다 소곳이, 스테인리스 침대 위에 누워 눈을 감고 있는 김은 순옥이 익히 알고 있던 사람이 아니었다. 생기가 가신 얼굴에선 선뜩한 이질감마저 느껴졌다. 순옥은 주검 위로 몸을 숙이면서 혹 시취라도 날까 숨을 멈추었다. 비뚤어진 콧대와 왼쪽 볼의 반점을 확인하고 나서야 고개를 끄덕여줄 수 있었다. 검안의는 구석으로 걸어가 냉동고 옆 바닥에 고여 있던 비닐꾸러미를 들어 금속 탁자 위에 얹었다. 김이 의료원에 들어올 때 동행했던 물건들이었다. 무릎이 튀어 나온 청바지와 변색된 셔츠가 뒤집혀진 비닐 안에서 한꺼번에 쏟아졌다. 금테안경과 통장이 시간차를 두고 낙하했는데 통장에는 칠만 이천 원이, 수원시 권선구청의 입금으로 명시되어 있었다.

연락했던 사람이라고 자신을 소개한 의료원 사무장은 상상했던 모습보다 젊어 보였다. 자리에 앉자마자 그는 김씨의 의료비에 대해 염려할 것이 없다는 말부터 꺼냈다. 기초생활수급자라 의료원에서 나라에 신청하면 될 일이라고, 장례비 지원도 가능하니 웬만하면 의료원에 딸린 장례식장을 이용하라고 권했다. 김의 가족사항에 대해서는 고개만 설레설레 저었다. 휴대폰 번호에는 네 개의 번호만 저장되어 있었다. 수원시 소재의 중국음식점과, 같은 지역의 주민센터번호. 순옥의 번호에 이어 '이쁜이'라는 이름에 딸린 마지막 번호가 눈에 익었다. 사인은 뇌출혈이었다. 길에서 의식 없이 쓰러져 있는 것을 지나가던 행인이 신고해 들어온 케이스였다. 의료원에 들어온 지 닷새 만에 김은 사망했다.

"가족이 아니시니까 하는 말이지만."

사무장은 블록처럼 네 개의 칸으로 나뉜 연필꽂이에서 검은 색 볼펜을 뽑아들었다. 그러곤 한쪽에 쌓여 있는 서류뭉치와 함께 순옥을 향해 내밀었다.

"길에서 쓰러진 것이 다행일 수도 있는 거고…… 노인네가 무슨 감출 일이 있다고 폰에 잠금장치를 걸어 놓았는지, 연락처를 알아내느라 애 먹었습니다."

환자가 사망하고 나서야 휴대폰을 열람할 수 있었다며 사무장은 연신 투덜거렸다.

"화장하실 거지요?"

　고인의 주소지가 수원이라 다행이라고 그는 덧붙였다. 시립납골당에 저렴한 비용으로 안치할 수 있으니 얼마나 운이 좋으냐고, 새로 생긴 추모 공원이라 시설도 좋다면서. 순옥은 장례든 화장이든 자신이 결정을 내려야 한다는 사실이 부담스러웠다. 단지 확인이 필요하다해서, 마지막 얼굴이라도 보기 위해 온 것뿐인데. 장례를 생략하겠다고 말하자 사무장은 떨떠름한 표정으로 "그래도…"라고 했다가 "알았습니다."라고 했다. 발인은 다음 날 아침으로 정했고 운구와 화장 절차도 알아서 해달라고 부탁했다. 사무장은 난감해 하다가 어딘가로 전화를 걸었다. 잠깐 실랑이를 하는 듯했지만 몇 번의 "사정 좀 봐주쇼."와 "기초수급자라 그렇다."는 말로 해결을 보았다. 그렇게 일을 끝내 놓고도 순옥의 눈치를 보던 사무장이 별안간 헛기침을 흠, 하고 뱉었다.

"가족이 아닌 분에게 이런 말 하긴 그렇지만."

　사무장의 시선이 창밖으로 넘어갔다.

"유골함 구입비와 안치료는 지원이 되지 않아서요."

　최소한으로 계산해도 오십은 필요하다는 말이었다. 오십 만원이면 순옥이 기거하는 지하방의 두 달 치 월세였다. 다 풀어져 들개의 털같이 변해버린 머리를 열댓 번은 말 수 있는 금액. 사무장의 말처럼 가족도 아닌 순옥이 굳이 그 돈을 치룰 필요는 없었다. 그럼에도 순옥은 단 만원도 모자라지 않은 오십만 원을 출금기에서 꺼내왔다. 돈을 세며, 일주일후에 월세 납부일이란 사실이 짐짓 걸렸지만 망설이지는 않았다.

　장례절차에 따른 서류를 적어 나가던 순옥이 멈칫했다. 맞은편 자리에서 줄곧 그 모습을 지켜보고 있던 사무장이 나지막하게 귀띔했다.

"작성자가 가족이어야 절차가 원활하게 진행됩니다."

순옥은 관계 란에 '처'라고 적어 넣었다.

이십 년 젊어진 당신의 얼굴을 찾아드립니다.

하루에 몇 번을 보아도 벽면광고판에 붙어 있는 여배우의 얼굴은 어색했다. 환하게 웃고 있지만 어딘지 매서워 보이는 인상. 아무래도 서로 붙을 것처럼 가까운 눈머리가 이유인 듯했다.

"그게 바로 앞트임이라는 거유."

갑자기 들려온 말소리에 순옥은 화들짝 놀라 주위를 두리번거렸다. 다행스럽게도 실제가 아니라 자신의 기억에서 튀어나온 소리였다는 것을 곧 깨닫곤 안도의 숨을 쉬었다. 노망이 나려나…… 순옥은 자신도 모르게 혼잣말을 했다가 흠칫 입을 다물었다. 말이 씨가 된다고, 재수 없는 말은 하지를 말아야한다. 경망스러운 자신의 행동을 탓하던 순옥은 다급한 일이라도 생긴 것처럼 휴대폰을 끄집어냈다.

이름과 날짜, 주소를 기억하지 못한다.
공격적인 행동을 보인다.
하루에도 몇 번씩 기분이 바뀐다.

모두가 '치매 증상'으로 검색한 내용들이었다. 순옥은, '누군가 곁에 있는 것처럼 대화를 나눈다.'에서 한동안 눈을 떼지 못했으나 곧 세차게 고개를 내저었다. 모두 그 번호 때문이었다. 김의 휴대폰에 저장되어 있던 '이쁜이' 성형이나 유행하는 패션에 대해서라면 모르는 것이 없었던 금희였기에 광고판을 보는 순간 떠올랐던 것뿐이었다. 그러면서도 순옥은 김과 금희가 나란히 연상된다는 것이 영 마뜩치 않았다. 더 짜증스러웠던 점은 둘의 동행이 실과 바늘처럼 자연스럽게 느껴지는 것 때문이었다.

삼 년 전, 배달 일을 마치고 신도림역으로 내려가던 순옥은 같은 배달소에서 일하는 금희와 우연히 마주쳤다. 금희는 백발에 마른 체구를 가진 칠십대 가량의 남자에 기대어 걷고 있었는데, 혼자인 금희의 처지를 아는 터라 순옥은 의아했지만 눈치껏 모른척했다. 그런데 금희가 먼저 손을 들어 알은 체를 해왔고 금희의 시선을 좇은 노인이 순옥을 보았다. 발끝부터 머리까지를 훑는 노인의 눈길에 순옥의 얼굴은 화끈해지고 가슴이 벌렁거렸다.

사무실에서 만난 금희는 묻기도 전에 '우리 김선생님' 자랑부터 꺼냈다. '어찌나 내게 정성을 들이시는지'를 조목조목 열거했다. 순옥은 거리낌 없는 금희의 행사가 남우세스러우면서도 지하도에서 마주친 날 받았다는 셔츠에서 눈을 떼지 못했다. 진품인지는 알 수 없었지만, 뛰어오르는 검은색 말이 자수로 놓인 핑크색 셔츠는 금희의 흰 피부를 한층 돋보이게 만들었다.

금희는 늘 외모를 가꾸는 것에 관심이 많았다. 배달이 없는 시간에도 사무실 소파에 앉아 여성지를 꼼꼼히 탐독하곤 했다. 명품 짝퉁가방을 살 수 있는 거리도 줄줄이 꿰고 있었으며 시간이 날 때마다 거울을 들어 눈가에 번진 화장을 확인했다. 금희가 외모에 신경을 쓰는 것은 이유가 있었는데 꽃 배달을 주문하는 고객들이 조금이라도 더 젊고 멀끔한 배달꾼을 원했기 때문이었다. 꽃 배달은 마음이 전달되는 행위였고, 의례적인 축하이건 개인적인 이유에서건 보내는 사람의 성의가 고스란히 보이는 게 중요했다. 초췌한 행색의 늙은이는 만개한 꽃의 아름다움으로 수신자의 기분을 정화시키려는 목적에 위배되는 존재였다.

"보기 싫은 거야, 지들도 그렇게 될 거라는 걸 보기 싫어하는 거라고."

촤라락, 금희의 손이 움직일 때마다 넘어가던 〈레이디 월드〉 4월호의 낱장이 멈춘 곳에는 '호감을 사는 여자가 되는 법'이란 명제가 동글동글한 글씨체로 기재되어 있었다. 그 아래에는 다시 소제목들이, '적어도 삼 개월에 한번은 헤어숍에 간다.' '상냥한 어조로 대화를 한다.'

'항상 미소를 잃지 않는다.' 등등으로 나열되어 있었다.

"그러니까 형님. 인생은 서비스업이야, 서비스업. 서비스 정신으로 밀어붙이면 통해. 남자도 그렇고."

순옥의 귓가에 소곤거리던 금희가 소파등위로 드러눕더니 까르르 웃기 시작했다. 자신의 말이 스스로도 재밌는지 멈췄다가도 다시 소파를 내리치며 웃어대었다.

"서비스 실력이 을마나 중요한지 알우? 수완이 있어야 남보다 곱으로 얻어내는 거라고."

금희는 순옥이 두 번째 배달 일을 마치기도 전에 세 번째 배달을 나서는 일이 허다했다. 결정적인 배달실수를 해도 천진스러운 미소만 지으면 별 탓 없이 넘어갔다. 세월이 금 같은 노인들에게 남보다 빠르게 기회가 돌아온다는 것은 새로운 시간이 부여되는 것과 마찬가지였다. 옷차림을 단정히 할 줄 알고 머리염색을 게을리 하지 않는 금희는 어느 곳에서나 인기가 높았다.

순옥이 단골로 드나드는 브랜드 옷집이 여럿이던 시절에는 점원들도 순옥에게 최상의 서비스로 대했다. 매장 앞을 지나쳐가도 밖으로 튀어나와 악착같은 아양으로 눈도장을 찍었다. 하지만 순옥은, 사람으로서 가져야 할 최소한의 자존심도 없이 부리는 그들의 가식이 불편했다. 그것은 성치 않은 다리를 끌고 걷느라 길을 막고 있는 장애인을 맞닥뜨렸을 때와 비슷한 기분이었다. 이제 순옥은 모를 수도 있었을 타인의 장애 같은, 평생 상관없을 수도 있었을 삶속에 들어와 있는 셈이었다.

열차가 거친 숨을 내쉬며 정차했다. 사람들이 내리고 또 그만큼이 몰려들어왔다. 어디선가 흘러온 썩은 생선 내가 순식간에 열차 칸 안을 가득 메웠다. 늙수그레한 노숙자가 구부정한 허리를 앞세우고 경로석 쪽으로 걸어오고 있었다. 덜커덩. 속도를 이기지 못한 열차가 흔들렸고 몸을 주체하지 못한 노인이 정장차림의 젊은 여자에 부딪쳤다. 여자는 주시하지 않으면 모를 만큼의 작은 보폭으로 조금씩 걸어 자리를 옮겼다.

빈 경로석에 드러누운 노숙자는 구정물색으로 변해가고 있는 점퍼와 실밥이 터져 나온 쥐색 운동화 차림이었다. 순옥은 반백의 수염으로 덮인 노숙자의 얼굴을 면밀히 살폈다. 번번이 일치한 적이 없는데도 순옥은 남편과 비슷한 체구의 사람이 보이면 관심을 가졌다. 그러다가, 아무 언급도 없이 잠적해버린 남편의 행태가 떠오를 때면 누그러져 있던 감정의 찌꺼기가 세세히 되살아나는 것이었다. 모든 일의 수습은 남겨진 자의 몫이라는 듯, 홀연히 사라진 남편. 은퇴 후, 담보대출까지 받아 친구의 IT사업에 투자했던 남편의 부도는 온전히 순옥과 딸에게 떠넘겨졌다. 주위 사람들은 실종된 남편의 생사를 걱정했지만 순옥은 현실을 회피한 남편의 비겁함에, 삼십여 년의 결혼생활을 덧없이 만들어버린 몰염치함에 분노를 느꼈다. 가족이 흩어지는 것은 순식간이었고 순옥은 지하 월세 방에서 홀로 환갑을 맞았다.

열차가 멈췄다. 때맞춰, 노숙자가 일어났다. 초점 없는 시선으로 하차하는 사람들을 좇던 그가 홀린 듯 따라 내렸다. 형태만 유지하고 있는 모래기둥처럼 내딛는 발걸음이 아슬아슬했다. 계단 초입에서, 발을 헛디딘 노숙자가 눈 깜짝할 새 고꾸라지며 역사 바닥에 뒹굴었다. 순옥이 아, 하며 외마디 소리를 질렀지만 그것이 전부였다. 비틀거리며 한쪽 다리를 세우고 일어나는 추레한 그의 곁을, 사람들은 힐끗거리며 지나쳐갈 뿐이었다. 다시 출발한 열차는 거대한 구멍을 통과한 후 지상에 나섰다가 또 다른 암홀 속으로 돌진해 들어갔다. 또 다른 역에서는 같은 듯 다른 사람들이 같은 듯 다른 동작으로 내리고 올라탔다. 닫히는 열차 출입문 사이로, 때 묻은 커피 자판기와 엉덩이가 배겨서 연신 움직거릴 수밖에 없는 낯익은 나무벤치가 남아 있었다. 신도림이었다. 순옥은 잠시 동안 열차가 한자리에서 맴을 도는 것은 아닌지 의심스러웠다. 오늘이 어제와 똑같았고, 그제가 한 달 전과 같았다. 저 자리에, 그 사람이 앉아 있었는데…… 오늘은 신도림에 오지 않았는가……

열차 안내방송이 울리는 순간, 순옥은 퍼뜩 정신이 들었다. 올 리가 없었다.

이 년 전, 신도림역 승강장에서 마주친 김은 처음 금희와 마주쳤을 때와 같은 베이지색 등산 조끼 차림이었다. 바닥을 내려다보며 걷고 있는 그를 불러 세운 것은 순전히 금희의 안부가 궁금하기 때문이라고 순옥은 스스로에게 이르고 있었다. 김은 입맛만 다실뿐 순옥의 물음에 별 대답을 하지 못했다. 그 표정이 침통해 보이기도 했고, 심정을 알 것도 같아서 순옥은 김의 소맷자락을 끌어 자판기 옆, 벤치에 앉혔다.

"우리 최 여사는, 사는 게 좀 어떻습니까?"

김의 다정한 말 한 마디에 갑자기 뜨끈한 손 하나가 가슴에 침범한 느낌이 들어 순옥은 움찔했다. 우리, 라고? 자연스럽게 저와 나를 엮는 말본새라니…… 순옥은 김의 수작질이 느물스럽다 생각하면서도 아주 괘씸하게 생각되지 않는 자신이 또 의아했다. 생각해보니, 우리 집, 우리 딸, 우리 남편…… 그 '우리'에 포함된 지가 너무 오래되었던 것이다. 가르쳐준 적 없는 자신의 성을 김이 알고 있다는 사실도 놀라웠다. 금희에게서 들은 것일까? 무슨 이유 때문에 여태 내 성을 기억하고 있었을까. 문득, 금희가 사람들의 관심을 끌고 있을 때의 얼굴이 떠올랐다. 충만함이 넘쳐 뭐라 말 할 수없이 보얗게 피어나던 그 눈빛이.

김은 폐지도 줍고 비상시 지원하는 택배일도 하며 생계를 해결하고 있었다. 매달 나오는 기초연금까지 합치면 그럭저럭 살만하다는 말이었다. 대화는 순옥의 일상으로 넘어갔다. 최근 일 년 동안의 이야기는 금세 십여 년 전 과거의 일로 바뀌었다. 딸의 이야기에 이르렀을 때는 순옥의 가슴에서 무언가 울컥 솟아 배낭 속에서 뒹굴고 있던 휴지를 꺼내어 눈물을 찍어내기도 했다. 채권자들에게 악다구니를 당하며 응급실로 실려 갔던 고난은 여느 아침드라마 못지않은 비극 같았다. 마른 가죽 같은 손이 순옥의 허리춤을 휘감았다. 완강히 거부하던 순옥의 손에 구겨진 만 원짜리 석 장이 쥐어졌다. 바로 전, 지하방의 월세가 석 달 가량 밀려있다는 대목을 말한 참이었다.

　김은 순옥의 방에 들르기 전 언제나 미리 연락을 했다. 화장도 하고 깨끗한 속옷으로 갈아입으라는 뜻임을 순옥은 대번에 알아차렸다. 방 안에 든 뒤에도 숨을 몰아쉬는 김을 위해 동네마트 오픈 날 얻은 음료수를 얼음에 타서 내주었다. 그렇게 김이 한숨을 돌리는 사이, 순옥은 석 장이나 넉 장의 만 원권을 김의 조끼에서 끄집어냈다. 주머니에서 나온 지폐의 액수에 따라 그날의 레퍼토리가 달라졌다. 손으로 할 때와 입으로 할 때의 가격은 시간이 지남에 따라 자연스럽게 책정되었다. 음부가 젖지 않아 삽입이 힘들어졌을 땐 동네 미용실에 부탁해 구입한 크림을 발라 해결했다. 가장 수입이 좋은 때는 술에 취한 김이 순옥을 찾는 날이었는데, 양말목에 숨겨놓은 지폐나 오백 원짜리 동전까지 남겨놓지 않고 취했다. 어쩌다 참담한 기분이 들 때면 '투철한 서비스 정신'을 되새겼다. 가끔은 지하방에 들어서는 김을 붙잡곤 머리에 피도 안 마른 젊은 놈이 어떤 말로 자신을 모욕했는지를 늘어놓는 것이었다. 하소연 끝에 몸을 맡기는 날이면 순옥은 잊어버린 듯 돈을 받지 않았다.

　배낭 안을 뒤지던 순옥이 군데군데 칠이 벗겨진 검은색 플라스틱 케이스를 끄집어냈다. 금희가 자신의 피부색에 맞지 않는다며 준 아이새도우였다. 뚜껑을 열자마자 얼룩진 갈색 입자들이 부유하는 먼지와 섞여 사방으로 날았다. 거울에 비친 얼굴을 순옥은 엽렵하게 살폈다. 산등성이 골처럼 깊은 새발자국이 눈가에 선연했다. "더도 말고 다섯 살만 더 어리면 좋겠구만." 입버릇처럼 반복하던 김의 말이 되새김질하듯 떠올랐다. 순옥은 뚜껑도 닫지 않은 아이새도우를 배낭 안에 던지듯 넣어 버렸다.

　"친구 발인은 무슨…… 여사님, 이번 달에 몇 건 했는지 알고는 계셔?"

모를 수가 있을까. 잠자리에 들기 전, 마침표를 찍듯 반복하는 일과가 돈과 날짜 계산이었다. 순옥은 조 사장의 손안에서 나풀거리고 있는 오천 원 권 한 장과 천 원 권 두 장을 빼내어 지갑 안에 가지런히 챙겨 넣었다.

"일 있다고 빼먹고…… 무릎 아프다고 빼먹고……"

조 사장의 빈정거림은 끝날 줄을 몰랐다. 버스 정류장 가까이에 들어선 새로운 배달 사무실이 부쩍 신경 쓰이는 모양이었다. 이미 보름 전부터 배달료를 내릴지도 모른다는 말이 공공연히 돌고 있었다. 내려갈 가격은 당연히 배달꾼들의 수임료 인하로 맞추게 될 거였다.

순옥은 정수기로 다가가 녹차 티백이 담긴 종이컵에 뜨거운 물을 받았다. 인조가죽 덮개가 나달나달하게 벗겨진 소파에 엉덩이를 반쯤 걸친 다음 탁자 위에 웅크린 달력을 주시했다. 보름동안에 채 열 건의 배달도 하지 못한 것은 사실이었다. 새삼 오십 만원이 눈앞에서 헤실헤실 날았다. 그 정도 돈을 모으려면 얼마나 더 많은 수의 배달을 다녀야 하나. 하루에 세 번 배달을 뛰면 올해 안에 메울 수는 있을까. 그렇게 계산을 하던 중, 순옥은 깨달은 바가 있어, 아, 하고 소리를 질렀다. 오늘 날짜가…… 6월 14일, 그렇다면 음력으로 분명 5월 15일. 그 새 정신이 나갔던 모양이라고 순옥은 생각했다. 며칠 전까지만 해도 수첩에 적어가며 기억을 하고 있었건만. 재빨리 휴대폰을 꺼내어 숫자 버튼을 눌렀다. 포기하지 않고 기다렸지만 아무 언질도 없이 컬러링 음이 끊어졌다. 멀거니 액정화면을 바라보던 순옥은 화면을 전환해 문자를 찍기 시작했다.

딸, 생일 축하한다. 내가 미역국이라도 끓여줘야 하는 건데, 일은 어떠냐. 아침은 먹었고?

불현듯 제대로 읽지도 않고 꺼 버리는 딸의 모습이 스쳐갔다. 마트 캐셔와 편의점 아르바이트를 번갈아가며 하고 있는 딸은 점장이 좋아하지 않는다며 전화를 받지 않는 일이 많았다.

순옥은 삭제키를 눌러 끝에서부터 문자를 지워나갔다.

딸, 생일 축하한다.

너무 매몰찬가.

딸, 생일 축하해. 파이팅.

문자를 전송한 순옥은 휴대폰 화면에 비친 주소록을 찬찬히 훑어나 갔다. 딸의 번호와 이미 정지되어 버린 남편의 번호가 앞 순서였다. 연락이 닿지 않는 친구 몇 명, 같은 배달 일을 하는 동료 두 명, 화원의 전화번호와 배달 사무실. 김의 전화번호도 여전히 저장되어 있었다. 순옥은 잠시 망설이다 삭제버튼을 눌러 김의 번호를 지운 다음 휴대폰의 잠금장치를 해제했다.

"여사님, 혹시 정 여사님 소식 좀 모르시나?"

조 사장이 믹스커피 봉지로 종이컵 안을 휘저으며 순옥을 쳐다보았다. 지나가는 투로 말하고 있지만 조 사장이 금희의 부재를 아쉬워하고 있다는 것을 순옥은 알고 있었다. 쉴 새 없이 대거리를 퍼붓는 사장 앞에서 벌 받듯 두 손을 모으고 있던 금희. 조 사장은 윽박지르면서도 여사라는 호칭만은 꼬박꼬박 붙였다. "여사님, 요즘 정신머리가 왜 그래? 도대체 몇 번째 까먹는 거야. 내가 왜 여사님 때문에 쌍욕을 먹어야 되냐고, 어?"

꽃 배달을 낭만적인 소일거리쯤으로 여기고 일을 시작한 노인들 중엔 고객들에게서 받는 푸대접에 충격을 받는 일이 종종 있었다. 반말은 다반사고 꽃 상태가 좋지 않다는 이유로 재활용한 게 아니냐며 의심했다. 수임료도 포기한 채 달아났다가 간혹 돌아온 노인들은 불만을 늘어놓지도, 사장의 처사에 따지지도 않았다. 조 사장은 그런 노인들을 존중한다는 명목으로 '여사님'이나 '어르신'을 성에다 붙여 불렀다. 하지만 일에 있어 실수가 이어지면 여지없이 막말이었다.

"내가 어찌 아누."

순옥은 이미 비어버린 컵에 입을 대고 녹차를 마시는 척했다. 조 사장뿐만이 아니었다. 금희의 행방을 아는 사람은 아무도 없었다. 배달 사무소 내에서 금희는 태양처럼 빛나는 존재였기 때문에 그녀의 행방 불명은 꽤 오랜 기간 화젯거리였다. 돈 많은 영감의 후처로 들어앉았 다거나 고향에 내려가 해장국집을 차렸다는 소문까지 돌았다. 어쨌든 그 소문의 이면에는 엽렵하게 이득을 챙겨온 금희가 제법 튼실한 터전 을 찾아 갔으리라는 짐작이 깔려 있었다. 하지만 순옥을 비롯한 몇몇 동료들은 전혀 다른 이유 때문이란 걸 진작 눈치 채고 있었다.

배달지의 방향이 같은 이유로 순옥이 금희와 함께 지하철을 탔던 날 이었다. 반대편 승강장을 눈여겨보던 금희가 까르르 웃기 시작하더니 뜬금없이 큰 소리로 벽보를 읽어 내려갔다. 활발한데다 워낙 자신을 드러내길 좋아하는 금희인지라 처음에 순옥은 그러려니 여겼다. 그러 나, "청소년은 우리의 미래입니다."라고 소리 내어 벽보를 읽은 금희가 또 다시, "청소년은 우리의 미래입니다."를 거듭해 말하자 의아한 생각 이 들었고, 세 번째 "청소년은 우리의 미래입니다."가 반복되자 무언가 잘못되었다는 것을 알아차렸다. 급기야 같은 열차에 타고 있던 승객들 이 수군거리기 시작했다. 팔을 잡으며 말렸지만 금희는 점점 더 크게 같은 문장을 되풀이해 읽었다. 당황한 순옥은 금희의 입을 틀어막았고 쉴새 없이 움직이는 입안에서 흘러나온 체액이 순옥의 손바닥 안 오목 한 골 사이에 모여들었다. 금희는 자신이 한 행동을 기억하지 못했다. 육천 원이던 금희의 수임료는 한 달 후에 오천 원으로 내려갔다. 그마 저도 선불로 받아갔다는 조 사장의 말에 고개만 갸우뚱거릴 뿐 별 말 을 하지 못했다. 몇 달 후, 허리 수술 때문이라는 전언만 남긴 채 금희 는 사라졌다. 휴대폰은 정지 상태였다.

조 사장은 빈 종이컵을 쓰레기통에 던져 넣은 뒤 벽면에 걸린 게시 판 쪽으로 다가갔다. 배달꾼들의 명단과 배달날짜, 횟수가 기록되어 있 는 게시판이었다. 보드마카를 집어 든 조 사장이 다섯 번째 칸에 선을 그어나가자 금희의 이름과 배달횟수 같은 것들이 빨간색 줄 아래 자취를 감추었다. 여백이 다 채워지기도 전에 휴대폰 알림 벨이 울렸다. 추모 공원 담당자가 재차 보내온 문자였다.

오늘 안으로 확인 바랍니다.

순옥은 길 찾기 어플리케이션을 열어 사무실부터 추모공원까지의 거리를 검색했다. 무려 한 시간 오십 팔 분이나 소요되는 거리였다.

산등성이 아래에는 각기 다른 형태의 건물 세 채가 디귿자 유형으로 서 있었다. 하얗게 채색된 사층 건물을 중심으로 오른편에는 잿빛 삼층 건물이었고, 왼편에는 곡선형의 단층 건물이었다. 입구에는 새로 설치한 듯 보이는 현수막이 어린 가로수 사이를 가로막은 채 방문객을 맞았다. 중간 마루에는 수목장 부지가 파릇한 잔디로 빈틈이 없었으며 뒤편 산 아래에는 자연장을 위한 부지가 그럴듯한 모습을 갖춰가는 중이었다. 산허리를 들어내고 앉은 납골당 뒤편에는 잘 말린 미역줄기 같은 숲이 어우러져 있었다.

관리 사무실을 홀로 지키고 있던 직원은 순옥의 출현이 썩 반갑지 않은 눈치였다. 여덟시가 되면 출입문을 닫아야 한다고 못을 박았다. 납골당 건물 안으로 들어서자 관리사무실 옆으로 연결된 복도를 따라 안치실이 나타났다. 각각의 안치실에는 여러 새의 이름을 딴 현판이 부착되어 있었는데 일부러 새 이름을 활용한 것 같았다. 직원은 동호수를 찾는 택배 회사 직원처럼 '황새관, 팔, 다시, 십육'을 되뇌며 순옥을 이끌었다. 그렇게 가다보니 앞서 걷는 직원의 모습이 어쩐지 소름끼쳐 순옥은 멈칫거리는 다리를 억지로 잡아끌며 걸었다. 궁릉 모양의 입구 안으로 들어서자 잘 정돈된 서가 같은 안치동의 모습이 아파트 단지처럼 보였다. 안치동 아래에는 똑같은 모양의 흰 국화와 백합다발, 검은 리본이 장식된 흰 장미 바구니가 경쟁하듯 깔려 있었다. 대부분은 하루 이틀밖에 지나지 않은 듯 생생했지만 반쯤 말라비틀어진 꽃들도 심심찮게 보였다. 김의 유골함은 손자 손녀까지 동원된 대가족사진 옆에 자리하고 있었다.

"운이 좋으셨네요."

한쪽 다리에 삐딱하게 체중을 실은 자세로 직원이 말했다.

"여기는 선착순이라 좋은 자리에 들기가 하늘에 별 따긴데."

순옥은 검지로 바닥에서부터 짚어 거스르며 김의 위치를 확인했다. 오층. 부러움을 살만한 자리라고 직원이 부연했다. 순옥은 죽어서 좋은 자리에 낙찰되었다는 말이 생소했지만 땅 아래에 살고 있는 자신의 처지와 빗대어보니 납득할 만도 했다. 죽은 자는 지상 오층에, 산 자는 지하 일층에 살고 있는 셈이었다. 시간이 길어질 것 같았는지 직원은 복도 끝에 출구가 있노라고 알려주곤 열쇠꾸러미를 절렁거리며 돌아섰다.

순옥은 무엇부터 해야 할지 알 수 없어 난감한 기분이 들었다. 기도를 할까? 아니면 묵념이라도…… 절을 하려고 보니 김과 같은 줄에 자리한 생면부지의 유골함들이 거슬렸다. 별 수 없이 눈앞에 자리한 백자 유골함만 뚫어지게 쳐다보았다. 김, 정…… 수…… 부고를 접하고 나서야 알게 된 김의 정확한 이름. 김정수 씨에게서 받은 삼만 원. 혹은 사만 원이 온전히 그의 안락처로 돌아갔다. 빨래통 속에서 되도록 멀쩡한 팬티를 급하게 골라내어 손빨래를 하는 야단법석도 이젠 끝이었다. 잘 있다는 한 마디 말로 통화를 끊어버리는 딸을 흉보는 짓은 누구에게 하나. 오늘은…… 딸의 생일이었다. 보낸 문자를 읽었다면 진작 답문이 와야 했건만…… 갑자기 순옥의 가슴에서 돌덩이 같은 것이 천천히 요동쳤다. 가만 있자, 얘 생일이 음력으로 5월 15일이 맞는 건가? 아니면 남편의 생일인가? 오늘은 며칠이고 무슨 요일인가. 김의 통보는 언제부터 끊어진 건가? 순옥은 마지막으로 김과 만났던 날을 기억해내려 애썼다. 하지만 김이 무엇을 말했었는지, 어떤 표정이었는지 떠오르는 것이 없었다. 거무죽죽한 표피에 각질이 일어난 잔등을 손톱으로 긁어주었던 기억만 뚜렷했다. 하지만 그마저도 그것이 김의 등이었는지 남편의 등이었는지 확신하기 어려웠다.

황새관 바닥에 모여 있던 조각 빛이 달아나듯 사라졌다. 열쇠들이 부딪치고 밀쳐대는 소리가 복도 끝에서 다가오고 있었다. 조급하고, 신경질적인 독촉처럼. 순옥은 서둘러 황새관을 벗어나 직원이 알려준 방향으로 걸어갔다. 복도 끝에 다다라, 우연찮게 마지막 안치실 쪽으로 고개를 돌렸을 때였다. 저물어가는 빛 아래, 덩그렇게 서 있는 빈 안치동 하나가 순옥의 눈길을 붙잡았다. 붉은색과 핑크색의 꽃송이가 한 가운데 부착되어 있는 이상한 안치동. 조금씩 상황을 깨닫게 되면서 순옥의 호흡이 점차 가빠졌다. 여기는 분명 납골당이 아닌가. 빈 안치단에 꽃이 달려있는 모습도 의아했지만 휘황찬란한 꽃송이들의 색감은 더 충격적이었다. 직원은 분명 안치단 자리가 선착순으로 배정된다 했는데, 그렇다면 도대체 누가, 꽃을 달아놓은 것일까. 혹시 임의로 맡아 놓은 자리일까. 순옥은 비어있는 안치단의 수를 눈대중으로 세었다. 문제의 안치단이 주인을 찾기까지는 일주일이 걸릴 수도 있었고 한 달이 걸릴 수도 있었다. 내일이라도 가능했다.

가까이 다가갈수록 꽃의 실체는 적나라하게 드러났다. 장미와 작약과 엉겅퀴가 줄기를 친친 감고 있는 조화造花 리스. 리스는 라탄 줄기를 사용한 원형의 틀에 그루건과 반짝이 가루가 범벅이 된 형태였다. 한 몸인 듯 서로의 줄기에 엉켜 붙은 꽃송이들은 나선으로 돌아 오르며 갈라졌다가 한 바퀴를 돈 후 마주하고 있었다.

순옥은 조심스럽게 손을 들어 핑크색 장미꽃잎에 대보았다. 부드러웠지만 생기라곤 찾아볼 수 없었다. 플라스틱 비즈 장식은 조악했고 붉은 벨벳의 꽃잎은 천박했다. 모양만 유지할 뿐 눈곱만치의 유연함도 없는 나뭇잎엔 먼지가 가득했다. 늙지도 변형되지도 않은 채 피어있는 가화假花. 엉뚱하게도 순옥은 장난처럼 달아 놓은 리스에게서 줄곧 보아 온 것 같은 친숙함을 느꼈다. 조화를 배달했던 기억은 없어서 익숙하게 느껴질 이유가 없었는데도. 빛과 물에 구애받지 않는 꽃은, 더러워지고 뒤틀어진 모습으로 남아 추모객들을 놀라게 할 터였다.

　마침내 안치실을 나온 순옥이 납골당의 출입문을 열었다. 시선이 닿은 산봉우리에는 실낱같은 아치로 남은 태양이 마지막 빛을 발하고 있었다. 명멸하는 빛이 순옥의 등산점퍼와 티에 내려앉자 니트 올 사이에 껴 있던 안개꽃들이 다시 모습을 드러냈다. 그 자태를 바라보고 있던 순옥이 손가락을 곧추세웠다. 검지와 엄지를 니트 올 사이에 넣어 붙은 것들을 집어내기 시작했다. 눈송이 같은 꽃송이들이 납골당 출입문 앞에 힘없이 떨어져 내렸다. 남아 있는 꽃송이가 없는지를 일일이 확인한 순옥이 점퍼 주머니 속에서 누런 물이 든 휴지뭉치를 꺼냈다. 그러곤 다시는 반복하지 않겠다는 듯 눈가에 고인 눈물을 꼼꼼히 찍어내는 것이었다.

김해숙

1976년 전북 고창 출생
광주대학교 문예창작학과 석사 수료
2016년 광주일보 신춘문예 「누룩을 깎다」 당선

어쩔 수 없다

김 해 숙

동거인이라고요? 절대 그럴 리 없어요.

누나는 접이식 철제 의자에 팔짱을 끼고 앉아 있었어. 그 옆에는 빈 의자가 하나 더 있었고. 동거인이라는 말에 나는 앉지도 못하고 의자 등받이만 만지작거렸어. 경찰은 답답했는지 고개를 까닥거리며 앉으라는 시늉을 했어. 나는 의자를 몸 앞쪽으로 끌어당겨 되도록 누나가 앉은 의자와 틈이 생기게 만들었지. 가족이 될 수도 있는 관계였지만 진우랑 싸웠을 때처럼 냉랭함과 어색함, 게다가 처음 본 사이었기 때문에 긴장됐어. 짧은 순간이었지만 누나가 나를 위아래로 훑는 기운이 느껴졌어. 나는 앉아서 허벅지를 살짝 들고 스커트 밑단을 잡아당겼어. 무릎 위로 살짝 올라간 정도였지만 유난히 길이에 신경 쓰였거든.

형사님, 진우 가족은 저 뿐이라고요. 아이고, 불쌍한 우리 진우.

김진우 씨 동거인이지요?

…….

동거인은 아무나 될 수 있잖아요! 가족도 아닌데 왜 물어요?

누나의 강한 부정에 형사는 머리만 긁적거렸어. 누나는 이제 대놓고 나를 경멸하는 눈빛으로 째려봤어. 그 눈이 어찌나 매섭던지 난 하마

터면 소리를 지를 뻔했어. 나는 두근거리는 가슴을 지그시 누르며 대꾸했어. 말하는 도중에 누나 눈치를 본 건 당연했고.

진우랑 같이 살았었어요.

지금은 안 산다는 거야? 들었죠. 형사님?

이제 진우가 없잖아요.

누나는 휘둥그레진 눈으로 몸을 완전히 내 쪽으로 돌리며 씩씩거렸어.

어디서 나타난 거야? 솔직히 말해. 진짜 우리 진우랑 같이 살았어?

난 더 이상 대답하지 않았어. 이런 식이라면 몇 시간이고 지루한 대답을 해야 할지도 몰랐거든. 안구 건조로 인해 눈이 뻑뻑했어. 나는 가방에서 하메론을 꺼내 양쪽 눈에 넣었지. 안약인지 눈물인지 모르지만 내 눈에서는 물이 흘렀어. 이번엔 형사가 나와 진우 관계를 물었어. 하지만 난 형사의 질문에도 쉽게 대답할 수 없었어. 자꾸 곁눈질하는 누나가 신경 쓰였거든. 나는 조금 망설이다 아주 작은 목소리로 진우랑 일 년 정도 살았지만, 어제 일에 대해서는 아는 게 없다고 했어. 주말 연속극이 끝난 시간이 열한 시 정도였으니 그때 침대에 들어갔고, 새벽 일곱 시로 알람을 맞추려고 핸드폰을 든 순간 전화가 왔었는데, 그 전화를 받고 나간 다음 연락이 되지 않았다라고. 옷차림은 검은색 정장 바지와 흰색 셔츠였고…… 되도록 세세한 것들을 기억하며 진우에 대해 말해주고 싶었어. 그건 나 또한 어제 저녁에 벌어진 일이 혹시 꿈이 아닐까 하는 착각이 들었거든.

진우는 늦은 시간에 전화를 받았어. 상대방 쪽에 무슨 말을 했는지 모르지만 진우는 주로 네, 라며 짧게 대답만 했어. 통화가 길어질수록 진우 얼굴은 굳어졌고, 핏기가 사라졌어. 진우는 대답하면서 모든 걸 체념한 듯 천장을 물끄러미 쳐다보고 있더라. 전화가 끊겼는데도 전화기를 놓지 못했고 멍한 상태에서 나를 한번 꼭 껴안아 줬어. 나는 팀을 짜서 하던 프로젝트가 잘못 되었나 내심 걱정됐어. 진우는 회사나 개인에게 원하는 프로그램을 개발해 주었거든. 이번 프로젝트는 작은 규모고, 공수 산정을 할 때 5/M이었어. 다섯 명이 한 달 동안 일하는 거랬어. 팀원 중에 마음에 들지 않는 사람이 있지만 이번에도 같이 해야 한다고 했어. 일하는 도중 자꾸 사라지는 게 불만이었지만 오더를 따오는 건 그 사람인 경우가 많아서 어쩔 수 없이 같이 다녀야 한다고. 난 무슨 일이냐고 묻고 싶었지만 참았어. 심각한 일은 회사 일이 아니어도 얼마든지 일어날 수 있으니까. 또 아직은 정식으로 결혼한 사이가 아니라 꼬치꼬치 캐묻는 것도 예의가 아니란 생각이 들었거든.

난 진우 속눈썹에 맺힌 작은 눈물방울과 아직도 내 몸에 남아 있는 진우 냄새를 기억하고 있어. 머리를 두 팔로 감싸 안으며 이건 내게 일어난 일이 아니라 처음부터 마지막 진술이 끝날 때까지 계속 꿈이라고 생각했어. 아주 기분 나쁜 꿈 말이야. 그런데 꿈이 아닌 가 봐. 현실이었어. 바꿀 수도, 바뀔 수도 없는, 어쩔 수 없는 일.

누나는 경찰서를 나서자마자 우리 집에 가겠다고 했어. 진우랑 동거한 곳이 어딘지 직접 봐야겠다고. 그렇다고 너를 가족으로 인정하는 것은 아니니 다른 생각은 하지 말라고 했어. 난 집 주소와 현관문 비밀번호를 알려준다고 했어. 필요하다면 언제든 와도 좋지만 지금은 그때가 아니라고. 내게도 이 상황을 받아들일 시간이 필요했어. 난 한마디 덧붙였어. 밤새 잠을 설친 탓에 눈알이 빠질 것 같으니 자고 싶다고. 누나는 일단 가방에서 핸드폰을 꺼내 집 주소와 현관 비밀번호를 입력했어. 그런 다음 지, 금, 당, 장, 가겠으니 앞장서라고 나를 다그쳤어. 아, 진짜 참을 수가 없었어. 아무리 급하더라도 내게 시간이 필요하잖아. 바로 어제까지만 해도 내 옆에 있었던 진우를 교통사고로 잃었잖아.

난 더 이상 버티지 못하고 땅바닥에 주저앉았어. 시멘트 바닥에 있던 작은 돌멩이들이 종아리에 달라붙는 것 같아 찝찝했어. 그 순간 눈물이 주르륵 흘러 내 손등에 떨어졌어. 그 눈물이 너무 뜨거워 깜짝 놀랐어. 처음에는 그냥 아무 생각도 안하고 울었어. 뭔가 콱 막혔을 때 울면 좀 나아지잖아. 누나도 내 옆에 앉았어. 누나는 한여름인데도 검은색 긴바지를 입었는데, 누나 이마에 있는 주름만큼이나 구김이 많았어. 나는 우는 도중에도 누나가 신경 쓰였어. 울면서 누나를 힐끔거렸지. 그러다 우는 것조차 마음대로 할 수 없다는 생각에 더 슬퍼져 엉엉 소리를 내며 울었어.

누나도 울기 시작했어.

누나와 나는 울기 내기라도 하듯 땅바닥에 앉아 울었어. 누나가 울자 난 우는 소리를 줄이고 대신 훌쩍거렸어. 누나는 내 소리가 잦아들자 더 큰 소리로 울더라. 게다가 손바닥으로 땅을 쳤고, 두 발을 버둥거리며 몸으로 울었어. 어디에서 그런 힘이 솟아났는지 아예 시멘트 바닥을 뚫을 기세였어. 그 바람에 누나가 신은 슬리퍼가 벗겨졌고, 굳은살이 박인 발바닥은 시멘트 바닥에서 춤췄어.

진우 가족이라곤 이 세상에 나밖에 없어.

누나는 끝까지 날 인정하지 않았어. 진우가 나랑 살았던 게 그렇게 기분 나빴을까? 진우와 나는 서른다섯 살 동갑내기였어. 꼭 결혼하자라는 약속은 한 적은 없지만, 그렇다고 결혼을 하지 않는다는 생각도 안 해 봤어. 다만 축축하고 습한 지하방을 벗어나게 되면 그때 하고 싶었지. 결혼이란 게 뭔가 새로운 인생을 사는 거니까 조금은 나은 곳에서 해야 되지 않을까?

집으로 가려다 발길을 돌렸어. 잠을 자고 싶긴 했지만 잘 수 있을 것 같지는 않았어. 게슴츠레한 눈으로 무작정 앞을 향해 걸었어. 아무 생각 없이 돌아다니다 멈춘 곳이 결국 동네 앞이었어. 먼 데도 못가고 동네 주변을 빙빙 돌았나봐. 나는 우리 집 골목으로 들어가는 편의점으로 갔어. 음료 코너에서 주스를 살까 생수를 살까 망설이다 누비앙스 생수부터 집었어. 계산도 안하고 그 자리에서 한 병을 다 마셨지. 그래도 갈증이 가시지 않아 나는 한 병 더 마셨어. 두 병을 마셔도 목이 타는 건 여전하더라고. 한 병 더 마실까 고민하다 계산을 하고 밖으로 나왔어. 유리 창문으로 진우랑 자주 갔던 카페가 보였거든.

나는 마치 진우가 내 손을 잡아끌듯 자연스럽게 그곳으로 갔어. 횡단보도를 건널 때 도로 턱 때문에 왼쪽 발목을 삐끗했어. 걸음을 내딛을 때마다 욱신거렸지만 참았어. 멍한 상태라 자꾸만 어깨가 축 처지고 발목에 쇳덩어리를 묶고 걷는 것처럼 느껴졌지. 나는 이 모든 게 꿈이 아니라는 사실에 또 눈물이 났어.

씨발, 개자식.
씨발, 개자식.

카페 문을 여는데 갑자기 욕이 튀어 나왔어. 내가 한 말이지만 전혀 예상하지 못했던 말이야. 난 진우에게 화가 났어. 만약 진우가 눈앞에 있었으면 발로 정강이를 차고 뺨을 때리고, 또 때렸을 거야. 먹다 남은 생수를 머리에 부었을지도 몰라. 어떻게 날 혼자 남겨 놓고 갈 수 있어? 게다가 날 동거인으로 남겨 놓고 말이야.

누나 말대로 동거인은 아무나 되는 거 아냐? 면접을 볼 때 이죽거리던 면접관이랑 같이 살아도 동거인이 되고, 진우랑 전혀 닮지 않은 누나랑 살아도 동거인이 되는 거잖아. 동거인이라는 말은 그래 맞아. 뉴스에서 동거인에 대해 명쾌하게 답을 내린 말이 떠올랐어. '가족인 듯, 가족 아닌, 가족 같은'. 진우는 날 그 정도로 밖에 생각 안했다는 거야? 죽은 사람 앞에서 따질 수도 없는 이 억울한 심정을 어떻게 말로 설명해야 할까? 가만히 숨만 쉬어도 눈물이 나는 그 심정 말이야. 그런 생각이 들자 난 커피 분쇄기에 갈리는 기분이었어.

이곳은 진우랑 자주 왔던 곳이야. 주인이 유럽 출장을 가서 모아 온 엔틱 그릇이 많은 곳이지. 간혹 지방에서 미술품이나 도자기 등을 경매 받아오곤 했는데, 이 동네와 어울리지 않아 이질감이 느껴졌던 곳이야. 진우랑 나는 휴일이면 늦게 일어나 아침을 먹고 산책을 다니다 이 카페에 들르곤 했어. 아늑하고 우아한 인테리어에 비해 커피가 싼 곳이야. 처음엔 스타벅스처럼 아메리카노 한 잔에 사천육백 원 하다가 동네 분위기 때문에 이천오백 원으로 내린 곳이지. 나는 습관적으로 아메리카노 두 잔을 시켜놓고 기다리는 동안 창가 쪽으로 가서 앉았어. 작은 원형 탁자에 의자가 두 개여서 진우랑 내가 앉기 딱 좋은 자리였지. 네모난 진동벨에 불이 들어올 때까지 짧은 시간이었지만 지루했어. 가만히 앉아 있으면 그대로 푹 꺼질 것 같아 불안하기도 했어. 그런데 욕을 하니 조금 진정되는 것 같았어. 욕을 멈출 수가 없었지. 옆 테이블에 앉아 있던 사람들이 대놓고 쳐다봤지만 이미 난 제정신이 아니었어. 진동벨 때문에 작은 테이블이 심하게 울렸어. 그제야 정신이 들었지.

진동벨을 내밀자 아르바이트생은 무표정한 얼굴로 대뜸 이렇게 말했어.

아메리카노 두 잔 나오셨습니다.

푸하하하하.

한쪽 구석에 앉아 울며 욕하던 내가 갑자기 웃자 그녀도, 주변 사람도, 당황하는 것 같았어. 커피가 나왔는데도 자리로 돌아가지 않고 카운터에서 계속 웃자 당황한 빛이 불쾌함과 분노로 바뀌는 듯 했어. 그녀는 나를 위아래로 훑더니 입술을 삐쭉 내밀고 한숨을 쉬었어. 그렇지만 곧바로 별일 아니라는 듯 다른 테이블 진동벨을 눌렀어. 내가 보기엔 자기가 뭘 잘못했는지 모르는 것 같았어. 그냥 팬더처럼 눈두덩이가 검은 내가 그녀 눈에는 이상해 보였나봐. 그 옆 사람들에게도 마찬가지고. 나는 분명 그녀가 잘못해서 웃었던 건데 그들 눈에는 내가 잘못된 걸로 보였겠지. 그래, 그랬을 거야.

아메리카노 한 잔과 카푸치노 한 잔 나오셨습니다.

그녀는 다른 사람이 진동벨을 내밀자 이번에도 같은 말을 했어. 나는 커피를 들고 자리로 돌아가려다 다시 카운터로 갔어. 그냥 지나치면 짙은 마스카라만 그들 기억에 남을 거고 특이한 여자가 미친 듯이 울다, 욕하다, 끝내는 카운터에서 실없이 웃었다고, 흉볼지도 몰랐거든. 나는 커피가 든 쟁반을 카운터에 내려놓고 그녀를 살폈어. 이제 막 교복을 벗고 나온 듯 틴트를 짙게 바른 모습이 어설펐어. 그녀는 부러 자꾸만 내 눈빛을 피했는데 그녀의 모습이 날 상대하기 싫다는 표정이었어. 나는 흥분을 가라앉히기 위해 침을 꼴깍 삼켰어.

더 필요한 거 있으세요?

그녀는 내가 팔짱을 낀 채 카운터 주위를 서성이자 마지못해 물었어. 나는 그런 그녀의 모습을 보자 이상하게 누나나 경찰 앞에서 참았던 일이 떠올랐어. 난 분명 하고 싶은 말이 많았는데 상대방은 내게 말할 기회조차 제대로 주지 않았어. 대신 위협적인 말투와 분위기로 말을 막았지. 또 혼잣말로 내뱉은 척하면서 대놓고 말하는 것보다 내 기분을 상하게 했어. 그게 아니라고 하면 그렇게 말한 사람만 바보가 되는 느낌. 내가 지금 딱 그런 기분이었어.

누구든 자기보다 강한 사람 앞에서는 약자가 되고, 약자 앞에서는 강자가 돼. 나는 다시 한 번 그녀를 훑었어. 찢어진 청바지에 흰 티. 나이도 어리고 주위를 둘러보니 그녀 말고는 딱히 사장이나 다른 직원은 보이지 않았어. 커피를 분쇄하거나 컵에 담는 모습, 라떼를 만들 때 엉성하게 하트모양을 만드는 걸로 봐선 경력도 그리 많지 않아 보였어. 내게 그녀는 약자로 보였어. 난 손님인데다 나이도 많고 점점 미쳐가고 있으니 강자가 틀림없고. 설사 강자가 되지 못해도 미친년쯤은 될 수 있겠지. 지금 내 눈에 진우가 아닌 사람은 다 할퀴고 물어뜯고 싶은 존재였거든. 나는 누나처럼 되도록 거만하게 말했어.

이봐요, 아메리카노는 나오실 수 없어요. 말이 틀렸잖아요!

그냥 단순하게 지적만 해주고 싶었는데, 흥분이 가라앉지 않아서 마지막 발음을 강하게 했어. 그러다보니 그녀 말에 격렬하게 반대하는 꼴이 됐지. 나 스스로도 놀라 토할 것 같았어. 최대한 안간힘을 써서 참았어. 이 상태에서 약한 모습을 보이면 내가 약자로 몰릴지도 몰랐거든. 이미 그녀 주위에는 처음부터 우리 상황을 지켜보던 다른 손님들이 있었어. 그들은 음료를 들고 흥미롭다는 듯 계속 우리를 지켜봤거든. 그중에 한사람이라도 그녀 편을 든다면 난 또다시 흥분할지도 몰라. 그녀는 진열장에서 키위가 든 플라스틱 컵을 꺼냈어. 그것을 믹서에 붓고 가느다란 손가락으로 전원을 눌렀지. 난 믹서가 멈출 때까지 참을성 있게 기다렸다 다시 말했어.

아메리카노는 나오실 수 없어요. 말이 틀렸잖아?

그녀는 곱게 간 키위를 길쭉한 유리잔에 붓고 죄송합니다, 라고 말한 뒤 다시 진동벨을 눌렀어. 그걸 다른 손님이 와서 가져갔고, 그녀는 다시 커피 분쇄기를 돌렸어. 손님이 많은 편은 아니었지만 그녀 손은 쉴 새 없이 움직였어.

이봐, 내 말 안 들려? 틀렸으면 고쳐야 하는 거 아냐?

손님, 제가 뭘 잘못했는지 모르겠지만 죄송합니다. 됐죠?

그녀는 이번에 주스 원액을 붓고 물을 부었어. 장난이 아니라 진짜 모르는 것처럼 진지한 모습에 당황한 건 나였어. 그녀에게 나보다 주문을 처리하는 게 시급했을 거야. 그렇지만 지금은 주문보다 내가 먼저잖아. 손님이 잘못을 지적하면 바로 사과하는 게 아니라 이유를 알고 사과해야 하는 거 아냐? 나는 그녀가 뭘 잘못했는지, 사과를 할 때는 어떻게 해야 하는지 알려 주고 싶었어. 다른 감정은 전혀 없었어.

다시 사과해.

네?

그녀가 얼음이 담긴 컵에 커피 원액을 부으려다 멈췄어. 그리곤 내 시선보다 조금 위쪽을 쳐다보더라. 나는 이제야 니가 제대로 알아 먹는구나라고 생각했지. 나는 부드럽게 웃으며 사과를 기다렸어. 그녀는 내 귀 쪽으로 고개를 살짝 돌리고 소곤대듯 말했어.

씨발.

뭐라고? 지금 너 뭐라고 했어?

난 팔짱을 끼고 본격적으로 싸울 준비를 했어. 그녀도 고개를 빳빳이 들고 만들고 있던 아메리카노를 개수대에 뿌리고 일을 멈췄어. 얼음이 개수대에 쏟아지는 소리가 유난히 크게 들렸어. 나는 잠깐 개수대를 쳐다봤지. 그러다 입술을 더 꽉 깨물고 그녀를 쳐다봤어. 우리의 행동을 멈추게 한 건 갑자기 들이닥친 단체 손님들이었어. 운동복 차림의 아줌마들이 여섯이나 들어섰거든. 빅터나 요넥스 추리닝을 입었는데 군데군데 땀이 얼룩처럼 번져 있었어. 아줌마들은 너나없이 아메리카노 아이스를 외쳤어. 그녀는 다시 커피 분쇄기를 돌렸고 난 땀 냄새 때문에 코를 움켜쥐고 밖으로 나왔지.

갑자기 헛웃음이 났어.

칠 센티미터 힐을 신고 종일 돌아다녔더니 엄지발가락도 아프고 발바닥과 발목도 아팠어. 종아리는 발목부터 무릎까지 퉁퉁 부었고. 신발장 앞에 주저앉아 신발을 벗었더니 발등에 가죽 끈 자국이 선명했어. 나는 신발장 앞에서부터 침대까지 무릎으로 기어서 겨우 움직였어. 침대 끝에 엉덩이가 닿자 벌러덩 나자빠졌어. 누워있자니 골반까지 통증이 퍼지더라. 허리가 찢어지는 줄 알았어. 누군가 현관 비밀번호를 누르는 소리가 들렸지만 꼼짝할 수 없었어. 고개를 살짝 돌려 봤더니 누나더라. 누나 옆에는 진우네 회사 제복을 입은 낯선 남자도 함께였어. 아마 이번 프로젝트를 같이 진행하는 사람인 것 같았어. 나는 침대에서 내려와 거실 중앙에 자리를 잡고 앉았어.

누나는 앉지도 않고 신혼 부부 집에 집들이를 온 사람처럼 구석구석 살피더라. 화장대에 있는 화장품 개수도 세고, 옷장도 열어보고, 심지어는 싱크대 선반까지 열어보더라. 그릇들이 자기 취향에 안 맞았는지 색깔이 다 어두운 색이라며 타박했어. 난 일어나 아예 화장실과 세탁실도 둘러보게 했어. 화장실에는 칫솔모가 뻣뻣한 진우 칫솔도 있고, 전동 면도기며 아직 세탁기를 돌리지 못한 진우의 파란 키치 잠옷도 있었거든. 경찰서에서 절대 나랑 진우가 동거한다는 사실을 믿을 수 없다고 했으니 정확한 증거물을 보여주고 싶었어. 더 확실한 증거는 화장대 위에 있었어. 진우랑 내가 얼굴을 맞대고 찍은 사진이야. 누나는 사진 속 나처럼 볼에 바람을 살짝 넣었어. 그러더니 집을 더 이상 뒤지지 않더라.

좁은 이마 앞쪽으로 흰머리가 보이기 시작한 직원이 말했어.

진우 죽음에 대해 저희들도 안타깝게 생각합니다.

…….

만약 누가 어젯밤 일에 대해 물으면 무조건 뭔가 불안해 보였다고 말해 주세요. 평소와 달랐다고.

우리 진우는 불안하면 작은 돌멩이도 자신을 해칠 것 같다고 느껴요. 그래서 그럴 때면 몸을 웅크리고 밖으로 나가지 않았어요.

그래요? 누나 말이 사실이에요? 사실이 아니어도 상관없어요. 말만 맞추면 돼요.

아니요, 전 진우랑 살면서 그런 모습 본 적 없어요.

삼십 년 넘게 봐오던 모습이야. 그쪽이 뭘 알아.

무슨 말을 하는지 도통 알아들을 수 없었어. 경찰은 진우가 죽은 게 교통사고라고 했어. 빗길에 후진하던 이십오 톤 트럭과 직진하던 진우 차가 부딪쳐서 난 사고라고. 일단 조사를 정확하게 해봐야 알겠지만 피해자는 진우 쪽이라고 했어. 경찰은 망설이다 앞 범퍼와 조수석 앞뒤 창문이 다 찌그러진 사진을 보여줬어. 유리 파편이 운전석까지 수북이 쌓여있던 사진을 잊을 수 없었어. 나는 혼란스러웠어. 저 사람이 '왜' 그런 말을 하는지, 나를 의심하며 소리쳤던 누나가 '왜' 내가 모르는 진우 모습까지 말하면서 그 사람 편에 서려는지 궁금했어. 나는 누나에게 물었어.

왜요?

억울하지만 그러겠다고 해.

왜요?

…….

왜요!

나는 누나를 향해 소리쳤어. 하지만 누나는 귀찮다는 듯 천장만 쳐다
보고 있었어. 동그란 턱과 멍한 눈빛. 그건 진우였어. 내 눈에도 어젯밤
진우 속눈썹에 맺혔던 눈물방울이 묻었어. 코가 시큼했고. 분명 셋이
앉아 있는데 나 혼자가 된 것처럼 외롭고 두려웠어.

원하시는 금액이 있으면…….

내 눈물을 보자 남자가 말을 멈췄어. 나는 큰소리로 울며 울음으로
남자 입을 막고 싶었어. 내가 울자 누나도 울었어. 누나가 울자 남자도
울었어. 우리 셋은 각자 왜 우는지 이유도 모른 채 한참동안이나 같이
울었어.

내가 궁금했던 것은 사라진 세 시간 동안 누굴 만났고, 어디에 있었
는지야. 진우는 특별한 일이 아니라면 퇴근 후 절대 집 밖으로 나가지
않았어. 화장실 서랍 왼쪽 칸에 섹스 닷컴에서 산 콘돔이 다 떨어져도
약국에 가지 않았어. 대신 내 배위에 부옇게 쏟아 냈었지. 여섯 개짜리
캔 맥주를 먹다 부족해도 마트에 간 건 나야. 그런 진우가 다 늦은 시
간에 나갔다면 이거야 말로 큰일 아니야? 난 진우가 나 말고 또 다른
동거인을 만나러 가지 않았을까 걱정했거든. 차라리 그랬더라면 사고
를 피할 수 있었을까. 괜한 오해를 했던 게 진우에게 미안해졌어. 전화
를 받고 난 후 위태했던 진우의 모습을 그냥 지나쳤던 것도 미안하고.
이제 진우를 생각하면 원망보다 미안한 게 많았어.

진우가 이번에 맡은 프로젝트는 ERP였어. 소규모 형태로 진행되는
거라고 했지만 의뢰한 회사는 탄탄한 기업이라고 했어. 출퇴근 할 때

마다 공항 보완검사처럼 가방이나 몸을 스캔하는 것이 기분 나쁘다고 했어. USB를 가지고 다니거나 외부로 보내는 이메일도 제한 됐고, 문서나 컴퓨터 등 보안프로그램이 의무적으로 설치되었으며 회사 측에서 원하면 특별한 경우 개인 컴퓨터도 스캔한다고 했어. 조건이 까다로울수록 지급되는 돈은 많았는데, 보너스가 없어도 일반 직장인들보다 대가가 많았어. 이번 일만 잘되면 다른 곳에 추천서도 써 준다고 했다며 함박웃음을 짓던 진우였어. 그런 진우를 생각하자 가만히 있으면 안 되겠다는 생각이 들었어. 죽은 진우가 따질 수 없으니 내가 대신 묻고 싶었지.

진우 사고와 회사 일이랑 무슨 상관이에요? 거의 끝났다고 했어요.

끝난 것은 맞는데…… . 테스트 과정에서 문제가 생겼어요.

그런 게 지금 와서 무슨 상관이냐고요.

자체적으로 문제가 있었는데, 회사 쪽에서 엄청난 보상금을 요구해요. 보안이 뚫려서 회사 자료가 유출됐거든요.

남자는 철퍼덕 퍼질러 앉자 체념한 듯 이야기를 하기 시작했어.

잘못은 내가 했지만 난 자식도 있고 나이도 있어서 책임을 질 수 없어요. 마침 어젯밤 진우가 사고를 당했어요. 모든 잘못을 진우가 대신 한 거라고 보고 할 거예요. 그게 내가 살 방법입니다. 제발 한 번만 살려주세요.

어제 진우랑 통화했어요?

그건 나도 모르는 일이에요.

남자는 오랫동안 연습해온 사람처럼 또박또박 말을 했어. 나이가 많다고 했지만 가까이서 보는 남자는 얼굴이 팽팽했고, 흰머리가 조금씩 보였지만 자세히 보지 않는다면 모를 정도야. 다림질이 잘 된 바지를 입은 허벅지도 튼튼해 보였고, 뻔한 거짓말로 느껴졌지만 확인할 방법도 없었어. 차라리 듣지 않았더라면 좋았을 이야기였어. 나는 남자가 하는 말을 듣지 않으려고 고개를 숙이고, 귀를 막았어. 더 들으면 그 남자에게 욕을 하거나 흥분한 상태에서 내가 나를 죽일 것 같았거든. 누군가 내 손등을 따뜻하게 감쌌어. 고개를 들어 쳐다보니 누나였어. 경찰서를 나서는 길에 내 손등에 떨어졌던 눈물만큼 누나 손은 뜨거웠어. 그 느낌이 아주 불쾌했고, 불쾌하다는 생각이 들자 화가 났어.

난 진우 동거인이에요. 누나는…… 가족이잖아요. 그런데 왜 저런 말을 들어요?

올케, 아니…… 어차피 진우는 죽었잖아. 나도 슬퍼. 하지만 이왕 이렇게 된 거 사인만 해주면…… 진우도 이해할 거야.

아메리카노 두 잔 나오셨습니다, 왜 그때 내가 멈췄을까. 아닌 건 아니라고 더 따끔하게 말을 해야 했어. 머리채를 잡고서라도 말이야. 난 바보야. 지금이라도 카페에 다시 가고 싶었어. 여기에 있다간 머리가 돌지도 몰라. 가슴이 두근거렸어. 그러면서 한없이 바닥으로 미끄러지는 느낌이 들었어. 온몸에 힘이 하나도 없었고 무작정 눕고 싶었어. 나는 바닥에 누웠어. 자꾸만 헛구역질도 났고 귓속도 윙윙 거렸어. 모든 게 이대로 정지되었으면 좋다는 어리석은 생각만 들었어. 기절하듯 쓰러진 내 얼굴위로 남자가 핀 담배 연기가 피어올랐어. 누나는 벽에 등을 기댄 채 눈을 감으며 말했어.

잘 생각해 봐. 기다릴게.

지긋지긋한 순간도 있었어. 진우랑 살 때 말이야. 지금 이 순간처럼. 하지만 참다 참다 내가 소리를 지르면 진우는 언제 그랬냐는 듯 몸을 밀착시키며 애교를 부렸어. 내가 거짓으로

우는 척을 한다거나 필요한 게 있어 거짓말을 하면 진우는 알면서도 속아줬어. 내가 원하는 건 그런 진우야. 남의 실수를 떠맡아야 하는 무거운 책임이 있는 진우가 아니야. 누가 진우를 돌려줬으면 좋겠어.

내가 흥분을 가라앉히자 셋은 다시 동그랗게 둘러앉았어. 직원은 점

퍼 주머니에서 봉투 두 장을 꺼냈어. 각각 봉투 안에 담긴 종이를 꺼내 내 앞으로 내밀더라. 하나는 계약서였고, 하나는 각서였어. 계약서는 근로 계약서랑 비슷하다고 했어. 굳이 내용을 다 읽을 필요는 없지만 진우랑 함께 했던 일이 원래부터 불평등한 일이라고 했어. 문장만 살짝 바꿨지 대부분 의뢰인에게 유리한 쪽으로 작성된 거라고. 그런 걸 감수하면서 하는 일이기 때문에 힘들지만 개발한 프로그램을 보면 나름 보람을 느낄 때가 많다고 했어. 다른 하나는 각서였는데 회사의 기밀을 유출했을 때 보상 및 소송에 관한 거였어. 진우 친필 사인이 돼 있더라. 아무리 서류를 갖다 내밀어도 난 믿을 수 없었어.

진우에게 어울리지 않는 단어들, 예를 들면 충성이라든가 모든 잘못은 내가 책임진다는 식의 표현은 진우가 쓰는 것들이 아니었거든. 오히려 나약하거나 결정 장애가 진우에게 더 어울리는 말이야. 내가 영화를 보자고 하면 조조부터 심야까지 모든 영화 목록을 가지고 고민하던 진우였어. 그러다 끝내 영화를 보지 못했지. 팀원이었던 동업자가 수익계산을 속이고 분배해도 그냥 헤헤 웃으며 받아왔어. 프로그램 짜는 일과 나 밖에는 관심이 없었던 진우인데, 그런 진우가 어떻게 저 사람을, 아니 팀원들을 책임진다는 거야.

믿을 수 없어요.

믿으세요. 진우가 직접 사인한 거예요.

증명해 보세요.

거기에 다 쓰여 있잖아요.

아니라고요.

올케, 아니. 지금 그게 무슨 상관이야. 사인하자.

씨발.

뭐? 미쳤어?

아니요. 미친 건 내가 아니라 당신들이에요.

당신? 지금 누구보고 당신이라는 거야?

누나가 내 머리채를 잡았어. 머리가 다 뽑히는 것 같았고 팔을 흔드는 바람에 난 그 방향으로 흔들렸어. 남자가 아니었더라면 나도 누나 머리채를 잡았을지도 몰라. 나와 누나는 서로를 할퀼 듯 날카로운 눈빛으로 쏘아봤어. 분했어. 그런데도 누나를 때릴 수 없어 나는 내 뺨을 때리기 시작했어. 딱 소리와 함께 피부가 살얼음처럼 갈라지는 것 같은 얼얼함. 다른 쪽 뺨을 또 때리니 그 얼얼함마저 사라지더라.

한 대는 진우에 대한 미안함 때문이야. 어젯밤 진우가 그런 상태에서 나간다고 했을 때 붙잡지 못했던 것. 아이처럼 울먹이는 진우를 왜 말리지 못했을까. 사람들이 그러잖아. 그냥 뭔가 석연치 않았는데 방관하다 화를 당하잖아. 그러면서 일이 터지면 어쩔 수 없다고 남 탓을 해버리잖아. 또 한 대는 아메리카노 나오셨습니다를 고치지 못한 벌이었어. 끝까지 아닌 걸 아니라고 했어야 옳았어. 나 또한 아줌마들 탓을 하지만 싸움에 자신이 없었는지도 몰라. 그리고 또 한 대는 죽음 앞에서 돈 계산을 하고 있는 저 둘을 난 절대 말릴 수 없을 거라는, 미리 예측하고 때리는 거야. 또 한 대는…… 진우 얼굴이 기억나지 않았어. 겨우 하루가 지났는데 오래전에 지워진 사람처럼 기억할 수 없었어. 나는 나를 때리고, 또 때리고, 또 때렸어. 어느 순간엔가 코피가 나더라. 그 코피가 뜨거워서 또 때렸어.

그 모습에 하얗게 질린 두 사람이 조용히 나갔어. 지쳐서 누워 있는데 누나에게 문자가 왔어.

오늘 중으로 끝내자. 내일은 화장하는 날이잖아. 보낼 때 좋게 보내자.

나는 오랫동안 잠을 자고 싶었어. 그런데 눈을 감아도, 눈을 떠도 진우 생각만 났어. 같이 누워 있다 잠깐 화장실에 간 것처럼 아직도 침대에 진우 온기가 남아 있는 것 같았어. 진우가 누웠던 쪽 침대 바닥을 손바닥으로 쓸었더니 진우 머리카락 한 올이 잡히더라. 그걸 보자 갑자기 섹스가 하고 싶어졌어. 진우의 부드러운 손길이 내 가슴에 머물고 배를 지나 은밀한 곳까지 움직이는 것 같았어. 진우 겨드랑이에서 나는 시큼한 땀 냄새도 맡고 싶었어. 앞으로는 더 이상 맡지 못할 거란 생각이 들자 진우 베개를 껴안고 냄새를 맡았어. 오랫동안 코를 파묻고 있었더니 진우 냄새가 아닌 내 향수 냄새가 나더라. 난 그 냄새 때문에 또 울었어.

누나는 집으로 돌아간 뒤 한 시간에 한 번씩 전화를 걸었고 내가 받지 않자 문자를 보냈어. 한 번은 정중하게 달래는 식의 표현들을 썼고, 한 번은 동거인이라는 걸 증명해 줄 사람이 없으니 혼자서 교통사고 합의를 할 거라고 했어. 남자도 누나와 같은 패턴으로 행동하더라. 한 번은 자기를 좀 살려달라고 했다가 모든 책임을 진우에게 덮을 거라며 오히려 당당한 말투로 문자를 보내더라. 내일이면 진우를 진짜로 보내야 하는데…….

나는 진우를 진우로 보내주고 싶었어. 누굴 만났는지 알면 그 방법이 훨씬 쉬울 텐데, 진우가 뭘 고민했고 뭘 선택하려 했는지 안다면 더 멋지게 보내줄 수 있을 텐데. 난 일단 누나에게 전화를 했어. 그래도 유일한 가족이잖아.

제가 어떻게 해야 하나요?

돈 준다니까 그거 받자. 어차피 이렇게 된 거 진우도 알면 잘했다고 할 거야.

그러면 진우가 행복할까요?

이런, 죽은 사람이 어떻게 행복해지겠어.

그러면 진우가 행복해지냐고요?

자꾸 이럴래. 가족인 나도 참고 있는데 니가 왜 지랄이야?

봐, 모르잖아요.

사인이나 하라고.

지금 당장 통화 목록 좀 조회해 줘요.

미쳤어? 진우는 죽었다고. 교통사고로!

아닐 수도 있잖아요.

더 생각해 봐. 마지막이야.

난 남자에게도 전화를 했어. 연결음이 몇 번 가지도 않았는데 바로 받더라. 수화기 너머로 남자의 얄팍한 웃음이 들렸어.

진우는 불안하면 한없이 천장만 쳐다봤어요.

그건 중요하지 않죠.

제겐 중요한 문제예요.

그래요. 그렇다고 해요.

그렇다고 하는 게 아니라 그래요.

그래요.

제가 거절하면요?

거절 하지 못해요.

거절 할 거예요.

그렇다면 저도 어쩔 수 없습니다. 살아야 하니까요.

두 사람은 작정을 하고 덤비는 사람처럼 당당하고 강했어. 난 아직 묻고 싶은 게 많은데 그들은 질문보다 답을 원했어. 난 서서히 누나와 남자가 원하는 대로 해 주고 싶었어. 동거인으로서 역할을 다 하기 위해 버티려 했지만 이제는 아니야. 진우를 잊고 잠만 잘 수 있다면 뭐든 해 주고 싶었어.

그렇게 할 게요. 그쪽에서 원하는 대로.

전화를 끊었어.

전화를 다시 걸었어. 바로.

거절 할 거예요.

전화를 끊었어.

전화가 왔어. 받지 않았어. 남자는 두 번 더 전화를 걸더니 받지 않자 문자를 남겼어.

진우가 짠 프로그램 때문에 회사 기밀이 유출됐어요. 고소할 겁니다.

난 답을 보냈어.

진우는 죽었어요. 죽은 사람을 어떻게 고소해요?

기록은 남죠. 그 기록만으로도 전 업체 측에 증거를 내밀 수 있어요.

더 이상 문자는 오지 않았어. 난 누나에게 전화를 걸었어. 바로 받을 줄 알았는데 받지 않더라. 난 급한 마음에 끊고 다시 걸었어. 받지 않았어. 다시 걸었지. 열 번쯤 걸었더니 그제야 받더라.

결혼을 해야겠어요.

미쳤구나.

어쩔 수 없어요.

뭘 말이야?

진우에 대한 권리를 찾을 거예요.

이길 것 같아?

이기지는 못해도…… 진우라면 내가 이렇게 하는 걸 원할 거예요.

넌, 진우를 몰라.

누나와 회사 직원이 증인이 돼 주세요.

무슨 증인?

혼인 증인요. 동거한 거 봤으니 증인이 돼 주셔야지요.

진우는 죽었어. 돈 때문이야?

아니요. 진우 때문이에요.

누나는 더 이상 말을 하지 않았어. 수화기를 멀리 대고 있는 것처럼 누나 목소리보다 음악 소리가 크게 들렸어. 난 전화를 끊지 않은 상태에서 전화기를 식탁 위에 내려놓았어. 이제 누나와 나 사이에 긴 침묵이 흐르겠지.

지금 난 구청으로 갈 거야. 누나와 남자 이름으로 된 도장을 파고 혼인 신고부터 할 거야. 설사 내일 사망 신고를 하더라도 내가 진우의 부인이었다는 증거는 남잖아. 신발을 신으려니 퉁퉁 부은 발 때문에 맞

지 않았어. 나는 높은 구두를 신고 당당하게 나가고 싶었는데, 슬리퍼
를 질질 끌며 밖으로 나왔어.

　이봐, 김진우. 나도 어쩔 수 없다는 거 알지?

강이라

2016 국제신문 신춘문예 소설 「쥐」 당선
2013 소설 「스위치」 발표
2012 신라문학대상 소설 「볼리비아 우표」 당선

명상의 시간

강 이 라

　라파엘라에게 묵주를 보냈다. 나무 알마다 장미 문양이 투박하게 조각된 묵주였다. 헬렌의 도움으로 주소는 알아낼 수 있었다. 따로 편지는 쓰지 않았다. 묵주가 메시지가 될 것이다.

*

　밤의 끝이다. 요새에서 흘러내린 눅진한 안개가 낮게 퍼지며 남은 밤을 덮었다. 도시는 미명과 안개 속에 겁먹은 짐승처럼 잔뜩 웅크리고 있었다. 부옇게 점멸하는 신호를 따라 도로를 건너 성당의 오른쪽 길로 파고들었다. 샛골목이 잔가지처럼 뻗어 있었다. 돌길 위로 신발 끌리는 소리가 석벽에 부딪혀 골목을 텅텅 울렸다. 새벽길은 낯설었다. 안개까지 끼여 마치 미로에 빠진 기분이었다. 문득 바라나시의 골목이 떠올랐다. 수련이 끝난 오후면 늘 강으로 산책을 나가곤 했는데 그 때의 골목도 몹시 좁고 복잡해서 자주 헤매곤 했었다. 갠지스강을 찾는 나에게 짜이를 팔던 초로의 노인은 마뜩잖은 표정을 지으며 고개를 저었다. 'Not Ganges. The only Ganga.' 그리곤 골목 끝을 가리켰다. 노인의 손가락 끝에서 가트의 검은 연기가 피어올랐다. 연기는 혼령처럼 허공을 헤매고 있었다. 강가는 갠지스 강의 힌디어로, 신성한 강을 뜻했다. 이 길이 맞나 하며 의심에 빠질 때쯤 안개에 잠긴 '강가'가 희미하게 보였다.

샬라로 들어서자 향을 피우고 있던 헬렌이 고개를 들며 한쪽 눈을 찡긋거렸다. 용케 잘 찾아왔네. 헬렌은 내가 직접 만들어 선물한 헐렁한 쥐색 바지를 입고 있었는데 짧은 컷트머리와 제법 어울려 갓 출가한 행자 같기도 했다. 허리와 발목에 고무줄을 넣고 품을 넉넉하게 준데 비해 길이가 다소 짧아 복사뼈가 반쯤 드러나 있었다. 며칠 만에 부랴부랴 만드느라 어림짐작으로 길이를 맞춘 탓이었다. 간신히 꼴만 갖춘 두 벌의 바지를 번갈아 입으며 거추장스럽지 않아 좋다며 헬렌은 거듭 당케를 외쳤다.

요가 워크숍의 예정된 참석자는 내가 아닌 협회의 사무국장인 에카 선생이었다. 그런데 출국을 앞두고 에카 선생이 발목을 접질러 반깁스를 하게 되었다. 협회에서는 급히 대신할 이를 물색하게 되었고 비교적 스케줄에 여유가 있던 나에게 기회가 넘어왔다. 고사할 겨를도 없었다. 한국 주체의 행사가 없어 참석만 하면 된다는 게 그나마 다행이었다. 독일행이 결정되고 나는 헬렌에게 전화를 걸어 워크숍이 끝나는 대로 들리겠노라고 말했다. 인도에서 요가 수련 중에 만난 헬렌은 나와 동갑내기로 지금은 고향인 코블렌츠에서 요가와 명상을 위한 샬라 '강가'를 운영하고 있었다. 수련을 마치고 각자의 나라로 돌아간 뒤로는 메일과 전화로 간간히 소식을 전할 뿐이었는데 생각지도 않게 다시 보게 되니 반기는 헬렌만큼이나 나또한 설레였다. 쾰른에서 3일간의 워크숍을 마치고 기차로 한 시간여를 달려 코블렌츠에 도착한 게 바로 어젯밤이었다.

반쯤 열린 문 너머로 낮은 조도의 불빛이 보였다. 나는 겉옷을 벗고 따뜻한 물 한 잔을 천천히 마신 뒤 몸을 칼날같이 세워 안으로 들어갔다. 수련실은 빈 방에 가까웠다. 온통 하얗게 칠한 사면으로는 일체의 장식도 없었으며 오로지 전면에만 한 붓으로 크게 옴ॐ이 쓰여 있었다. 그리고 그 아래로 향, 띵샤 그리고 크기가 다른 울림주발 몇 개가 가지런히 놓여 있었다. 참파꽃과 백단이 어우러진 나그참파 향이 방 안 가득 그윽했다.

어둑한 구석자리에 누군가 누워 있었다. 길고 마른 몸이었다. 어깨 밑으로 흐른 긴 머리와 가는 팔다리의 실루엣은 부드러웠다. 흑갈색의 머리카락과 웜톤의 피부색이 동양인으로 보였다. 여자는 두 다리와 두 팔을 적당히 벌리고 하늘을 향해 누운, 온전한 사바사나로 선禪에 들어 있었다. 고른 숨을 따라 배가 가볍게 오르락내리락 움직였다. 여자는 베이지색 면티에 같은 색 면바지를 입고 있었다. 헐렁한 품새에도 늘씬한 몸매가 한눈에 들어왔다. 민낯임에도 여자는 아름다웠다. 갸름한 얼굴에 피부는 맑았으며 결이 고운 눈썹 아래로 끝이 날렵하게 들린 코와 도톰한 입술에 귀티가 흘렀고 길고 진한 인중이 인상을 선명하게 만들었다. 오랜 수련자임에도 나또한 여자인지라 경배하듯 여자를 물끄러미 바라보고 있으려니 어딘가 낯이 익었다. 이렇게 또렷한 인중을 가진 누군가가 기억에 있었다. 바랜 기억 속에서 여자의 얼굴이 알 듯 말 듯 자맥질했다. 찹찹하던 마음이 순식간에 들썩거렸다.

인기척이 들리고 이내 서넛의 독일 여성이 수련실로 들어오더니 익숙하게 자리를 잡고 앉았다. 나는 여자로부터 사선으로 몇 발짝 물러난 자리에 앉아 호,흡을 바라보기 시작했다. 어느새 들어온 헬렌이 천천히 띵샤를 울렸다. 눈꺼풀 아래로 눈동자가 가볍게 움직이는가 싶더니 여자가 부풀어 오르듯이 스르르 몸을 일으켰다. 그리고는 머리를 대충 넘겨 묶고는 가부좌를 틀었다. 묵은 기억을 헤집느라 나의 마음만 파편처럼 흩어졌다. 두 번째에 이어 세 번째 띵샤가 길게 울렸다. 엇노는 숨을 고르며 가슴 앞으로 손을 모았다. 여자가 고개를 들며 천천히 눈을 떴다. 긴 눈꼬리 때문인지 쌍꺼풀이 없는 것치곤 제법 크고 시원한 눈매였다. 엄지와 검지로 친 무드라를 만들며 무릎 위로 내리는 여자의 손목에 시선이 멈췄을 때 나는 순간 낮은 탄성을 지를 뻔 했다. 여자의 왼 손목에는 짙은 밤색의 묵주가 걸려 있었다. 그와 동시에 내 기억 속에서 하나가 아닌 두 개의 이름이 툭툭 튀어나왔다.

라파엘, 라파엘라.

첫날부터 지각이었다. 무려 20분이나 지나 있었다. 근거리 지원에서 밀려 2지망 학교로 배정받는 바람에 처음으로 하게 된 버스 통학이었다. 버스 정류장서 헤매느라 시간을 허비한데다 정류장에서 교문까지 이어지는 오르막길이 지나치게 가팔라서 뛴다해도 거북이 달리기에 불과했다. 헉헉거리며 다다른 교문 앞에서 야호라도 외치고 싶은 심정으로 허리를 펴는데 오리걸음으로 운동장을 돌고 있는 한 무리의 남학생들이 보였다. 여학생들은 머리 위로 두 손을 올리고 교문 앞에 늘어서 있었다. 손을 들며 은근슬쩍 줄의 맨 끝으로 붙으려는데 도끼눈의 선생님이 성큼성큼 다가왔다. 꿀밤이라도 맞을까 싶어 눈부터 질끈 감았다. 하지만 선생님은 혀를 차며 한참 잔소리만 늘어놓더니 불쑥 내게 공책 하나를 떠안기며 '이름 적어'라고 말하고는 뒤뚱거리는 남학생들 쪽으로 가버렸다. 내키지 않았지만 어쩔 수 없었다. 내 이름부터 쓰고는 옆자리부터 하나하나 이름을 적어 나갔다. 노랑과 파랑의 이름표는 아직 학년구분이 애매했으나 선배임이 분명했고 초록은 같은 1학년이었다. 선생님의 하수인이 된 것만 같은 찜찜한 마음에 대놓고 보지도 못하고 곁눈질로 확인하며 이름을 적어나가는데 한 명의 이름표가 보이지 않았다. 없었다기보다는 가슴께까지 내려오는 긴 생머리에 이름표가 가려져 있었다. 혹 선배일지도 몰라 나는 차마 보여 달란 말도 못하고 쭈뼛거리며 슬쩍 안색부터 살폈다. 둥글고 봉긋한 이마와 날렵한 콧등 그리고 새치름하게 다문 입술이 꽤나 예쁘장한 얼굴이었는데도 살짝 찡그린 미간과 또렷한 인중 때문인지 또래답지 않게 단호하고 엄숙한 이미지를 가지고 있었다. 콧등의 작은 점이 그즈음 인기를 끌고 있던 여배우와 몹시 흡사해 한편으론 신비스런 느낌마저 들었다. 조심스럽게 한 손을 뻗어 긴 생머리를 살짝 들추니 다행히 초록색 이름표였다. 윤……. 옮겨 적던 손을 멈추고 나는 이름표를 가만히 들여다 보았다. 무척 독특한 이름이었다. '준'이나 '현' 같은 외자 이름은 간혹 보았지만 무려 네 글자에 제2외국어 같은 이름은 처음이었다.

라, 파, 엘, 라.

라파엘라.

윤, 라파엘라.

흡사 열대의 꽃이름 같기도 했고 중세의 어느 화가 이름 같기도 했다. 독특한 성명이 학교 생활을 하는데 있어 적지 않은 스트레스-이를 테면 이름만으로도 내 의지와 상관없이 존재감이 커진다거나 발표와 풀이를 앞두고 출석부를 펼쳐든 선생님들의 많은 관심과 잦은 호명 또는 남학생들의 악의 없는 놀림-가 된다는 걸 이미 '선우'란 나의 두 글자 성을 통해 초중학교 내내 충분히 경험한 터라 동병상련의 마음마저 생겼다. 이름을 적으며 한 걸음 뒤로 물러서는데 라파엘라와 눈이 마주쳤다. 라파엘라는 큰 눈으로 나를 빤히 보고 있었다. 정확하게는 내 이름표를.

조례 시간에 맞춰 간신히 교실로 들어왔을 때 남은 자리는 단 하나였다. 선택의 여지없이 빈자리로 가 앉을 수밖에 없었다. 교실은 이미 남녀 합반, 남녀 짝꿍이라는 아노미에 빠져 있었다. 가방에서 잡히는 대로 아무 책이나 꺼내는데 옆자리에서 갱지 한 장이 슬쩍 넘어왔다. 학기 시간표였다. 종이를 넘겨받으며 슬쩍 옆을 보는데 참 이상한 일이었다. 교문에서 본 라파엘라와 닮은 얼굴이 거기 있었다. 다른 점이 있다면 머리가 좀 짧고 앉은키가 상당히 큰 남자애라는 거였다. 이름표를 보니 더 혼란스러웠다. 윤, 라파엘.

라파엘과 라파엘라.

전교생 모두가 라파엘, 라파엘라의 존재를 알게 되기까지는 채 일주
일도 걸리지 않았다. 거기에는 분명한 세 가지 이유가 있었는데 첫 번
째는 당연히 둘의 뛰어난 외모와 그에 따른 인기 때문이었다. 좀 더 정
확히 이야기하자면 라파엘라에 대한 남학생들의 신앙에 가까운 숭배
에 있었다. 물론 라파엘도 라파엘라 못지않게 무수한 고백을 받았지
만 여학생들의 대쉬가 달밤의 달맞이꽃처럼 수줍고 은밀한데 비해 남
학생들의 구애는 수탉마냥 거칠고 서툴렀다. 본의 아니게 라파엘라는
모든 여학생들의 질투 섞인 시기와 은밀한 선망의 시선을 모두 받았
다. 두 번째는 둘이 이란성 쌍둥이라는 점이었다. 십분 간격으로 태어
난 둘은 순서로 따지자면 라파엘이 먼저였다. 흔히 보기 어려운 이란
성 쌍둥이란 사실에 학기 초 며칠 동안 둘이 속한 교실 앞은 기웃거리
는 학생들로 어수선했다. 세 번째는 둘의 이름이었다. 독실한 가톨릭
집안에서 모태신앙으로 태어난 둘의 이름, 라파엘과 라파엘라는 세례
명이었다. 종교에 무지했던 우리가 이런저런 질문을 해대자 가톨릭 신
자였던 수학 선생님은 대뜸 라파엘은 라파엘라다, 라는 명제부터 칠판
에 적었다. 그리고는 여전히 멀뚱한 표정의 우리에게 설명을 해주었다.
가톨릭에는 대천사가 셋-가브리엘, 미카엘, 라파엘- 있는데 모두 여성
명을 갖고 있다. 가브리엘은 가브리엘라, 미카엘은 미카엘라 그리고 치
유의 신인 대천사 라파엘의 여성명은 바로 라파엘라다. 라파엘라는 라
파엘이 맞으니 고로 이 명제는 참, 이라고 적은 뒤 선생님은 라파엘에
게 혹시 9월 29일생이냐고 물었다. 우리의 시선이 일제히 라파엘에게
쏠렸다. 벌게진 얼굴로 라파엘이 고개를 작게 끄덕였다. 대천사 라파엘
의 축일이 9월 29일이었던 것이다.

나는 라파엘라와는 같은 반을 한 적이 한 번도 없었지만 이상하게도
라파엘과는 무려 3년을 같은 반을 했다. 그렇다고 라파엘과 딱히 친하
게 지낸 것도 아니었다. 나는 라파엘과 3년 내내 같은 반이라는 엄청난

행운-친구들은 신의 축복이라 했다-을 잡았지만 어설픈 짝사랑이라는 덫이 오히려 라파엘과의 사이를 더 데면데면하게 만들었다. 라파엘의 장래 희망이 신부라는 말에 울적했던 그 밤을 나는 아직도 기억하고 있다.

라파엘라의 몸은 분절 없이 흐르고 있었다. 뭉긋하게 말아 올린 척추를 따라 그녀의 긴 목이 새순처럼 돋았다. 들숨과 날숨은 깊고 유연했으며 쿰바카[1]는 충만하고 정확했다. 손발 끝에 남아있는 무용의 흔적이 아사나[2]를 지나치게 미적으로 만드는 흠에도 불구하고 그녀의 아사나는 충분히 훌륭했다. 집중력 있게 이루어진 수련의 흔적이었다. 오히려 들뜬 나의 호흡이 아사나를 겉돌며 툭툭 끊어지고 있었다. 되똑거리는 마음을 붙잡느라 정작 수련은 뒷전이 되고 말았다. 무릇 십여 년의 시차를 두고 독실한 천주교 신자인 라파엘라를 요가 샬라에서 다시 만나게 된 것만도 놀라웠지만 더 놀라웠던 건 행복한 결혼 생활 중 돌연 사라진 그녀가 지금 유럽의 아주 작은 도시, 여기에 홀로 있다는 사실이었다.

출국을 앞둔 며칠 전이었다. 둘째의 돌잔치 소식을 전하는 고등학교 동창과 통화를 하던 중이었다. 결혼과 동시에 연년생으로 아들 둘을 낳은 친구는 혼자서 곱절의 육아를 감당하느라 무척 지쳐 있었다. 목소리에서도 고단함이 느껴졌다. 반복되는 육아 전쟁에 대해 뇌까리듯 푸념하던 친구의 목소리에 갑자기 생기가 돌며 말이 빨라진 건 동창들 소식으로 이야기가 넘어간 직후였다. 몇몇 동창들의 근황을 전하던 친구가 대뜸 던지듯 말했다. '없어졌댄다, 라파엘라가.' 어깨와 귀 사이에 폰을 끼운 채 요가 매트를 말던 나는 순간 폰을 놓칠 뻔했다. '누가 없어졌다고?' 폰을 옮겨 잡으며 되물었다. 매트가 맥없이 도로 풀렸다.

---

1. 쿰바카 : 숨 멈춤
2. 아사나 : 요가의 체위(동작)

없어졌다는 말에 분명히 악센트가 실려 있었다. '건너들은 거라 나도 전후사정은 잘 모르겠고. 여튼 라파엘라가 사라졌대.' 나는 말끝을 물고 '왜? 왜?'를 반복했다. '난들 아니? 하지만 유부녀가 집을 나갔다는 게 무슨 의미겠니. 그거 아니겠어?' 친구는 그거, 라는 말에 힘을 주며 낮게 속삭였다. '그거?' 되묻지 않을 수 없었다. '바람 말야, 바람.' 친구는 단정적으로 말했지만 나는 그 말에 수긍할 수가 없었다. '말이 돼? 라파엘라는 가톨릭이야.' 내가 반론하듯 말했다. '이혼이랑 동성애도 포용되는 세상에 바람이 뭐 대수니. 어쨌든, 도무지 알 수가 없다. 천사가 천국은 왜 떠났으며 도대체 어디로 갔다니.' 말짱 거짓말 같은 친구의 말을 곰곰이 되씹는데 폰 너머에서 울음소리가 들렸다. 하나가 울자 덩달아 남은 아이도 울어댔다. 딱히 인사랄 것도 없이 전화를 끊으려는데 '그런데 라파엘이…….' 라는 말이 흐릿하게 건너왔다. 다시 걸어볼까 생각했지만 아기 둘을 어르느라 허둥대고 있을 친구가 떠올라 그만 두었다.

라파엘라를 생각할 때면 늘 기억의 거름망에선 라파엘부터 빠져나왔다. 3년 내내 같은 반이라는 공통 분모 위로 긴 이름의 비슷한 분자까지 겹쳐진 때문이었다. 출석부의 평범한 이름들 사이로 삐쭉이 튀어나온 라파엘과 나의 이름은 특히 수학 선생님들의 잦은 부름을 받았다. '윤 라파엘이랑 …… 세희, 선우 세희가 한 번 풀어 볼까.' 선생님은 늘 한 번이라고 했지만 나중엔 습관적으로 불러대는 바람에 정말 곤혹스러울 지경이었다. 다행이라면 라파엘도 수학을 썩 잘하진 못해서 비교와 창피는 그런대로 면할 수 있었다는 거였다.

졸업 후의 둘에 대한 소식은 동창들을 통해 들은 게 거의 대부분이었다. 라파엘은 원하던 대로 신학대에 진학했고 라파엘라는 전공인 현대 무용으로 여대에 들어갔다. 신학공부를 마친 라파엘은 사제 서품을 받고 성직자의 길로 들어섰으며 라파엘라는 졸업 후 잠시 시립무용단에서 무용수로 활동하다 결혼과 함께 그만두었다. 여러 사업체를 가진 재력가 집안의 외아들이자 변호사인 남편과의 사이에는 아들 하나를 두고 있었다. 라파엘라의 남편은 법률 사무소를 운영하며 법률 프로그램의 패널로 자주 출연한 덕에 사회적 인지도와 인기가 상당히 높았다. 나도 한두 번 TV에서 라파엘라의 남편을 본 적이 있었는데 큰 키에 각진 어깨가 슈트와 퍽 어울리는 풍채였고 선이 굵은 이목구비는 호남형에 가까웠다. 한쪽만 살짝 팬 보조개는 짙은 인상을 부드럽게 만들어 주었고 중저음의 목소리와 어투에는 일정한 톤에서 느껴지는 신뢰감과 듣는 이로 하여금 호감을 갖게 만드는 정연함이 있었다. 여성잡지에 실린 라파엘라 부부의 인터뷰를 본 동창의 말에 의하면 라파엘라의 미모는 여전했으며 부부는 아름다웠고 아이는 사랑스러웠다고 했다. 차기 국회의원 도전에 관한 기자의 마지막 질문에 라파엘라의 남편은 남자라면 충분히 품어볼 야망이다, 라고 대답하며 딱히 부정하진 않더라는 말도 덧붙였다. 이러다 마흔도 되기 전에 라파엘라가 국회의원 사모님 소리 듣게 되는 거 아니냐고 동창들 사이에선 그녀에 대한 시기와 질투, 부러움이 뒤섞인 말들이 분분했다. 그런 라파엘라가 어느 날 갑자기 사라졌다는 사실은 그녀를 아는 모든 이에게 충격이었다. 사라진 이유를 두고 동창들의 무수한 추측들이 난무했지만 확인할 길은 없었고 라파엘라를 찾았다거나 돌아왔다는 소식 또한 없었다.

나는 마치 보물찾기에서 보물이 적힌 쪽지를 제일 먼저 발견한 사람처럼 긴가민가한 마음으로 수련 내내 라파엘라를 훔쳐보았다. 분별없이 흩어지는 나의 거친 숨을 느낀 헬렌이 조용히 다가와 어깨 위로 가만히 손을 얹었다. 나는 길게 숨을 내쉬고 두 손으로 바닥을 밀어내며 다운 독으로 몸을 끌어올렸다. 들이쉬는 숨에 가슴을 열며 업 독으로 연결한 뒤 발등을 하나씩 바닥으로 내려놓을 때였다. 두 손과 두 발로 바닥을 힘껏 밀어내며 우르드바 다누라사나로 들어가던 라파엘라의 몸이 오른쪽으로 기우는가 싶더니 이내 풀썩 떨어졌다. 그리고는 오른

쪽 어깨를 부여잡으며 몸을 공처럼 말고는 모로 구르는데 발끝까지 가늘게 떨리고 있었다. 뒤에서 지켜보던 헬렌이 다가와 라파엘라의 어깨를 부드럽게 마사지하며 차분하게 인헬(Inhale)과 엑셀(Exhale)을 반복하며 숨을 이끌었다. 오늘이 처음은 아닌 모양이었다. 잠시 뒤 한결 편해진 얼굴의 라파엘라가 헬렌의 손을 가볍게 잡았다. 헬렌은 그녀의 손등 위로 손을 포개고 마저 진정되도록 잠시 기다려 주었다. 그리고는 걱정스레 지켜보는 나에게 노프라브럼이라고 작게 속삭인 뒤 자리로 돌아갔다. 물처럼 고여 있던 그녀가 천천히 바닥을 밀어내며 상체를 일으키는데 흘러내린 앞머리 사이로 보이는 얼굴이 해쓱했다. 짧게 시선이 부딪쳤다. 나를 알아봤을까, 아는 척을 해야 하나하고 잠시 고민에 빠진 사이 라파엘라는 무심하게 일어나 수련실을 나갔다.

 미처 걸치지도 못한 카디건을 한 손에 들고 맨발에 신발을 꿰신고는 허겁지겁 샬라를 나오자 골목 끝으로 사라지는 라파엘라의 뒷모습이 보였다. 수련복 위에 큼직한 갈색 숄만 가볍게 걸친 걸 보니 사는 곳이 멀지 않은 모양이었다. 장발장을 뒤쫓는 자베르 경감처럼 멀찌감치 떨어져서 라파엘라의 뒤를 밟았다. 아직 이른 아침이라 길에는 오가는 사람이 적었다. 조마조마한 마음으로 잔걸음을 옮겼다. 양팔을 뻗으면 벽에 닿을 만큼 좁은 구시가지의 골목을 몇 번이나 휘감치듯 돌아나갔을 때 갑자기 시야가 탁 트이며 작은 광장이 나타났다. 광장 맞은편의 성당 첨탑이 정지 신호처럼 우뚝 솟아 있었다. 뒷걸음으로 골목 그림자에 몸을 묻고는 정사각형 모양의 광장을 살폈다. 흰 외벽의 낮은 건물들이 광장의 큰 틀을 만들고 있었고 1층의 아케이드 상점가가 색띠처럼 둘러진 아담한 광장이었다. 귀퉁이로 작은 동상 하나가 보였는데 말라깽이 소년이 머리 위로 한 손을 들고는 잔뜩 심술 난 표정을 짓고 있었다. 헬렌이 말한 침 뱉는 소년이라 불린다는 바로 그 분수인 모양이었다. 소년이 물을 뿜는 게 마치 침뱉는 모습 같아서 유명해진 분수

117

라고 했다. 라파엘라는 분수 근처에서 누군가를 기다리고 있었다. 숄의 남은 부분을 목 주위로 돌려감으며 어깨를 움츠리는 게 추워 보였다. 덩달아 한기가 느껴진 내가 가디건에 팔을 대충 끼워넣는데 광장을 가로질러 오는 한 남자가 보였다. 카키색 트렌치코트에 모직 중절모를 쓰고 오래 썼음직한 가죽 가방을 든 남자는 큰 키에 마른 체구를 가진 독일인이었다. 눌러쓴 중절모 밑으로 보이는 희끗한 머리카락과 전체적으로 풍기는 지적이고 중후한 이미지가 중년 신사에 가까웠다. 남자는 거리낌없이 한 손으로 라파엘라의 등을 부드럽게 감싸며 가볍게 안아주었다. 라파엘라 또한 밀어내는 기색없이 설핏 미소까지 보였다. 남자는 라파엘라 가까이 몸을 숙이고는 무슨 말인가를 건네고 있었다. 라파엘라는 남자의 말에 귀를 기울이며 한두 번 고개를 끄덕이기도 했다. 흡사 다정한 연인의 속삭임 같았다. 몇 마디를 더 주고받더니 둘은 곧 분수 옆을 떠나 광장의 왼쪽 골목으로 걸음을 옮겼다. 남자는 여전히 보호하듯 그녀의 어깨 옆으로 한팔을 가볍게 두르고 있었다. 나는 잠시 망설이다 그들이 사라진 골목을 향해 광장을 가로질러 걸었다.

둘은 감쪽같이 사라지고 없었다. 골목 이곳저곳을 기웃거렸지만 어디에서도 라파엘라와 남자는 보이지 않았다. 나는 골목 한가운데에 우두커니 서고 말았다. 목적과 방향을 상실한 채 였다. 작정하고 쫓은 것도 아닌데 아쉽게 놓친 것만 같아 공연히 부아가 났다. 고개를 젖히고 주위를 살폈지만 첨탑마저 보이지 않았다. 광장 쪽이라 짐작되는 길을 되짚어 몇 걸음 옮겼을 때였다. 나는 붙박이듯 그 자리에 멈춰 섰다. 마른 담쟁이가 실핏줄처럼 퍼져나간 건물의 안쪽 담벼락을 등지고 서서 라파엘라가 나를 보고 있었다. 갈색 숄은 마치 보호색같아서 알아채기가 쉽지 않았다. 그녀의 창백한 얼굴이 아니었으면 그대로 지나쳤을지도 몰랐다. 라파엘라가 내내 지켜보았다고 생각하자 얼굴이 홧홧했다. 남자는 보이지 않았다. 라파엘라는 서늘한 눈빛을 띤 채 아무 말도 하지 않았다. 굳게 다문 입술에서는 내 자백을 듣기 전에는 절대로 먼저 입을 열지 않겠다는 단호함마저 느껴졌다. 솔을 움켜진 그녀의 마른 손등에 가는 힘줄이 돋았다. 바람마저 고인 골목으로 지독한 침묵이 흘렀다. 지나가는 사람 하나 없었다. 팽팽한 긴장의 끈을 먼저 놓아버린 건 나였다.

- 널 찾고 있대. 네 남편이.

라파엘라의 눈빛이 흔들렸다. 하지만 아주 잠깐이어서 어쩌면 내 눈빛이 흔들렸는지도 모르겠단 생각까지 들 정도였다.

그런데? 그녀의 눈빛은 되레 그렇게 묻고 있었다. 당황한 건 오히려 나였다. 그녀는 남편이 찾는다는 사실보다 누군지도 모를 내가 쫓아와서는 그 말을 했다는 것에 더한 경계심을 보였다. 어쩌면 당연한 반응일지도 몰랐다. 같은 반도 아니었고 친구의 친구도 아니었다. 잘 안다고 생각한 건 나만의 착각이었다.

- 따라온 건 미안해…… 말해주고 싶었어.

어설픈 자백을 끝내자마자 나는 카디건을 여미며 돌아섰다. 부러 씩씩하게 걸었지만 목덜미가 후끈거렸다. 어떤 기적도 없었다. 골목에서 광장으로 꺾어들며 슬쩍 돌아볼 때까지도 그녀는 그 자리에 그대로 서 있었다.

다음 날 새벽 수련에 라파엘라는 보이지 않았다. 예상한 바였다. 이틀 후면 한국으로 돌아간다는 말이라도 덧붙일 걸 그랬나 싶기도 했지만 이미 지난 일이었다. 수련이 남은 헬렌을 두고 샬라를 내려와 집 쪽으로 방향을 틀었다. 낙엽 몇 장이 오소소 발치로 떨어져 내렸다. 아직은 이른 가을이었다. 미처 초록빛을 떨치지 못한 나무가 바람에 부대꼈다. 그 아래 라파엘라가 서 있었다. 큰 키에 어울리는 헐렁한 아이보리 롱가디건을 걸치고 있었다. 화장기 없는 얼굴에 입술의 붉은 기가 유일한 생기였다. 그녀는 엄지로 알을 하나씩 하나씩 밀어내며 묵주를 천천히 돌렸다. 이윽고 긴 머리를 한 손으로 길게 쓸어넘긴 뒤 라파엘라는 나를 향해 천천히 걸어왔다.

- 같이 걸을래?

잠시 내 대답을 기다리는 듯하던 그녀가 돌아서더니 반발짝 앞서 걸었다. 날 기억하느냐고 물을 새도 없었다. 속뜻을 가늠하느라 머뭇거리는 사이 그녀는 저만큼 멀어져 있었다. 같이 걷자고 해 놓고는 좋을 대로 하란 식의 무심한 걸음이었다. 놓칠세라 라파엘라를 향해 나는 큰 걸음을 옮겼다.

우리는 나란히 걸었다. 어제 내가 그녀를 뒤쫓던 그 길이었다. 광장을 지날 때는 운 좋게 침 뱉는 소년이 물을 뿜는 모습도 볼 수 있었다. 우리는 말없이 한동안 분수의 물줄기만 바라보았다. 중절모 남자는 보이지 않았다. 골목으로 들어선 라파엘라가 조금 앞서 걷더니 어제 마주쳤던 그 담쟁이덩굴 집 앞에서 걸음을 멈췄다. 그리고는 육중한 목조문을 열고는 삐걱거리는 계단을 올랐다. 3층의 복도 끝 문 앞에 이르러서야 그녀는 조용히 입을 열었다.

- 머무르는 곳이야.

아주 작고 좁은 방이었다. 작은 냉장고와 싱크대, 싱글 침대 그리고 탁자와 의자 두 개가 욕실 쪽을 제외한 나머지 삼면을 채우고 있었다. 개인적인 세간이랄 것도 없이 침대 발치에 놓여 있는 여행용 캐리어 한 개가 전부였다. 곧 떠날 사람의 방 같았다. 라파엘라는 투박한 머그컵에 홍차를 우려 내왔다. 우리는 창가 옆 작은 탁자에 마주 앉아 차를 마셨다. 열린 창문 쪽에 걸려 있던 흰 레이스 커튼이 바람이 불 때마다 가볍게 흔들렸다. 탁자 위로 레이스 문양의 볕조각이 떨어지고 있었다.

- 하루의 대부분을 이 자리에 앉아서 보내. 그리고 많은 생각을 하지. …… 간밤엔 네 생각도 좀 해봤어.

나는 우리가 같은 반을 한 적은 없으니 기억하지 못한다고 해서 미안할 것도 없는 고등학교 동창이라고 말해 주었다. 그녀는 내 이야기를 묵묵히 들으며 컵의 손잡이만 만지작거리고 있었다. 덧붙여 나는 내가 알고 있는 선에서의 한국 소식을 간략하게 전했다.

- 난 내일 한국으로 돌아가. 혹시…… 네 소식을 전하길 원하니?

나는 단도직입적으로 물었다. 라파엘라가 손을 멈추고 나를 바라봤다.

- 그러지 않기를 바란다면?

- 말하지 않을 거야.

- …….

라파엘라는 대답이 없었다. 묵주를 서너 바퀴 쯤 돌리며 꽤 긴 시간을 보내고 나서야 그녀는 커튼을 살짝 젖혀 밖을 살핀 뒤 창문을 닫았다. 그리고는 나에게서 반쯤 돌아앉았더니 천천히 겨자색 상의를 허리서부터 끌어올리기 시작했다. 가는 허리와 매끈한 등을 따라 척추가 만곡을 이루고 있었다. 아, 나의 입에서 탄식이 절로 흘렀다. 척추를 줄기삼아 피어난 그것은 마치 이제 지기 시작하거나 이미 져버린 꽃처럼 푸르기도 검기도 했고 흩뿌린 목단 꽃잎처럼 검자줏빛에 가깝기도 했다. 또한 그것은 뱀이 광폭하게 휘감은 흔적 같기도, 가시덤불로 후려친 생채기 같기도 했다. 누군가에 의해 마구잡이로 무참하게 짓밟힌 상처가 분명했다. 순간 무섬증이 일어 나는 몸을 떨었다.

- 아직도 남아 있니?

나는 대답대신 덜덜 떨리는 손으로 죽은 꽃과 뱀의 허물과 가시 자국을 더듬었다. 전이된 고통에 손끝이 아렸다. 가만히 라파엘라의 오른쪽 어깨로 팔을 뻗었다. 그녀의 함몰된 날개 뼈가 만져졌다. 라파엘라가 왼손으로 오른쪽 어깻죽지를 감싸며 몸을 둥글게 말았다. 접어올린 무릎 위로 고개를 떨구자 머리칼이 가슴 쪽으로 흘러내렸다.

- 결혼하고 1년도 안되었을 때야. 뉴스에도 나올 만큼 제법 큰 사건이었는데 남편은 패소하고 말았어. 그때까지 남편은 재판에서 한 번도 져 본 적이 없는 사람이었어. 정확하게 말하면 인생에서 한 번도 실패해본 적이 없는 사람이야. 저녁을 먹으며 내 딴엔 위로를 한다고 한 마

디 건넸는데…… 차라리 남편이 술이라도 진창 마신 상태였더라면 이해하기가 쉬웠을 지도 몰라. 남편은 정말, 너무나 멀쩡해서 나는 더 무서웠어. 거실장 모서리에 부딪쳐 나가떨어지는 나를 보고 나서야 남편은 개운한 표정으로 내게서 떨어졌어. …… 그게 시작이었어.

나는 그녀의 옷을 내려 주었다. 그리고 그녀의 오목한 날개 뼈에 손을 얹었다.

- 너에겐 라파엘이 있잖아. 라파엘에게라도 말하지 그랬어?

- …….

라파엘라가 의자에서 몸을 일으키더니 벽 쪽으로 돌아섰다. 바랜 벽지 위로 사각 액자와 타원형 거울이 걸렸던 흔적이 본래의 벽지 색으로 남아 있었다. 라파엘라가 손을 뻗어 머리 위쪽의 벽을 더듬었다. 십자가의 흔적이 뚜렷했다. 라파엘라는 진짜 십자가 앞에라도 선 듯 십자성호를 긋고는 두 손을 모았다. 그리고 나지막이 말했다.

- …… 죽었어, 라파엘.

뺑소니였고 아버지는 즉사했다. 나는 3일 동안 학교에 가지 못했다. 장례를 치르는 동안에도 나는 울지 않았다. 믿기지 않으니 눈물도 나지 않았다. 장례식장에서 화장터로, 다시 납골당으로 휩쓸려 다니는 동안에도 내 표정은 내내 어리벙벙했으며 품이 큰 상복 치맛자락에 걸려 뒤뚱거리기만 했다. 밤이면 어김없이 졸았으며 때가 되면 배부터 고팠다. 아버지의 죽음을 실감한 건 학교로 돌아오는 아침부터였다. 여느때처럼 지각을 했지만 선생님은 나를 붙잡지도 혼내지도 않았다. 지각생들 속에서 불러낸 뒤 그저 고갯짓으로 교실을 가리켰다. 기쁘지 않은 면죄부에 나는 고개를 떨구고 무리를 빠져 나왔다. 벌을 서던 아이들이 서로 시선을 주고받으며 수군거렸다. 동정과 연민과 측은함이 뒤섞인 눈빛을 애써 숨기지 않았으며 깜짝 놀란 한두명은 두 손으로 입을 가리며 울상을 짓기도 했다. 아직은 누군가를 능숙하게 위로하는 법을 모르는 나이였다. 줄의 맨 끝을 지나치는데 누군가 까치발로 라파엘라의 귀에 대고 속삭이고 있었다.

　4교시 체육이 끝난 뒤였다. 남녀 합반인 1학년들의 체육 수업은 가끔 두 반을 합쳐 남녀로 나눈 뒤 남학생들은 운동장에서 구기 운동을 하고 여학생들은 체육관에서 여선생님의 지도하에 실내 운동을 하곤 했다. 리듬체조 선수 출신인 선생님은 매 시간마다 곤봉, 훌라후프, 공, 리본을 이용한 체조 동작들을 가르쳐 주었는데 여학생들은 제대로 된 동작은 차치하고 엉뚱한 데 떨어진 수구를 주우러 다니며 시간을 보내기 일쑤였다. 수업이 끝나면 꼬인 리본을 풀고 수구들을 정리해서 기구실에 갖다 두는 건 당번의 일이었다. 마치는 종이 울리자마자 애들은 리본을 대충 말아 던져놓고는 우르르 교실로 몰려갔다. 그 날, 우리 반 당번은 나였다. 나는 리본 무더기 앞에 쪼그리고 앉아 꼬인 리본을 하나씩 풀었다. 어린 아이처럼 입술을 삐죽거리며 눈에 힘을 주는 데도 자꾸만 눈물이 흘렀다. 눈물을 훔치는데 누군가 다가와 옆에 앉았다. 7반 당번인 모양이었다. 나는 들킬 새라 고개를 푹 숙이고 아무렇지도 않은 듯 리본을 풀었다. 7반 당번은 아무 말 없이 풀어놓은 리본을 착착 말아서 상자에 담았다. 눈물이 리본 위로 툭툭 떨어져 별모양의 자국을 만들었다. 점심을 먹고 쏟아져 나온 학생들로 인해 체육관 밖은 소란스러웠다. 체육복 소매 밑으로 언뜻 나무 묵주가 보였다. 묵주는 진한 밤색으로 검지 손톱 크기의 구형알 열 여개에 작은 십자가가 연결된 모양이었는데 특이하게 묵주 알에는 모두 투박하게 장미문양이 조각되어 있었다. 7반 당번은 라파엘라였다. 그녀는 내 앞의 리본뭉치를 제 쪽으로 쓸어가더니 민첩하게 풀어 나갔다. 라파엘라는 마지막 리본까지 말아 넣은 상자를 들고 뒤쪽 기구실로 성큼성큼 걸어갔다. 나는 오도카니 앉아 라파엘라가 체육관을 나가기를 기다렸다. 그때였다. 나간 줄 알았던 라파엘라가 다시 내 쪽으로 돌아왔다. 나는 고개를 숙인 채 그녀의 발치를 바라보았다. 잠시 서 있던 라파엘라가 허리를 숙이더니 내 손목을 잡았다. 놀란 내가 고개를 드는데 그녀의 묵주가 내 손목으로 넘어왔다. 묵주에서 온기가 느껴졌다.

나는 잘못 들었다고 생각했다. 되묻기도 두려웠다. 나의 혼란을 짐작했는지 라파엘라가 다시 천천히 높낮이 없는 목소리로 되뇌었다.

- 죽었어. 한 달 전에.

반사적으로 벌떡 일어선 나의 어깨를 가볍게 눌러 자리에 앉게 하고는 라파엘라는 제 자리로 돌아가 앉아 이미 식어버린 홍차를 한 모금 마셨다.

- 아르헨티나에서……. 간 지 1년이나 됐을까. 교포 자녀 중에 갱단에 발들인 애가 있었나봐. 정신 차리고 빠져나오려 하니 온갖 협박이 끊이질 않았대. 애가 도움을 구하는데 라파엘로서는 모른 척 할 수 없었을 거야. 다른 도시에 은신시켜려고 같이 움직이다가 뒤를 밟은 갱단이 쏜 총에 맞았는데…… 내가 갔을 땐 이미 뇌사상태라 더 손 쓸 수도 없었어.

이대로 멈추면 두 번 다시 꺼내지 못할 이야기를 들려주듯 라파엘라는 숨조차 아꼈다. 폭풍에 덜컹이는 문을 붙잡고 간신히 버티는 사람처럼 그녀의 말은 억눌려 있었다.

- 머리의 총알은 너무 깊숙이 박혀 수술조차 하지 못했어. 수술을 감행해서 총알을 빼낸다 해도 평생 식물처럼 살게 되거나 잘못되면 수술 중에 죽을 수도 있다고. 라파엘의 곁에서 그렇게 일주일을 보냈어. 병실 밖에선 모두가 내 결정만을 기다리고 있었고, 일주일 째 되던 날 나는 라파엘의 얼굴과 손, 발을 오래도록 쓰다듬었어. 그리고 마지막으로 어깨 밑으로 손을 넣어서 날개뼈 자리를 가만가만 더듬어보았어. 곧 올라올 아기의 앞니같이 연하고 부드러운 살결아래 숨어있는 뾰족한 그것. 나는 몸을 기울여 라파엘의 귀에 대고 말해 줬어. 정말 다행이라고.

방의 구석까지 밀려든 햇볕이 어느새 벽을 타고 오르고 있었다. 나는 빛의 끄트머리에서 서서히 사라져가는 십자가의 형상을 잠시 지켜보았다. 라파엘이 사라진 게 믿기지 않았다.

- 배가 고파.

라파엘라가 찬장을 뒤져 쿠키 한 통을 꺼내왔다. 굵은 설탕이 듬성하게 뿌려진 쿠키를 반으로 쪼갠 다음 나에게 한 쪽을 건넨 뒤 라파엘라는 자기 몫의 쿠키를 반으로, 다시 반으로 작게 나누어 입에 넣고는 오래오래 씹었다. 그리고 천천히 삼켰다. 그녀는 전혀 배고픈 사람 같지 않았다. 나는 차마 쿠키를 먹지도 못하고 애꿎은 설탕 조각만 뜯어내고 있었다. 라파엘라는 마지막 쿠키까지 야무지게 씹어 꾸역꾸역 넘기고 나서야 말을 이었다.

- 모두 기증했어. 각막, 심장, 간, 신장 그리고 피부까지. 여덟 명을 살릴 수 있더라.

라파엘라가 손목에 걸린 묵주를 만지작거렸다. 짙은 밤색의 알이 굵은 묵주였다.

- 유품이라곤 이게 전부야.

- 독일엔 언제 온 거니?

- 라파엘 묻고 바로. 두 번이나 경유해서. 파리에서 여기까진 기차로 왔어.

나는 그제야 왜 라파엘라가 빈 방에서 짐도 풀지 못하고 금방이라도 떠날 사람처럼 지내는 지 그리고 레이스로 가린 창가에 앉아 왜 틈틈이 창밖을 내다보는 지 조금은 알 거 같았다.

- 괜찮겠어?

- 남편은 집요한 사람이야. 날 찾아내고 말거야.

- 이곳은 안전하니?

- 지금으로선. …… 봤니? 나와 같이 있던 독일인.

나는 고개를 끄덕였다.

- 누구라고 생각해?

- 글쎄……

동창들 사이에서 나도는 흉흉한 말까지 차마 내뱉을 순 없었다.

- 그는…… 라파엘의 대부야.

아……, 예상치 못한 대답이었다. 나 또한 속된 생각에서 벗어나지 못하고 있었던 것이다.

- 그는 누구보다 라파엘의 죽음을 가슴아파하고 있어.

라파엘 남매가 태어날 당시에 그는 서울의 한 대학에서 철학을 가르치고 있었는데 부모님과의 인연이 있어 라파엘의 세례 대부가 되어 주었으며 지금은 이곳의 대학에서 역사를 가르치고 있다고 했다. 연인의 몸짓이라고 여겼던 두 사람의 포옹이 실은 서로의 상처를 보듬는 위무였던 것이다.

- 라파엘을 보내며 생각했어. 위험을 무릅쓰고 한 아이를 구할 수 있는 순수한 신념이 과연 내게 있을까. 남편의 폭력을 견디며 반복했던 나의 기도가, 언젠간 남편을 구원할 수 있다고 믿었던 나의 신념이 결국은 나의 욕망을 가리기 위한 거짓 허울에 불과하지 않았을까. 돌아간다면 난 그 허울을 다시 뒤집어쓰겠지…… 그래서 난 돌아가지 않아.

말을 마친 라파엘라는 탁자 위에서 자신의 맞잡은 두 손에 힘을 주었다. 나는 몸을 기울여 그녀 쪽의 창을 조금 열어 주었다. 서늘한 미풍이 불었다. 우리는 처음처럼 그렇게 탁자에 마주 앉아 창밖으로 빛이 썰물처럼 빠져나갈 때까지 오래도록 있었다.

이른 저녁을 먹고는 헬렌과 강변으로 산책을 나갔다. 한 시간쯤 걸은 후 우리는 갈림길 앞에서 헤어졌다. 헬렌은 저녁 수련을 위해 샬라로 돌아갔고 나는 헬렌이 일러준 방향으로 걸었다. 5분쯤 걷자 트인 마당이 나오고 드문드문한 고목 사이로 성당이 보이기 시작했다. 크림색

외벽과 회색 지붕 위로 첨탑 두 개가 솟은 아담한 규모의 성당이었다. 호위하듯 둘러싼 굵은 둥치와 풍성한 잎사귀의 나무들이 만드는 안온함과 한데 어우러져 성당 주변은 무척 아름다웠다. 오르간 소리가 들렸다. 나는 성당으로 걸음을 옮겼다.

라파엘라는 가능한 코블렌츠에 머물길 원했다. 도시가 지나치게 크거나 작지도 않고 한국인도 많지 않아 남편의 눈을 피해 지내기에 안전하고 무엇보다 라파엘의 대부가 가까이 있어 심리적으로 위안이 된다고 라파엘라는 말했다. 남편의 폭력에 기인한 호흡 곤란을 극복하고자 사람들 눈을 피해 새벽 요가를 시작했으며 오후에는 성당에서 파이프오르간 레슨을 받고 있다고 했다. 랭귀지 스쿨이 끝나는 대로 대학에서 본격적으로 성당 오르가니스트 과정을 밟을 계획이라고 했다.

파이프 오르간은 2층 후면에 있었다. 오르간은 세로로 8분할된 목조 테두리 안으로 길이가 다른 금빛 파이프가 3개씩 붙어 있었는데 언뜻 보면 벽면 인테리어로 보일만큼 2층 전면을 가득 채우고 있었다. 연주대는 보이지 않았다.

나는 예배당의 맨 뒤쪽에 앉아 오르간 소리에 귀를 기울였다. 음은 단순하고 느렸다. 하지만 연주가 계속될수록 포개진 음들이 페스츄리 반죽처럼 층을 이루며 서서히 부풀어 오르기 시작했다. 첫음이 사라질 때쯤 다른 음이 겹치며 소리는 더욱 깊어졌고 길어졌다. 마치 오래된 우물 안으로 허리를 반쯤 접어 넣고 받침에 이응이 들어간 말들, 이를테면 멍멍, 붕붕 같은 단어들을 외치면 금세 듣기 좋게 부풀어 올라오던 소리와 닮아 있었다. 나는 의자 등받이에 몸을 기댄 채 눈을 감았다. 라파엘라의 서툰 연주는 기도처럼 나지막하기도, 고해처럼 엄숙하기도 했다. 라파엘라는 라파엘을 한국으로 데려가지 않고 그가 몸담았던 성당의 묘역에 묻었다. 장례가 끝나고 모든 이들이 돌아간 뒤에도 라파엘라는 혼자 묘역에 남아 있었다. 짧은 생몰연대가 새겨진 라파엘의 묘비를 앞에 두고 잠시 서있는다는게 정신을 차리고 보니 이미 해

가 져있어서 스스로도 깜짝 놀랐다고 라파엘라는 말했다. 그리고 거기
서 라파엘라는 돌아가지 않기로 결심했다고 했다.

  나는 라파엘라의 오르간 수업이 끝날 때까지 기다렸다가 인적이 드
문 가까운 길을 골라 함께 걸었다. 짧은 시간이었다. 저녁 미사에 맞춰
성당 앞으로 돌아온 우리는 특별한 작별 인사도 없이 헤어졌다. 다만
내가 '연락처 줄까.' 하고 한 번 물었고 라파엘라가 느릿하게 고개를 가
로저었을 뿐이었다.

  승선장에서 헬렌은 아쉬움 가득한 얼굴로 나를 꽉 껴안고는 가볍게
흔들었다. 한 뼘이나 더 큰 헬렌의 품에 아이처럼 매달린 모양새로 나
는 그녀의 등을 부드럽게 쓸어주었다. 괜찮다는 데도 짐을 선실까지
옮겨준 헬렌은 승선장 앞에 서서 배가 움직일 때까지 긴팔을 크게 흔
들어 주었다. 발목까지 경중한 쥐색 바지가 바람에 나풀거렸다. 나는
눈물이 왈칵 쏟아질 거 같아 서둘러 돌아가란 손짓을 하고는 문 뒤로
슬쩍 물러섰다. 그 때 주머니 안쪽에서 폰이 울렸다. 라파엘라의 가출
을 알려줬던 동창으로부터의 문자였다.

  – 글쎄 라파엘라가 지금 유럽에 있댄다. 남편이 어떻게 알아낸 모양
이야. 연락하는 동창이 있나싶어 여기저기 물어보고 있나봐. 본 애들이
그러는데 라파엘라 없어지고 걔 남편 얼굴이 반쪽이 됐다더라. 딱해서
어쩐다니.

  메일 주소라도 받아둘 걸하고 후회했지만 이미 늦은 일이었다.

  – 유럽 하니까 딱 네 생각이 나지 뭐야. 세희야, 혹시 거기서 보거나
들은 거 없니?

  가슴 한편이 서늘했다. 예상 못한 일도 아니었지만 생각보다 빨랐다.
라파엘라의 남편이 작정하고 찾기 시작하면 넓은 유럽이라 해도 결국
엔 꼬리를 밟힐 터였다. 아니, 몰라, 글쎄 등등의 단문을 쓰고 지웠다를
반복했다. 본 것도 없고 들은 말은 더더욱 없으며 곧 돌아갈 예정, 이라

고 길게도 써봤지만 역시 지워버렸다. 이어질 동창의 질문을 덤덤하게 쳐낼 자신이 없었다. 빈 메시지창을 닫았다. 그리고 폰의 전원 버튼을 길게 눌렀다.

데크로 올라가자 유람선은 이미 승선장에서 제법 멀어져 있었다. 몇몇 관광객들이 강바람을 맞으며 사진을 찍고 있었고 강에서 산 위 요새로 이어진 케이블카가 아침볕에 초파일 연등처럼 반짝이고 있었다. 조용하고 평화로운 아침이었다. 브이 자를 그리며 물길을 가르던 유람선의 뱃머리가 막 도이치 에크를 지나고 있었다. 독일의 모퉁이란 뜻을 가진 도이치 에크는 두 개의 강이 하나로 모이는 두물머리 같은 곳으로 삼각형 모양의 뾰족한 광장이었다. 밑변 쪽에 위치한 거대한 빌헬름 2세상의 왼쪽으로 모젤 강, 오른쪽으로는 라인 강이 흐르고 있었다. 마인츠에서 출발한 유람선은 본류인 라인 강을 따라 로렐라이 언덕과 수많은 고성을 지난 뒤 쾰른에 도착하게 될 것이다.

유람선의 맞은편, 모젤 강 쪽으로 한 여자가 보였다. 브라운 계열의 긴 트렌치코트를 걸치고 한톤 진한 페도라를 눌러 쓴 여자는 주머니 깊숙이 손을 찔러 넣은 채 에크 쪽으로 느린 걸음을 옮겼다. 시선은 발치에 머물러 있었다. 라파엘라였다. 나는 반가움에 본능적으로 손을 들었다가 스르르 내리고 말았다. 에크와 배의 간격이 서서히 좁혀졌다. 에크의 꼭짓점에 먼저 다다른 라파엘라가 라인 강을 바라보았다. 곧이어 유람선이 에크를 왼쪽으로 두고 본류인 라인 강으로 빠져나가기 시작했다. 에크에 서있던 독일인 청년 서넛이 일제히 유람선을 향해 휘파람을 불며 손을 흔들었다. 응답하듯 뱃고동이 길게 울렸다. 소리를 쫓아 유람선 쪽으로 고개를 돌린 라파엘라와 시선이 부딪친 건 그 때였다. 배는 이미 빠르게 움직이고 있었고 우리가 서로를 바라본 건 아주 잠깐이었다. 라파엘라가 페도라를 살짝 추켜올리며 나를 바라보았다. 그리고 난간에 올렸던 오른손을 거둬 왼 손목에 걸린 묵주를 부드럽게 만지기 시작했다. 그 순간 나는 라파엘라가 나를 분명히 기억하

고 있음을 확신했다. 샬라 앞에서 기다릴 때도, 성당 앞에서 헤어질 때
도 라파엘라는 묵주를 만지고 있었다. 성과 이름은 잊었다 해도 묵주
의 기억은 쉽게 끊어지지 않았을 터였다. 나는 소실점으로 사라질 때
까지 에크를 바라보았다. 그리고 이 도시가 부디 라파엘라의 은거지가
되기를 바랐다.

*

　라파엘라에게 묵주를 보내고 약 보름쯤 지나 택배 하나를 받았다. 독
일에서 온 것이었고 라파엘라에게 보냈던 상자와 같은 크기였다. 상자
에는 독일어 스탬프가 큼직하게 찍혀 있었다. 그리고 그 옆에 붉은 펜
으로 수취인 불명이라고 쓰여 있었다.

권 행 백

2015 한국소설 신인상에 단편「샤이레이디」로 등단
2016 불교신문 신춘문예 단편소설「류향」당선
2016 광남일보 신춘문예 단편소설「미노타우로스 사냥꾼」당선

사망진단서

권 행 백

과장이 회진을 마치고 나간 뒤였다. 객사는 면하게 해줘. 선애가 굳은 얼굴로 아랫입술을 깨물었다. 지난번처럼 또 출혈이 되면 어쩌려고. 나는 미간을 좁히며 눈썹을 세웠다. 아버지가 원하니까. 대답 뒤로 잠시의 침묵이 이어졌다. 사경을 헤매는 환자도 청각은 마지막까지 살아있는 법, 병원복도에서 나누는 이야기들을 출입문 안쪽에 누워있는 그가 듣고 있는지도 몰랐다. 선애의 하얀 손가락 끝이 스산한 아침 공기 속에서 가늘게 떨리고 있었다. 과장이 허락한 퇴원을 되돌리기는 쉽지 않아 보였다.

이번엔 최 선생이 수고 좀 하지 그래. 엊저녁 퇴근시간이었다. 입꼬리를 비틀어 능글맞은 윙크까지 보내는 걸 보면 내 진료실로 찾아온 과장은 이미 뭔가 알고 있는 눈치였다. 다들 꽁무니를 빼는 말기환자 이송 업무에, 전문의 과정을 마치고 과장 자리만을 목 빼고 기다리는 나 같은 펠로우닥터가 나설 일은 아니었다. 고양이 목에 방울 다는 일, 그건 비번으로 쉬고 있는 1년차 레지던트가 만만했다. 의사가 살인죄로 처벌받은 뒤라 병원분위기가 위축되어있었다. 그때도 환자 부인의 성화에 못 이겨 산소호흡기를 미리 떼어낸 게 화근이었다. 그럼에

도 불구하고 이번만은 내가 맡는 게 맞지 싶었다. 소화기 내과전문의
인 내가 입원 당시부터 주치의를 자임한 이유도 같은 맥락이었다. 꺼
림칙하게 생각할 것 없잖아. 인간에게 죽음을 스스로 선택할 권리가
있다면 그것을 도와주는 일도 정당한 거야. 떨떠름하게 고개를 끄덕이
는 내 앞에서 과장이 매듭을 짓고 돌아섰다.

두 달 전, 느닷없는 전화를 받고 그녀의 출현을 기다리는 내 가슴은
방망이질을 했다. 늦더위가 따가운 오후였다. 구급차 뒷문이 열렸다.
그녀의 새하얀 원피스 앞자락에서 검붉은 핏자국이 내 눈으로 날아들
었다. 응급차에서 빠져나온 침대의 바퀴가 털털거리며 정신없이 굴렀
다. 쿨럭쿨럭 피를 토하는 아버지를 따라 그녀가 응급실로 뛰어들었다.
달아오른 뺨과 떨리는 눈꺼풀로 보아 적잖이 당황했음을 알 수 있었
다. 우리 사이를 자르고 지나간 16년의 빈자리는 헐거운 눈인사만으로
채워졌다. 중풍으로 갑자기 세상을 뜬 어머니의 부음이 미국에 눌러앉
았던 그녀를 불러들인 것이었다. 아내의 부축을 받으며 통원치료를 하
던 선애 아버지, 그의 증상이 급격히 악화된 것은 아내의 초상을 치르
고 일주일도 채 지나지 않아서였다. 그날따라 응급실은 북새통이었다.
환자가족들이 의료진과 무질서하게 뒤엉켰다. 교통사고로 머리통에
서 피가 줄줄 새는 사람이 셋씩이나 들어온 직후였다. 환자 보호자들
이 에어컨을 줄여달라고 소리를 질렀지만 인턴과 간호사들은 손부채
를 부쳐가며 진땀을 흘렸다. 그 속에서 나는 이미 선애의 손발이 되어
있었다.

동창회 밴드를 보고 알았어. 그녀도 고향을 아주 잊고 지낸 건 아니
었다. 설령 그랬다 해도 나를 찾는 일은 간단했을 것이었다. 태를 묻은
서울의 남쪽 변두리를 벗어나지 못한 내가 여전히 근처의 대학병원에
서 의사노릇을 하고 있다는 사실을 동창들은 다 알고 있었다.

우리는 반에서 일등 자리를 놓고 경쟁을 했다. 선애는 조용한 학생이
었다. 공부를 잘하지 않았다면 존재를 의식하기 어려울 정도였다. 그

녀는 나의 세 번째 앞줄에 앉아있었다. 고3 내내 그녀의 뒷머리를 보며 나는 달뜬 가슴을 쓸어내려야 했다. 가끔씩 마주치는 눈빛으로 짐작컨데 새침데기였던 그녀도 분명 내게 관심은 있었을 것이다. 짙은 눈썹에, 반에서 두 번째로 키가 컸던 내게 발그레한 뺨으로 말을 걸어오는 여자애들도 심심찮게 있었으니까. 선애는 줄반장도 고사했다. 반장을 맡아 거드름을 피우던 나와는 달리, 누군가와 어울리는 일이 무슨 죄라도 되는 양 그녀는 언제나 고개를 숙이고 있었다.

빛나는 합격증을 보여주며 그녀에게 마음을 전하려고 매일 밤 다짐을 했지만 그해 나는 의대진학에 실패했다. 부풀었던 내 가슴은 쪼그라든 풍선이 되었다. 반면에 그녀는 졸업과 동시에 신촌에 있는 학교에 이름을 올렸다. 나는 결국 재수를 해서 남쪽 소도시에 캠퍼스를 둔 의대에 진학을 했고 그녀는 서서히 내 기억에서 멀어졌다. 그런데 이따금씩 선애가 생각날 때면 아직 장가를 못간 이유를 나는 그녀에게서 찾고 있었다. 전문의가 되는 길이 워낙 까마득하다보니 겨를이 없었다는 게 진실에 더 가까웠음에도……. 군의관을 마치고 몇 차례 선을 보긴 했어도 도무지 데이트라는 걸 지속해볼 짬이 없었다. 메스로 피부 조직을 촘촘히 벗겨내듯 시간을 쪼개보았지만 그 틈새로 누군가를 끼워 넣는 일이 쉽지 않았다. 들려오는 소문에, 선애는 영문학을 전공한 재원답게 미국으로 유학을 갔단다. 친구들은 그녀가 뉴욕에서 은행에 다녔으나 월가에 몰아친 금융위기로 감원대상이 되었다고도 하고, 오래전부터 하고 싶었던 공부를 하기 위해 제 발로 퇴사를 했다고도 했다. 확인되지 않는 소문은 여기까지였다. 그리고는 어딘가로 홀연히 사라졌다. 그런 그녀가 돌아온 것이다. 그것도 내게 먼저 전화를 해서.

내가 가정용 산소호흡기 사용법을 설명하는 동안 선애는 눈길을 밖에 두었다. 창문이 한 뼘쯤 열려있었다. 출근을 서두른 차량들이 병원 주차장 가장자리에 드리워진 초록 밑을 파고들었다. 창틈으로 들어오는 아침공기가 간병肝病환자 특유의 메스꺼운 악취를 희석시켜 주고 있었다. 나는 들숨과 날숨의 압력을 자동으로 맞춰주는 ST모드를 재확인했다. 자발호흡이 어려운 환자라 귀가 후에도 도움이 될 것이었다. 얼굴에 산소마스크를 쓰고 퇴원을 기다리는 늙은 남자의 목숨이 오로지 모니터 달린 작은 상자 하나에 걸려있었다. 그에게 경찰간부의 꼿꼿했던 권위나 흔적은 남아있지 않았다. 거무죽죽하게 변해버린 피부에서는 한줌의 생기도 찾아볼 수 없었다. 대개의 간암환자는 자각증상이 심하지 않지만 그중 일부는 바늘로 찌르는 것 같은 통증으로 몸부림치며 죽어간다. 암세포가 폐로 전이되어 호흡곤란증상을 보이는 선애 아버지는 공교롭게도 후자에 속했다. 말기에 이르러 황달을 지나 흑달로 들어선 얼굴은 절간 입구 사천왕상 발밑에 깔린 악귀의 모습과 다르지 않았다. 며칠 전부터는 모르핀도 그의 통증을 슬슬 외면했다. 잔뜩 일그러진 그의 얼굴 위로, 무표정 속에 고통을 감추던 선애 엄마의 모습이 겹쳐졌다. 그때는 IMF 난리통에 나라가 뒤숭숭했었다. 우리들의 고교시절도 그런 분위기 속에서 어정쩡하게 끝나가고 있었다. 진학상담으로 학부모들이 학교를 방문하던 때였다. 선애 엄마는 마지못해 끌려온 인상이었다. 검정색 뿔테안경은 깡마른 몸피에 핏기 없는 얼굴을 더욱 지쳐보이게 했다. 늘어뜨린 생머리로 한쪽 뺨을 가린 그녀의 무표정은, 웃음을 흘리며 교사들을 살갑게 대하려는 다른 학부모들과 확연히 구별이 되었다. 허깨비 같았다. 그녀가 스커트자락을 사각거리며 밟고 지나간 복도 바닥에는 찬바람이 고였다. 나는 학교에 다녀온 어머니로부터 선애네 이야기를 전해 들었다. 선애와 다섯 살 터울의 대학생이던 오빠에 관한 것이었다. 그땐 이미 3년이나 지났음에도, 그가 자동차조립공장 옥상에서 뛰어내린 사건이 목격자들의 입에서 되살아나고 있었다. 충격이었다. 그것은 그 시절 9시 뉴스에 자주 나오던 장면들과 버무려져, 로버트 카파의 사진 '병사의 죽음'처럼 내 기억 속에 생생하게 보관되어있다. 경찰 헬기에서 최루탄이 우박처럼 쏟아지고 깨진 화염병에서 신나가 흘러나왔다. 불길이 농성자들이 쌓아둔 바리케이드용 폐타이어로 옮겨 붙었다. 시커먼 연기가 노조원들을 난간으로 몰아붙였다. 공장폐자재 위로 추락한 그의 목으로 철근이 뚫고 들어갔다. 즉사였다. 떨어지던 그의 몸뚱이에서 '부당해고 철회하라'는 짧은 외침이 다 빠져나오기도 전이었다. 아들이 노조원들 틈에서 구호를 외치던 그 시각, 선애 아버지는 체포조 투입을 위한 지휘관 회의에 참석 중이었다. 선애 엄마는 교회를 다니기 시작했다. 광신도라며 아내를 비난하던 선애 아버지마저 넋을 놓고 술독에 빠져들었다. 알콜이 살을 파고드는 밤이면 아직 눈앞에 살아있는 아내와 딸을 잡도리하고 두들겼다. 그릇이고 식탁이고 할 것 없이 세간 부서지는 소리와 선애 엄마의 악다구니가 담장을 넘어 이웃의 입방아에 올랐다. 선애 엄마는 그럴수록 교회에서 보내는 시간이 길어졌고 입을 봉해버린 선애는 공부에만 빠져들었다. 선애는 새벽에 제일 먼저 교실문을 열고 들어와 가장 늦게까지 자리를 지켰다. 부어오른 얼굴과 눈 밑의 퍼런 멍자국, 입가에서 뺨으로 향하는 긁힌 상처들이 머리카락으로는 가려지지 않았다. 뽀얀 피부의 다소곳한 여학생에게 어울리지 않는 흔적들이 내 눈을 찌를 때마다 나는 막연한 분노를 느꼈지만 그녀를 똑바로 바라보지 못했다. 무력감이었다. 그녀의 자존심이 주위의 관심을 거부할 것이라고 스스로 둘러댔지만 개운치 않았다. 그녀의 얼굴에 핏기가 돈 것은 공교롭게도 아버지의 좌천 소식이 있고 난 후부터였다. 총경 승진을 앞두고 서장 후보 물망에 올랐던 선애 아버지가 지방으로 내려가 경찰서 민원실을 지키게 된 것도 술로 인한 업무태만이 징계사유였다.

꼭 집으로 모셔야 되겠어? 구급차 준비시키기 전에 마지막으로 묻는 거야. 지금이라도 마음을 바꾸면 여기서 임종할 수 있어. 복도로 슬그머니 그녀를 데리고나와 입원실 문을 닫으며 다그치듯 다시 물었다. 저걸 떼어낸 뒤에도 한동안 살아있는 환자들이 있어. 그땐 네가 더 힘들어질 텐데 정말 괜찮겠어? 나는 마치 환자가 곧바로 죽기를 바라는 의사가 되어있었다. 그녀가 고개를 저었다. 얼마 가지 않을 거야. 뭘 믿고 저러나 싶었지만 그녀의 무거운 표정에 눌려 나는 목젖 아래로 말꼬리를 삼켰다. 그녀가 새삼스럽게 병원비를 걱정해서도 아닌 듯했다. 결제는 강남의 아파트에 살며 공무원 연금을 받는 아버지의 신용카드로 처리되고 있었으니까. 퇴원결정은 환자 본인의 의지로 보였다. 급한 일이 생기면 다시 모시고 들어와. 말이야 그렇게 했지만 혼수상태를 허겁지겁 처치하던 기억이 불안감으로 불쑥 솟았다.

입원한 지 5주가 지날 무렵이었다. 복수를 빼내고 진통제를 놓아주면 의료진과 대화도 하는 등, 의사표시에 별 문제가 없던 그였다. 전에도 두 차례의 간성혼수肝性昏睡가 있었지만 꿈속인 듯 헛소리를 하다가도 제정신으로 되돌아왔었다. 하지만 그의 가느다란 목숨도 이젠 끝인가 싶었다. 기침을 하며 입에서 피를 뿜어내더니 정신을 잃고 호흡이 가빠졌다. 동료의사의 도움을 얻어 가까스로 지혈을 하고 나는 곧바로 인공호흡기를 가동시켰다. 규정대로 보호자 동의를 구하려 했지만 그녀와 통화가 되지 않았다. 설마와 혹시 사이에서 나는 설마로 가닥을 잡았다. 하루도 거르지 않고 찾아와 아버지 곁을 지키는 딸이 설마 연명치료를 반대하겠나. 내심으로는 아는 사이에 추인을 받아낼 자신도 있었다. 환자의 호흡이 안정을 찾았을 때는 혼을 쏙 빼놓던 하루일과가 끝나가는 저녁이었다. 퇴근을 서두르며 가운을 벗는 내 책상 위에 그녀가 누런 대봉투를 내밀었다. 아버지의 자필유언장이었다. 갈아입힐 환자의 옷가지와 함께 그가 써놓았다는 서류를 집에서 들고 나온 것이었다. 최근에 쓴 듯 필체가 힘없어 보이긴 해도 깐깐하다는 그의 성격이 그대로 배어있었다. 재산의 처분방식이나 화장을 원한다는 언급까지, 꼼꼼하게 써내려간 일기장을 들여다보는 느낌이었다. 끝부분에 편지의 추신처럼 따라붙은 조항이 눈에 들어왔다. '소생 가능성이 없을 경우 연명치료는 거부하되, 최종 결정은 딸에게 위임함.' 이를 테면 그는 마지막 처분을 자식인 선애에게 맡긴 것이었다. 의아스러웠다. 서류를 작성할 당시엔 그의 아내가 살아있었을 텐데 굳이 멀리 있는 딸에게……. 그것은 일종의 사전의료의향서이기도 했다. 빈손으로 세상에 나온 자가 거추장스런 장치를 달고 갈 필요가 있겠냐는. 그러니까 그는 존엄사를 선택했다. 회생불능의 환자에게 독극물을 주입하여 극심한 고통을 끊어주는 적극적 안락사까지는 아니더라도, 죽을 때가 되면 그냥 죽게 내버려두라는 소극적 안락사를 그는 원했다. 무의미한 연명으로 흉한 몰골이 되는 게 싫다는 뜻이기도 했다. 그렇다고 이제 와서 내가 선애 아버지에게 취한 조치들을 되돌리기도 여의치 않는 노릇이었다. 뒷머리가 지끈거렸다. 이미 인공호흡장치를 가동시켰으니, 그것의 사용은 의사가 결정하지만 제거는 의료진 마음대로 할수 없다. 현행의료법이 그러니까. 합법적으로 대리인이 된 선애가 제거에 반대하면 환자가 완전히 사망할 때까지 장치에 의존하여 숨을 쉬도록 놓아둬야한다. 떠나고 싶어도 억지로 살아야한다. 유언장을 확인한 이상 나는 괜한 짓을 한 사람이 되었다. 직책상 당연히 할 일을 한 것으로 자위를 해보려 했지만 개운치 않았다. 본인이 원했더라도 아직 숨이 붙어있는 사람의 호흡기를 제거하는 일은 닭 모가지를 비트는 기분에 비할 바가 아니다. 내 손으로 사람을 죽였다는 꺼림칙한 느낌이 목구멍에서 좀처럼 빠져나가지 않는다. 제거 후에도 숨을 쉬어준다면 다행이지만 경험상 그런 요행은 바라지 않는 게 좋다. 왜 진작 얘기해주지 않은 거야. 실없이 심통을 부리며 선애의 표정을 살폈다. 이왕 이렇게 된 것, 얼마 못갈 것 같으니 저절로 숨이 끊어질 때까지 진통제나 놓아주자는 말을 기대했다. 결국, 칼자루는 유일한 가족인 그녀가 쥐고 있었다.

구급차에 시동이 걸렸다. 환자를 눕힌 침대가 차량의 뒷문을 통해 들어가자 먼저 올라탄 간호사가 안에서 받아 올렸다. 나는 옆문으로 돌아서 올라타기 전에 오른 팔로 선애의 어깨를 감싸며 위로의 몸짓을 해보였다. 그녀의 좁은 어깨가 한 줌도 안 되게 다가왔다. 병원생활이란 환자는 물론이고 보호자에게도 피를 말리는 나날이다. 바라만 보고 있어도 하루하루 몸피가 줄어든다. 환자 곁을 지켜내는 고문은 환자에 대한 애정의 양과 비례한다. 환자의 몸을 씻기거나 화장실출입을 돕는 간병인이 있었지만 선애도 힘들기는 마찬가지였을 것이다. 내 품으로 힘껏 끌어당기자 헐렁해진 블라우스 안쪽에서 그녀의 젖가슴이 불쑥 솟았다. 당혹스러웠다. 흘끗 주위를 둘러보다 헛기침을 하고 차에 올랐지만 동그랗고 희뿌연 물체가 달덩이마냥 눈앞에 걸려 있었다. 나는 일순간 그날 밤의 혼곤함 속으로 빠져들었다.

　입원 후 닷새 동안의 중환자실을 거쳐, 일반병실로 환자를 옮기고 한숨 돌린 저녁이었다. 그날도 나는 그녀가 지키는 병실로 퇴근했다. 때마침 의식이 돌아온 환자가 시트 밖으로 손을 꺼내 딸에게 내밀었다. 선애는 뜨거운 물건에 닿기라도 한 듯 손을 뒤로 뺐다. 상황이 너무 힘들어서 그런가 싶었지만 석연치 않았다. 그녀가 아버지와 일정한 물리적 간격을 유지하려는 것으로 보였기 때문이었다. 딴청을 피우며 방안을 둘러보던 시선이 나와 마주치자 그녀가 의자에서 튕겨나듯 일어섰다. 그녀의 등 뒤에서 링거줄들이 흔들렸다. 그녀가 억지스럽게 웃었고 머쓱해진 건 오히려 나였다. 맥주나 한 잔 하러 나갈까? 기다렸다는 듯 그녀가 따라 나왔다. 그녀의 목줄기로 불그레한 취기가 올라왔다. 500cc 한 잔의 거품 위에 그녀가 말을 쏟아놓기 시작했다. 게슴츠레 풀린 내 눈앞에 어리숙한 소년의 애를 태우던 여고생이 앉아있었다. 앳된 얼굴 위로 멍자국이 어른거렸다. 나와 시선이 마주칠 때마다 달아오르던 볼과 흔들리는 눈동자도 거기에 있었다. 그런 날이면 이름 모를 분노 끝에 그녀를 내 품속에 감춰주고 싶은 충동이 이불 속까지 따라 들어왔다. 나는 좀처럼 잠을 이루지 못했다. 그것은 사춘기 소년의 욕정을 충동질하여 기어이 수음手淫으로 이어졌고, 그때마다 그녀

139

는 내 안에서 시퍼런 멍들을 지우고 다시 태어났다. 삼십 대 중반으로 들어선 여자는 아직도 그 시절 가녀린 몸매에 머물러있었지만 가슴은 부담스러울 정도로 부풀어있었다. 이거 물주머니야. 금세 눈치 챌 건데 뭘. 의사 앞인데 자진신고하는 게 나을 것 같아서. 그런데 너 나 좋아했었지? 느닷없었다. 내가 모르는 사이에 그녀를 거쳐 갔을 풍파가 취기 오른 눈가의 잔주름 사이에서 성큼 걸어 나왔다. 나 많이 변했지? 그녀의 멋쩍은 질문이 아니었어도 나는 그런 생각을 하고 있었다. 으응, 세월이 많이 흘렀으니까. 광대뼈 위로 자리 잡은 거뭇한 기미에도 그녀의 고단했던 과거가 있었다. 나는 당황한 표정을 감추고 헛웃음을 섞어 한 발 더 나갔다. 집에서 다니려니까 힘들지? 하룻밤이라도 가까운 데서 재워줄게. 엉큼하긴. 그녀의 흘겨 뜬 눈꼬리가 제자리를 찾기도 전에 우리는 뒷골목의 모텔로 찾아들었다. 누가 먼저랄 것도 없었다. 정해진 수순처럼 서로를 탐하며 묵은 갈증을 풀어냈다. 이거 뉴욕에서 수술한 거야. 그녀가 라이터로 담뱃불을 붙이며 묻지도 않은 말을 꺼냈다. 결혼 선물이었지. 변태 영감이 해 준 거야. 너 결혼했구나. 나는 목을 꺾어 들이키던 물병을 맥없이 바닥에 내려놓았다. 지금은 아냐. 죽었거든. 루게릭 병이었어. 한국으로 돌아오지 않으려고 별 짓을 다한 거지 뭐. 영주권이 필요했으니까. 그럼 이제 안 가는 건가? 돌아갈 이유가 사라지고 있으니까. 잘못 들었나 싶었다. 남편이 죽어서 돌아갈 이유가 없어졌다는 게 아니었다. 현재진행형으로 끝난 그녀의 대답이 내 머릿속을 마구 헝클어놓기 시작했다.

병원을 빠져나온 구급차가 속도를 올리며 앞뒤로 출렁거렸다. 환자가 눈을 떴다. 정신이 돌아온 모양이었다. 게슴츠레 열린 눈동자의 흰자위는 황갈색이 되어있었다. 노인의 얼굴에서 두려움이 배어나왔다. 뭔가를 찾는 듯 자꾸만 두리번거리던 그가 내 오른쪽으로 한 자쯤 떨어져 앉은 딸과 눈을 맞추었다. 동시에 선애의 시선이 차창 밖으로 빠져나갔다. 아버지의 눈길을 애써 피하는 눈치였다. 큰 길로 들어선 구급차가 비켜달라는 경고음과 함께 앞선 차량들 사이를 빠져나가며 도로를 내달렸다. 링거액주머니가 흔들릴 때마다 맞은편에 앉은 간호사가 미간을 좁히며 환자의 표정을 살폈다. 의식이 돌아온 듯 환자가 눈꺼풀을 치켜 올렸다. 그의 손이 허공을 저으며 딸이 앉아있는 방향으로 다가왔다. 노인은 무슨 말인가를 하려고 했다. 입을 가린 산소마스크 밖으로 내보낼 단 한 문장, 오로지 그것을 위해 혼미한 정신을 모으는 것 같았다. 사투였다. 그러나 도무지 말이 되어 밖으로 나오지 못했다. 그는 이내 포기한 듯 손도 내려놓았다. 그의 눈가에 물기가 고였다. 그 속에서 나는 선애의 눈물을 보았다.

지난주에도 함께 저녁을 먹자는 손에 이끌려 선애의 집으로 향했다. 요도에 카테터를 끼워놓았으니 환자의 소변은 호스를 통해 배출될 것이었다. 대변을 받아낼 패드를 채워 놓았으므로 굳이 간병인이 한밤중에 자주 일어날 필요도 없었다. 환자의 상태를 체크하고 나오면서 나는 당직 간호사에게 신경 좀 써달라는 당부도 잊지 않았다. 40평이 넘는 아파트에 그녀의 여장이 풀려 있었지만 엄밀히 말하자면 아직은 숨을 놓지 않은 아버지의 집이었다. 빈 집은 장마 끝 늦더위에도 을씨년스런 공기로 가득했다. 언젠가 그가 쓰고 나갔을 챙 넓은 베이지 색 등산모자가 거실 창문 옆 옷걸이에 걸린 채 시선을 붙들었다. 안방 문을 열었다. 가지런히 정돈된 침대가 주인을 기다리고 있었다. 오랜 투병과 죽음에 대한 저항의 기운이 느껴졌다. 선애가 냉장고에서 캔맥주를 꺼내고 반찬들을 테이블 위로 올렸다. 나를 위해 미리 준비한 듯했다. 오랜만에 맛본 집밥이었다. 우리는 옆구리를 붙이고 거실 소파에 앉았다. 그녀의 겨드랑이에 물주머니가 들어간 수술 흔적이 보였다. 하지만 직업적 호기심은 삶에서 밀려오는 묵직한 파동 속으로 금세 매몰되었다. 구석에 우뚝 선 에어컨이 찬바람을 토해내는 중에도 내 몸은 땀으로 번들거렸다. 정상에서 숨을 몰아쉬던 내 상체를 옆으로 밀어내더니 그녀가 말을 더듬으며 흐느끼기 시작했다. 미안해. 뭐가? 난 좀처럼 못 느껴. 나는 눈만 껌벅였다. 그럼 미국서 결혼생활은 어떻게 한 거야? 그래서 그런 사람을 선택한 거야. 그럼 아이가 없는 것도? 그녀가 고개를 끄덕이며 크리넥스를 뽑아 코를 풀었다. 지난번 남편을 변태라고 했던 이유도 알 것 같았다. 성기능을 상실한 남자와 공유했던 그녀의 고통이 어느새 내게 전염되어 있었다. 자기가 좀 도와주면 해낼 수 있을 것 같아. 이런 거라면 얼마든지. 나의 즉각적이고도 흔쾌한 반응을 막아서듯 그녀가 고개를 저었다. 아니, 그러자면 먼저 해결해야할 문제가 있어. 밀린 방학숙제를 도와달라는 초등학생처럼 그녀가 내게 눈을 맞췄다. 기회가 왔어. 나는 여전히 아리송하기만 했다.

기억 안나? 나는 고3이라 입시를 핑계로 서울에 남았잖아. 한참동안 고개를 숙이고 있던 그녀가 다시 말문을 열었다. 그러고 보니 선애 아버지가 충주로 발령받아 이사를 했을 때 그녀 혼자만 따라가지 않았다. 사람도 아니야, 그 인간. 그 당시 동네 사람들이 쑥덕거리곤 했었다. 근무시간에도 벌건 얼굴로 비틀거리는 그가 파면을 면한 것만으로도 다행인 줄 알아야한다고. 아버지가 나를……. 엄마가 철야기도 하러 나간 날이면……. 그녀가 말을 잇지 못하고 눈물부터 쏟아냈다. 너를 뭐, 어쨌다고? 내 언성이 높아졌다. 예수가 데려간 엄마의 빈자리를 딸이 채워줘야 한다면서……. 거부를 하면 허리띠를 풀어 매질을 시작했어. 그 짓이 끝나면 '내겐 이제 너밖에 없다'면서 나를 끌어안고 울더라. 신트림이 올라오는가 싶더니 내 목구멍에서 맥주맛이 확 빠져나갔다. 뒤통수를 얻어맞은 느낌이었다. 그럴 땐 함께 울기도 했어. 무서우면서도 한편으로는 그 인간이 불쌍하다는 생각이 들어서. 이번에는 귓구멍으로 날벌레라도 들어간 듯 갑자기 윙윙거리는 소리가 들렸다. 나의 무의식이 이명증으로 충격을 희석시키고 있었다. 엄마에겐 알리지도 못했어. 엄마가 맞아 죽을지도 모른다는 생각이 들었거든. 친아버지 맞아? 울먹이던 그녀가 고개를 끄덕였다. 명치끝에 뭉쳐있던 뜨거운 덩어리가 식도를 타고 불쑥 솟았다. 죽은 오빠가 원망스러웠어. 다정했는데. 아직도 꿈에 찾아와. 내가 따라나서면 뒷모습이 홀연히 사라져버리더라. 나는 몇 차례 딸꾹질을 참다가 아랫입술을 깨물어버렸다. 비릿한 맛이 혀 밑으로 흘러들었다.

아파트 단지 입구로 들어선 차가 차단기 앞에서 속도를 줄였다. 타이어가 볼록한 턱을 밟았다. 수액주머니가 심하게 흔들렸다. 간호사의 시선이 심장박동기로 옮겨졌다. 만일에 대비하는 직업적 습관이었다. 간호사의 턱에서 땀방울이 떨어졌다. 환자의 허파 속으로 풀무질하는 손가락이 지쳐보였다. 앰부백을 내가 누를 차례였다. 나는 상체를 기울이다 문득 노인의 얼굴을 내려다보았다. 초점 잃은 눈에 고였던 물기가 관자놀이를 타고 귓구멍 쪽으로 흘러내렸다. 떠나는 자의 외줄기 눈물, 그 안에 담긴 진심의 양을 계량할 방법이 내겐 없었다. 나는 선애가 굳이 환자 곁을 지키는 이유가 궁금했다. 생물학적 인연에 대한 마지막 도리? 그게 아니라면 꺼져가는 생명에 대한 막연한 동정심인지도. 그녀가 병상을 떠나도 나무라거나 신경 쓸 사람이 있을까 싶었다. 내가 아는 한 이 환자에게는 문병객도 거의 없었다. 환자의 막내 동생이나 조카뻘로 보이는 남자가 찾아와 흰 봉투를 내밀며 선애에게 잠깐의 위로를 건넸을 뿐이었다. 그것도 딱 한 번이었다. 환자가 그동안 주변의 인심을 얻지 못했거나 직장을 나온 뒤로 외부와 단절된 생활을 한 탓이려니 했다.

일전에 선애의 고백을 들은 이후로 그를 바라보는 나의 시각에도 차이가 생긴 건 물론이다. 어떻게든 살려보려던 의욕과 책임감이 희미해진 자리에 진한 미움이 들어섰다. 이제는 그가 숨을 쉬는 중에도 인공호흡기를 잡아 떼버릴 수 있겠다는 생각이 들었다. 아무런 가책 없이 그야말로 무심하고 과감하게. 그가 써둔 사전의료 의향서가 내 마음의 짐을 덜어줄 것이었다. 인감도장이 찍혀 있고 인감증명서까지 첨부된

면죄부가 눈앞에 어른거렸다. 이제는 숨이 떨어지기 전에 집으로 데려가 그의 뜻대로 객사를 면하게 해주자. 조용히 인공호흡기를 제거하고 숨이 끊어지는 시각을 적어 사망진단서를 발급하면 그만이다. 하지만 다짐을 해도 묵은 변비마냥 속이 더부룩하고 답답하기만 했다. 그의 집으로 향하는 30여 분 내내 나는 앉은 자세를 바꿔가며 몸을 비틀었다. 저런 인간은 고통을 더 받아야한다는 생각과, 죽음을 앞둔 사람이 내미는 손을 진심어린 참회로 받아줘야 하지 않을까싶은 갈래 길에서 내 마음이 흔들리고 있었다. 하얀 시트 밑으로 그의 부은 손이 다시 빠져나왔다. 간에서 흡수되지 못한 빌리루빈이 생기를 탈색시킨 건조한 손등엔 주사바늘자국만이 도드라졌다. 짙은 노랑에 반죽되어 거무죽죽해진 피부색은 그의 종말이 가까워졌음을 알리고 있었다. 나와 눈이 마주치자 잠시 머뭇거리던 선애는 손끝만을 가늘게 내밀었다. 그녀의 하얀 손가락이 눈에 띄게 떨고 있었다. 여전히 외로 꼬고 있는 얼굴에는 핏기가 없었다. 차라리 지금이라도 도망쳐버릴까 궁리를 하는지도 몰랐다. 나는 그녀의 손목을 잡아 링거바늘이 꽂히지 않은 환자의 왼손에 슬며시 건네주었다. 팥죽색으로 변해버린 손등에 하얀 손가락이 헐겁게 얹혀졌다. 막다른 골목으로 끌려가는 자를 위로하기 위해서가 아니었다. 선애의 가슴에 한 조각의 회한이라도 남아있게 하고 싶지 않았다. 하지만 곧 내가 괜한 짓을 했다는 생각이 들었다. 그녀의 눈길이 여전히 차창 밖을 향하고 있었다.

환자가 다시 혼수상태로 빠져들었다. 아파트 출입구에 맞추어 돌려세운 구급차의 뒷문이 열리기 직전이었다. 가슴이 솟았다가 가라앉기를 반복하는 것으로 보아 숨은 아직 붙어 있었다. 뽑아낸 지 사흘 만에 다시 차오른 복수로, 갈빗대만 앙상한 몸통에 배만 올챙이처럼 부어있었다. 오늘이 지나면 잠깐씩 돌아오는 의식마저도 기대할 수 없는데. 선애와 눈이 마주친 나는 숨을 한 번 몰아쉬었다. 눈짓으로 그녀의 의사를 타진했다. 희망도 기약도 없는 그 끝을 향하여 산소와 진통제를 주고 영양을 계속 공급할 것인지……. 오래 갈 상황은 아니었다. 꿀꺽 침을 한 번 삼키고 호흡기를 떼어내기만 하면 상황은 곧바로 종료될 것 같았다. 간호가 길어질수록 선애의 고통은 가중된다. 그래, 너를 위해서라면……. 그녀가 고개를 가로저었다. 장치들을 차안에서 제거하려던 나는 골문 앞에서 헛발질이라도 한 선수마냥 머쓱해졌다. 그렇다면 환자가 자신의 목숨을 스스로 거둘 때까지 연명시키는 수밖에. 상체를 반쯤 들어 올린 침대를 아파트 엘리베이터에 대각선으로 밀어 넣고 21층으로 올라갔다. 문을 여닫을 때마다 덜렁거리는 수액주머니와 거기에 매달린 호스가 여간 신경이 쓰이는 게 아니었다. 잠시 후 이동식 산소탱크를 포함한 각종 장치들이 안방에서 다시 제 몫의 작동을 시작했다. 아버지의 뜻은 이게 아닌데……. 내가 중얼거리듯 재차 동의를 구했지만 선애의 굳은 표정이 방패처럼 막아섰다.

여긴 제가 알아서 할 테니 먼저 돌아들 가시죠. 내가 먼저 제안을 했다. 미뤄둔 일들이 병원에서 나를 기다리고 있었지만 여길 이대로 두고 떠나자니 꺼림칙한 마음이 자꾸만 내 발목을 붙잡았다. 괜찮겠어요? 형식적인 염려를 끝으로 같이 온 인력들이 방문을 열고 잰걸음으로 나갔다. 머뭇거릴 이유가 없겠지. 환자의 식도정맥류가 다시 터질지도 모를 일, 피를 뿜어내는 현장은 그들에게도 끔찍할 것이었다.

피로가 몰려들었다. 환자는 여전히 가쁜 숨으로 자신의 방을 지키고 있었다. 방문을 닫고 거실로 나와 냉장고를 열었다. 캔맥주가 있었다. 한 숨을 돌린 우리는 거실 식탁에 마주앉아 갈증을 풀었다. 땀에 젖은 와이셔츠가 등줄기에 들러붙었다. 알콜 기운에 그녀의 볼이 붉어졌다. 그녀는 연거푸 크리넥스를 뽑아 흘러내리는 땀을 닦았다. 이제 어쩔 거야? 걱정 마, 곧 끝날 거야. 그녀의 어투에 자신감이 묻어 있었다. 이날을 이십 년이나 기다렸어. 갑자기 그녀의 눈에서 광채가 튀어나왔다. 거친 벌판을 가로지른 긴 추격 끝에 어깨를 낮추고 마지막 일격을 노리는 암사자의 눈, 그 섬뜩한 번뜩임, 살기였다. 도와줄 거지? 상황과

악을 못하고 멍하게 앉아있는 내 손을 끌고 그녀가 안방으로 성큼 들어갔다. 이미 각자 맥주 두 캔씩을 비운 뒤였다. 자 이제 이것들을 모두 떼어줘. 환자의 손등에 붙어있는 주사바늘을 가리키며 그녀가 주문을 했다. 갑자기 왜 그래? 마음이 변한 거야? 내가 흠칫 놀라며 물었다. 아니야. 때를 기다린 거야. 어차피 내 결정에 따르겠다고 거기에 쓰여 있잖아. 내 손으로 죽여 달라는 거지. 악어의 눈물을 봤잖아. 다 털고 가시겠다는 거 아니겠어? 그렇다면 시원하게 보내드려야지. 유언대로 해주자고. 악을 쓰는 선애의 단호함은 일종의 선언이었다. 나는 허둥거렸다. 가만 있어봐. 생각 좀 해보자. 싫으면 관둬. 이렇게 하면 되는 거지? 그녀가 환자 손등의 정맥혈관에 꽂혀있던 주사바늘을 쑥 뽑아냈다. 바늘 끝을 따라 기어 나온 검붉은 점액이 형광등 불빛을 동그랗게 반사시켰다. 굳이 솜으로 닦고 지혈할 필요도 없었다. 주춤하던 내가 결국 그녀를 막아서며 수액주머니에 매달린 호스를 옆으로 치우고 산소통의 밸브를 돌려막았다. 거무죽죽한 어둠이 장악한 얼굴에서 마지막으로, 산소마스크를 떼어냈다. 나는 습관처럼 눈을 감았다. 나도 모르게 기도하는 심정이 되어있었다. 자연스럽게 숨이 끊어질 차례였다. 규칙적인 리듬 대신 가래 끓는 소리가 마디 잘린 콧소리에 섞여들었다. 그러나 호흡은 끊어질듯 하면서도 질기게 이어졌다. 우리는 십분도 넘게 환자의 얼굴을 물끄러미 바라보았다. 나는 긴 침묵을 뚫고 까칠하게 가죽만 남은 그의 목으로 손을 가져갔다. 경동맥이 아직 뛰고 있었다. 선애의 표정이 수시로 변했다. 분노와 연민이 교차하는 듯 그녀의 입술이 파르르 떨렸다. 방안의 후텁지근한 공기가 환자의 지린내 비슷한 체취와 화학작용을 일으키며 역하게 내려앉았다. 답답하고 숨이 막힐 지경이었다. 선애의 붉어진 얼굴이 단지 술기운 때문이랄 수는 없었다. 그녀는 탈출이 불가능한 긴장 속으로 나를 끌어들이고 있었다. 나는 그녀의 손목을 붙잡고 거실로 나왔다. 언제 누가 꽂아뒀는지 가늠할 수 없는 장미꽃이 구석에 놓인 화병에서 목이 꺾인 채 누렇게 말라가고 있었다. 물기를 잃어버린 생명, 그것은 사막의 모래 위에서 화석화된 짐승의 뼈처럼 사위어갈 것이다. 그녀가 싱크대로 다가가 수도꼭지에 입을 대고 물을 벌컥벌컥 마셨다. 흘러내린 물로 레이스가 풍성한 연분홍색의 블라우스가 피부에 들러붙었다. 딴 생각에 빠져드는 나를 꾸짖듯 그녀가 눈을 부릅떴다. 그리고는 갑자기 소파로 가서 천으로 만든 등받이 쿠션을 집어 들었다. 그녀의 숨소리가 거칠어졌다. 어린애 몸통보다 큰 쿠션이 그녀와 함께 방안으로 사라지는가 싶더니 안에서 딸깍 방문 잠그는 소리가 들렸다. 그 순간 찬바람이 내 옆구리로 파고 들었다. 지금 뭐하는 거야? 선애야! 문 좀 열어봐. 주먹으로 몇 차례 방문을 두드리던 나는 이내 상황이 끝났음을 알아차렸다. 길지 않은 시간이었다. 문이 열리고 그녀가 비틀거리며 거실로 걸어 나왔다. 그녀의 발뒤꿈치를 따라 냉기가 똬리를 틀며 스르르 방문턱을 넘어왔다. 이제 다 끝났어. 다 끝났다고. 그녀의 눈에 핏발이 서 있었다. 나는 열린 문틈으로 방 안을 일별하고 상황을 재확인했다. 딸의 증오가 오히려 저 세상으로 지고 갈 뻔했던 아버지의 빚을 탕감시켜준 셈이었다. 그를 극심한 신체적 고통으로부터 해방시켜준 것은 덤이었다. 나는 클라이맥스를 지나고 있는 연극무대에 선 기분이었다. 비현실적인 공간에 박힌 듯 굳어있던 내 주위로 묵직한 침묵이 내려앉았다. 문밖에서 바라본 노인의 얼굴은 꿈을 꾸는 듯 평화로웠다. 내 품으로 선애가 털썩 무너져 내렸다. 나는 그녀의 뒷머리를 쓰다듬다가 두 팔로 안아 올려 소파 위에 눕혔다. 불덩이였다. 무서워. 달아오른 몸뚱이에 오한이 스며드는지 그녀가 진저리를 쳤다. 그제야 내게도 세상의 모든 불안과 공포가 한꺼번에 몰려왔다. 나는 이미 그녀와 공범이었다. 돌이킬 수도 없었다. 하지만 내친 걸음이었다. 이제 와서 망설임은 오히려 나를 추하게 만들뿐. 그녀가 내 목을 와락 끌어안았다. 홍조 띤 두 뺨 위로 그녀의 물기 어린 눈동자가 흔들렸다. 내게 불면의 나날을 선사했던 바로 그 눈, 언젠가 애타게 도움을 청했을 젖은 눈빛이었다. 나는 그 시절의 비겁함을 더 이상 반복하고 싶지 않았다. 숨죽이고 있던 수컷의 보호본능이 욕정과 함께 되살아났다. 품고 싶었다. 땀에 젖은 그녀의 가슴골에 얼굴을 묻었다. 서로의 목을 조였다. 거칠게 엉켜드는 환희와 절규가 죽은 자와 공유한 공간의 밀도를 높여갔다. 불꽃이 이승과 저승을 넘나들었다. 선애야, 너는 내 품안에서 거듭나야 해. 아니, 네 속으로 내가 들어가 너를 정화淨化시킬 것이다. 죽음의 무게로 누른 시소의 끝은 그 반대쪽을 높이 들어 올리는 법. 우리는 한 덩어리가 되어 그 끝에 널뛰듯 올라 앉았다. 그녀는 쥐어짜듯 몸을 꼬며 사선을 넘고 있었다. 오빠 나를 데려가. 나도 이대로 죽고 싶어. 절규였다. 그녀가 몸을 활처럼 뒤로 휘더니 이윽고 긴 신음을 토해냈다. 지그시 감은 두 눈에서 물기가 방울져 내렸다. 나 느꼈어. 드디어. 그녀의 수줍은 미소가 눈물에 섞여 볼우물 안으로 흘러들었다.

방 안에는 죽음을 가장 효과적으로 이용하여 삶을 마무리한 자가 안락安樂하게 누워 있었다.

나는 사망진단서를 작성했다.

직접사인 : 심폐정지
선행사인 : 간암
사망의 종류 : 병사

김영범

충남 당진 출생. 2014년 『월간문학』으로 등단
인천대 국문학과를 거쳐 단국대 대학원에서 국문학 석사과정을 마침
발표 작품 :「리리의 꽃밭」,「로타네브와 베나토르」,「하얀 전설」등
사)한국문인협회 회원, 사)한국소설가협회 회원

엄마의 뜨락

김영범

괘종시계 종소리와 함께 코 고는 소리도 멎었다. 종소리에 소스라친 탓일까. 온몸을 뒤척이던 엄마는 곧 내 쪽으로 돌아누웠다.

"에구, 나 잤니?"

깁스한 한쪽 팔이 저려서인지 어깨를 자꾸 주무른다.

"고단했나 봐요. 더 자요."

"아흐음, 깜빡 졸았나 벼. 및 시냐아?"

"열한 시 넘었어요오."

"어허, 벌써?"

그리고는 방 안에 가득 하품을 풀어놓았다.

"낼은 배추나 좀 절여 놔야겠다. 더 춰지기 전에."

성치 않은 팔로 김장을 담글 요량이다. 갑갑했는지 덮고 있던 이불을 차내며 여전히 하품 섞인 투로,

"느 아배 승질 참 못됐었다 흐음."

"피곤할 텐데 어서 더 자요."

"얘, 잠 다 깼다야. 짐장헐 때니께 이땐가 비다."

엄마는 요즘 신났다. 밤마다 말동무가 생겼기 때문이다. 하지만 말동

무인 나는 대부분 듣기만 한다.

"꼭 이맘 땐디, 느 아배가 그날, 술이 잔뜩 취해갔구 들어와선, 왜, 한마디 상의도 없이 배출 팔었냐구 떼깡부리는 겨. 낸들 그러구 싶어 그렸겄냐. 날은 자꾸 거칠어지는 디다 밭은 점점 가물어 가구, 배추는 여기저기서 나자뻐지는디, 어뜩허겄냐. 그느무거 때 지나면 똥값밖에 더 돼. 그런디 오디서 무슨 말을 듣구 왔넌지, 더 받을 수 있는 걸 나 땜에 들 받었다구 야단난 겨."

"얼마나 받었는데요오?"

나는 베개를 엄마 턱밑으로 바짝 들이밀었다.

"글쎄다아, 이십 년도 더 됐으니께. 그때 돈으루 십만 원이나 받었을레나. 요 위 텃밭 통째로 팔었으니께."

"으음."

어둠 속에서 말을 주고받던 나는, 엄마의 아스라한 이야기 속으로 점점 빠져들었다.

"하도 비틀거리길래 이불 펴놓구, 어여 잠이나 자라고 혔더니, 그 소리가 그르케 듣기 싫었넌지, 버럭 화를 내는 겨. 느 아배 화나먼 꼭 그러잖디? 말 더듬으면서 퀭허니 노려보잖어. 그 승질 이기지 못허구 온몸에 힘이 잔뜩 들어가더니, 아 그러더니, 나헌티는 뭐라 못허구, 벽장문을 확 열어제치는 겨. 그러고선 거깄는 푸댓자루를 움켜쥐고 방바닥에 냅다 팽개치더라. 거기 갈건이헌 콩 자루허구 팥 자루가 있었거덩. 그게 온전허겄냐. 방바닥에 좌악 쏟어지지. 나 원 참, 올마나 속상허던지. 참 승질 못됐다고 혔더니, 놀부 심보가 발동혔는지 이번엔 콩허구 팥허구 죄죄 섞어 놓는 겨. 아이구 참, 내 그걸 골르느라구 이틀 밤을 꼽빡 샜단다 흐음. 그래도 느 아배가 그릇 같은 거 집어던지구 장롱 같은 거 때려 부시구 그러진 않었다 흐음. 그래도 느 아배가 너 낳고 마당 앞에 오동나무 심구 그랬다 흐음……."

엄마의 목멘 소리는 진정된 듯했지만, 여전히 맹맹한 채,

151

"츰에, 시집왔을 땐디, 아무 것두 읎더라. 논두 읎구 밭두 읎구, 품 팔 어먹을 몸뎅이밖에 읎는 겨. 그러다가 너 태나기 이태 전인가 논을 샀 다. 에이 그늠의 논, 고생만 직싸게 혔다. 심들어 죽을 뻔혔다. 저 건너 저 방텃골 있잖냐? 그 먼 디까지 지게 지구 왔다 갔다 헌 거 생각허면 눈물이 다 난다. 가깝기나 헌가 물길이 닿길 허나, 아침 먹구 나가면 해 떨어질 때까정 논에서 꿈쩍 못혔다. 모 심을레면 느 아밴 작대기로 콕 콕 쑤셔 구멍 내고, 난 그거 쫓아댕기면서 모 꽂고 그렸다 흐음."

"그렇게 못살았어 엄마?"

"해여간 지지리도 못살았으니께 날품이나 팔구 다녔지. 저 갯께 신작 로도 느 아배허구 경순 아배, 명식 아배, 그리고 또 누구냐, 음 종희 아 배덜이 맨든 거 아니냐."

"종희 아버지도 그런 걸 했어요?"

"종희 아배라고 별 수 있었겠냐. 요샌 뺑뺑거리구 돌아댕기지, 그땐 집 꼴 사람 꼴 말이 아녔다. 워낙 넉살이 좋으니께 여기저기 방귀가지 구 일거리 맨들구, 사람들 죄다 뫼서 공사판 끌구 대니메 돈깨나 만지 기 시작혔지. 망덕 개펄도 그 냥반이 막은 거 아녀. 그게 논이 될 줄 누 가 알았냐."

"그런데 종희 작은아버지는 왜 그런대요. 지난번 읍내 터미널서 봤는 데 어디서 술을 그리 많이 드셨는지, 고래고래 소리 지르며 버스를 가 로막는 바람에 차가 늦었잖아요."

"말도 마라. 그 냥반도 오지게 억척스러웠다. 미련허게 땅만 파서 아 는 게 읎었지. 그러닝께 애덜이 죄다 싸가지 읎이 막허구 댕기지. 종숙 이 그년은 언니 오빠 다 제쳐놓고 식도 안 올린 채 아들 낳다고 허더 라."

"아들 낳았대요?"

"그래. 무슨 공장이래더라? 그 공장 대니다가 어떤 늠허고 눈이 맞어 서 살림 채렸대더라. 핵교 대닐 때부텀 허고 대니는 꼴이 야시시허더니, 스물도 안 된 지지배가 에미 애비 가슴에 못질혔다고 동네 다 소문 났더라."

"그랬대요."

엄마는 동네에 소문으로 떠도는 행실을 가장 싫어했다. 대부분이 그렇고 그런 거친 말들이었기 때문이다. 오빠와 나는 어릴 때부터 엄마가 물어다 주는 동네 사람들의 이야기를 들으며 자랐다. 그런 이야기들이 훗날 오빠와 나에게는 사고 판단의 잣대가 됐고, 행동거지의 준거가 됐다. 그 덕이었는지 오빠와 나는 흥잡힐 일로 동네 사람들 입방아에 오르내리는 일은 없었다. 그게 어쩌면 마흔 가까이서 아들딸을 얻은 엄마와 아버지의 유일한 자랑거리였는지도 모른다.

시골로 내려온 지도 어느덧 이레 째. 서울에서 치료를 받던 엄마는 거동이 웬만해지자 날로 갑갑해 했다. 오빠는 나를 떠밀 듯 엄마 편에 딸려 보냈다. 갑자기 허전해할 엄마 심정을 헤아렸을 법하다. 더구나 몇 개월 후면 엄마 품에서 영영 떠나야 할 내 처지까지도. 오빠에게는 나의 결혼이 떠남일밖에 없었을 것이다.

포구는 밀려오는 파도에 하염없이 부서졌다. 그때마다 오빠의 바짓가랑이도 밀려오는 가을 바다와 함께 되밀렸다. 그렇게 오빠는 늘 포구에 우두커니 서 있기를 즐겼다. 유난히 바다를 좋아했던 오빠는, 학창 시절을 마친 후에도 틈만 나면 이 포구를 찾았다. 괴롭거나 울적한 일이 있을 때도, 사무실을 옮기거나 새로운 다짐을 할 때도, 이 바다를 지키고 서서 먼 수평선을 바라보았다. 그런 오빠에게서 나는 비애를 읽었다.

사무실을 차린 지 얼마 지나지 않아서였다. 오빠가 그토록 술에 취한 건 아주 드문 일이었다. 승승장구한다는 대기업 친구, 수백억을 주무른다는 증권사 친구, 그런 친구들과 밤새 술을 퍼마셨다는 그날. 오빠는 처량하다 못해 비참한 모습으로 집 앞에 쓰러져 있었다. 오빠에게는

'평균치밖에 못 되는 인간'이 곧 비애였을까. 이토록 만만한 세상에, 이어수룩한 성공의 시대에. 날고 뛰는 사람들 틈바구니에 낀 평균인들의 일상이 얼마나 고통스러운 것인지, 취해 엉클어진 오빠에게서 그 비애의 실체를 확인할 수 있었다. 오빠는 남들이 우러르는, 감히 범접도 못할 그런 성공을 하고 싶어 했다. 그러나 엄마의 바람은 소박했다. 평균인의 그것, 그 이상도 이하도 아니었다. 의아하게도, 엄마는 남들이 떠받드는 오빠를 원하지는 않았던 것 같다. 오빠가 추구하는 성공에 대한 집착과 엄마가 바라는 평범한 생활인이 서로 달랐다. 아마도 그게 오빠와 엄마 사이의 유일한 간극이었을 것이다. 마치 파도와 포구처럼.

'빠앙-' 울리는 경적에 놀란 오빠가 고개를 돌렸다. 버스가 들어오고 있었다. 포구를 통째로 삼키고 있던 바다는 그제야 오빠를 놓아주었다. 매표소 담벼락에 붙어 서서 버스를 기다리고 있던 엄마, 꿀 같던 기다림 끝에 다디단 하품을 다신다.

"젠 은제 식 올린댜아?"

라며, 혼기 놓친 오빠를 나무란다. 오빠의 결혼은 여전히 진전될 기미가 보이지 않았다. 어쩌면 오빠 혼자 애면글면 그러고 있는지도 모른다.

"오빠가 알아서 할 거예요. 좀 더 기다려 봐요."

한동안 침묵. 무를 썹듯 파도 소리가 쏴쏴 들려왔다.

"오빠가 먼저 해야 하는 건데, 그쪽 집에서 서두르네요."

"아니다아……, 급한 늠이 먼저 허는 거지 뭐얼……."

괜한 말을 꺼낸 것일까. 엄마는 꾸물꾸물 몇 마디를 뇌더니 말꼬리를 흐렸다. 종점에 들어앉은 버스가 흘러간 가요를 구성지게 풀어놓았다. '…… 사랑도 있고 이별도 있고 눈물도 있네…….' 꽉 차오른 바다도 뽕짝에 맞춰 덩달아 춤을 췄다.

오빠가 먼저 버스에 올랐다. 그리고 우리 모녀를 그윽이 내려다보며 미소 짓는다. 마치 모녀 사이의 이야기를 다 알아듣고 있기라도 하다는 듯. 운전사가 시동을 걸고 나서야 나도 엄마로부터 빠져나왔다. 이제 오빠는 엄마의 홀로 선 모습을 지켜보고 있을 것이다. 나는 읍내까지 오빠를 배웅하고 다시 들어오는 막차를 타야 한다. 거기서 내 임무는 끝난다. 그것은 순전히 오빠의 요구에 의한 것이었다. 엄마를 살지 못할 세상에 내버려 두고 도망가는 것 같았기 때문이었을까. 한순간 적적해할 엄마 심정을 그렇게라도 달래보려는 심산이었던 것일까.

엄마에 대한 오빠의 배려는 별났다. 자가용을 몰고 이 시골을 찾는 일이 드물었던 것도 그렇다. 명절과 같이 이동이 잦을 때를 빼고는 읍내에 차를 박아 놓고 버스를 이용했다. 오래전부터 엄마와 오빠가 만나고 헤어지면서 비롯되었을 법한 그들만의 어떤 규칙. 엄마와 오빠에게는 '만남과 이별'이라는 특별한 절차가 있었다. 그것은 식순에 따른 의례와도 같았다. 마을 어귀에 버스가 보이면 엄마는 언덕을 넘어 종점으로 달려갔다. 그곳에서 줄곧 버스를 기다리고, 버스에서 내리는 오빠를 맞아 집으로 들어올 때까지의 그 번거로운 의식이란……. 둘 사이의 '만남'에는 이토록 애틋한 기다림이 무르익어야만 했다. '이별'도 그랬다. 동네 한가운데를 함께 걸어 나가고, 버스를 기다리고, 지루할 듯한 시간을 삭히고 삭혀야 온전한 이별이 됐다.

버스가 마을을 벗어날 무렵, 저만치에서 오빠를 향한 손길. 명숙 언니였다. 이들에게도 정해진 규칙이 있는 것일까. 이 짧은 틈을 타 기다리고, 만나고, 그리고 또 헤어짐이라니. 그럴지도 모른다. 워낙에 어린 시절부터 속을 트고, 말을 트고, 사소한 다툼도 많았던 사이였으니 오죽했으랴. 어제저녁, 오빠 심기가 편해 보이지 않았다. 무슨 일로 다투기라도 했던 것일까. 오빠는 집에 도착하자마자 장롱 속 옷가지부터 냉장고의 음식물에 이르기까지 엄마의 살림살이를 빈틈없이 채웠다. 그렇게 엄마의 공간을 빼곡히 채운 오빠는, 난감한 표정으로 나를 찾았다. 손에 무언가를 들고 내가 처분해 주기를 바라는 눈치. 언젠가도 그런 적이 있었다. 명숙 언니와 오빠 사이에 끼어들었던 기억. 둘이서

다툰 다음에는 늘 그랬다. 그때 일이 떠올라,

"명숙 언니!"

하고 아는 척을 했다.

"응."

"왜, 오빠가 주지?"

"으응, 네가 좀 전해줘라."

다소 머쓱해하는 오빠를 더는 난처하게 하고 싶지 않았다. 자그마했다. 손아귀에 쥘만한 크기로 그게 포장되어 있었다. 작은 액세서리거나 향수 같은 것?

명숙 언니는 약방 집 딸이었다. 학창 시절부터 하도 깔끔을 떨어 친구가 많지 않았다. 농투성이 우리와는 확실히 다른 족속이었다. 타지에서 들어온 것도 그랬거니와 남들은 들로 바다로 나갈 때, 언니는 말끔한 옷을 차려입고 읍내로 나섰다.

그 당시, 정말 알 수 없었던 것은, 명숙 언니는 오빠에게만 관대했다는 것이다. 그런 응대에 서로 익숙했던지 둘은 곧잘 어울렸다. 주변에서도 이런 그들을 고깝게 보지는 않았고, 마땅히 그렇고 그런 사이로 봐주었던 것 같다. 물론 엄마는 마땅찮아 했다. 땅을 파먹고 사는 집이 아니라는 게 그 이유였다. 하지만 엄마도 약방 집의 가지런한 주방과 화장실만은 부러워했다. 나 또한 명숙 언니가 딱히 싫은 것은 아니었지만, 뭔지 모를 거리감으로 이날 이때까지 큰 정을 붙이지는 못하고 있었다. 우리네와 삶의 층이 다르다는 편견이나 동네 사람들의 까칠한 눈총으로부터 비롯되었음 직하다. 그래서 명숙 언니가 새언니감이라는 건 내내 실감 나는 일이 아니었다.

읍내에 도착한 오빠는 분주하다. 터미널 주변을 돌며 갖가지를 주워 담는다. 엄마가 먹기에 딱딱하지 않을 비스킷, 젤리, 바나나 등 먹을거리와 살림에 필요한 수세미, 빨랫비누, 바늘 한 쌈에 이르기까지, 궁상을 떨어대는 시어미 같다. 철물점에 들러서는 잔못을 한 움큼 산다. 밤

공기가 맵더라며 창살에 박을 못이란다. 뒷문 창살이 너덜거리기 때문이었다. 이 분주함은 20분 안에 끝났다. 내 막차 시간을 맞추기 위해서였다.

막차는 번잡한 읍내를 돌고 돌아 빠져나왔다. 오빠의 시장바구니를 들여다보던 나는, 잊지 못할 추억 하나를 꺼냈다. 양갱이었다. 오빠는 유독 양갱을 좋아했다. 그러고 보니 깔끔 새침한 명숙 언니를 닮은 것도 같다.

초등학교 시절, 등굣길 아이들은 문방구 앞에 늘어서곤 했다. 그러던 어느 날, 오빠는 내 학용품을 챙겨 주고 멈칫하더니 교실로 들어서는 내게 무엇인가를 꼭 쥐여 주었다. 앙증맞은 양갱이었다. 나는 그걸 얼른 가방 속에 감추고 자리로 돌아갔다. 그런데 학교가 파할 무렵, 갑작스러운 가방 검사. 나는 양갱을 호주머니 속으로 빼돌리다 그만 들키고 말았다. 얼굴이 화끈거렸다. 하지만 선생님은 물끄러미 쳐다보기만 했다. 모범생으로 소문났던 오빠의 덕이라도 입은 것일까. 하는 수 없이 청소 시간을 기다렸다. 청소를 끝내자마자 친구들 눈을 피해 공중변소 뒤로 갔다. 나는 그곳에서 양갱을 베어 물었다. 아아, 그런데 저쪽 끝에서 나를 지켜보고 있던 담임선생님.

또 한 번은, 오빠가 서울에서 학교에 다닐 때였다. 엄마가 오빠의 자취방에서 며칠 묵고 내려온 적이 있었다. 그때 엄마는 버스에서 내리자마자 복통을 호소해왔다. 집 앞에 다다르기 무섭게 헛구역질을 하더니, 왈칵 속을 게워 내고서야 기운을 차렸다.

"애가 오는디 심심허다구 느 준, 무슨 과잔가 본디, 그게 상혔넌지, 멀미나서 죽을 뻔혔다. 찌끔밖에 안 먹었는디 그른다. 그게 뭔디 그르냐?"

그러며 엄마는 닳고 닳은 핸드백을 열어 보였다. 꼬깃꼬깃한 손수건은 가래로 엉겨 붙었고, 그 밑으로 차표 반쪽짜리와 주민등록증이 흐트러져 있었다. 핸드백 안쪽에 붙은 지퍼를 열자 먹다 남은 양갱 반 토막이 나왔다.

"이 양갱 먹고?"

이미 유통 기한이 한 달 이상 넘은 것이었다. 그 일로 엄마는 꼬박 이틀을 몸져누워야 했다. 양갱은 그렇게 좋지 않은 기억으로 내 머릿속을 비집고 들어서 있다.

약 보름 만에 엄마는 깁스를 풀었다. 핏기 없는 팔이 더 가늘어 보였다. 정형외과를 뒤로 하고 엄마와 함께 치과로 향했다. 틀니가 나오는 날이었다. 엄마는 여느 때와 달리 고분고분 내 뒤를 따랐다. 어쩌면 당신의 온전한 여식으로서, 나와 마지막 나들이가 될지도 모를 거라는 생각 때문이었을까.

치과를 가는 내내 나는 사야 할 물건들을 미리미리 찍어두었다. 마치 오빠의 분주했던 그 눈길처럼. 다 찌그러진 주걱도 새로 사야 했고, 설거지통도 바꿔야 했다. 생각 같아서는 부엌을 통째로 개조해 명숙 언니네처럼 깔끔하게 해 주고 싶었지만, 엄마가 극구 반대했다. 누가 꺾으랴, 그 고집을.

찍어둔 물건들을 잊지 않으려 하나하나 되뇌었다. 주걱, 설거지통, 빗자루, 덧버선, 털신, 작은 접시 몇 개, 조그만 쟁반하고 과도. 그리고, 그리고 또 뭐였더라, 뭐였더라…… 분명 아홉 가지였는데. 그 하나가 숫자로만 떠돌지 좀체 떠오르지를 않는다. 뭘까. 아무리 되뇌어도 떠오르지 않았다. 가게 앞에 널린 물건들을 기웃거려 보았지만, 여전히 감감하다. 생각이 날 듯 말 듯 떠오르지 않았다. 답답하기만 했다. 내 뒤만 졸졸 따라오는 엄마가 미웠다. 문득 고려장이 생각났다. 엄마가 더 미워졌다. 다 부질없는 짓인가. 이런다고 엄마가 온전한 개체로 떼어질 수 있는 것도 아니련만.

그날 밤, 바쁘다던 오빠가 전화 한 통 없이 들이닥쳤다. 마치 암호로 무장한 공비처럼 이 밤을 기습한 오빠. 엄마와 나만의 호젓한 공간을 훔쳐 볼 속셈이었는지 염치가 코털 옆까지 삐쳐 나왔다. 어김없이 무엇인가를 한 아름 안고서였다. 귤 한 박스에 창호지 한 묶음……. 날씨가 추워져 문을 다시 발라야 한다며 짐을 풀어놓았다.

느닷없는 오빠의 방문은 엄마에게 횡재나 다름없었다. 금세 부산해진 엄마의 모습이 그랬다. 오빠의 예고 없는 등장을 예견하기라도 했던 것일까. 어느새 밥 한 그릇을 여봐란듯이 내놓는 엄마. 밥 먹고 있는 오빠를 잠깐 지켜보더니 다시 부엌으로 나간다. 잠시 후, 오빠가 밥상을 물리자마자, 당신보다 두 배는 더 커 보이는 광주리를 들고 들어왔다. 그 사이에 밤을 삶은 모양이다. 가을 내내 광섭이네 밤나무밭에서 몰래 주워 모은 것이라고 했다. 몰래랄 것도 없었다. 오래전부터 팽개쳐진 밤나무밭은 이제 아무도 관리하지 않았기 때문이다.

"아이구 죽을 뻔했다. 올마나 무겁던지. 정한 엄만 잘도 이고 오더라. 뒤 말은 되겠더라. 나도 기운만 있으면 더 줏었을 텐디 힘이 있어야지 원."

"그걸 뭣하러 주우러 다녀요. 누가 먹는다고."

오빠의 나무람이었다. 먹고 싶을 때 조금씩 사 먹으면 될 것을, 그 고생을 한다며 엄마를 나무랐다. 그럴 만도 했다. 엄마가 팔을 다친 것은 밤을 주워 나르다 당한 일이었기 때문이다. 밤알은 참 고르지 못했다. 게다가 썩은 것이 태반이었다. 나는 덤덤히 밤알을 까 넣으며 텔레비전을 보았다.

"낼 가니?"

"예."

엄마는 언제나처럼 그렇게 물었다. 뻔히 내일이면 올라갈 것을 알고 있으련만, 굳이 그걸 확인하는 건 일종의 버릇이었다.

"으음……, 막차 탈 껴?"

"예."

"으음, 흠."

엄마는 다시 막차까지 확인을 받아냈다. 그러면서도 이 아늑함이 못내 아쉬운지 가만 있지를 못한다. 그도 그럴밖에, 앞으로 셋이서 이렇게 모이기가 어디 쉬운 일인가.

"도토리묵 좀 먹어 볼려?"

다시 부엌으로 나갈 태세다. 우중충한 수건을 둘러쓰고 또 일어선다. 귀찮았던 나는 엄마의 핏기 빠진 팔이 떠올라,

"오빠, 좀 먹을래?"

하고 물었다.

"됐어. 밥 잔뜩 먹어서 생각 없다."

그러나 엄마는 아랑곳하지 않고 밖으로 나갔다. 오빠의 눈치를 살피던 나는 꾸물꾸물 일어났다. 참 신기한 일이다. 엄마는 불도 켜지 않고 당신의 살림살이를 잘도 더듬었다. 그릇 하나 깨뜨리지 않고 마루에서 기다리고 있는 내게 묵과 싱건지를 꺼내왔다.

"아이구 쌀쌀허다."

엄마는 들어오자마자 수건을 벗어 던지고 이불 밑으로 손을 들이민다. 꼬질꼬질한 주름살에 정신없이 헝클어진 머리카락이 더욱더 엉켜버린 듯하다. 엄마가 언제 이렇게 늙어버린 것일까.

"작년보담 더 춘 거 같다. 벌써 찬바람이 씽씽 분다. 으으음, 으흐음……."

찬 기운에 온몸을 움츠리는 엄마, 방금 끝난 텔레비전 드라마만큼이나 허망하다. 그 화면에 광고가 흘렀다. 나와 오빠는 텔레비전에 눈길을 붙박았다. 오빠 사무실에서 만든 광고를 선뵈는 날이기 때문이었다. 엄마도 덩달아 나와 오빠의 표정에 호기심이 가득한 눈빛이다.

"엄마, 조금만 기다려 봐. 송 서방이 만든 거래."

"송 서방이? 흐으흠."

"이번에 송 과장, 애 많이 썼다. 이번 프로젝트 마무리하느라 고생을 좀 했지. 총각 시절을 결산하는 작품이란다."

"호호호, 그 사람이 그래? 내가 아이디어 많이 줬는데."

"흐으흠, 저거냐?"

"엄마, 조금만 더 기다려 봐요."

그러는 동안 공익광고 한 편이 스쳤다. 번지점프의 괴성과 몸부림, 얼굴이 부서질 듯한 축구선수의 표정이 차례차례 던져졌다. 화면이 바뀌자, '인생은 짧습니다. 보다 멋진 삶을 위해 노력합시다'라는 멘트가 흐른다. 그리고는 책을 펴 든 수험생의 모습이 클로즈업되면서 광고의 말미를 장식했다.

"저 광고 유치하지 않니?"

오빠는 머리를 가로저으며, 어떻게 번지점프 따위가 멋진 인생이냐고, 공부가 수험생만 하는 거냐고. 경쟁과 배설이 난무하는, 삶의 진정성을 호도하는, 사람들을 기만하는 '잘못된' 광고라며 까칠한 논평까지 달았다.

"그렇다고 잘못될 것까지야 없잖아, 오빠?"

"꿈을 간직하게 하는 모티프가 있어야 해."

"그러시와요, 오라버님!"

광고에 관한 오빠의 지론이랄까. 그런 오빠가 영상 사업에 종사하는 건 커다란 모순이라는 생각이 들었다. 상상력이 풍부한 문학이나 음악이라면 모를까. 그러고 보니 명숙 언니는 어려서부터 이 시골에서 피아노를 가장 잘 쳤다. 어쩌면 명숙 언니와 꿍짝이 맞는 것도 그 때문인지 모른다.

"흠흠흠-"

엄마는 우리 남매의 결고틈이 재미있나 보다. 아니, 이렇게 모여 한자리를 튼 것이 더없는 기쁨일 거였다. 그 순간, 화면이 고요해졌다. 이게 그거라는 예감.

"엄마, 잘 봐봐요 이거."

푸른 하늘에 맞닿은 등성이, 아빠와 딸이 나무를 심는다. 나무를 향해 두 팔을 활짝 편 딸,

"아빠, 내가 이만큼 크면 나무도 하늘 땅땅 만큼 커?"

먼 훗날 아이의 10대와 나무, 그 아이의 20대와 나무, 그리고 30대가된 그 아이와 나무가 차례대로 오버랩. 그리고 나무를 바라보는 아빠의, '밝게, 꿋꿋하게 자라야 한다.'는 말이 자막과 함께 흐른다. 이어 화면이 서서히 올라가며, 하늘을 떠받치고 있는 거대한 느티나무 너머로 광활한 바다가 펼쳐진다.

"도또랭~"

오빠와 나는 동시에 외쳤다. '도또랭'은 일이 잘됐을 때 외치는 우리 사무실의 구호다. 엄마가 옆에서 '끌끌끌' 웃는다.

"애, 벌써 다 끝난 겨?"

"예, 엄마. 송 서방이 만든 거야. 멋지지?"

"느 아배가 너 낳고 나무 심던 게 생각난다. 꼭 그 모냥이구면, 끌끌."

엄마는 마당 앞에 우뚝 서 있을 오동나무를 가리키며 좋아라 한다. 오빠는 고개를 끄덕였다. 그것은 엄마로부터 받아 낸 최종 평결이었다. 가구업체의 15초 이미지 광고였다. 처음, 콘셉트를 잡아낸 것은 오빠다. '딸 낳으면 오동나무를 심었다.'는 말에서. 그러나 광고주가 토를 달았다. 나무를 심는 것은 좋지만, 혼수품이나 장만하기 위해서라는 빈정거림을 살 우려 때문이었다. 그래서 딸을 등장시킬 것이냐, 아들을 등장시킬 것이냐를 놓고 논쟁이 붙었다. 그때, 송 과장이 나섰다. 전통적인 모티프를 차용한 게 좋다며 딸을 등장시키되, 오동나무는 느티나무로 바꾸자고 했다. 그리고 나무를 많이 심자는 데 생각을 모으자고 했다. 그 나무가 가구업체에 의해 베어질 것이라는 건 상상조차 하지 말자고. 만드는 데 들인 생각이 보는 데도 나타나는 법이라며 그 이상의 분분한 의견들을 일제히 막아버렸다.

"어여들 이거나 먹어 봐."

오빠가 도토리묵을 앞에 가져갔다. 엄마는 오빠를 바라보며,

"아이고, 너도 의사 같은 거 안 허길 증말 잘혔다. 병원 가 보면 별늠 다 있더라. 궁딩이 헐은 늠, 얼굴 깨진 늠, 아이고 지저분혀. 의사덜은 그거 다 으뜨게 들여다보넌지 모르겄더라. 돈은 많이 번다고 허더라만, 그게 사람이 헐 짓이냐. 그저 넥타이 매고 사무실 앉었는 게 났지 원. 난 돈 준대도 그런 짓 안 허겄더라. 저 건너 저 아랫말 니 친구 오래비 말이다. 걔 이름이 뭐더라?"

또 무슨 사연이 떠올랐을까.

"소명이? 소명이 오빠요?"

"으으 그래. 걔, 소명이 큰 오래비가 그렇게 돈 잘 번다고 혔잖어?"

"배가 불룩 튀어나와서 사장 같다던 그 오빠 말예요?"

"그래. 차도 크다란 거 끌고 대니잖어. 괴기도 한 번 사 오면 소 한 마리는 되겄더라. 건디 그늠도 별 볼일 없는게 비더라. 지난번 경수 엄마 죽었을 때 사람덜이 그러는디, 서울 무슨 병원인가 거기서 송장 만진대더라. 나이, 그러면 그렇겄지, 소핵교도 제대로 대니지 못헌 늠이 뭘 혀서 그런 큰돈을 벌겄어. 에잇, 그까짓 거 안 허는 거보다 못허지. 그런 걸 뭣 허러 허는지 모르겄더라."

"그래요."

"그저 서울만 가면 다 잘사는 줄 알구 쯧쯧. 여기서 그 많던 땅만 잡고 있었어도 그게 올마냐. 즉기나 허냐. 한 쉰 섬씩 나오던 집인디. 그거 다 팔어서 찌끔씩 떠 주더니 인제 와서 아쉰소리 허더구먼. 소명 아밴 아들네로 딸네로 왔다갔다 허는디, 맨날 지청구만 먹는대더라. 에이 소명이 그년도 그거 앙칼져서 못 써. 아주 신랑이 꼼짝 못 헌다넌구먼. 대전서 식당헌다는디, 살만 뒤룩뒤룩 쪄 가지구선 주체를 못 허더구먼."

"소명이 걔가 얼마나 지독한 애라구요."

"너무 지독혀도 못 써. 돈 안 쓸라구 애들 누룽지 멕이구 그런대더라. 그르케 뫼서 오만 백만 원인가 십만 백만 원인가 다구 자랑허대 으이구."

엄마는 천만 원 이상의 단위에 어두웠다. 하기야 엄마가 그 이상의 액수를 셈할 일은 없었다.

"걔는 참 야무지기도 해요. 저번엔 집 샀다고 꼭 놀러 오라고 전화했대요."

"에구구 고 기집애 고거, 집 산 거 자랑헐려고 그랬구먼. 허긴 나헌티, 오면 온다 가면 간다 인사허구, 니 안부 묻구 꼭 그러더라. 핵교 대닐 때부텀 니가 잘 봐줘 버릇허니께 그러는 겨. 아이구 갑갑허다."

엄마는 덮고 있던 이불을 걷어차고 겉옷을 벗어 던졌다. 내의가 많이 헐어 있었다.

"엄마, 그 옷 아직도 입어요."

"아직 괜찮다. 얘가 재작년에 사다 준 거다."

라며 오빠를 가리켰다. 오빠는, '밥알이 헛돈다.'며 빼놓은 엄마의 의치를 이리저리 살펴보더니, 곧 이불 속으로 들어가 버렸다.

"엄마, 괜찮긴 뭘 괜찮아요. 다 떨어졌네에."

"이깟 거 떨어지면 워뗘. 그전엔 이런 것도 읎어 못 입었다. 느덜이나 잘 허구 대녀. 친구덜헌티도 잘혀야 뎌. 에구 죽겄다. 아까 저녁을 짜게 먹었나 자꾸 목이 마르다아."

엄마는 다시 부스스 일어나더니 밖으로 나갈 모양새다.

"그냥 있어요. 내가 떠올게."

"아니다, 오줌도 매렵고."

아차, '요강'이었구나. 바로 그거였다. 읍내에서 내내 떠오르지 않았던 게 바로 그거였다. 엄마는 밤에 소변을 보러 자주 밖에 나갔다. 날씨도 춥고 해서 요강을 하나 들여놓으려고 했던 거였는데.

"불 켜고 가요오!"

하지만 엄마는 결코 불을 켜지 않았다.

고요한 밤이었다. 텔레비전 소리가 요란했지만, 그 요란도 이 시골의 정적을 이겨내지는 못하는 것일까. 엄마의 코 고는 소리는 고르지 못한 간격으로 점점 더 크게 들려왔다. 오빠도 피곤했는지 먼저 곯아떨어져 있었다. 엄마와 오빠의 얼굴을 들여다보았다. 닮은꼴이었다. 그 고집스러운 뭉툭한 코하며……. 그 언제였던가. 밭두둑의 동부를 거두던 오빠는 화를 참지 못하고 엄마한테 분풀이를 하고 말았다.

"으이구 참, 이거 얼마나 된다고……, 내년엔 심지 마욧!"

"어씨구, 심어 논 거 거두는 게 뭐 힘드냐?"

"으이쿠, 이거 심고, 풀 깎고, 에잇 풀도 한 번이나 깎아욧. 힘만 들지……, 뭐 나오는 게 있다구…….."

"어씨구, 그런 말 허지 마 이늠아. 느 아배 젊었을 땐 땅이 읎어서 남의 산에다가도 호박 심구 콩 심어서 따먹고 혔으니께. 올마나 좋냐. 내 땅에다가 내가 심고 싶은 거 심어서 따먹는디 뭘 그려."

반반이었을 것이다. 한편은 일하기가 싫은 탓이었고, 다른 한편은 허리가 자꾸 곱아 드는 엄마가 안타깝기 때문이었을 것이다. 일하기 싫은 거야 화낼 구실이 못 됐지만, 일로 힘에 부치는 당신 모습은 엄마를 다그치기에 충분했다. 더구나 엄마는 홀로 된 후로 '내 땅'에 대해 더한 집착을 보였다. 마당 한구석을 돌아나가는 도랑에도 남의 땅과 그 경계를 분명히 했고, 트랙터가 미치지 못하는 후미진 땅뙈기다 싶으면 기어코 들깨 모라도 꽂아 두고 볼 심산이었다. 가끔 오가며 들판의 다채로운 풍경만을 둘러보던 나로서는, 그런 것들이 가을에 모두 거두어지는지 알 수 없었다. 엄마의 농사일이 어느 자투리에서 시작되고 마무리되는지는 알 수 없었지만, 엄마는 힘에 겹다고 빈 땅을 포기하는 법이 없었다.

여느 때와 같이 오빠는 어제저녁 막차로 떠났다. 허전했는지 아침나

절부터 엄마는 마실을 간다며 옆 동네로 나섰다. 김장도 다 끝나서 여유가 생긴 모양이었다. 하지만 나는 뒤숭숭했다. 청소를 하지 않은 탓이었을까. 객지에서 온 사람 떠나자마자 청소하는 게 아니라는 엄마 말을 이기지 못하고 여태까지 미룬 청소였다. 물걸레질이라도 해야 할까 보다.

선반 위에는 먼지 더께가 져 걸레질도 잘 안 됐다. 그런데 뭔가 '투두둑' 떨어진다. 라이터였다. 아버지가 쓰던 지포 라이터. 어릴 적 오빠와 불장난하다 엄마한테 꾸중 들었던 그 라이터였다. 묵직하기도 하거니와 겉에 입힌 금박이 닳고 닳아 무슨 골동품 같았다. 참 엄마도, 10년이 다 되어가는 아버지 유품을 아직도 간직하고 있다니……. 그리고 또 하나가 더 있었다. 예쁘게 포장된 채로. '에고, 잊고 있었구나!' 얼마 전, 오빠의 부탁을 받은 명숙 언니 선물이었다. 언니를 부를까 했다. 하지만 언제나 또 약방에 가 볼까 싶어 전화를 했다. 그저께 오빠가 사다 놓은 귤을 봉지에 덜어 길을 나섰다.

언니와 약방 아줌마는 거실 한가운데 실타래를 풀어놓고 있었다. 아줌마가 먼저 반갑게 맞아 주었다. 이게 얼마 만이냐며,

"그래, 축하해. 날 잡았다며?"

"예, 아주움…… 고마워요. 뜨개질하시나 봐요."

이제 '아줌마'란 호칭이 왠지 어색하여 우물거리고 말았다. 언니가 자리를 내주며, 모처럼 찾아간 나를 무척이나 반기는 눈치다.

"엄마, 우리 차 마실래요."

"오오, 그럴래?"

하고 아줌마는 주방으로 갔다.

"너희 오빠, 너 없으니까 불편해 죽겠대. 전화하면 꼭 그런다. 오빠가 좀 게으르지? 그치?"

'호호호' 하며 언니와 나는 그렇다는 걸 서로 인정했다. 차 두 잔을 내려놓고 주방으로 향하는 아줌마의 발뒤꿈치를 보며,

"이거, 오빠가 전해달라는 거였는데 깜빡 잊고 있었어, 언니."

하고 그걸 건네주었다.

"고마워 혜정아."

언니는 그걸 고이 받아들고 서랍 속에 넣어 두었다.

"언니는 언제 식 올릴 거야?"

뜬금없는 물음에 언니가 찡그린 미소를 지어 보였다. 오빠를 제치고 날을 잡은 터라 미안해서 물은 말이었다. 오빠한테 물을 일이지 자기한테 묻느냐는 다소 억울한 표정. 차를 마시려던 언니는 다시 찻잔을 내려놓으며,

"실은, 우리 결혼, 좀 더, 미뤄야 할 것 같아."

"또! 오빠도 오빠지만, 언니가 너무 늦어지잖아?"

언니는 별말 없이 차를 한 모금 마셨다. 2년 전에도 미뤘던 결혼이었다. 그때는 약방 아줌마 몸이 안 좋아서 그랬다.

"혜정아, ……."

언니는 차 한 모금을 더 마시고,

"혜정아, 실은, 어머니가 오셨었어. 추석 전이니까 팔 다치시기 전이지. 빨리 식 올렸으면 좋겠다고."

"그래에. 엄마가 뭐라셔?"

"둘 다 적은 나이도 아니고, 또 늦으면 나이 들어 고생이라며……. 이제 며느리가 차려 주는 밥 얻어먹는 게 소원이시래. 손자도 보고 싶구. 어머니 참 솔직하시지? 그런데, 오빠는 좀 더 미뤘으면 하네."

언니는 참 차분하게도 말했다. 마치 남의 말을 옮기듯.

"오빠가 왜?"

"어머니, 서울 올라가시지 않고 그냥 여기 있고 싶으시대. 오빠는 그게 걸리나 봐."

여기까지 말한 언니는 나를 물끄러미 바라보았다. 내게 어떤 묘안이라도 있느냐는 듯한 눈빛이었다.

"엄마가 그런 말을 하셔?"

"어머니, 작년 겨울에, 쓰러졌다 혼자 일어나신 거 아니?"

내 표정이 뜨악해서였을까.

"오빠가 얘기 안했나 보다아, 걱정될까 봐아."

언니는 다시 나를 쳐다보며,

"한밤중에 얼굴이 간질거려 일어났더니 컴컴하더라는 거야. 그래서 불을 켰는데 방바닥에 피가 고여 있더래, 화분은 쓰러져 있고……. 겨울 되면 화분에 파 뿌리 묻어 두고 키우시잖아 어머니……."

'한순간 어지럼증이 돌고, 그만 정신을 잃고, 화분에 머리를 짓찧어 피가 났고, 깨어날 즈음 파 이파리에 얼굴이 간질거려 정신을 차릴 수 있었다.'는 거였다.

"그 일이 있고, 오빠 생각이 복잡해졌나 봐. 물론 오래전부터 오빠는 서울로 어머니 모시겠다고 했는데, 어머니가 싫다셔. 여기, 절대로 떠나시지 않겠다고. 그날 이후 어찌어찌 하다 보니 아직까지도 별다른 말이 없네."

"……."

"그렇잖아. 결혼하고 우리만 쏙 빠져나가면 어쩌겠어. 어머니는 절대 가시지 않겠다는데. 오빠도 이러지도 못하고 저러지도 못해 해."

나는 명숙 언니로부터 작년 겨울의 이야기를 차분히도 정리하고 약방 집을 나올 수 있었다. 엄마가 오빠와의 서울살이를 마다하고 시골 집을 고집하고 있었다니. 이제 며느리 들여 밥도 얻어먹고 손자도 보고 싶다는 엄마. 엄마 속내가 얄궂기까지 했다.

엄마는 오늘따라 쓰지도 않는 건넌방 아궁이에 장작불을 지피고 있었다. 메주콩을 삶는다고 했다. 흥얼흥얼 콧노래까지 불러가며. 이 상황에서 어떻게 꼬투리를 잡고 화를 내야 할지 난감했다. 어쨌든 화낼 구실을 좀 찾아야 했다. 아니, 화가 치밀어 올랐다. 나는 불길 옆으로 가서 막무가내 부지깽이를 잡아챘다. 딸의 갑작스러운 발작에 기가 막

혔던 탓일까. 엄마는 그러는 나를 멀뚱히 바라보았다. 나는 엄마를 노려보며,

"다 이유가 있었어, 이유가!"

여전히 엄마는 영문 모를 딸의 소행에 어리둥절해 했다.

"다 이유가 있었다고요. 오빠가 결혼을 미루는 이유가?"

엄마는 그저 바라보고 있다가,

"그게 무슨 뚱딴지같은 소리여?"

"왜 오빠하고 서울 올라가지 못하겠다는 거유?"

엄마는 그제야 대수롭지도 않다는 듯 부지깽이를 다시 가로챘다.

"이년아 생각혀 봐라. 여기다 늘어 논 게 올만디 그르냐? 느덜 여기서 낳구 핵교 가르치구 다 혔어. 아배하고 느덜 뒷바라지 허면서 닦어 논 터여. 니깟 것들이 뭘 안다구 지랄여. 이 뷬 바닥도 느 아배허고 나허고 다져 논 겨 이 지지배야. 가긴 어딜 가. 느덜이나 가서 잘 살어 이것들아. 난 안 간다. 느덜 애비 산소 파서 갈라면 가!"

노여움에 북받친 엄마의 목소리는 점점 콧물이 섞였다.

"참 엄마도, 아버지 돌아가신 지가 벌써 몇 해 짼데 아직도 그래요? 참 답답하네요. 으유!"

홧김에 쏘아붙인 말이었다. 그러고는 바깥마당으로 뛰쳐나왔다. 날은 이미 어두워져 있었다. 바람은 어둠만큼이나 쌀쌀하게 오동나무를 감싸고돌았다. 오동나무가 어둠을 가르며 하늘 높이 솟아있었다. 언제 이마만큼이나 자란 것일까. 오동나무를 안아 보았다. 한 아름으로는 어림도 없었다. 엄마의 심정을 헤아리지 못한 탓일까. 아침마다 싱그러운 햇살, 마당의 돌부리 하나, 처마 밑의 댓돌 모양까지도 다 기억하고 있을 당신. 아버지와 순박했던 지난날을 무지르려는 철없는 짓이었을까. 내 편한 대로만 엄마의 처지를 처분하려 했었나 보다.

엄마는 여전히 아궁이에 불을 지피고 있었다. 감히, 엄마 곁으로 다가설 생각을 못한 것은, 치맛자락 한 귀퉁이로 눈물을 훔쳐내고 있는

당신이, 궁상맞기는커녕 차라리 거룩했기 때문이었다. 꼭 저런 모습으로 이 집구석을 평생 지키고 있을 테지. 내가 가정을 꾸미고, 밝은 불빛 아래 아이들을 모아 오순도순 알밤을 까먹고 있을 때도, 엄마는 밤을 주워 나르느라 팔다리가 부러지도록 저렇게 아궁이에 불을 때고 있을 테지.

나는 일부러 마루를 쿵쿵 울리며 방으로 들어갔다. 보이는 것마다 아버지의 흔적이 역력했다. 낡은 장롱, 오래된 괘종시계, 뒤틀린 선반, 빛바랜 사진, 벽장의 누런 벽지조차. 그 옛날 그대로 엄마와 아버지의 삶이 박제되고 있었다. 벽 한쪽에 걸려있는 아버지의 영정 사진을 올려다보았다. 수염도 제대로 깎지 않은 모습. 그 옆에 나란히 붙어 있는 근심 어린 엄마의 눈빛은 안쓰럽다 못해 성스러울 지경이었다. 그 옛날 어찌어찌 해서 같이 살게 되었다는 어수룩한 연분이 이토록 견고한 지어미와 지아비를 엮어낸 것일까. 생각할수록 부끄러웠다. 부푼 신혼 계획. 눈망울 동그란 아이들을 낳고, 열심히 돈을 모아 아파트를 마련하고, 독립된 사업체를 갖고……. 내가 설계했던 삶이란, 얼마나 이기적이었던가. 얼마나 치기 어린 생각이었나…….

나는 짐을 싸기로 했다. 엄마가 의치를 하고도 불편을 느끼지 않았기 때문에, 팔을 자유롭게 움직일 수 있었기 때문에 그러는 것은 결코 아니었다.

엄마 용돈을 챙기려 장롱 속을 뒤졌다. 두툼한 가계부가 손에 잡혔다. 묵직했다. 그 속에 돈을 끼워 넣었다. 그런데 이상했다. 다시 책을 폈다. 가계부가 아니었다. 거기에는 페이지마다 전기료 영수증이 차곡차곡 들러붙어 있었다. 밥풀로 붙였는지 접착된 부위가 올록볼록 걸끄러운 채. 맨 앞쪽을 넘겼다. 아! 나는 다시 아찔해지고 말았다. 아버지가 돌아가신 그해부터 그게 꼬박꼬박 모아지고 있었다. 한 달 한 달 그걸 모으면서 아버지 제삿날을 꼽아왔던 것일까. 나와 오빠 나이를 셈해왔던 것일까. 그렇게 해서라도 아버지와의 별리의 세월을 잇대려 했던 것일까. 또 다른 엄마만의 박제된 나날들.

초겨울 철모르는 비가 내리쏟아지더니, 바람이 몹시 불었다. 엄마는 일찌감치 잠이 들었나 보다. 코 고는 소리가 바람 소리보다 멀었다. 이 틀째 엄마와 나는 천장만 바라보며 밤을 보내고 있었다. 엄마가 먼저 말길 트기를 기다렸다. 그러나 엄마는 아무런 말도 걸어오지 않았다. 때마침 괘종시계가 정적을 깼다. 소리를 세기 시작했다. 내가 학동이 될 무렵 아버지가 사다 걸은 벽시계였다. 그때만 해도 이 동네에서는 엄청난 자랑거리였다. 동네 아이들을 모아 놓고 우쭐대던 오빠 모습에 피식 웃음이 났다. 약방 집에나 있을 법한 벽시계. 명숙 언니네와 견줄 수 있었던 것은 오로지 그것뿐이었을지도 모른다. 괘종시계는 열한 번의 종소리를 내고 다시 똑딱거리기 시작했다. 그리고 엄마의 코 고는 소리도 멎었다.

"으음, 낼 간다구?"

마치 아버지의 부름을 받고 깨어난 듯한 엄마, 나는 허탈하게 웃어버리고 말았다.

"음."

"막차 탈 껴?"

"으음."

"및 시냐아?"

여전한 엄마의 버릇 말이었다.

"늦었어요, 그만 자요."

"이달 스무날이 느 아배 제산디, 올 수 있지?"

"벌써 그렇게 됐어요?"

엄마는 하품을 길게 늘어놓고는,

"뷜 살강도 다 부서졌더라아. 느 아배가 나 시집왔을 때 맨들어 준 건 디……."

나는 숨소리를 죽이고 자는 척을 하기로 했다. 얼마를 그러고 있었을까. 엄마의 코 고는 소리가 점점 더 커졌다.

가만히 엄마 손을 만져 본다. 매끄럽기만 하다. 대패로 말끔하게 밀어낸 마루 같은 손바닥. 지난봄에는 그 손 때문에 애를 먹었단다. 주민등록증을 다시 발급받으러 면사무소에 다녀온 엄마는, 지문이 묻어나지 않아 시간 반이나 물에 손을 담그고 있어야만 했단다. 나는 무심결에 엄마의 젖무덤을 더듬으며 끅끅거렸다.

엄마는 매표소 담벼락에 붙어 서 있다. 나는 버스 맨 뒷자리에 가 앉았다. 포구 저편 수평선에 푸른 노을이 지고 있었다.

버스가 마을 어귀를 벗어날 즈음, 텅 비어 있을 엄마의 집 쪽으로 고개를 돌렸다. 마당 앞에 선 오동나무가 우뚝했다. 나뭇잎을 다 떨어뜨린 채 꿋꿋하게 서 있는 오동나무. 나는 바다 저 먼 끄트머리께로 눈길을 돌렸다.

김명희

경기 양평 출생
2006년 제주 한라일보 신춘문예 당선
2008년 계간 〈시와 시학〉 신인상
2011년 제1회 산림청 주최 나무로 만든 동화 공모전 대상
2014년 제2회 직지소설문학상 대상
시집 『빈 곳』 동화 『산골친구 미르』 장편소설 『불멸의 꽃』
toqurrkd690@hanmail.net

금지된, 기억

김 명 희

"글쎄……. 햄경도라믄 내래 잘 모르갔시요. 우리는 평안북도 철산에 살았더랬시요. 기런데 도저히 먹구 살 길이 웁고 까딱하단 니대로 죽 겠다 싶었디요. 해서리 밤마다 자강도로 쪼매씩 이동해 죽을 각오루다 강 압록강을 넘었더랬디요. 기래서리 무산 쪽 얘기는 내래 도통……."

북한이탈주민이 새로 왔다는 소식만 들리면 설희는 하나원으로 달려갔다. 혹시나 그들 중 누군가가 무산 쪽 소식을 알까 해서였다. 그녀가 탈북해 대한민국으로 온 후, 거주지 정착 지원을 받을 때 하나원에서 멀리 가지 않은 것도 이유가 있었다. 그녀는 대한민국 사회에 적응해 직장생활을 하면서도 탈북자가 들어왔다는 소문만 들으면 미친 듯 그곳으로 달려갔다. 한국에 온 지 얼마 안 되는 탈북자들을 찾아가 면회를 요청하고 재촉하듯 물어봐도 매번 헛수고였다. 그때마다 오른쪽 허벅지의 통증이 뼛속으로 지독하게 파고들었다.

퇴근한 설희는 느린 걸음으로 어두운 골목을 지나 집으로 향했다. 길가 약국에 들러 습관처럼 약을 샀다. 남한에 와서 오른쪽 다리 수술을 두 번이나 받고 그럭저럭 견디게 해 주는 진통제였다. 그러나 요즘 들어 그 약조차 별 효험이 없었다. 발뒤축에 들러붙은 긴 그림자가 검은 유령처럼 일그러지며 그녀를 따라갔다. 설희는 동네 앞 작은 사거리를 지나다 걸음을 멈추더니 슈퍼로 들어갔다. 가게 주인 여자가 계산대에 앉아 꾸벅꾸벅 졸다 벌떡 일어나 반겼다.

"아이구, 이게 누구래? 오랜만이네!"

말 없는 설희의 안색을 살피며 그녀가 다시 물었다.

"가만 있자……. 어머나, 내 정신 좀 봐. 벌써 돌아왔수?"

"네."

"차암, 세월도 빠르지."

"그때처럼, 알아서 담아주세요."

"알았수. 여기 앉아서 잠깐만 기다리슈."

슈퍼 여자가 입구에 매달아 놓은 검은 비닐봉투 몇 개를 힘껏 잡아 뜯더니 숙주나물과 고사리, 과일 등을 덜어 담으며 말을 이었다.

"요즘은 좀 나졌수?"

"그냥…… 그래요."

설희는 무표정한 얼굴로 힘없이 대답했다.

"에혀, 쯧쯧쯧. 허긴 뭐 그게 그렇게 쉽게 잊혀지겠수? 아참, 그런데 소문에 듣자 허니 아무 사이도 아니람서? 그만큼 했으면 이젠 그만 둘 때도 됐잖우? 대체 그 일을 언제까지 하려구 그러우?"

"……."

"자, 이정도면 됐수? 아참, 포하고 술두?"

"네. 쌀도 최근에 들어온 좋은 걸로 한 봉지 주세요."

설희는 슈퍼 여자가 주섬주섬 건넨 봉투를 들고 골목으로 멀어졌다. 오른쪽 허벅지 통증이 다시 파문처럼 퍼져나갔다. 애써 통증을 따돌리며 캄캄한 집 안으로 들어선 그녀가 거실등 스위치를 켰다. 맞은편 거울에 이십대 중반의 젊은 여자가 금방이라도 쓰러질 듯한 얼굴로 초췌하게 서 있다. 거울 속 자신을 응시하던 설희는 옷을 갈아입고 나물봉지를 개수대로 가져가 서둘러 제사상을 차렸다. 그녀는 늘 해오던 버릇처럼 하얀 쌀밥을 고봉으로 퍼 담고 쓸쓸히 향불을 피웠다. 향 연기가 하얀 해오라기처럼 허공을 향해 날아올랐다. 치솟는 연기를 응시하던 그녀가 혼잣말을 중얼거렸다.

"리혜상…… 이만하믄 만찬 아이네. 저승에서 떠돌믄서까지 배곯티 말구 날래 마이 묵으라."

여러 나라의 국경을 넘어 목숨 걸고 한국으로 탈출한 후, 설희는 벌써 오년 째 제상을 차리고 있다. 적막이 팽팽하게 부푼 누추한 원룸. 절을 마치고 초라한 제상 앞에 앉아 천천히 음복을 하는 그녀. 세월이 많이 지났건만, 눈 덮인 겨울 벌판의 삭정이처럼 창백하고 가녀린 팔뚝마다 검붉은 흉터들이 가득했다. 민소매 원피스 밑단 사이로 오른쪽 허벅지가 들춰졌다. 살갗을 덧대어 꿰맨 수술 자국으로, 탐스러워야 할 젊은 설희의 다리는 누더기 같았다. 길게 내쉬는 그녀의 한숨 소리가 검게 엉겨 붙은 콜타르처럼 진득하다. 소주가 그녀의 목을 타고 아주 느리게 흘러내렸다. 제상을 마주한 그녀의 눈 속에 서서히 술기운이 차오르자 향불연기가 먼저 취했는지 아지랑이처럼 이리저리 흔들렸다. 몽롱함 속에서 자꾸만 누군가의 날카로운 손톱이 자신의 오른쪽 허벅지를 할퀴는 것만 같았다. 그녀는 마음이 초조하고 불안하면 그곳을 긁는 버릇이 있다. 오래전 탈북하면서 생긴 깊은 흉터가 아직도 검푸르게 남아있었다. 친구가 살려달라고 절규하며 마지막까지 붙들었던 자신의 그 곳. 지금도 후유증으로 그 곳이 욱신거릴 때마다 그녀는 혜상이 다가와 만지는 듯해 화들짝 놀라곤 한다. 혜상이는 죽었다. 이미 오래전, 어릴 때 함께 도망치다 죽었다. 죽은 그 아이가 어린 모습을 한 채 피 묻은 얼굴로 설희의 꿈에 자주 나타났다. 하루 일을 마치고 불 꺼진 집에 돌아와 눈을 감고 누우면 그날의 악몽이 덮쳐와 설희를 늘 괴롭혔다. 그 후로, 견디다 못한 설희는 독한 술과 함께 수면제를 먹어야 그나마 잠들 수 있었다. 혜상이의 제상을 차렸던 그날 밤도 설희는 도저히 잠을 청할 수 없었다. 그녀는 연거푸 술을 가득 따라 마셨다. 얼마 남지 않은 향불이 제상 위에서 마지막 숨을 몰아쉬고 있었다.
그녀는 노래를 불렀다.

> 임진강 맑은 물은 흘러흘러 내리고
> 뭇새들 자유로이 넘나들며 날건만
> 내 고향 남쪽 땅 가고파도 못가니
> 임진강 흐름아 원한 신고 흐르느냐

"혜상아……. 리혜상. 너두 이제는 제법 나이를 먹었겠구나야. 자, 후후후 한잔 하재이. 너 한잔, 나 한잔, 오래전 그 두만강의 시퍼런 물살도 한잔, 도망길 검은 어둠 속에서 야광빛처럼 울어대던 풀벌레들도 한잔, 연변에 숨어 살 때 창백하고 무서웠던 물 먹은 달빛도 한잔……."
벌써 16년 전 일이다. 전력이 딸려 모두가 일찍 잠든 밤. 함경북도 무산읍 칠성리 작은 마을. 산비탈 판자촌 어느 집에 작은 불빛 하나가 켜졌다. 땟국이 번질거리는 누더기 이불 속에 누워있던 아홉 살 여자아이의 얼굴은 겁에 질려 있다. 오늘따라 지금껏 먹어보지 못한 고깃국에 허연 이밥을 배불리 먹은 것도 난데없는 일이었다. 배는 더없이 부른데, 그전과 달리 왠지 모르게 잠이 오지 않는 밤이었다. 건넌방에서는 설희의 부모가 뭔가 소리 낮춰 웅성거렸다.
"당신 정말 미쳤습매? 정말 그 짓을 하겠단 말이오까?"
중년의 부부는 오랜 굶주림으로 몰골이 처참했다. 그들이 등을 기대앉은 벽지는 이미 손이 닿을만한 곳은 다 벗겨지고 없었다. 가난과 굶주림에 허덕이다 참지 못해 벽지조차 모두 뜯어먹은 후였다.
"기럼 어떡하네? 낼더러 더 이상 뭘 어떡하란 거이가? 기냥 이대루 천장 쳐다 보믄서 세 식구 다 굶어 죽어서리 한날에 황천길 가자는 거이네? 내는 뭐 이기 좋아서 하네?"
"그래두 그렇지비! 그건 도저히 사름으루 할 짓이 못되우다."

"간나 에미나이래, 갑자기 와 이칸? 일전에 니두 동조 아이했네? 고 거이 벌써 잊었네? 니보라우, 낸두 가슴은 아프디만…… 우짜가서? 니 번 고난의 행군 시기를 무사히 넘겨야 하지 않칸? 어케든 니 고비를 넘 기구서리, 친애하는 김정일 위원장동지 말대루 이밥에 괴깃국 먹는 시 절이 오믄 그때 가서 아는 또 낳으믄 되디 않칸……? 설희 저 아도 니 럴 수밖에 웁는 우리를 저승에 가서라두 이해해 줄 끼야."

설희는 어느새 방문 밖에서 귀를 대고 서 있었다. 아직 어려 부모의 말뜻을 다 알아들을 수는 없었지만, 자신을 낳아 준 엄마와 아버지가 자신에게 수면제를 먹여 깊이 재운 후 죽여서 장마당에 그 인육을 내 다 팔자는 말이 그 방 안에서 오가고 있었다. 충격은 천둥처럼 아이의 귀청을 때렸다. 갑자기 사타구니와 허벅지를 휘감으며 뜨끈한 물줄기 가 아래로 흘러내렸다. 겁에 질린 설희는 선채로 자신도 모르게 오줌 을 싸고 있었다.

"지 아새끼를 죽이구 난 후에 이밥에 괴깃국, 그기 다 뭔 소용임매? 설희아바디 제발 기만 하쑤꾸마! 흐흑……."

설희엄마의 흐느낌이 들려왔다.

"뭐이 어드레? 시방 뭐라했찌비? 이런, 삶은 소대가리 간나이. 이기 완전히 일자무식쟁이두 아임서 말뽄세 보우다. 기럼, 이제 와 내래 어 카라는 기야?"

"설희아바디, 안 돼쑤꾸마. 기럴 순 없습매. 이건 암만 생각해두 인간 이 할 짓이 아임매. 말이 안 되우다. 당신은 하늘이 무섭지두 않습?"

"이 개 쌍 쫑간나이! 일전엔 내 말대루 하겠다 하구선, 인제 와 못 하 갓다니, 무시기 지랄이지비? 니 시방, 내 맴은 멀쩡한 줄 알간? 입 다 맞춰 놓구선 와 이제 와 왼새끼를 꼬구 지랄이네?"

"설희아바디, 애 자다가 깨갓수꾸마. 지발 좀 조용조용히 말 하우다 래."

목에 핏대를 세우던 설희아버지가 알 수 없는 흰 가루약 봉지를 방바닥에 패대기치고 자리를 박차고 일어섰다.

"니보라우! 지금 돌아가는 세상 꼴은 말이 되네? 지금 내 하나 잘 살자구 이러네? 우리만 기런 게 아인데 와 자꾸 님자까지 이러는 거지비?"

"글쎄! 난! 못하갔으니깐 더 이상 기딴 소린 하지 마시오다."

"니런, 쌍! 개 간나이! 설희는 내 새끼 아이네? 내 맴두! 내 맴두! 시방 미어지는 걸 니가 알간?"

설희 아버지가 아내를 노려보다 주먹을 불끈 쥐고 돌아섰다. 설희엄마는 울음소리가 건넌방 설희의 귀에 들릴세라 낡은 이불로 자신의 입을 틀어막고 통곡했다. 어린 새끼를 죽여야 하는 그녀의 슬픔도, 칠흑같이 캄캄한 밤도 영영 끝날 것 같지 않았다. 공포에 싸인 얼굴로 문밖에 선 채 굳어졌던 설희가 슬금슬금 뒷걸음질 치기 시작했다.

같은 날밤, 옆 마을 독소리도 발칵 뒤집혔다. 주민들에게 배급을 하던 중앙당간부가 양식 일부를 빼돌려 팔아먹다 들통이 나고 말았다. 마침 그 장면을 이웃집 다른 간부가 담장 너머로 모두 보게 된 것이었다. 그 일로 혜상이 아버지는 반동분자로 고발을 당했다. 그 사건은 김정일에게 직보됐고, 조국과 인민의 생명인 식량을 빼돌린 악질반동분자로 내몰렸다. 그날 밤 온 식구가 체포되어 한밤중에 어딘가로 끌려가고 있었다. 그 무리에서 한 아이가 쫓기는 동물처럼 죽을힘을 다해 어둠 속으로 도망치고 있었다.

혜상이 부모는 결국 북한의 회령 22호 정치범 강제수용소로 끌려가고 행복하게 살던 혜상이는 갑자기 꽃제비가 되어 거리로 떠돌았다. 떡지고 난발한 머리에는 이가 득실거렸고 온몸에 벼룩이 옮긴 피부병이 번져 살갗이 말라붙은 똥딱지처럼 갈라졌다. 청진의 수남 장마당을 떠돌며 땅바닥에서 아무거나 닥치는 대로 주워 먹던 혜상은 배가 너무 고팠다. 오후에 장마당에서 우연히 한 꽃제비를 만났다. 눈만 뗴꾼하게 빛나던 그 사내아이는 청진에서 제일 큰 수원 장마당에서 수년간 떠돌왔다며 자랑삼아 너스레를 떨었다. 그래서인지 사내아이는 정보가 남달리 빨랐다. 그 아이가 혜상에게 속삭였다.

"알았네? 기니까네 이따가 련두봉 첫 번째 골짝 초입으루 나오라. 기럼 이따 보자이? 내는 기럼 먼저 가갔어."

사내아이는 혜상이에게 그 말만 남기고 저녁 일몰 속으로 거짓말처럼 사라졌다. 밤이 깊어지자 혜상은 속는 셈치고 련두봉 골짜기로 가보기로 결심했다. 깊은 밤을 틈타, 낮에 사내아이가 일러준 그 야산으로 숨어들었다. 얼마를 올라갔을까. 아궁이 그을음처럼 새카만 어둠을 부드러운 달빛이 서서히 밀어냈다. 달빛 아래 야산 자락의 흙들이 붉게 파헤쳐 진 것이 희미하게 드러났다. 그때, 그리 멀지 않은 어딘가에서 작은 웅성거림이 들려왔다. 흙길에 이슬이 흥건히 내려 혜상의 발이 자꾸 아래로 미끄러졌다. 아이는 소리 나는 곳으로 살금살금 다가갔다. 그곳에는 이미 혜상이 또래 몇이 돌아앉아 어둠 속에서 정신없이 뭔가를 파헤치고 있었다. 이틀 전, 계급이 제법 높은 고위층 당간부 집에 초상이 났던 것이었다. 그 소문을 들은 굶주린 꽃제비들이 한밤중에 망자음식으로 배를 채우려 약속이나 한듯 공동묘지로 모여 든 것이었다. 묻은 지 얼마 안 된 무덤 주변에 망자 옷을 태운 잿더미와 갖가지 쓰레기들과 음식 찌꺼기들이 널브러져 있었다. 몇몇 아이들은 닥쳐올 겨울을 생각해, 불에 타다 만 망자의 옷을 챙기느라 정신없다. 낮에 혜상이와 만났던 그 사내아이는 웬일인지 보이지 않았다.

"에잇! 재수가 없을라니끼니! 야, 한발 늦었다. 이미 누군가 먼저 다녀갔다이."

아이들 중에서 키가 반 뼘쯤 더 큰 아이가 뗏장 흙을 집어 패대기쳤다. 한참을 더 무덤주변을 샅샅이 뒤지던 아이들은 뿔뿔이 산을 내려갔다. 혜상이도 힘없이 산을 내려갔다. 그날 밤, 나무 뒤에 숨어 그 광경을 지켜보던 설희와, 산을 내려가던 혜상은 처음 만났다. 그날 공동묘지에 가장 먼저 숨어든 설희는 매장지 주변에 떨어진 국수조각 몇 가닥을 먼저 주워 먹고 제법 깨끗한 망자의 옷을 걸치고 있었다. 그날 밤 둘은 어둠속에서 서로 부딪쳐 귀신인줄 알고 혼비백산해 뒤로 자빠졌다.

어느 새 열두 살이 된 설희와 혜상이. 그날 무덤 사건 이후로 둘은 단짝이 되었다. 둘은 함께 다니며 장마당에서 구걸을 했고 쓰레기장을 뒤지며 거리를 떠돌았다. 그 해 북녘 땅에는 끝이 없는 고난의 행군과 함께 최악의 가뭄이 찾아왔다. 세상의 모든 것이 꽁꽁 얼어붙었다. 마을에서 아이들이 사라지는 그만큼, 거리에는 굶어죽고 얼어 죽은 시체가 늘어갔고, 장마당에는 알 수 없는 고깃덩이들이 밀거래 되었다.

"김일성 장군님 만세!"

"위대한 령도자 김정일 장군님을 목숨으로 옹호 보위하자!"

"위대한 령도자 김정일 동지 만세! 만세!"

눈보라 몰아치는 생사의 기로에서 봄은 좀처럼 오지 않았다. 얼음보다 더 차디찬 벌판에, 풀과 나무보다 먼저 피어나는 것은 거리에 나부끼는 화려한 선전문구들이었고, 유래 없는 최고의 겨울추위가 지나고도 봄은 선군정치처럼 멀었다. 들판에 앞 다퉈 피어야 할 꽃들은 씨가 말랐고, 그 대신 곳곳에서 굶주려 죽어가는 신음소리가 칡넝쿨 다래넝쿨보다 더 무성했다. 그렇게 질긴 죽음의 봄은 가고 다시 여름이 왔다. 결국 북한정부는 배고프면 반동분자를 고발하라. 그럼 양식을 주마 선전포고를 했다. 배고픔에 참다못한 설희가 혜상이를, 인민의 생명을 담보한 식량을 빼돌린 악질정치범의 자식이라고 고발하기로 마음먹었다. 북한반도의 들판은 붉은 내장을 내보인 지 이미 오래였다. 사막보다 더 황량해진 벌판에서, 그들은 더 이상 풀뿌리를 캐 먹을 수도, 나무껍질을 벗겨 먹을 수도 없게 되었기 때문이다.

'눈 딱 감구 고발하자우……. 기건 안 돼. 혜상이는 내 동무 아임매……. 동무는 뭐이 얼어 죽을 동무가? 강냉이죽 한 양푼만 먹었대믄 소원이 웁겠다야. 그래두 아니야. 동무를 죽 한 양푼에 팔수는 웁지 않

181

네. 아냐! 내일 혜상이가 장마당으루 나가믄 내는 배가 아프다 하구선 뒤로 빠질 기야. 그때 인민보안부로 달려가 고발하는 기야. 기래. 혜상이 자는 기래두 부모 잘 만나서리 그동안 호의호식했잖네? 내가 자한테 미안 할 거 하나두 웁지 않칸?'

그것을 알 리 없는 혜상이가 저만치 앞서 가다가 설희를 불렀다.

"이런! 간나이! 야, 양설희! 와 이리 굼뜨네? 날래 가자."

혜상이 부르는 소리에, 설희는 순간 혜상이를 고발하려는 자기 생각이라도 들킨 양 가슴이 철렁 무너져 내렸다.

"어? 어……. 지금 가고 있다."

둘은 동네 냇가로 달려갔다. 냇가 여기저기에서 죽은 시체들이 둥둥 떠내려가다 돌부리에 걸려 간당거렸다. 어떤 시체는 이미 부패가 심해 온몸이 풍선처럼 부풀어 올랐고 쉬파리 떼가 해진 살점을 빨아먹었다. 처음 집을 나와 거리를 떠돌던 때에는 무척 섬뜩했던 광경들이 이제는 너무 흔하게 느껴져, 썩는 악취만 빼면 그다지 무섭지 않았다. 오래 굶은 아이들에게 불볕더위는 싸워야 할 또 다른 적이었다. 둘은 1초도 망설임 없이 물로 뛰어들었다. 허기증에 시달리던 아이들은 누가 먼저랄 것도 없이 냇물에 얼굴을 박고 정신없이 물을 들이켜댔다. 그 순간, 갑자기 설희가 물속으로 고꾸라지더니 일어나지 못했다.

"야! 와 이칸? 정신 차리라! 설희야! 설희야!"

아이는 미동도 없었다.

"도와 주시라요! 도와 주시라요!"

곁에서 함께 물을 켜던 혜상이 놀라 물에 처박힌 설희를 있는 힘껏 강변으로 끌어냈다.

혜상의 외침에 주변에서 빨래하고 멱을 감던 주민들이 몰려왔다.

"쯧쯧쯧, 이 아는 곧 죽을 기야. 뱃대지에 뭐이 들어갔시야 살지비."

살갗이 검고 깡마른 중년 사내가 삭정이 같은 손가락으로 실신한 설희의 눈을 까뒤집어 보았다.

"니보라우. 누깔이 수년 가뭄에 바짝 마른 빈 우물 보담두 한 뼘은 더 휑허지 않네? 창지 속이 텅텅 비었는데 뭔 힘으루 정신을 붙들갔네? 이 아는 시방 저승이 코 앞이구나야."

"아재비동무! 재 좀 살려주시라요! 제발 살려주시라요!"

"니 보라. 내 말 못 알아듣네? 야가 뭐를 먹어야 사는데, 사방에 먹을 거이 어드메 이서? 먹을 거라믄 풀뿌리두 나무뿌리두 죄다 씨가 말랐지비? 그래서 죽는다 아이했슴? 용쓰지 말라."

중년사내가 실신해 늘어진 설희를 안아다 그늘에 눕혀놓고 손을 털며 멀어졌다. 혜상이는 주변 나뭇가지를 꺾어 설희에게 그늘을 더 깊이 드리워주었다. 혜상이는 눈물을 훔치며 쏜살같이 거리로 내달렸다. 달리면서 뭔가를 떠올리려 애썼다.

'설희야 죽지 마라. 죽으믄 절대 안 돼. 기런데 지금 내는 어드메루 가야 하간? 어드메루 가야 먹을 것을 구할 수 있지비? 내는 시방 생각해 내야 한다. 빨리 생각해 내야한다…….'

혜상이는 장마당으로, 당 간부들이 몰려 사는 동네 쓰레기장으로, 협동농장 두엄더미로, 미친 듯 내달렸다. 혜상이가 설희를 살린 것은 소똥 속에서 찾아낸 옥수수 아홉 알과 밥풀 몇 알이 동동 뜬 돼지우리 구정물이었다. 혜상이는 그것을 들고 달려와, 설희에게 정성껏 먹였다. 거짓말처럼 설희의 정신이 조금은 돌아왔다. 가까스로 눈을 뜬 설희는 혜상이를 바로 보지 못했다.

'이런 아를 내가 반동분자 자식이라고 고발하려 했다니……. 혜상아 정말 미안하다야.'

배고픔에 지친 설희와 혜상이는 시국이 피폐해져 갈수록 구걸이 힘겨워졌다. 온 몸에서 근육이 빠져나가고, 단백질 결핍과 비타민 결핍으로 아무데서나 맥없이 쓰러졌다. 죽음처럼 덮쳐오는 잠을 이기기 힘들었다. 결국 참다 못 한 둘은 깨진 사기조각을 챙겨들고, 밤마다 죽은 지 얼마 안 된 인육을 찾아다녔다. 아이들은 그 붉은 살을 도려 먹으며 간신히 하루하루를 연명해 갔다.

혜상이가 탈북을 결심하게 된 사건이 벌어진 것은 얼마 후였다. 양강도와 함경도 일대를 떠돌던 혜상이와 설희는 우연히 장마당에서 혜상이 부모 소식을 듣게 되었다. 몇 년 전 회령 22호 정치범 수용소로 끌려간 혜상의 부모가 얼마 전에 처참하게 세상을 떠났다는 것이었다. 회령22호 정치범 수용소는 생화학무기 인체실험으로 악명 높은 곳이었다. 비슷한 시기에 그곳으로 끌려간 정치범 여섯 명이 생화학 생체실험용으로 희생되었는데, 그때 혜상이 부모도 함께 죽고 말았다. 혜상은 울지 않았다. 다만 힘없고 불안한 시선을 허공에 두는 시간이 많아졌고 이전처럼 설희와 함께 대낮에 거리를 활보하며 구걸하지 않으려 했다. 혜상은 시간이 갈수록 불안한 눈빛이 심해졌다. 혹독한 겨울이 가고 봄이 오면 거리에는 팔다리가 없는 아이들이 눈에 띄게 늘어갔다. 엄동설한의 겨울을 넘기며 동상에 걸린 아이들은 끝내 그 부위를 절단하고 봄이면 냉이나 질경이처럼 끈질기게 다시 거리를 뒤덮었다.

아이들은 그날, 무산쪽 장마당에 있었다. 땅바닥에 떨어진 국수가닥을 싸움하듯 주워 먹던 혜상의 사타구니 사이로 뜨끈한 게 느껴졌다. 초경이 터진 것이었다. 설희는 말로만 듣던 달거리 광경을 그날 혜상이를 통해 처음 보았다. 아랫배를 움켜진 혜상이는 잘 걷지를 못했다. 허벅지에서 발목으로 선지같이 걸쭉한 핏물이 붉은 꽃뱀처럼 휘감고 내려왔다. 극심한 영양실조에 시달리던 혜상이의 얼굴빛이 가루약처럼 하얘졌다. 아이는 판잣집 바람벽에 간신히 기대있었다. 설희가 혜상이를 부축해 냇가로 데려가 피 묻은 아랫도리를 씻어주었다. 설희는 태어날 때부터 심한 영양실조로 아직 달거리가 없었지만 혜상이는 그래도 간부의 자식이었기에 건강이 좀 나은 편이었다. 혜상이를 물가에 두고 설희가 어딘가를 다녀왔다. 어디서 구했는지 누더기 같은 천 조각들을 모아 혜상에게 건넸다.

"자, 이걸루 위생대라두 하라."

둘은 언덕에 쓸쓸히 앉았다. 멀리서 석탄 실은 화물차가 검은 독사처럼 기어가는 게 보였다. 이제 어른이 다 된 설희와 혜상이도 문득 어딘가로 서둘러 떠나야한다는 생각이 고개를 들었다. 길 위의 날들이 길어질수록 처음엔 막막했던 꽃제비 생활에 두 아이는 자신들도 모르게 적응하고 있었다. 악취가 풍기는 쓰레기 더미를 들치자 갖가지 오물 더미 속에 낯선 종이가 눈에 들어왔다. 설희가 그것을 판자집 창문 아래로 가져가 희미한 불빛 아래 펼쳐보았다. 손바닥만 한 종이에 검은 글씨가 빼곡하게 적혀있었다.

'북한 주민들이여! 우리는 일제시대 보다도 더 악랄한 김씨 일가의 독재정권에 자유와 인권을 빼앗겼다⋯⋯.'

그것은 바로 남한에서 날려 보낸 대북 전단지였다. 그날은 운이 좋았다. 1달러도 함께 종이에 접혀 있었기 때문이다. 설희는 누가 볼세라 재빨리 1달러를 숨기고, 다시 썩는 내 나는 쓰레기더미에서 온 종일 굶은 허기를 채워줄 간절한 뭔가를 짐승처럼 찾아 헤맸다. 근처에서 삼삼오오 몰려들기 시작한 꽃제비들이 꽤 여럿 보였다. 여러 날 동안 아무것도 먹지 못한 설희와 혜상의 얼굴이 망초꽃처럼 하얗게 부어있다.

"혜상아, 네래 뭐이 먹을 거 좀 찾았네?"

"없다쿠나야."

그때 썩는 냄새가 물씬 풍기는 뭉치 더미를 헤집던 혜상이가 미친 듯 뭔가를 입 안으로 꾸역꾸역 밀어 넣었다. 딴에도 비위가 뒤집히는지, 당장이라도 토할 듯 헛구역질을 해대면서도 손은 멈추지 않았다. 그것을 본 설희가 알사탕만 한 눈에 불을 켜며 쏘아댔다.

"야, 고거이 뭐이가? 뭘 먹는 거이가?"

혜상이는 대답 할 겨를도 없이 뭔가를 계속 입안으로 우겨넣었다.

"이 간나 에미나이래! 고거이 뭐냐고!"

설희가 사납게 혜상이의 손을 휘감아 쳐냈다. 감자 껍질이었다. 그것은 이미 썩은 지 오래되어 미끄덩거렸다. 그것을 움켜 쥔 혜상의 앙상한 손등까지 커다란 벌레가 우글우글 기어오르고 있었다. 썩은 감자껍질에서는 사람 똥냄새보다 더한 악취가 지독하게 풍겼다. 설희는 자신도 모르게 순간, 손으로 코를 잡아 쥐었다.

"하이구야. 이기를 어케 먹네? 야야, 니 시방 미쳤네? 정신 차리라. 배고프다고 암거나 먹어대단 더 큰 일을 치를 수가 이서. 먹지 말라. 글쎄, 먹지 말라우!"

며칠을 굶은 혜상의 귀에 설희의 그 다그침이 들릴 리 없었다. 당간부의 자식으로 부유하게 자란 혜상이는 설희 보다 유독 배고픔을 참지 못했다. 지독한 굶주림이 심해질수록 더 늦기 전에 어딘가로 떠나야 한다는 본능이 더 높이 고개를 들었다. 그날은 설희가 주운 1달러로 둘은 오랜 만에 배불리 잠들 수 있었다.

장마가 시작된 그해 여름. 설희와 혜상이는 '선군정치' 간판이 커다랗게 서 있는 두만강으로 향했다. 그러나 국경인민수비대에 걸려 둘은 근처 풀숲으로 거칠게 끌려갔다. 설희와 혜상은 대낮에 들판에서 초병 둘에게 겁탈을 당하고 가까스로 철조망을 넘어 도망쳐 나왔다. 둘은 그날의 기억이 너무도 끔찍해 한동안 두만강 근처로 다가가지 못했다. 할 수 없이 또 다시 거리의 꽃제비로 구걸이 시작되었다. 그 일로 혜상이는 덜컥 임심을 했고 이듬해 2004년 봄 열여덟 살, 제비꽃같은 나이에 차디찬 폐가 땅바닥에서 원치 않는 아기를 낳아야만 했다.

"응애……! 응애……!"

난생 처음으로 아기에게 젖을 물린 어린 혜상은 알 수 없는 눈물이 끝없이 흘렀다. 핏덩이가 올 때마다 어린 혜상의 젖이 도느라, 불에 데인듯 욱신거리고 아팠다. 너무도 일찍 엄마의 몸이 된 혜상의 젖몸살이 심해질수록 두만강 물줄기보다 더 힘찬 모성이 아기에게로 흘러갔다. 태어난 지 며칠 안 된 핏덩이는 수시로 젖을 달라 보챘고, 그런 순간마다 둘은 간이 오그라들었다. 인민보안부 수비대의 순찰이 갈수록 심해지는 판에 아기의 울음소리는 그들의 죽음과 맞닿아 있었다. 설희와 혜상이는 젖먹이가 울어 더 이상 숨어 있을 수 없었다.

"거기 숨은 거이 뉘기네! 날래 나오라우!"

낡고 해진 거적문 안으로 보안부 모습보다 먼저 시커먼 총구가 뚫고 들어왔다. 둘은 망설임 끝에 헛간에 핏덩이를 눕혀놓고 뒷문으로 도망쳤다. 혜상이 누워 젖을 물렸던 볏짚 더미에 묻은 핏물에서 김이 모락모락 솟아올랐다. 그 위에 홀로 남겨진 아기가 자지러지게 울었다. 그때 두 아이를 쫓던 다른 인민보안부들까지 아이 울음소리에 이끌려 모두 헛간 쪽으로 수색방향을 돌렸다. 기구하게 태어난 핏덩이가 두 소녀의 목숨을 살린 날이었다. 설희와 혜상은 본능에 이끌려 두만강 쪽으로 무조건 뛰었다. 몸을 푼 지 얼마 안 된 혜상이 젖이 불어 그 통증으로 잘 뛰지 못했다. 다 낡아 해진 누런 셔츠에, 새어 나온 젖이 흥건히 스며, 해바라기처럼 커다란 얼룩이 활짝 피어났다.

'아기는 어케 됐을까……?'

허겁지겁 도망치는 혜상의 마음이 캄캄했다. 한참을 도망치던 둘은 누가 먼저랄 것 없이 갑자기 걸음을 멈췄다. 둘은 서로의 눈을 잠시 바라보았을 뿐, 아무 말도 하지 않았다. 아기를 낳고 조리를 하지 못한 혜상은 몹시 지쳐 있었다.

'혜상이에게 뭔가를 먹여야만 할긴데…….'

설희는 도망가는 길에 밤을 틈 타, 길 가에 있는 당간부집 담을 넘어 들어갔다. 그곳 부엌에서 삶은 감자와 소금을 훔쳐 봉지에 꽁꽁 싸매 허리춤에 차고 달빛에 의지해 무조건 두만강 쪽으로 뛰었다. 아직 본격적인 우기가 아니어서 수심이 깊지 않은 게 천만다행이었다. 두만강은 강폭이 좁고 다른 강에 비해 수심이 얕았다. 강을 건너 중국 국경부근에서 조금만 가면 연변 조선족 자치주와 가까웠다. 설희는 예전에, 중국에 가면 두만강 주변 조선족들이 탈북민들에게 비교적 호의를 베푼다는 이야기를 어른들에게서 들은 기억이 났다.

"혜상아, 저 강을 무사히 건너기만 하믄 우린 자유를 찾는 기야. 날래

가자! 저 너머로 가자우! 어케든 살아서만 건너가자우! 이 강을 살아서
건너가믄 그 짝은 조선족들이 많아서리 숨을 곳도 충분할 기야. 자 어
케든 날래 가자!"

"설희야……. 내래 젖이 불어서, 너무 뜨겁고 아프구나야."

혜상은 마치 곧 터질듯 한 커다란 풍선 둘을 가슴에 품은 듯했다. 혜
상의 젖몸살이 목덜미까지 퍼져 얼굴까지 벌겋게 열이 오르고 있었다.

저 멀리 초소 뒤로 낮게 깔린 서녘 노을이, 얼큰한 고추장수제비처럼
들끓었다. 노을 속에서 국경수비대 인민군이 총을 메고 어슬렁거리는
모습이 보였다. 인민군 하나가 낯이 익었다. 작년 여름에 설희를 겁탈
했던 그 놈이었다. 악몽이 떠올라 미간이 일그러진 설희는 고개를 숙
이고 아랫입술을 꽉 깨물었다. 풀숲에 몸을 숨긴 설희와 혜상은 경비
대가 구역을 순회하러 잠시 사라진 틈을 타 살금살금 물속으로 숨어들
었다. 며칠 전 내린 비로 강물은, 중심부로 갈수록 점점 더 깊었다. 보
안경비대가 순찰에서 돌아오기 전 둘은 빨리 두만강을 건너야만 했다.
부유했던 시절 간간히 수영을 배웠다던 혜상은 제법 헤엄을 잘 쳤다.
동네 냇가에서 개헤엄만 쳐 본 설희는 수심이 점점 깊어지자 공포감
으로 허우적대기 시작했다. 보다 못한 혜상이 안간힘을 쓰며 한쪽 팔
로 물속으로 가라앉는 설희 몸을 떠받쳐주었다. 둘은 그렇게 죽을힘을
다해 두만강을 건넜다. 혜상은 헤엄이 서툰 설희를 부축하며 건너느라
이미 기진맥진해 있었다. 잠깐이면 건널 듯한 강폭이었지만, 손에 잡힐
듯 하면서도 중국 땅이 아득히 멀었다. 둘은 수없이 잠수하고 강물을
삼키며 사력을 다해 헤엄쳤다. 어느새 새벽 푸른빛이 강변에 안개처럼
가득했다. 지옥같은 물속에서 얼마나 허우적댔을까……. 앞서 헤엄치
던 설희의 발밑에 모래와 자갈이 느껴졌다.

'살았다! 우리가 드디어 두만강을 건넜구나야!'

혜상이와 설희가 중국 쪽 둑방을 엉금엉금 기어올랐다. 앞서 달리는
설희를 따라 혜상이 힘겹게 달렸다. 북쪽 당간부 집에서 훔쳤던 감자

와 소금은 강물이 삼킨 지 이미 오래였다. 바로 그때.

'탕–!'

'윽–!'

앞서 달리던 설희의 종아리 쪽으로 따뜻한 뭔가가 튀었다. 그것은 누군가의 살점이었다.

출산 후 회복도 안 된 몸으로 뒤따라오던 혜상이 총에 맞고 말았다. 달리던 혜상이 맥없이 억새 밭 위로 고꾸라졌다.

"안 돼! 야, 정신 차리라! 혜상아. 야!"

"서, 설희야……. 나 좀 사, 살려 줘……."

"혜상아! 정신 좀 차리라! 이 쫑간나! 죽지 말라우! 니래 이대루 죽으면, 그땐! 내가 정말 죽여버리가서! 알갔네? 눈 떠! 어서 내를 봐! 내 손을 잡으란 말이야!"

"설희야…… 내……, 나는 더는 못 가가서……. 니라두 날래 도망치라우…… 어, 어서…….”

혜상이 등 쪽 갈비뼈를 뚫고 들어온 총알이 앞쪽 뱃속까지 휘저어 놓았다. 관통상을 입고 풀밭에 쓰러진 혜상이 괴로운 얼굴로 힘겹게 설희를 바라보았다. 극심한 고통으로 숨을 헐떡일 때마다, 혜상의 배에서 흘러나온 검붉은 창자가 외계 생물체처럼 꿈틀거렸다.

"설희야…… 너, 너무 아……파…… 제발 내 좀 살려…….”

실오라기처럼 가늘어진 혜상의 숨이 더욱 거칠어졌다. 경련으로 떨리던 혜상의 손이 설희의 허벅지를 날카롭게 움켜쥐었다.

"아악!"

생살이 뜯겨나가는 듯한 통증에 설희는 그만 자신도 모르게 비명을 질렀다. 마지막 힘을 다해 본능적으로 움켜쥔 혜상의 손에 설희의 허벅지 살이 잡혔던 것이다. 혜상의 눈에는 이미 흰자위가 가득했다. 설희가 놀란 얼굴로 급히 혜상을 품에 끌어안았다.

"서, 설희야…… 내는 틀렸다……. 니래 만약 무사히 탈출하믄, 아기……, 우리 아기 좀…… 찾아 봐 주라마……."

"어, 기래! 약속할게! 알았으니까니 힘내라. 죽지 마라…… 혜상아 제발 죽지 마……."

극심한 통증으로 온몸에 경련이 일 때마다, 혜상의 가슴에서 뜨거운 젖이 흙투성이 옷자락에 울컥울컥 베어났다. 설희의 허벅지를 움켜쥔 혜상의 손에서 점점 힘이 빠져나가더니 땅바닥으로 툭, 떨어져 내렸다.

멀리 두만강 건너편 검푸른 미명 속에서, 국경수비대가 또 다시 총구를 겨눴다.

"혜상아! 내가, 꼭 다시 올 테니까니. 니 무서워두 조금만 참으라우!"

설희는 강 건너편 인민군의 총구를 피해, 급히 억새풀 사이로 몸을 숨겼다.

'탕-!'

다급하게 풀을 뜯어 식어가는 혜상의 몸을 숨겨놓고 가파른 강둑을 기어 올라갔다.

'탕-!'

그 순간 설희는 어떡하든 살아남고 싶은 한 마리 짐승 같았다. 달리는 동안 혜상이 자신의 허벅지를 붙들며 살려 달라 애원하던 간절한 눈빛이 떠올랐다. 설희는 산짐승처럼 새벽어둠을 가르며 이를 악물고 쏜살같이 조선족이 산다는 산 쪽으로 내달렸다.

한낮이 되자 공중의 태양은 거짓말처럼 평화로웠다. 간밤의 사건은 두만강 강바람에 묻혔는지 고요했다. 다만, 물 이쪽과 저쪽을 사이에 두고, 팽팽한 침묵을 마주하고 있을 뿐이었다. 새벽에 어딘가로 급히 도망쳤던 설희가 한밤중에 들고양이처럼 다시 강변에 나타났다. 지난 밤, 설희는 가파른 비탈을 기어오르다 녹슨 철근에 허벅지를 깊숙이 찔려 한쪽 다리를 절고 있었다. 그녀는 다리를 절며 중국국경 강둑에 싸늘하게 누워있는 혜상의 시신을 구덩이를 파고 묻어주었다. 둥글게 무덤을 만든 후 개망초와 참나리꽃 한줌을 꽂아주고 돌아서 저만큼

가던 설희는 돌아와 무덤을 다시 파헤쳤다.

'내 너를 두 번 죽게 놔둘 순 읍지비. 혹시 누군가가 너를 파헤쳐 뜯어먹을지 어케 알갔네.'

설희는 망설임 끝에 볼록하게 만들었던 혜상의 무덤을 다급하게 허물었다. 봉분을 없애고 평평하게 흙을 펴서 발로 다지고 그 위에 돌을 얹었다. 그녀는 목이 부러진 들꽃들을 그 위에 흩뿌려주었다.

"혜상아, 내 꼭 니를 다시 찾으러 온다이. 알갔나? 내 꼭, 그 아기도 찾을끼야. 이렇게 약속하지비."

설희는 둑방의 커다란 미루나무로 그곳 위치를 가늠했다. 혜상이 묻힌 지점을 머릿속에 또렷이 새겨두고 눈물을 훔치며 돌아섰다. 그녀는 허벅지 상처를 돌볼 새도 없이 밤마다 죽을힘을 다해 멀리멀리 도망쳤다.

오른쪽 허벅지의 통증은 그때부터 시작되었다. 철근에 찔린 그곳은 파상풍으로 덧났고, 넓적다리 한쪽 전체가 썩고 곪아갔다. 다리를 끌고서 설희는 여러 나라를 돌며 8000*km*를 거쳐 가까스로 탈북에 성공했다. 중국과 몽골 국경을 넘어, 2011년에 꿈에 그리던 한국으로 들어오는 데 성공했지만 그녀의 허벅지는 이미 되돌릴 수 없는 지경에 이르고 말았다. 설희는 안성 하나원에서 교육을 받고, 남한 적응기간을 거쳐 자립을 했다. 올해까지 한해도 거르지 않고 친구 혜상이의 제사를 지내온 그녀였다.

"설희씨. 박상혁입니다. 남한 적응은 잘 하고 있지요? 어려운 점 있으면 언제든 얘기하세요."

어느 날 그녀의 담당 형사에게서 뜻밖의 연락이 왔다.

"이번에 탈북한 사람이 마침 설희씨 고향 근처에 살았대요. 한번 만나 볼래요?"

설희는 여러 번 시도 끝에 극적으로 탈북한 사람 중에 무산쪽 고향 사람을 만났다. 그날, 혜상이가 낳아서 버린 갓난아이는 그 폐가에서 북한 경비원이 군홧발로 밟아 작은 두 무릎이 으스러졌다고 했다. 핏덩이는 결국 그 자리에서 죽었고, 다음날 밤, 그 아기의 시체를 동네 누군가가 몰래 가져가 가마솥에 삶아먹었다는 끔찍한 소문을 설희에게 들려주었다.

실성한 듯 집에 돌아온 설희는 새벽 늦게야 잠이 들었다. 꿈속에서 그녀는 누군가에게 쫓겼다. 그녀가 핏덩이를 안고 어두운 산속으로 도망치다 포대기 속의 아기를 살펴보았다. 방금 전까지 설희를 보며 방긋거리던 아기는 간데없고, 그녀 품에는 검게 썩은 해골바가지가 덩그러니 안겨 있었다.

"아악!"

설희는 혼비백산하며 그것을 땅바닥에 내집어던졌다. 그녀가 자신의 비명소리에 놀라 잠에서 깼다. 창백한 그녀 얼굴은 식은땀이 흥건했다. 머리맡에는 병원에서 처방 받은 수면제 약병이 쓰러져 있었다. 힘겹게 몸을 일으킨 그녀가 거실로 나와 털썩 주저앉았다.

"흐흐흑! 아-악!"

그녀는 실성한 여자처럼 머리를 풀어헤치고 한참을 울부짖었다. 밖은 어느새 출근하는 사람들과 등교하는 학생들로 소녀들의 웃음소리와 평화로운 인기척이 들려왔다. 설희는 힘겹게 일어나 아침밥상을 차렸다. 전기밥솥을 열고 밥을 푸려다 그녀가 갑자기 소름끼치게 비명을 질렀다.

"아악! 저리가!"

밥솥 안을 들여다보던 설희의 눈에, 오래전 폐가에서 인민보안부에게 밟혀 죽은 갓난아기의 얼굴이 보였다. 갓 지은 밥알이 아기 입 속에서 구더기로 돌변하더니 우글거리며 수없이 밥솥 밖으로 기어 나오기 시작했다. 그 벌레들은 마치 팝콘처럼 부글부글 기하급수적으로 부풀어 오르고 있었다. 밥솥에서, 싱크대로, 싱크대에서 다시 거실바닥으로 떨어진 그것들은 그녀의 발등과 종아리를 타고 허벅지로 꾸물꾸물 기어 올라오는 환상이 보였다. 수천수만 마리였다. 설희는 미친 듯 자신의 머리채를 잡아 뜯으며 짐승처럼 울부짖었다. 참다못한 그녀가 거실 벽에 걸린 전신거울을 향해 밥솥을 거칠게 집어 던졌다.

'쨍그랑!'

산산조각 난 유리 파편들이 거실바닥으로 유성처럼 내리꽂혔다. 온통 아수라장이 된 거실. 중력을 가진 것들이 모두 조용해지자, 미세한 먼지들만이 아침햇살 속에 창백하게 허공을 떠다녔다.

'위잉-. 위잉-. 위잉-.'

바로 그때, 어디선가 곤충 날갯짓 같은 진동소리가 들려왔다.

'위잉-. 위잉-. 위잉-.

커다란 곤충이 간절한 자유를 향해, 필사의 날갯짓을 하는 듯한 소리였다. 설희는 초췌해진 몰골로, 들려오는 소리의 끈을 따라 시선을 돌렸다.

'위잉-. 위잉-. 위잉-.

유리 파편이 가득한 거실 바닥에 떨어진 핸드폰이 필사적으로 몸부림을 치고 있었다. 박상혁 형사였다. 설희는 정신을 가다듬으며 손가락을 뻗어 간신히 전화를 받았다.

"설희씨, 좋은 아침입니다. 간밤엔 잘 잤죠? 오늘 북한인권운동 강연회 있는 날인 거 잊지 않았죠? 방송국 카메라 기자들도 많이 온다니까, 예쁘게 준비하고 있어요. 지금 윤 형사랑 같이 설희씨 태우러 가는 중입니다. 잠시 후에 만나요."

이 월 성

경북 예천 출생
동덕여자대학교 문헌정보학과 졸업
2015년 한국소설 「엘리베이터에 갇힌 사람들」로 등단
wolstar7@hanmail.net

해피 하우스

이 월 성

    분무기에서 분사된 물 입자가 연한 하늘빛 와이셔츠 등판 위에 점점이 박혔다. 천속으로 스며든 물이 남긴 자국 위로 다리미가 지나가자 구겨진 천은 극과 극이 만나 새롭게 변해갔다. 땀이 송송 맺힌 기찬의 얼굴도 와이셔츠가 반듯해질수록 부드럽게 펴졌다.

    1.5평 남짓한 방은 침대에서 일어나 크게 숨을 들이마시면 뱃가죽이 맞은 편 벽과 맞닿을 것처럼 비좁았지만 그는 만족했다. 배와 맞닿은 것이 친구의 등이 아니고, 눈을 떴을 때 보이는 것이 친구의 침대 밑이 아니라 온전히 자신의 것인 천장과 벽이라는 것이 좋았다. 침대와 맞붙어 있는 책장에는 중고서점에서 산 낡은 사회학 서적과 『거대한 뿌리』, 『앵무새 죽이기』가 꽂혀 있었고 책상 위에 가지런히 놓인 스킨, 로션 병 옆에 두툼한 『트로트 대백과』가 놓여 있었다.

    기찬은 튼튼하게 생긴 검은색 백팩 안을 꼼꼼히 살폈다. 전쟁터에 나가는 장수의 무기인양 백팩을 매고 현관문 옆에 걸린 거울에 자신을 비춰봤다. 매끈하게 다려진 와이셔츠와 말끔하게 면도 된 턱선에서 푸른빛이 감돌았다. 그는 자신의 검은 눈동자 속에서 빛나는 한 점을 쏘아보며 주문을 걸듯 중얼거렸다. 그리고 칼날처럼 다려진 바지주름을 손으로 한번 훑고 나서야 집을 나섰다.

쌉싸름한 찬 기운이 새벽 도시를 맴돌았다. 목적지를 향해 돌진하듯 사람들은 바쁘게 걸어갔다. 기찬은 그 무리 속에 끼어 있음에 안도하면서도 알 수 없는 헛헛함에 마음이 착잡했다. 그는 지하철 안에서 무엇에 쫓기듯 휴대폰을 켰다 끄기를 반복했다.

기찬이 경중경중 뛰다시피 지하철 입구에서 빠져 나오자 곧게 뻗은 8차선 도로가 나타났다. 그 길을 따라 고층빌딩이 즐비하게 늘어서 있었다. 그는 여러 은행지점들이 입주해 있는 건물을 끼고 돌아 뒷길로 접어들었다. 그의 시선에 회색빛 5층 건물이 들어왔다. 건물 입구에 장 대표와 팀장들이 분주하게 움직이는 모습이 보였다. 그의 얼굴에 그늘이 얼핏 서리면서 발걸음이 주춤댔다. 그는 혼잣말로 입술을 달싹이다 배에 힘을 꽉 주고 "안녕하십니까?"를 내질렀다. 그의 힘찬 목소리에 대형트럭에서 물건을 내리던 직원들이 돌아봤다. 황금빛 웨이브 진 머릿결을 쓸어 넘기며 장 대표가

"지금이 몇 시야? 신입 딱지를 뗀지 얼마 됐다고, 벌써 군기가 빠진 거야!"

라며 밉지 않게 눈을 흘겼다. 기찬은 "죄송합니다"를 연발하며 상체를 연신 굽신댔다. 그리고 소매를 걷어붙이고 대형트럭에서 내려지는 박스를 받아 들었다. 묵직한 박스의 무게로 팔이 저려왔다. 그의 얼굴은 금세 땀으로 범벅이 되었고 한 시간 전 다려 입은 와이셔츠도 땀으로 구겨진 채 젖어들었다.

〈해피 하우스〉는 5층 전체를 사용하는데 엘리베이터 문이 열리면 정면에 보이는 사무실 문을 기준으로 양쪽에 천장까지 박스들이 쌓여 있었다. 로비처럼 사용되는 사무실에도 안내데스크와 정수기, 커피자판기만 있을 뿐, 강당용 사무실로 향하는 중앙 통로를 제외하고는 물건들

로 가득했다. 이곳의 모든 물건은 입고 됐다 얼마 되지 않아 여자들의 가방이나 바구니카터에 실려 나갔다. 그 빈자리는 새로운 물건들로 채워지기를 반복했다. 유일하게 우아한 자태를 뽐내는 장식장이 강당 연단 옆에 있었는데 그 안에는 황금압력밥솥과 하이라이트 전기레인지가 여자들의 마음을 빼앗기 위해 반짝반짝 빛나고 있었다. 그리고 오늘은 좁은 통로에 캔 커피가 스테인리스 함지박에 그득히 담겨 있었다.

서둘러 짐정리를 마친 뒤, 직원회의가 열렸다. 장 대표는 '국가경제를 위해 유통 업무를 활성화시키고 고객의 만족도를 높여 〈해피 하우스〉 가족의 행복을 지키자'라며 불꽃 튀는 눈빛을 직원들에게 쏘아댔다. 직원들은 판매실적이 월급액수로 이어져 항상 국가 경제를 위한 사명감에 불타올랐다. 이 업계에서 일한지 3년에서 많게는 10여 년이 된 세 명의 팀장과 기찬, 물건관리를 담당하는 강 군, 회계업무를 보는 김 양이 똑같이 오른쪽 팔을 들어 올려 주먹을 불끈 쥔 채, "〈해피 하우스〉는 고객의 행복이다"를 반복해서 외쳐댔다. 기찬은 갑자기 들어 올린 팔에 쥐가 나 얼른 왼손으로 팔뚝을 꽉꽉 눌러 근육을 풀어주었다. 의도치 않게 그의 얼굴이 일그러졌다.

중년여성들이 봄 동산에 나들이를 오듯 곱게 화장을 한 채 원색의 아웃도어를 입고 속속히 모여들었다. 장 대표는 어제 평상시 보다 30분 일찍 오면 백 원에 기막힌 선물을 주겠다고 여자들을 유혹했었다. 여자들은 지난번 백 원으로 물티슈 열통을 샀던 기억을 되살렸고 '백원 이벤트'를 놓치지 않으려 9시 30분이 가까워지자 숨이 넘어갈 듯 헐떡이며 실내로 들어섰다.

장 대표는 입장객을 63세 이하로 제한을 두었다. 노인이 아니라 선택에 대한 책임을 질 수 있는 경제력을 가진 중년여성을 타깃으로 삼은 것이다. 그는 대상을 바꿈으로 판단력이 떨어지는 고객을 현혹시켜 물건을 판다는 비난에서 벗어났다. 그리고 누구나 갈 수 없는 곳에 갈 수 있다는 사실은 여자들을 즐겁게 했고 그녀들의 넉넉해진 마음은 지갑을 여는데 효력을 발휘했다.

여자들은 누가 말하지 않아도 순서대로 들어와 두텁게 깔린 돗자리 위에 팀별로 열을 맞춰 앉았다. 그리고 밤새 안녕이라며 참새 떼처럼 재잘거렸다. 〈해피 하우스〉는 금세 파티를 열기 전 기대감으로 빵빵하게 부풀어 올랐다.

그러나 그 전 상품에 비해 턱없이 부실한 캔 커피가 들어오자 바람 빠진 풍선이 빠르게 쪼그라들 듯 얼굴에서 기대감이 사그라들고 그 자리에 실망감이 자리 잡았다. 장 대표는 얼른 감미로운 목소리로 속삭이듯 말했다.

"제 마음 아시죠? 뭐든지 다 주고 싶은 마음, 사모님들 아침 안 드셨을까봐 준비했어요. 조지아 캔 커피와 물 건너 온 크래커 두 개! 이거 백 원에 살 수 있어요? 살 수 없죠. 그런데 왜 백 원에 드릴까요? 사모님들 많이 오시라고. 오셔서 돈을 쓰라고. 돈을 그냥 쓰나? 물건을 가져가잖아요. 이렇게 시원한 곳에서 우울증 날려 버리고 신나게 놀다가 선물 한 아름 챙겨 가시라고. 아시죠? 제가 사모님, 꼬시는 것. 넘어 오라고……"

기찬은 대놓고 꼬신다는 장 대표의 뻔뻔함에 실소가 터질 뻔 해 얼른 고개를 돌렸다. 그리고 금세 실망감을 날려버리고 달달한 캔 커피와 바삭바삭한 크래커를 씹어대며 즐거워하는 여자들의 표정에서 오늘의 판매목표를 좀 더 높게 수정했다.

〈해피 하우스〉대표는 매를 닮았다. 자유롭게 하늘을 빙빙 돌다 쏜살같이 내리꽂아 먹이를 낚아챘다. 누나 같거나 이모 같은 여자들을 얼음장처럼 얼려 놓았다가 살랑살랑 봄바람을 불어 녹이고 어쩔 때는 투정부리는 아이처럼 혀 짧은 소리로 동의를 구했다. 여자들은 긴장과 여유로움을 반복하다 그가 뿌린 마약에 빠져들게 된다.

장 대표가 싱싱한 매실이 가득 담긴 상자를 여자들 눈앞에 들이밀었다. 이거 내일 줄건 데 와야 겠찌? 그러자 여자들은 이구동성으로 와야 찌!라고 화답했다. 내일의 미끼도 던져 놨다. 입질이 충분한 것을 안 그는 유유히 앞문으로 퇴장했다.

드디어 노래 부르기를 좋아하는 기찬이 기다리던 시간이 되었다. 그는 경건하게 마이크를 잡고 노래방 기기를 켰다. 노래 선곡은 중요하다. 여자들의 마음을 녹녹하게 녹여 놓아야 일도 술술 풀린다. 어제 심혈을 기울여 선곡한 노래의 전주가 흘러나왔다. 그의 구성진 노랫가락이 〈해피 하우스〉를 뜨겁게 달구었다. 여자들도 따라 목청을 돋우었다.

- 이렇게 살라고 인연을 맺었나. 차라리 저 멀리 둘 걸. 미워졌다고 갈 수 있나요. 행여나 찾아올까 봐 -

노랫말에 마음을 실은 여자들의 얼굴에 붉은 꽃이 핀다. 반백년을 넘게 살아 온 세월 동안 사랑 한번 안 해본 사람이 있을까. 인간은 현재에 살고 현실은 언제나 녹록치 않은 법이다. 그래서 이루어진 사랑도 슬프고 이루어지지 못한 사랑은 애달픈 법. 놓친 사랑은 기억 속에서 재단장을 거쳐 아름답게 완성된다. 노랫말은 어떤 사연을 가졌든 상관없이 여자들을 주인공으로 만들어주었다. 그의 달달한 목소리가 애절하게 꺾일수록 여자들의 마음은 싱숭생숭해지고 말랑말랑해졌다.

여자들의 눈빛이 그윽해 진 것을 알아챈 그는 신나게 '아리랑 목동'으로 넘어갔다. 두 시간 동안 꼼짝없이 좁은 공간에 앉아 있을 여자들에게는 몸 풀기가 중요했다. 그의 선창에 따라 옆 사람과 어깨동무를 하고 앞으로 옆으로 파도를 탔다. 모두가 흥겨웠다.

〈해피 하우스〉의 고객들은 처음 기찬을 보고 "저리 어리고 순둥이 같은 사람이 제대로 일처리를 할 수 있겠어. 여긴 빠릿빠릿 해야 하는데……"라며 못미더워 하는 눈치였다. 사실 그의 일솜씨는 매끄럽지 못했다. 가끔 물건을 제때, 적소에 배달하지 못하는 허점을 보였다. 하지만 그것을 상쇄할 무기가 그에게 있었다. 사람들의 애간장을 녹이는 노래솜씨, 그것이 어리버리한 그를 상남자로, 잊혀진 과거의 남자로 둔

갑시켜 여자들의 눈에 비춰졌다. 그런 매력으로 6개월째 〈해피 하우스〉 막둥이 팀장의 자리를 그는 지켰다.

　한 바탕 노래로 몸과 마음을 풀고 난 후 오늘 판매상품을 소개할 박 실장이 들어왔다. 오늘의 주인공은 하나에 199,800원인 천연라텍스베개였다. 눈 꼬리가 처져 선하게 생긴 박 실장이 밑밥을 깔면 장 대표는 그 위에서 작두를 타듯 여자들의 혼을 뽑아 놓을 것이다.
　박 실장의 상품 설명이 열을 더해 갈수록 기찬은 재빠르게 자신이 맡고 있는 4팀의 여자들을 훑었다. 누구를 공략할지 대략 계획을 세워야 한다. 그의 입가에 미소가 지어졌다. 부족한 혈액에 수혈을 받듯 새 회원이 등록했다. 이곳에 오기에는 젊어 보였지만 정신없이 돌아가는 상황에 놀란 듯 눈을 동그랗게 뜨고 여기저기 살피는 여자의 행동이 재미있었다. 저 정도의 표정은 당연한 것이라고 생각했다. 그 역시 처음에는 얼빠진 표정을 짓고 있었으니까.
　그때 장 대표가 기찬을 불렀다. 성가신 일이 생기지 않도록 새로 온 여자를 눈여겨보라는 것이었다. 요즘은 고객을 가장한 파파라치가 기승을 부리고 다른 사업장에서 염탐을 하러 오는 경우가 종종 있었다. 촉이 남다른 장 대표의 말을 듣고 보니 맘에 끌렸던 부분이 다 수상하게 여겨졌다. 그는 나이에 어울리지 않게 이마에 주름이 깊게 두 줄 그어졌다.
　일찍부터 서둘러 나온 여자들은 시원한 에어컨 바람과 낭창낭창한 남자의 목소리에 꾸벅꾸벅 졸기 시작했다. 박 실장은 분위기를 전환시키려는 듯, 회의용 긴 테이블을 연단 앞으로 끌어왔다. 그리고 천연라텍스베개가 얼마나 좋은지 체험 해보라며 주위를 둘러봤다. 일제히 선배팀장들의 시선이 기찬에게로 향했다. 당연히 그의 몫이라는 듯. 그는 머뭇대다 테이블 위로 훌쩍 뛰어올라가 두 다리를 쭉 뻗고 벌렁 누웠다. 300여 명의 여자들 시선이 그의 몸을 훑었다. 긴장이 되었던지 그의 중요부분에 힘이 들어갔다. 2팀장이 "남사스럽게 이 무슨 짓이냐!"라며 부채로 그의 중요부분을 덮었다. 불쑥 솟은 부위에 놓인 부채가 위태롭게 건들거렸다. 여자들은 까무룩 잠에서 깨어나 웃음보를 터뜨렸다.

살아난 분위기와는 달리 그의 얼굴은 불에 대인 듯 화끈 거렸다. 그러나 잠시 후 몸이 나른해지면서 편안해졌다. 아침 일찍 다림질에다 물건박스를 옮기느라 지친 몸이 제대로 베개를 베고 사지를 쭉 뻗고 눕자 긴장이 풀렸는지 잠이 몰려왔다. 그는 몸과 마음이 따로 노는지 알 수 없었고 육체에게 주도권을 빼긴 정신은 몽롱해져만 갔다.

기찬은 대학만 졸업하면 길이 보일 줄 알았다. 그러나 어디에도 그를 받아주는 곳은 없었다. 이력서를 각 기업의 이념에 맞게 쓰고 고치기를 끊임없이 반복했다. 하지만 부족한 학비와 생활비를 벌기 위해 아르바이트로 소진한 시간은 스펙을 묻는 이력서 칸을 하얗게 비워두게 만들었다. 세밀하게 지원자의 상황을 쪼개고 분해해서 묻는 질문에도 쓴 입맛을 다시며 머뭇댔다. 그는 자신의 이력서를 뚫어져라 들여다봤다. 그리고 자신이라고 믿는 모습을 해체한 후, 이력서를 통해 남들의 눈에 비칠 모습을 재조립해 보았다. 그 앞에 있는 것은 엉성하고 빈 곳이 많아 곧 허물어질 모래인형이었다. 무거운 벽돌 짐을 지고 4층 건물을 오르내리고, 뷔페식당에서 하루 종일 설거지만 하거나 야간 편의점을 누구보다도 잘 지킬 수 있었지만 그런 것은 아무 소용이 없었다. 노동만으로 다져진 경험은 어느 곳에서도 반기지 않았다. 그는 삐죽삐죽 돋아 난 수염으로 까칠해진 턱을 손바닥으로 쓱쓱 문질렀다. 얼굴과 손바닥이 동시에 붉게 달아올랐지만 마찰이 일으키는 아픔을 그는 느끼지 못했다. 긴장과 초조함은 감각까지도 앗아갔다.

시간이 흐를수록 그의 자존심과 비례해 지원하는 기업에 대한 기대치도 낮아졌다. 그런데 더 기가 찬 것은 소기업에서도 서류통과를 알리는 전화가 울리지 않았다. 그는 서서히 지쳐갔고 체중은 점점 줄어 갔다. 자신의 청력이 제대로 작동하고 있는지 의심하며 황급히 휴대폰을 켰다 끄기를 반복했다.

시간은 더디고 무섭게 흘러갔다. 그 당시 기찬은 동기 원룸에 얹혀살고 있었다. 수업 시간 외에는 아르바이트로 생활을 했기에 변변한 친구도 없었다. 그나마 남은 몇몇의 친구는 팀플레이 수업 덕이었다. 밤을 새워서라도 완벽하게 자료를 준비하고 수업시간에 충실했던 그를 동기들은 자신의 팀에 앞 다투어 넣기를 원했다. 그의 덕을 톡톡히 봤던 H는 선심 쓰듯 함께 생활하자고 했다. 취업준비를 위한 이력서 쓰기에 그의 능력이 필요했는지도 모른다. 그러나 기찬은 어떤 의도이든 상관없이 눈물 나게 고마웠다. 학자금대출로 엄청난 빚을 진 것과는 별도로 당장 생활비통장 잔고가 바닥을 드러내고 있는 상황에서 월세 10만원을 부담하는 것으로 주거가 해결된다는 것은 기쁜 일이었다.

의기투합한 동거였지만 그 좁은 공간 안에서도 서열은 지어졌다. 그는 친구에게 폐를 끼치는 것 같아 청소와 빨래, 설거지를 도맡아 했다. 처음에는 그러지 않아도 된다던 녀석이 시간이 흐르자 당연한 것처럼 행동했고 심지어 술에 취해 방바닥에 질펀하게 토해 놓고도 미안한 구석이 없었다. 기찬은 속이 뒤틀리고 손이 떨렸지만 숨을 멈추고 토사물을 치웠다. 오물을 닦고 있는 모습을 혹시 누가 보기라도 할까봐 아무도 없는 방안을 휘둘러 돌아봤다.

어느 날 생활비를 아끼느라 며칠째 제대로 된 식사를 하지 못한 기찬의 사정을 아는 H가 실실대며 동기인 P가 취업 턱을 낸다는데 함께 가자고 했다. 기찬은 팀플레이 때 잘 나타나지도 않고 이름만 올렸던 P의 얼굴이 기억나지 않았지만 염치불구하고 H의 손에 이끌려 삼겹살집 불판 앞에 한 자리를 차지하고 앉았다. 6명이 나온 자리에서 백수를 탈출한 사람은 P 한 명 뿐이었다.

부러움으로 P를 한껏 치켜세우며 달아올랐던 술자리는 술이 한두 잔

들어가자 초조와 자책감, 비애감이 뒤섞여 묘하게 바뀌어갔다. 기찬은 술 취한 친구들의 주정에 귀를 막고 몇 달이 되도록 기름칠 한번 제대로 못했던 뱃속을 채웠다. 그 와중에 P는 취업과정을 장황하게 늘어놓으며 추임새처럼 주머니 걱정 말고 마음껏 마시라고 권했다. 나름 화기애애했던 분위기는 부주의했던 누군가가 P의 약점을 건드리는 것으로 끝이 났다.

"야, 너의 아버지가 네가 입사한 회사의 회계담당자라며……"

그 순간 웃음을 연발 터뜨리던 P의 얼굴이 굳어졌다. 아, 이런 개새끼. 싸해진 분위기에 노른노른 잘 익은 삼겹살로 직행하려던 기찬의 젓가락도 움찔거렸다. 험악해진 분위기를 바꾸려는 듯, 변죽 좋은 H가 말했다.

"야, 그런 소리 집어 치우고, 기찬아, 너 노래나 한 곡 뽑아라. 오랜만에 들어보자."

그러자 녀석들은 난감함을 벗어나려는 듯, 폭풍 앞에 등불 같은 우정이나마 꺼질까 마지막 불씨를 기찬에게 건네주었다. 그는 눈을 지그시 감고 삼겹살로 향하던 젓가락으로 테이블 모서리를 두들겨 박자를 타기 시작했다. 그의 뱃속을 그득하게 채운 삼겹살은 구성진 노랫가락으로 흘러나왔다.

– 세상에 올 때 내 맘대로 온 건 아니지마는 이 가슴엔 꿈도 많았지. 내 손에 없는 내 것을 찾아 날이나 밤이나 뒤 볼새 없이 나는 뛰었지–

술집을 나와 조금 전 노래를 듣고 눈을 껌뻑이던 한 녀석이 넌지시 말을 건넸다.

"너 노래가 예술이던데, 그 능력 아깝지 않냐? 내가 좋은데 소개 시켜줄까? 네 성격상 안 맞을 것 같긴 해도 노래 부르면서 돈도 벌 수 있어. 아, 술집은 아니야. 유통회사야. 〈해피 하우스〉라고."

그만 일어나욧! 이 젊은 양반이 이러다 코도 골겠네. 역시 천연라텍스 베개가 최고지요? 박 실장의 넉살에 맞춰 기찬은 얼굴 위에 거대한 스마일 스티커를 척 붙였다. 그의 입꼬리가 올라가자 얼굴에 붙어있던 스마일 스티커가 구겨졌다. 자신의 얼굴을 보지 못한 그는 엄지를 힘차게 내밀었다. 모두가 박장대소를 한다. 그러면 된 것이다. 〈해피 하우스〉가 웃으면.

아침에 벌인 백 원 이벤트 때문인지 본게임인 천연라텍스베개는 여자들의 흥미를 끌지 못했다. 대형 에어컨 두 대가 정신없이 찬기를 뿜어냈지만 연신 박 실장은 땀을 닦아냈다. 박 실장 손에서 마이크가 장 대표에게로 건네졌다.
"설명 잘 들으셨죠? 사모님이 아프면 제일 먼저 도망가는 게 누구라고요? 그래요. 자식들이에요. 그 뒤를 남편이 냅다 뛰어가지요. 자, 그럼 내 건강은 누가 지킨다! 맞아요. 본인 스스로가 지켜야 해요. 그래서 뭐가 필요하다. 그렇찌. 천연라텍스베개가 필요하찌!"
그의 말끝은 짧아졌다 길어졌다를 유연하게 오갔다. 그럼에도 불구하고 여자들의 반응이 신통치 않자 장 대표가 비장의 한 수를 꺼내들었다. 199,800원하는 베개를 68,000원 깎아 130,000원에 준다는 것이었다. 그것이 끝이 아니라 3,000원 짜리 베개커버 값만 내고 일주일 동안 체험을 한 후 그때 좋으면 사라고 했다. 반품 된 물건은 요양시설에 기부하면 회사 이미지를 높일 수 있으니 걱정은 말란다. 부담 갖지 마! 절대 강매 아니야! 매의 눈빛이 활활 불타올랐다. 그 3,000원이 아까워서 체험도 못 한단 말이야! 냉소적인 그의 목소리가 여자들의 심기를 슬쩍 건드렸다.
그 순간 쿵작쿵작 트로트 음악이 실내를 뒤흔들었다. 신나는 음악이 귀를 통해 뇌로 전달되자 심장은 박자에 맞춰 빠르고 힘차게 고동쳤다. 기찬과 세 명의 팀장은 여자들의 틈을 비집고 이리저리 뛰어 다녔다. 여자들 귓가에 '내가 고생한 게 얼만데 이깟 것 하나 못 산단 말이야'라는 환청이 떠돌기 시작했다. 여자들의 손이 드디어 머리위로 솟구치면 그들은 하얀 베개를 공중에 한번 휘리릭 돌리고 나서 정확하게 그녀 앞에 떨어뜨렸다. 그리고 축제의 폭죽 같은 목소리로 하나요! 를 외쳤다. 여자들은 손이 얼얼할 정도로 손뼉을 쳐댔고 목젖이 보일 만큼 웃어 젖혔다. 공중을 나는 하얀 베개 숫자가 늘어날수록 장 대표의 얼굴에 함박꽃이 폈고 동시에 굽었던 여자들의 허리가 꼿꼿하게 서면서 어깨가 당당하게 펴졌다. 덩달아 팀장들의 목소리도 한 옥타브씩 올라갔다. 여자들 사이를 뛰어다니는 그들의 겨드랑이에서 어느새 이카로스의 날개를 닮은 깃털이 솟아 나왔다. 날개를 단 그들은 실내를 밝힌 LED 등을 향해 날아올랐다.

휘몰아치던 광풍이 멈추자 장 대표는 여자들을 훑으며 씩 웃었다. 견본으로 뜯겨진 한 개를 제외하고 99개의 베개가 다 팔려 나간 것이었다. 그는 "사모님들, 이제는 예뻐질 일만 남았습니다. 속 썩이는 남편, 자식보다 편안한 숙면을 책임질 베개가 있으니까요."라며 여자들의 선택이 옳았음을 확인시키듯 쐐기를 박았다. 장 대표와 여자들은 알고 있었다. 그 베개를 미끼로 고가의 라텍스침구가 줄줄이 딸려 나올 것을 말이다. 그런데 여자들에게는 당장 허기진 내 마음을 읽어준 장 대표가 고맙고 불면증을 날려 준다는 천연라텍스베개가 든든했다. 기찬은 베개를 꼭 끌어안은 여자들의 공허한 눈빛이 낯익었다. 막연한 기대감으로 한평생을 산, 주름이 깊게 팬 아버지의 눈빛이었다.

그는 작은 소도시에서 조금 떨어진 농촌에서 태어났다. 변변한 땅덩어리를 갖지 못한 아버지는 도시로 떠난 이웃들이 버리고 간 땅을 얻어 농사를 지었다. 여기저기 쪼가리 땅이거나 산비탈 험한 돌밭인 경우가 많아 흘린 땀에 비해 수확물은 현저히 적었다. 그래도 아버지는 묵묵히 해가 뜨기 전 밭에 나갔다 해가 저물어서야 돌아왔다. 그는 말이 없었다. 아니 말재주가 없는 편이었다. 하지만 기찬이 기특한 일을 했다 싶으면 혼자말로 자주 중얼거리는 말이 있었다.

기찬의 기억에 그 말이 처음 새겨진 사건은 사소한 것이었다. 기찬이 여섯 살쯤, 동네 형들을 따라 냇가에 멱을 감으러 간 적이 있었다. 겁이 많아 얕은 곳에서 물장구만 치던 그가 이상한 기류를 감지했다. 족대를 메고 아이들이 건너편 수풀이 우거진 곳으로 몰려가고 있었다. 그곳은 수심이 깊어 그는 멀뚱히 쳐다만 봤다. 그런데 그물에 고기가 잡혔는지 아이들이 환호성을 질러댔다. 순간 그도 한발 한발 거친 물길을 헤치고 앞으로 나아갔다. 자신보다 두 뼘이나 큰 아이들 속에서 물고기를 건네받고 함성을 질렀다. 거친 물살을 이겨낸 값이었다. 찌그러진 깡통에 손바닥만 한 물고기를 세 마리 담아 돌아왔을 때, 아버지는 깊고 검은 두 눈을 크게 한 번 뜨고 난 후 반달 모양을 지으면서 중얼거렸다.

"거참, 대단한 놈일세. 겁도 없이."

그 후 그의 재주가 학급임원이나 상장으로 돌아왔을 때, 아버지는 "거참, 대단한 놈일세."를 별말 아니라는 듯 읊조렸다. 기찬은 그 말을 듣는 순간 어깨에 힘이 들어가고 자신이 대단한 사람이 된 양 신이 났다. 아버지의 그 말은 그를 가치 있게 만드는 주술이었다. 아버지 역시 주술에 걸려 있었다. 그에게 걸려 있던 주술은 그의 할아버지가 독립운동가라는 사실이었다. 가난을 한 번도 벗어나보지 못한 그의 삶을 가치 있게 만드는 주술이었다. 제대로 교육 받지 못한 것은 독립운동가의 자손임을 증명하는 근거가 됐고 그들의 곤궁한 삶은 도리어 청빈함으로 비춰졌다. 빈곤이 삶을 더 빛나게 한 것이었다. 적어도 삼십 여 채 밖에 안 되는 고향이 세상으로 드러나기 전까지, 기찬이 도시로 나오기 전까지는 그랬다.

기찬은 노래를 잘 불렀다. 어린 것이 트로트를 구성지게 부르면 동네 사람들은 혀를 내둘렀다. 틀림없이 큰 가수가 될 것이라고 말했다. 그것은 밭일을 도우며 아버지가 틀어놓았던 가요를 저도 모르게 따라 흥얼거렸던 결과였다. 그의 밑으로 네 명의 동생들이 까만 눈을 말똥거렸고 병약한 어머니는 집안일도 버거워했다. 그러기에 테이프 속 가수들의 기교까지 섭렵한 뒤에도 아버지의 일을 거드는 것을 멈출 수가 없었다.

중학생 때였다. 아버지를 도와 밭에서 잡초를 뽑고 고춧대를 세우느라 허리 한번 제대로 펴지 못하고 온종일 일을 했다. 간신히 밭일을 마쳤을 때, 서산으로 뉘엿뉘엿 해가 넘어가고 있었다. 서늘하게 불어오는 바람에 땀을 식히며 경운기 짐칸에 앉아 돌아오는 길이었다. 산모퉁이를 돌기 전부터 떠들썩한 남녀의 웃음소리가 들려왔다. 이장네 수박밭에서 십여 명의 젊은이들이 몰려나오고 있었다. 부족한 일손을 돕기 위해 농촌봉사를 하러 온 대학생들이었다. 그 대학생들 머리위로 붉은 노을이 타오르고 있었다. 기찬은 숨이 막혔다. 아버지도 경운기를 멈추고 그들의 젊음이 빚은 낭만을 바라보는 듯했다. 그 후로 노래를 흥얼거리면 "거참"이라며 말끝을 흐렸다. 기찬이 대학을 서울로 가겠다고 하자 아버지는 "거참, 대단한 놈일세."라고 잃어버린 말꼬리를 찾아냈다. 사실 대학생들이 떠나고 난 후 이장은 화가 머리끝까지 나서 발을 동동 굴렀다. 수박이 크게 자랄 수 있도록 곁순을 잘라달라고 했더니 중요한 순만을 싹둑싹둑 잘라낸 대학생 덕분에 그해 농사는 망치고 말았다.

기찬은 아버지의 기대를 등에 지고 서울로 진학을 추진했다. 지방에서 특출 나게 총명함을 보여준 그였지만 서울로의 입성은 만만치 않았다. 그러나 아버지는 "거참, 대단한 놈일세. 지 혼자 자취하며 학교 다니느라 고생했을 텐데 서울로 대학을 가다니."라며 흐뭇한 미소를 지었다. 그 모습에 기찬은 행복했다.

뿌듯함도 잠시 팍팍한 현실이 그의 앞에 놓여 있었다. 생활고에 시달릴수록 몸과 마음은 지쳐 갔고 아버지의 말이 발목에 채워진 족쇄처럼 느껴졌다. 대단하지도 않은 놈을 대단하다고 발목을 잡아 희망고문을 하는 것 같았다. 이 세상은 대단한 놈이 되려면 태어날 때부터 대단해야 했다. 그 사실을 알고 난 후부터 아버지의 마법은 힘을 잃었다. 학자금대출과 아르바이트로 학교생활을 연명하다 그것도 여의치 않자 잠시 군대로 숨을 돌렸고 제대 후, 두 번의 휴학을 하고 나서야 겨우 졸업을 할 수 있었다. 그때도 그의 아버지는 "거참, 대단한 놈일세. 부모 도움 없이 학교를 마치다니."라고 미안한 듯 중얼거렸다. 거기에는 더 이상 마법의 힘은 없었다. 힘 잃은 아버지의 말 대신 그 자리를 채운 것은 〈해피 하우스〉였다.

〈해피 하우스〉의 막둥이 팀장 역할은 그의 자존감에 금을 내는 일이었다. 그러나 일한 만큼 돈이 들어왔다. 끊임없이 주저앉으려는 자신을 곤추세우며 마음에 새겼던 가치가 빠져 나간 자리에 돈이 들어섰다. 그 돈이 그를 움직이게 했다. 선택의 폭은 넓어졌고 결정한 사항을 행동으로 옮길 수 있는 힘이 생겼다. 그는 당장 동기의 원룸에서 고시텔로 주거지를 옮겼다. 남들은 고시텔을 뭐라 하든 그에게는 희망의 둥지였다. 습관은 무서운 것이었다. 아버지를 마음속에서 밀어냈지만 그의 말을 무의식중에 되뇌고 있는 것처럼. '나는 대단한 놈이다'라고. 자신이 와 있는 공간이 두렵게 느껴질수록 그 말은 의식 없이 불쑥 튀어나왔다.

"뭐해! 사모님들에게 '질서표' 나눠드리지 않고!"

기찬은 번뜩 정신을 차렸다. 여자들은 그 말이 떨어지기 무섭게 장전된 총알처럼 앞문으로 나갈 채비를 했다. 그녀들은 순서대로 질서표와 함께 1,000원을 내고 아침에 트럭에서 내린 물건을 사서 자신들의 가방에 넣었다. 황토색 플라스틱 항아리에 담긴 2kg짜리 쌈장통은 결코 1,000원에 살 수 없는 물건임을 알기에 여자들의 어깨가 들썩였다. 사실 두 시간 꼬박 상품설명을 들어준 노동의 대가였지만 그것은 중요치 않았다. 여자들은 쌈장통을 챙기고 난 후 돗자리 위에 신문지를 깔고 삼삼오오 둘러앉아 도시락을 풀었다. 상추쌈을 입 안 가득 넣고 웃어 대는 여자들의 소리로 〈해피 하우스〉는 순식간에 푸른 들판으로 변했다.

점심을 먹은 여자들은 커피를 홀짝이며 이야기꽃을 피웠다. 장 대표는 기찬에게 다시 새로 온 여자를 주시하라는 듯 눈썹을 치켜떴다. 그녀는 다른 여자들과 별반 다름없이 여자들 틈에 끼여 웃고 있었다. 장 대표의 기우인가? 그는 많이 예민하고 날카로웠다. 여자들이 많이 올수록, 판매실적이 부적부적 늘수록. 상품을 판매할 때 자신은 거짓말을 안 한다. 좋으면 사라! 라는 말을 반복했지만 항상 그의 말꼬리에 따라오는 꼬신다는 말은 기찬의 내면을 날카로운 손톱으로 긁어대고 있었다.

기찬은 얇은 합판으로 강당과 분리되어 있는 창고 방에 들어가 벽에 등을 기대고 앉았다. 반쯤 열려진 문으로 여자들의 얘기가 들려왔다. 그는 달달한 커피로 목을 축이면서 그녀들의 얘기에 귀를 기울였다.

이곳에 왜 오세요? 차분하지만 도발적인 목소리가 또렷이 들려왔다. 그는 화들짝 놀라 열어놓은 문 가까이에 몸을 밀착시켰다. 오긴 왜 와! 돈 벌려고 오지. 투박한 음성이 당차게 말을 받았다. 하루 종일 시원한 곳에서 놀다 집에 갈 때 몇 만원어치 물건을 받아 가잖아. 100세 시대라는 데, 놀고 있으면 뭐해. 불안하잖아. 한 푼이라도 벌어야지. 그런데 물건을 사면 돈을 쓰는 거잖아요? 물건을 안 사면 되지. 누가 강매하나? 또 다른 목소리가 냉큼 튀어 나왔다. 안 사고 배기나요? 나도 모르게 물건이 내 손에 들려있는걸요. 이것 보세요. 부스럭대는 소리가 들리는가 싶더니 여자들의 웃음보가 터진 듯 숨넘어가는 소리가 들렸다. 기찬은 얼른 고개를 빼고 여자들을 바라봤다. 윗옷을 걷어 올린 여자의 두툼한 옆구리 살을 빨간 보정속옷이 꽉 쪼이고 있었다. 그러자 여기저기에서 윗옷을 걷어 올렸다. 빨간 보정속옷은 점점이 무늬처럼 반짝였다. 여자들은 손뼉을 치며 웃어댔다. 며칠 전 150여벌의 보정속옷을 팔았으니 300여 명의 여자 중에 150여 명은 똑같은 속옷을 입고 있는 것이다. 그때 한 여자가 흐르는 시냇물처럼 무심하게 말했다.

"내 평생 이런 속옷 처음 입어봐. 육십 평생 처음으로 나에게 선물한 옷이라니까……"

그 보정속옷은 여러 개의 속옷을 덤으로 붙여 990,000원에 판매를 했었다. 기찬은 엄마를 떠올렸다. 분명 자신의 엄마는 그 옷을 입어 보지 못하리라는 것을 안다. 그 사실을 확신하는 자신이 미웠다. 가슴이 먹먹해져 왔다.

여자들의 웃음소리가 잦아들자 걱정이 묻어나는 목소리가 들려왔다. 저는 물건을 받아가도 어깨가 쪼그라들어요. 죄지은 것도 아닌데 남의 눈이 따갑게 느껴져요. 사실 이곳의 물건이 싼 것은 아니잖아요. 우리가 물건을 사준 돈으로 제품회사와 〈해피 하우스〉직원들이 먹고 살고, 영악하게 물건을 하나도 안 사고 선물만 챙긴 사람들의 몫까지 우리가 다 대는 거잖아요. 여기서 대책 없이 물건 샀다 가정 파탄 나는 집도 한두 집이 아니라는 것 우리가 더 잘 알잖아요. 어휴, 그런 소리 말어. 우리 장 대표가 거짓 물건을 팔까. 얼마나 알뜰하게 챙겨주는데 그런 소리하려거든 오지 말어. 분위기 망치게 스리. 난 이곳에서 우울증다 나았잖아. 병원에 갖다 줄 돈 여기서 쓰는 게 백번 나아.

순간 기찬의 눈에 힘이 들어갔다. 장 대표가 얼마 전 했던 말이 생각났다. 〈해피 하우스〉에도 숨은 선동가가 필요하다고. 이곳은 작은 밀림이었다. 서로 먹고 먹히는 세상. 누구도 믿을 수가 없었다. 저곳에 인자한 얼굴로 박수를 쳐대는 여자 중에 그를 감시하는 눈이 있을지도 모른다. 〈해피 하우스〉 안에는 적과 동지가 믿음과 배신을 공유하며 괴물과 천사의 얼굴로 함께 살고 있다. 방금까지 달달했던 커피가 소태처럼 쓰게 입안을 물들였다. 그의 얼굴이 딱딱하게 굳어져갔다.

그는 취해 있었다. 좋아하는 노래를 마음껏 부르고 그 노래에 열광하는 여자들까지. 무엇보다도 돈을 벌 수 있었다. 그런데 이 불쾌감과 불안은 어디에서 오는 걸까? 사실 그는 끊임없이 자신에게 최면을 걸고 있었다. 그 최면으로 이곳에서 생존할 수 있었다. 신나게 웃고 즐거워하는 그녀들의 모습으로 진실을 덮으려 했었다. 외롭고 상처받은 여자들을 이용해 이익을 챙기는 역겨운 인간이 바로 자신이었지만 그 사실을 확인할수록 기찬은 자신을 옹호했다. 아무것도 해 준 것 없이 입으로만 치켜세우는 부모를 원망하지 않고 산 것만으로도 대단하지 않느냐고. 아무리 노력해도 기회조차 주지 않는 사회의 틀을 깨부술 수 없다면 어디라도 발을 디밀고 살아야하지 않겠냐고 말이다.

언젠가 아기 손바닥만 한 초록 잎의 담쟁이가 집 한 채를 통째로 삼킨 것을 보았다. 담쟁이 넝쿨은 세발낙지처럼 생긴 흡착근을 무기로 비바람에도 꿋꿋이 담벼락을 타고 올라갔고 그 무기를 잎사귀가 뜨거운 태양열로부터 보호하고 있었다. 그 덕에 그 집은 사람들의 시선을 사로잡았다. 그에게는 어떤 무기가 있을까. 그의 무기는 아버지의 말이었다. 그의 말에 가치를 두고 자존감을 세우면서 끊임없이 앞으로 걸어왔다. 그런데 그의 앞에는 붙잡을 것 하나 없는 매끄러운 벽만이 버티고 서 있었다. 그는 주먹을 그러쥐고 가슴팍을 퍽퍽 치면서 되뇌었다. "나는 대단하게 살고 싶지 않아. 그냥 살고 싶다고. 그냥……"

빨간 실핏줄이 드러난 그의 두 눈에 반품된 박스더미 옆에 놓인 백팩이 들어왔다. 백팩의 지퍼를 조심스럽게 열자 잘 다려진 와이셔츠와 붉은 줄무늬 넥타이가 하얀 비닐 팩에 담겨 있었다. 또 두툼한 파일 안에는 각 회사별로 맞춤 이력서와 자기소개서가 끼워져 있었다. 갑자기 전화가 오면 재빠르게 그 회사의 이념에 맞게 자신을 변화시킬 준비가 되어 있었다. 사실 면접을 보러 오라고 해도 갈 수 있는 상황은 아니었지만 이력서를 품고 있는 자체만으로도 위안이 되고 안심이 되었다.

그는 여자들 곁에 쌈장통을 품고 당당히 놓여 있는 가방과 자신의 백팩을 번갈아 바라봤다. 여자들은 삶을 꾸역꾸역 가방 안에 집어넣었고 그는 거기서 자신을 보았다. 물건을 넣고 있는 여자들과 눈이 마주쳤을 때 그는 소름이 돋았다. 둘 다 똑같이 가방 안에 안전하게 땅을 딛고 서지 못한 공허함과 불안한 미래를 담고 있었다. 그리고 그녀들의 가방에서 쌈장통, 세제, 각종 잡곡류 봉지와 함께 따라 나오는 회한과 슬픔을 보았다. 그러나 그것조차도 그는 부러웠다. 적어도 여자들의 물건은 꺼내질 수 있다는 것이.

기찬은 한 번도 꺼내 보지 못한 가방 속 이력서를 떠올렸다. 그 생각은 견고하게 만들어 놓았던 둑에 구멍을 내었고, 그 안에 갇혀 있던 물이 새어 나왔다. 그는 독립운동가의 이름 중에서 증조할아버지의 이름을 발견한 적도 어떤 일을 했는지도 들어본 적이 없었다. 그것은 그의 아버지도 마찬가지였다. 그는 터져 버리려는 구멍을 막기 위해 주문을 걸 듯 되뇌었다. '대단⋯⋯'

밖에서 장 대표의 벼락같은 목소리가 기찬의 등을 후려쳤다.
"야, 4팀장, 너 배달 제대로 한 거야! 사모님이 물건을 못 받으셨다잖아! 저거 참 대단해. 정말 대단해."
그는 일어서려고 몸을 일으켰지만 두 다리는 바닥을 헛짚고 버둥댔다. 영영 서지 못하고 주저앉아 버리는 것은 아닌지, 두려움에 몸이 덜덜 떨려왔다. 맹렬하게 돌아가던 대형 에어컨의 찬바람은 어느새 여자들의 수다에 눌려 후덥지근한 바람만 쏟아놓고 있었다.

* 이 곳에 나오는 가요는 진미령의 '미운 사랑'과 김성환의 '인생'의 일부분입니다.

송경하

광주광역시 출생
중앙대학교 문예창작 전문가 과정 및 심화 과정 수료
계간 〈스토리문학〉 등단. 동서 문학상 맥심상 수상
한국소설가협회, 국제펜클럽 한국본부 회원

태양을 쏴라

송 경 하

  뉴질랜드의 북섬에서 북동쪽으로 수백 마일쯤 떨어진 곳, 출렁이는 파고위로 조각배처럼 흔들리듯 떠있는 섬 하나, 거친 너울성 파도가 섬을 에워싸고, 지구상에서 무자비한 파괴자로 알려진 인간의 범접을 두려워하듯 엎드려 있었다.

  이 섬이 처음 발견되었을 때 많은 탐험가들은 불시에 나타날지도 모르는 원주민의 습격을 무척이나 두려워했었다. 그러나 섬 어디에도 사람의 흔적은 찾을 수 없었다. 간혹 파충류들의 알이 발견될 뿐, 원시의 무인도에서 지배자로 군림했을 법한 영장류 한 마리 나타나지 않았다. 훼손 되지 않은 천연의 모습 그대로였다. 그 후 사람들은 이 섬을 가리켜 바다를 지배하는 포세이돈이 숨겨놓은 신들의 섬이라고 불렀다. 해안선을 따라 높게 솟아 오른 해상절리가 끝 간 데 없이 펼쳐져있고 갖가지 형상의 바위들만, 마치 신의 조형물처럼 기괴한 자태로 서 있을 뿐이었다. 그 형태의 기괴함이 인간들의 상상력에는 한계가 있음을 알게 했다. 특히 깎아지른 듯 험준한 절벽 위에 우뚝 솟은 범상치 않은 모양의 돌 조각상 하나가 인간의 호기심을 붙잡았다. 머리는 커다란 코모드 드래건의 형상이고 가시처럼 돋아난 비늘로 덮인 몸은 분명 물고기였다. 머리를 치켜들고 먼 태평양을 망연히 바라보고 있는 것 같은데 자세히 보니 눈이 멀어 있었다. 이 석상이 어떻게 이 해안가에 있게 되었을까, 신들이 지배하는 이 섬에서 파충류인 코모드 드래건과 물고기가 만나 금지된 정사를 나누다가 신의 노여움을 사 쫓겨났고 그 사이에서 태어난 새끼 괴물은 그대로 굳어 석상이 되었을까, 인간의 호기심과 상상력만 증폭되어 갈 뿐, 과학과 신학의 화해에도 밝혀내지 못한 채 전설이 되어갔다.

아무렇게 던져 놓고 잊고 있었던 전화기의 화면에서 푸른 광채가 나며 부르르 떤다. 토니는 습관적으로 책상 위 자명종 시계를 올려다본다. 시계의 장침이 정시를 벗어나 10시 10분을 가리키고 있었다. 또 어머니려니……, 귀찮다. 어머니는 매일이다시피 전화를 걸어왔다. 특별히 용건이 있는 것도 아니었다. 야, 아직 안 일어났니? 밥은 제때 챙겨 먹니? 재희와는 잘 만나고 있겠지? 반복되는 일상어, 기껏 그 소리하려고 꿀맛 같은 아침잠을 깨우면서 전화를 하는지 때론 노골적으로 불편함을 드러내도 막무가내다. 어머니의 가치관이 언제부터 잠과 밥 같은 인간의 원초적 생존 문제 쪽으로 돌아갔는지 알 수가 없다. 나이가 들면서 세상일에 자신감이 떨어지니 자식이라든가 먹고 자고하는 인간의 기본적 욕구본능에 더 집요해지는 것 같다. 그럴 때보면 어쩔 수 없이 한국 어머니의 모습 그대로이다. 토니는 자신의 어머니만은 늙어서도 시크하고 쿨 하리라 여겼는데…….

어차피 인생은 셀프다. 네 인생은 네 거고 내 인생은 내거야. 어린 시절 유난히 많이 들었던 어머니의 말이었다. 보살펴 줄 수 없는 상황에서 스스로 살아갈 수 있는 자생력을 길러야한다는 뜻이었을 것이다. 그런 어머니도 이제 늙고 병드니 허약해진 걸까. 독하게 마음먹고 버티자. 아직 고독사 할 나이는 아니니까, 내 청춘도 갈무리하기 버거운데 설마 어머니의 신변까지 챙기라는 건 아니겠지.

동두천과 이태원을 오가며 클럽을 두세 개씩 맡아 운영하며 억척스럽게 살아온 어머니, 그런 어머니에게도 병마는 비켜가지 않았다. 알코올성 지방간에서 시작된 병이 이제는 간경변으로까지 진화된 상태다. 그 지경이 될 때까지도 어머니는 개의치 않고 술을 끊지 못했다. 지금도 밥은 굶어도 술은 굶을 수 없다는 배짱을 가진 여자.

토니는 어머니에 대한 감정이 매우 복합적이다. 원망과 연민이 켜켜이 퇴적층을 이룬다.

어머니의 태도 역시 종잡을 수 없기로는 토니와 별반 다르지 않다. 달빛처럼 부드럽다가 어느 순간 폭풍우처럼 거칠어지고, 사랑의 증표처럼 남겨진 토니의 존재는, 어머니의 생에서 가장 꽃처럼 피어나던 시기에, 국경을 초월한 미군 장교와의 짧지만 뜨거웠던 사랑과 차가운 이별을 떠올리게 하기에 충분했을 것이다.

집에 다녀온 지 몇 주일이 지나갔는지 까마득하긴 하다. 토니는 중얼거리며 담요를 끌어올려 얼굴까지 덮어버린다. 담요 속 까만 어둠이 오히려 편안하다.

전화기는 한쪽 날개가 부러진 풍뎅이처럼 구심 원을 그리며 돌다 바닥으로 철퍼덕 굴러 떨어진다. 떨림은 그악스럽게 멈추지 않는다. 진동이 바닥에서 전해진다. 극성! 극성! 장은희 여사, 어쩔 수 없음을 알아차리고 토니는 뒤집어썼던 담요를 신경질적으로 걷어 낸다. 그리고 몸을 일으켜 전화기를 주워들고 화면을 들여다본다. 예상은 보기 좋게 빗나갔다.

"어, 형," 토니의 음성이 당황스럽게 떨린다.

"왜 그렇게 전화를 늦게 받아?" 매니저 형은 조금 골이 났다.

"어, 미안해 형, 나 샤워 중이었어." 토니는 능청스럽게 둘러댄다.

"토니 장, 이번 금요일 오후 2시 D대학 B103 실기실이야. 괜찮지? 약속할 수 있어? 페이가 좋아!" 형은 페이가 좋다는 말에 힘을 주었다. D

대학이라면 세아가 다니는 학교인데, 퍼뜩 세아의 존재가 떠오르며 토니로 하여금 대답을 주저하게 한다.

"할 거야? 말 거야." 대답을 망설이는 사이 다혈질인 매니저형의 독촉이 뒤따른다. 다음 금요일이면 아직 시간은 있었다.

"그래 하는 걸로 해줘." 토니는 엉거주춤 대답한다.

"하는 걸로 해 줘가 아니라, 확실히 하는 거지?" 형은 확답을 원했다.

"알았어, 형." 토니는 불도저식으로 밀어붙이는 형의 기세에 또 밀린다.

"페이가 좋아." 토니의 응낙에 만족한 듯한 형은, 그래서 다른 모델에게 넘겨주기 아까운 타임이라는 듯, 다시 한 번 강조하고 전화를 끊었다.

형은 지나치다 싶을 만큼 도식화 되어있고 쿨한 성격이다. 바쁘다는 핑계로 늘 용건만 간단히 하고 끊는 게 몸에 배인 형의 매너다. 그렇게 강조할 만큼 모델료가 많다면 얼마인지 속 시원하게 액수를 밝히던가, 궁금하면 네 쪽에서 물어오라는 듯이, 페이만 강조하면서 끊어버리는 형이 유난히 속물스럽게 느껴진다. 물론 돈을 벌기 위해 옷을 벗는 건 사실이지만 예술적 가치를 배제시키면 비애스러워지는 게 누드모델의 세계이다. 토니는 영 뒷맛이 개운치가 않다.

형도 역시 국적이 다른 부모 사이에서 태어난 혼혈인이다. 결혼 이민자인 형의 어머니는 필리핀에서 왔다. 두꺼운 쌍꺼풀에 어두운 갈색 피부는 그의 어머니에게서 받은 게 틀림없을 것이다. 형은 영어와 한국어 둘 다 유창하게 구사한다. 아버지와 어머니 모두 건재한 가정에서 자랐기 때문에 양쪽의 언어와 문화를 습득할 수가 있었을 것이다. 특히 아버지는 한국사회에서 중소기업을 운영해온 경영인이다. 형은 이미 결혼을 했고 가정도 꾸렸다. 아이도 둘이 있다. 상대는 순수 한국 여자다. 아버지의 나라에서 굳건하게 뿌리를 내린 셈이다. 그래서 형은 하는 일이 다양하다 열심히 의욕적으로 활동한다. 다문화 가정 2세들의 권익을 대변하는 일과 영어학원 강사 일, 그리고 짬짬이 번역도 의뢰가 있을 때면 마다하지 않고 맡는다.

토니가 이 세계에 발을 들여 놓게 된 것도 어찌 보면 이 형의 권유가 컸을 것이다.

토니만의 카리스마와 매력 있는 얼굴을 하나의 장치로 고향 같은 이태원에서, 토니의 고향은 분명 이태원이다. 클럽의 미러블 아래서 디버 아티스트로서 명성을 얻고 있을 때였다. 너 그 잘 생긴 외모를 고급 예술세계로 업로드 시켜봐 이 조각처럼 예술성을 지닌 몸을 무대 위에만 내던져놓고 있지 말고, 사실 그런 건 반짝 예술이야, 저급 문화라고, 아차! 하는 순간 뱃살 붙고 몸매 흐트러져 봐, 누가 불러 주기나 한데, 그러지 말고 모델 일을 해보는 게 어때, 화가는 죽어도 그림 속 모델은 늙지도, 병들지도 않은 채, 처음 모습 그대로 영겁토록 시간의 굴레를 피할 수 있거든, 형의 말이었다. 고품격 예술세계인 미술 운운하며 추천해 주었다.

처음엔 물론 선뜻 내키지 않아 했다. 그러자 형의 설득은 계속됐다. 예술적 가치를 지닌 몸, 그러나 그 빛나는 비주얼도 그리 오래 가지 않는다. 시간이 훑고 지나가면 시든 꽃잎처럼 한낱 검불에 불과할 걸……, 토니의 마음이 흔들린 건 바로 그 부분이었다. 시간의 마모를 견뎌낼 재간이 없다는 자명한 사실 앞에.

그랬던 형이 이제는 부패한 관리처럼 유난히 돈으로 유인하는 것 같은 태도가 토니는 조금 짜증스럽다.

토니는 180센티가 훌쩍 넘는 장신이다. 거기다 백인의 특성이 잘 나타난 입체감 있는 얼굴, 단단한 근육질의 몸, 탄탄하게 자리 잡은 두 가슴이며 이두박근이 보기 좋게 박힌 종아리, 토니는 미국인 아버지와 한국인 어머니 사이에서 태어난 혼혈인이지만. 오히려 아버지의 외모를 더 많이 닮아 있었다. 어머니에게서 받은 거라면 커다란 눈과 그리고 비보이적인 재능뿐일 것이다. 토니를 혼혈인이 아닌 순수 백인으로 보는 시각이 더 많았다.

쉬고 싶었는데. 얼마간은 대에 오르지 않으리라 생각했는데, 또 형에게 설득된 것 같다. 이러다간 어디까지 형에게 끌려 다니게 될지……,

어쨌거나 매니저 형은 토니를 적극 대에 앉히려고 애를 쓰는 건 사실이다. 그 덕택에 돈을 좀 모을 수 있었다. 지금의 이 오피스텔을 어머니의 도움 없이 분양 받을 수 있었던 것도 형이 꾸준히 일감을 물어다 주었기 때문일 것이다. 융자가 조금 끼어 있어서 아직 대를 떠나기는 시기상조인 듯해 그대로 묵묵히 매니저 형의 제의를 받아들이고 있기는 했다.

토니는 잠을 떨쳐내려는 듯 나른하게 긴 하품을 하며 소파에 걸터앉는다. 정신을 가다듬으며 엉겁결에 응낙해버린 형과의 약속 내용을 다시 한 번 찬찬히 정리해본다. '금요일 오후 2시 D대학 B103 실기실' 여전히 확신이 서지 않기는 마찬가지다. 세아를 벗은 몸으로 맞닥뜨리기에는 아직 이르다. 좀 더 시간이 필요할 것 같은데, 어쩌면 세아가 갑자기 지독한 생리통이 생겨서 금요일 학교에 못 나올지도……, 그러다 토니는 움찔 놀랐다. 자신이 소름끼치도록 이기적이라는 생각이 들었다. 그렇잖아도 세아가 졸업을 코앞에 두고 진로문제 때문에 스트레스를 심하게 겪고 있었던 것이 떠올랐다. 그런 일은 세아에게는 치명적인 재앙이 될 것이다. 그냥 맞닥뜨려보는 거다, 영혼 없는 박제인간, 미라가 되자.

그날 세아가 오피스텔로 찾아오지만 않았더라면 이런 고민은 하지 않아도 될 텐데. 저녁 무렵이었다. 막 저녁을 먹으려던 참이었을 때 현관벨 소리가 났다. 어머니일까 어머니는 가끔 전화 연락도 없이 나타날 때도 있었으니까. 그러나 현관 모니터에 떠있는 것은 세아였다. 뜻밖이어서 조금 놀랐다. 웬일로 전화도 없이, 토니는 문을 열어주면서 가급적 세아가 낭패스러워하지 않게 태연히 물었다. 세아는 침울한 얼굴이었다. 오빠가 생각이 나서 거두절미하고 왔다고 했다. 그리고는 자리에 앉자 "오빠 나 담배 한 대 피워도 돼." 세아는 고개를 들어 토니를 빤히 쳐다보며 물었다. 세아는 자신의 진로문제 때문에 스트레스를 많이 받은 것 같았다. 해외로 유학을 가서 미술공부를 계속하고 싶은데 교수의 추천도 지금으로서는 불투명하고 실기점수도 특출 나지가 않고 지난 번 작품심사에서 결국 실망스런 점수가 나왔다며 남보다 비교우위 되는 건 아무것도 없고 졸업은 다가오고, 심란해 했다.

자신의 클러치 백에서 담배를 꺼내 입에 물고 불을 붙여 한 모금 빨았다.

토니 앞에서 자신을 발가벗겨 보여 주는 세아가 의아했지만 이미 분위기는 되돌릴 수 없이 이성의 탈을 벗고 욕망이 민낯을 낮달처럼 희미하게 드러내고 있었다.

그녀의 눈빛은 이미 마법에 걸려 있었다. 오빠, 나 좀 안아줘, 한 손으로 담배를 비벼 끄며 거칠게 안겨들었다. 그리고는 기다렸다는 듯이 가슴을, 입술을, 격렬히 서로를 탐하며 한 덩어리로 엉겨 붙었다.

젊음의 뜨거운 에너지는 무조건적이었고 무한적이었다. 그녀가 원하는 건 갈망하는 미란다의 체위였다. 어느 여자 누드모델보다 더 예술적이었다. 세아는 관성이 붙은 능숙한 몸짓으로 리드해나갔다. 그녀의 긴 머리가 벨벳처럼 찰랑거리며 관능의 숲속으로 남성을 깊숙이 끌어당겼다. 절정의 순간 체외 사정을 유도했고 뜨거워진 몸을 서서히 식혀주는 것도 빠뜨리지 않았다. 그녀의 모든 몸짓에서는 노련함이 느껴졌다. 그녀에게 섹스는 불안을 떨쳐내는 묘약인 동시에 일종의 행위예술인 것 같았다.

섹스를 마친 세아는 다시 담배를 피워 물었다. 그녀의 얼굴에서 아까의 불안이나 초조 같은 것은 사라지고 없었다. 그리고 연기를 코로 날리며 장난스럽게 말했다. 뜻밖이었다. 나 있지 오빠의 페니스를 그릴 수 있을 것 같아 고개를 들 때부터 숙일 때까지의 변태 되어가는 과정을, 토니는 당황스러웠지만 그녀라면 그럴 수 있을 것 같다는 생각도 들었다. 세아는 뜬금없는 말을 뱉어 내고 한참 동안 토니의 안색을 살피는 것 같았다. 토니도 세아의 얼굴을 빤히 바라보았다. 세아의 담갈색 눈망울에 지중해의 푸른 물결이 얼비쳤다. 세아는 페르시아계 혈통을 가졌을 거라는 추측이 가능했다. 토니는 혼란스러웠다. 혼재된 세계사적 문화 속에 젊은 혼혈인들은 방향을 잃고 부유하듯 떠밀려가고 있는 것 같다는 생각이 들었다.

세아와의 일이 의식에 머물러 감정을 추스를 지가 미지수였다. 몸이 기억하고 있을 것만 같아 두려웠다. 무엇보다 학교 실기 실에서 모델과 회화과 학생으로 마주하기란 쉽지 않은 일이 되어 있었다. 세아와는 시각 뿐 아니라 감각으로 이미 서로의 몸을 익힌 사이가 아니던가. 그건 세아도 마찬가지일 것이다. 감춰진 기능까지 기억해 낸다면, 감각만으로도 형태를 그려내는 여자, 섹스를 예술로 승화시키는 여자, 세아는 그런 여자였다.

세아 앞에 옷을 벗는 일이 물론 처음은 아니다. 그러나 그때는 모델과 미술학도였으니 그저 시각적으로 물체를 관찰하듯 토니의 육체를 훑고 필요에 따라 절단해서 도화지 위에 그려내면 그만이었다. 그러나 지금은 상황이 달라져있다. 감정의 개입 없이 서로를 바라볼 자신이 없다. 만에 하나 세아의 표정이 흔들리고 토니의 몸이 반응한다면 일은 쪽 나고 이 흥미로운 실화는 한 점 의혹도 없이 까발려지고 더 부풀려지기까지 해서 인터넷 사이트를 와글와글 들끓게 할지도 모른다는 생각이 찰거머리처럼 들러붙어 토니를 괴롭혔다.

이럴 땐, 불현 듯 어머니가 떠오른다. 그 모든 원인이고 지금의 결과인 어머니. 지난번 집에 들렀을 때 어머니의 건강이 매우 위태로워 보였다. 푸석한 얼굴에 휑뎅그렁하게 움푹 들어간 눈하며 누렇게 변색된 얼굴빛이 가랑잎처럼 병이 깊어지고 있음을 보여주었다. 그래도 어머니는 내색하지 않았다. "애, 재희하고는 언제까지 만나고만 있을 거야? 그만한 여자 만나가 쉽지 않다. 이제 결혼을 서두를 때도 되지 않았니? 어머니는 재희의 어떤 점 때문에 만나기 쉽지 않을 정도로 괜찮은 여자라고 여기는지, 그녀의 재력, 세련된 외모, 잠시 클럽을 드나들던 단골 고객이었었는데 어머니가 매치시켜주었다. 재희 역시 처음엔 무척 적극적이었다. 오빠의 춤 솜씨는 신이 주신 재능 같아 누구도 따라할 수 없는 신비가 스며있어. 실제 '세계 비보이 대회'에서 우승했을 때 재희는 무척 자랑스러워하며 축하파티를 열어주기도 했다.

어머니는 매번 그 얘기였다. 재희와의 이별에 토니의 출생이 문제가 되었다는 것을 알 리 없는 어머니는 떠나고 아픈 기억으로 남은 재희의 존재를 일깨워 상처를 헤집어 놓는다. 토니는 그런 어머니가 아둔해 보이기까지 했다. 어쩌면 어머니는 빠르게 흘러가는 자신의 시간만을 느끼고 있는 것인지도 모른다. 어느 날 재희가 말했다. '오빠와의 만남을 부모님들이 탐탁지 않게 여기는 것 같아. 우리 집안에 춤 잘 추는 놈은 필요치 않아! 더구나 잠시 주둔지에서 만난 현지처와 미군 장교의 자식이라니.' 아버지는 사업을 물려받을 수 있는 경영능력을 가진 젊은이를 원하는 것 같아. 오빠 이만 끝내, 모든 걸 잃으면서 오빠를 선택하기엔 나는 이미 약았어.

그녀는 무시로 토니의 오피스텔을 찾아와 요리를 해 같이 먹고, 같이 시간을 보내면서 사랑을 키워갔다. 토니 역시 진실로 재희를 사랑했다. 그녀가 지닌 환경이 좋다는 것도 물론 부인하지는 않겠지만 무엇보다 재희는 똑똑한 여자였다. 그런 똑똑한 여자가 자신을 선택해 주었다는 점에 더 자부심이 느껴졌다. 갖은 차별과 편견에 이제는 익숙해졌다고 여겼지만 그래도 재희와 엮이는 건 토니로서는 한국인 신분에 미국 외모라는 부조화를 극복하는 데 힘을 실어 줄 것이라고 굳게 믿고 있었다. 그것은 일종의 강렬한 카타르시스였다. 그랬기에 재희가 남겨놓은 이별의 흔적은 더 아픔으로 남았다.

세상이 사라져 버린 것 같은 깜깜한 절망감에 사로잡혀 지냈던 시간을 어머니가 알아차릴 리가 없다. 꽤 오래전 일이었다.

토니는 생각을 털어내려는 듯 고개를 저으며 냉장고 쪽으로 다가간다. 주방 창문에 가려진 블라인드 새로 흐릿한 햇빛이 스며들고 있었다.

냉장고 문을 열자 갖은 가공 육류들이 냉장실을 가득 채우고 있다. 도어 선반에는 프로 블로네 치즈를 비롯해, 로스트 비프, 치킨 브레이츠, 먹다 남겨놓은 듯 포장지가 뜯겨진 잉글리쉬 머핀, 등 위 칸 아래 칸을 모조리 차지하고 앉아있다. 마치 편의점 냉장식품 진열대를 그대로 옮겨놓은 것 같다. 대부분이 근육을 키우는데 필요한 단백질 가공식품들이다. 토니는 그 중에서 크랜베리 주스 팩을 집어 든다. 팩을 따고 가볍게 흔들어 마신다.

목을 타고 넘어가는 주스가 맹물처럼 밍밍하다 아무 맛도 느껴지지 않는다.

토니는 집을 나선다. 도날드가 새겨진 챙 모자로 얼굴을 반쯤 가리고 트레이닝 반바지에 발가락 슬리퍼까지 꿰어 신었다. 가벼운 차림이다. 옅은 구름층을 뚫고 뿌려지는 강한 자외선은 선글라스로 가렸다. 토니는 어둠이 좋았다. 오피스텔 옆 건물의 5층 휘트니스 클리닉을 향해 걷는다. 일주일에 두세 번 정도 가까운 이곳에 들러 몸을 다듬는다. 청소년 비보이 시절부터 시작된 그의 몸만들기는 지금도 계속되고 있다.

몸은 그에게 많은 가능성을 열어주었다.

　스트레칭과 워밍업이 끝나면 러닝머신과 사이클 타기, 그리고 나면 체스트 플라이, 가슴을 탄력 있게 만들어주는 운동기구다.
　'자, 가슴을 닫을 때 호흡을 내쉬고 가슴을 열어줄 때 호흡을 마십니다. 복싱선수 출신 트레이너는 토니의 양어깨를 두 손으로 누르고 시선을 집중하며 꼼꼼하게 코치를 해준다. 북아프리카의 튀니지에서 왔다는 그는 튀니지 북쪽의 어촌마을에서 가난한 어부의 아들로 태어났고 가난이 싫어 한국으로 돈을 벌러 온 취업이민자다.
　이름은 '오타루'이다. 떡 벌어진 두 어깨에 붙어있는 승모근은 지중해의 물결처럼 곡선으로 이루어져 있다. 지중해에 접해있어 온난한 기후는 많은 외침을 불러들였고. 그로 인해 국민의 대부분이 혼혈로 이루어진 나라, 튀니지는 순수혈통을 잃어버렸을 만큼 종의 교배가 빈번하게 이루어진 나라, 마치 인종의 전시장이라 할 만큼 혼혈이 많은 나라란다.
　오타루의 가슴은 무쇠처럼 탄탄해 보인다. 토니는 볼 때마다 다소 위압감이 느껴지지만 그의 복싱으로 다져진 근육을 탐낼 필요는 없다. 토니는 예술적 가치에 무게를 두는 누드모델이다. 투박함이나 강인함보다 미적 균형이나 선과 면의 조화가 강조된다. 오타루는 오히려 토니의 하얗고 절제 있게 발달된 근육에서 헤라클레스 같은 힘과 신비감이 느껴진다며 극찬을 아끼지 않았다. 그의 백에 대한 트라우마가 느껴지기도 하는 대목이다. 그는 흑과의 혼혈인 듯했다. 그의 곱슬거리는 머리, 두껍게 뒤집어진 입술이 흑인을 떠올리게 했다.

　현관문을 여는 순간 버릇처럼 시선이 머문 곳은 탁자 위에 놓인 가족사진이다. 그곳엔 연출된 분위기이긴 해도 꽤나 다복해 보이는 세 가족이 있다. 여섯 살짜리 토니가 그곳에 있었다. 그리고 아버지 마이클 태디, 그 옆으로 짙은 화장을 한 섹시하고 화려한 어머니가 앉아있다. 사진 속 마이클은 토니에게 혼자가 아니라고, 가족이 있었다는 걸 일깨워준다. 토니는 외롭고 막막할 때면 망연히 들여다본다. 사진 속에서 마이클이 웃고 있다. 바라만 보아도 삶의 에너지가 전해지는 것 같다. 마이클에 대한 기억은 늙지도 퇴색되지도 않는다. 항상 그 순간에 머물러있다. 토니가 여섯 살 무렵까지 같이 살았던 마이클은 그 후 본국의 주둔지 철수 명령을 받고 떠났다.

어머니는 무용을 전공했던 미모의 대학생이었다. 재학시절부터 돈을 벌기 위해 아르바이트 삼아 클럽을 드나들다 당시 미군 장교였던 마이클을 만났고 무모하게도 시한부적인 사랑에 빠져들었다. 영원할 수 없었기에 더 열렬했는지 모른다. 처절하도록 기억을 붙잡고 싶어 하는 걸 보면 어머니가 얼마나 마이클을 사랑했고 자랑스러워했는지 짐작할 수 있었다. 어머니의 기억은 그 무렵에서 멈춰 있는 것 같았다.

마이클이 떠난 후로 어머니는 토니를 데리고 철새처럼 거처를 옮겨 다녀야만 했다. 처음 살았던 이태원을 떠나 동두천으로 그리고 다시 의정부로 다시 강원도 산골로 보트피플이 되어 떠돌았다. 거주지가 바뀔 때마다 토니는 또래 친구들의 여러 가지 흥미로운 반응과 마주해야 했다. 처음엔 호기심이었다. 미국 어린이인 줄 아는 것 같았다. 미국에서 전학 온 아이, 한국에 주재하는 상사원의 아이쯤으로 여기는 것 같았다. 대하는 눈빛에서는 부러움과 선망이 서려 있고 대우는 융숭했다. 그러나 어린 토니 입에서 튀어나오는 말은 마이클에게서 주워들은 어설픈 영어 몇 마디가 전부였다. 차츰 시간이 지나면서 아이들에게서 넌 미국 놈이 왜 미국말을 못하니? 라는 가장 치명적인 의혹이 제기되면서 놀림감이 되어갔다. 뱁새의 둥지에서 태어난 뻐꾸기 새끼처럼……, 그렇게 본색이 드러나면 아이들의 비아냥거림이 시작되었다. 이봐, 장토니, 너 이번 영어 점수 몇 점이야, 보나마나지 뭐, ㅋㅋ 코만 크면 미국 놈인 줄 아나?

그러다 조금 시간이 지나면 반 친구들은 외면했고 무관심해졌다. 그리고 마지막엔 쟤, 있잖아. 혼혈아야, 아버지가 미국 사람이고 어머니는 한국인이래, 장이라는 성은 지네 어머니의 성이고, 미국이 어디인 줄도 모르는 녀석이 뭐 저래. 완전 미국 놈 같잖아. 그러게 말이야. 난 깜빡 속았지, 장토니, 너 미국 몇 번 가 봤니? 난 여러 번 가봤는데, 그쯤에서부터는 따돌림이 시작되었다. 사실 토니는 미국에 대해서는 아는 바가 없었다. 아버지의 고향이 미 서부의 항구도시 '샌디에이고'라는 것 외에는.

토니는 학교를 그만두었다. 학교는 토니에게 자신의 정체성에 혼란만 가중시켜 주었다. 한국에서 태어났고, 한국 국적으로 살아가는 그에게 서양인의 얼굴은 무거운 족쇄였다. 토니는 학교를 그만둔 후 클럽 무대에서 춤을 추었다. 어머니가 물려준 유산이자 피할 수 없는 숙명이었다. 무용수의 아들로는 어쩌면 준비된 수순인지도 모를 일이다. 그의 피 속을 흐르는 율동적 감각이 음악과 만나 관객을 매료시켜 갔다. 토니는 무대가 어머니의 자궁처럼 편했고 익숙했다. 차츰 박수 갈채에 매몰되어갔다. 특히 국적을 초월한 'R16 코리아 세계 비보이 대회' 페스티벌에서 우승을 차지했을 때, 미국, 유럽, 일본 등 자신들의 나라를 대표하는 댄스의 최정상들이 겨루는 막강한 대회였기에 그 성취감은 이루 말할 수 없었다. 그 우승은 토니가 살아가는 추동력이 되었다. 그리고 그 명성은 댄스계의 신화로 불렸다.

누드드로잉 연습은 미술대학 학생들에게는 기본이면서 매우 중요하게 다룬다. 인간의 육체에는 우주가 담겨 있고 무한한 미지의 세계를 품고 있다고 한다. 인간의 육체는 예술가들에게 많은 영감과 알레고리를 준다고 했다. 그래서인지 미술대학에서는 누드드로잉 수업을 매우 중요시한다. 인체를 통해 형이상학적인 구조와 미세한 동작까지도 순간에 잡아내도록 훈련해 장차 화가로서의 직관력을 기르는 과정이기 때문이다. 뿐만 아니라 모든 장르로 표현하기 전 꼭 필요한 밑그림이 바로 누드드로잉이다.

고갱은 여행 중에 만난 '테차인마라'라는 여자의 관능적인 누드를 수도 없이 그렸다. 그는 주로 피식민지국을 여행하며 자아가 성숙하지 않은 어린 소녀들을 화폭에 담으면서, 예술이라는 미명으로 만행에 가까운 일들을 자행했다. 그래서인지 그의 작품 세계는 정열적이면서 제련되지 않은 야성이다. 그의 잉카인의 피가 원시적이고 이국적인 것을 사랑하게 했는지도 모르지만. 그의 작품 속에 들어있는 여인들은 날것 그대로 성적이고, 육감적이며, 다산의 상징으로 표현된다. 그래서 화가 고갱에 대한 평가는 엇갈린다. 많은 논쟁의 요소가 들어있기 때문이다.
프랑스 인상파 거장들의 그림에는 비련의 누드모델 수잔 발리동이 자주 등장한다. 그녀는 미혼의 임산부로 불룩한 배를 드러내고 프랑스 인상파 거장들의 그림 속에 당당이 서 있다. 인상파 화가들의 그림 속에 언제나 야성의 여자 모델들이 있었다.

D대학 B103 미술 실기실, 이곳은 처음 들어와 본다. 몇 번 갔던 곳도 늘 처음처럼 긴장되고 가슴이 뛰지만 지금처럼 이렇게 심장 박동이 요동친 적은 없었는데, 주어진 50분을 무사히 넘길지 막막하다. 눈을 질끈 감았다 떠 본다. 두려움과 수치심을 떨쳐내기가 쉽지 않다. 고난의 길을 가는 예수, 육신통을 증득해 유체이탈이 가능했던 석가, 공자, 알라를 차례대로 떠올린다. 영혼과 육체는 무관하다.

대기실에서 여러 생각들을 떠올리며 호흡을 가다듬고 있는 사이, 시작 시간이 되었음을 알려왔다. 가운하나로 벗은 몸을 감추고 당당히 대를 향해 걸어 들어갔다. 미술 실기실, 지하인데도 암막커튼으로 햇빛을 완전히 차단하고 주황색 조명 불빛으로 부드럽고 어머니의 자궁처럼 아늑하게 했다. 양수에 떠밀리며 리듬을 탔던 아득한 무의식의 자아 속으로 숨어들었다.

눈을 들어 앞을 보니 우선 그 숫자가 나를 압도했다. 회화과 조소과 소묘과의 통합 수업인 모양이었다. 예상보다 분위기는 엄숙했다. 의연해야했다. 대에 앉자 가운을 벗어 냈다. 수많은 시선이 날아와 내 몸을 핥는다. 내가 허락해야할 시선들이다. 이를 악물었다. 이 기세에 눌리며 끝장이다. 고학년답게 모델의 알몸에 초연하기는 했다. 졸업 작품 제작 수업이라고 매니저가 말했던 대로 그들의 눈빛은 단순한 호기심을 넘어 사뭇 진지했다.

대칭과 비대칭의 조화 아니 부조화여도 예술적 가치는 충분하다. 평면 위에 깊이를, 원근을, 어둠과 밝음을 표현해낸다. 개인의 예술적 감성과 개성이 뿌려지고 입혀지고 테크닉에 따라 여러 형태로 나타난다. 한 인간의 육신에 각자의 영혼을 불어넣으려는 듯 그들의 눈은 날카롭게 빛나보였다. 형이상학적 형체로 분절되고 제단 되고 이어 붙여져서 전혀 새로운 형태로 태어날 것이다.

유채색의 물감을 입고 유화로 표현되기도 하고 석상, 동상, 투명한 아크릴상 등으로 재탄생 될 몸이다. 자신의 몸의 예술적 가치에 몰입하자 그래야 덜 비애적일 수 있으니까. 잠시 고개를 돌려 커튼 쪽을 바라보았다. 그곳에 세아가 앉아 있었다. 이젤에 고개를 박고 있었다. 무언가 자신만의 구상을 하는 것 같았다 문득 그녀의 눈에 비친 자신의 몸은 어떤 것일까? 그녀의 늘어뜨린 긴 생머리에서 라벤더 샴푸향이 '훅' 날아들 것만 같았다.

다시 고개를 돌리려는 순간 강 교수가 다가오며 손으로 제스처를 취했다. 자신의 양손바닥을 뒤집어 위로 치켜 올리는 모양새가 일어서라는 주문인 것 같았다. 그들이 요구하기 전에 가급적 그들의 의도를 알아차리고 능동적으로 자세를 잡아준다. 그것이 프로 모델의 매너다. 지금까지는 그래왔다. 그러나 이날의 요구는 파격이었다. 자신을 한 줌 숨김없이 내던져야만 가능한 포즈다. 당황스럽다. 대를 박차고 뛰쳐나오고 싶은 충동이 솟구쳤다. 지그시 눈을 감아 감정을 눌렀다. 실내는 쥐 죽은 듯이 가라앉아 있었다. 그들의 요구는 마치 미켈란젤로의 '다비드 상' 아니, 그게 다가 아니었다. 그것보다 조금 더 나아갔다. 팔을 올려 '태양을 향해 활을 겨누는 궁사의 자세'였다. 활시위를 겨누는 두 어깨의 승모근과 꽁지발로 대지를 밀쳐내듯 탄력 있게, 두 다리의 근육에서 최대한 젊은 육체의 아름다움과 에너지가 느껴지도록 하라는 주문이었다.

'페이가 좋아.' 매니저 형의 말이 의식을 흔들었다. 정신이 아득해 왔다. 이 순간 무엇을 떠올려야 할까. 유체이탈 대 위에서 돌처럼 굳어버린 육체를 떠나 먼 우주로 날아간 영혼은 2천 년 전 예수와 조우한다. 지하실의 음습한 공기는 야릇한 긴장감과 흥분으로 치환되고 숨이 멎은 듯 터질 것 같은 긴장감 속에서 흰 도화지 위에 흑연 긋는 소리만이 사각사각 부유했다.

골고다 언덕으로 오르는 길목, 흥분한 군중 사이를 서른세 살의 예수가 십자가를 등에 지고 쓰러질 듯 비틀거리며 걷는다. 발목에 걸려있는 족쇄가 그의 걸음을 붙잡고 여기저기서 돌맹이가 날아든다. 날아든 돌에 살갗이 찢기고 피가 흘러내린다. 이때 군중 속에서 한 여자가 다가와 예수에게 수건을 내민다. 여자의 이름은 베로니카다. 예수는 묵묵히 죽음의 언덕으로 오른다. 그리고 곧 도착한 곳에서 십자가에 못 박히고 처참하게 최후를 맞이한다. 후세 사람들은 예수의 죽음을 두고 인류를 구원했다고 미치광이처럼 떠들어댔다. 돌을 던졌던 군중들까지도 예수는 위대했다고 소리쳤다.

강 교수가 시계를 쳐다보고 토니를 향해 눈짓을 했다. 시간이 종료됐음을 알린다. 그녀는 언제나 정확했다. 토니가 대에서 발을 움직이려 해도 쥐가 나 떼어지질 않았다.

학생들의 긴장감에서 풀려나는 깊은 날숨소리가 여기저기서 들려왔다. 부스럭 대는 소리, 이젤 위의 도화지를 바꿔 끼우는 소리들이 뒤엉킨다.

토니는 엎드려서 발목 관절을 몇 번 문지른 후 절뚝거리며 대를 내려오는데, 누군가가 다가와 토니에게 가운을 건넸다. 흐릿한 시야에 비친 실루엣으로는 세아인 것 같았다. 고개를 숙이는 순간 그녀의 긴 생머리가 얼굴 위로 흘러내렸다.

토니는 가운을 받지 않았다. 받고 싶지 않았다. 끝까지 당당함을 지키고 싶었다. 그대로 대기실로 들어왔다. 그리고 옷걸이에 걸어놓은 옷을 주섬주섬 걷어 꿰어 입고 있었다. 그때 누군가 등을 툭 쳤다. 매니저 형이었다. 엄지손가락을 치켜 세우고 만면에 웃음을 짓고 있었다.

'세계 미술사에 영원히 남을 대작이 나올 거야.' 잘했다는 격려인 것 같다. 본 둥 만 둥했다. 아무런 감정도 드러내고 싶지 않았다.

이세아! 아니 이게 뭐야, 벽 너머에서 강 교수의 윤기 흐르는 고음이 토니의 뒤통수에 날아와 꽂힌다. 가슴이 철렁했다. 아~아 우려했었던 대로 일까? 뒷목이 뻐근했다. 그러나 뒤돌아 가보고 싶지 않다. 그녀의 흰 도화지 위에서 내 육체가 해체되고, 분절되고, 혹은 수천 개의 손을 가진 힌두의 신처럼 변형된 페니스가 가득 채워져 있든, 그건 내가 끼어들 바가 아니다.

'난 눈을 감고도 오빠의 페니스를 그려낼 수 있을 것 같아 고개를 들 때부터 숙일 때까지……' 세아의 은밀한 목소리가 다가든다. 그녀는 시처럼 그림을 그린다. 비가시적인 것을 가시적으로, 추상과 현상을 결합시켜 새로운 세계를 창조해내는 재능을 가지고 있었다.

토니는 옷을 걸치고 건물 밖으로 뛰쳐나왔다. 택시를 잡아탔다. 어디로 갈까요? 기사가 물었다. 토니는 아무 곳이나 가자고 했다. 한 줌 티끌처럼 사라지고 싶었다. 기사가 룸미러에 시선을 고정한 채, 흘끔 쳐다본다. 그리고 어디론가 차를 몰았다.

길 옆 빌딩들이 달려와 스러져 갔다. 다리를 건너고 철교를 넘어 달렸다. 넓은 평원이 나타났다 밀려가고 어디선가 모래바람이 세차게 불어와 토니를 날린다. 에머랄드빛 바다 위를 두둥실 떠간다. 솜털 구름이 달려와 부딪치고 부서지다 흩어진다. 예술에 심취된 세아의 얼굴이 구름 사이에서 나타났다 사라져가곤 했다.

코모도 드래건의 머리가 달린 남자는 온몸이 가시 비늘로 덮인 채 한 조각 돛단배에 실려 신들의 섬에 닿았다. 망연히 태평양을 바라본다. 오래된 그리움이 출렁인다. 불러 보지 못한 낯선 이름, 아버지! 소리는 남태평양의 짙푸른 물결 속으로 사라지고 영겁의 시간이 날린다.

박준서

2014년 5월, 한국소설 단편 「모의환자」로 신인상 당선

홍의 전쟁

박준서

일국은 주위를 살펴본 뒤 아무도 없자 핸드폰을 꺼내 3번을 길게 눌렀다.

신호음이 가는가 싶더니 멘트가 나왔다.

'건강한 아~이디어. 지엔 홈쇼핑 자동 주문 서비스입니다. 이용 도중 전 단계로 가시려면 우물 정자. 상담사 연결은 0번을 눌러주세요. 홍일국 님이 맞으시면 1번, 아니면 2번……' 1번을 눌렀다.

'간편 주문 서비스입니다. 현재 방송 중인 안동 검은콩 낫토면 1번. 직전 상품이면 2번을…… 그는 "에이 귀찮아" 하며 0번을 눌렀다.

'안녕하세요. 상담사 김지원입니다. 무엇을 도와 드릴까요?

"아! 나 홍일국 본인인데- 161x동 110x호. 조국은행. 그럼 주문합시다. 직전 상품이 정관장 홍삼정이지? 한 세트요. 그런데……"

주문 상품의 결제까지 끝낸 홍일국은 주위를 또 둘러보고 헛기침을 했다. 한낮의 창공이 구름 한 점 없이 파랗다. 하늘조차도 그를 약 올리는 것 같아 절로 주먹이 올라갔다.

"이놈의 송철환이! 지가 그러구두 친구여. 에잉- 괘씸한 것!"

코스모스 물결이 넘실대는 쉼터 벤치 앞에는 백일홍까지 만발하여 평소 같으면 모란실의 행숙 여사가 생각났겠지만 지금은 아무것도 눈에 들어오지 않았다. 화가 풀리지 않았다.

아침 식사 때— 나눠주는, 한 모금도 안 되는 요구르트로는 성에 안차 냉장고에 박스로 사다 두는 불가리스를 송철환이 허락도 없이 슬쩍슬쩍 마시는 걸 알면서도 '밥 먹고 하나씩 드시게. 변이 잘 나오니께. 장남이 용돈을 부쳐 온 거로 사났구먼.' 하며 사람 좋은 웃음으로 마무리 해주었건만 그가 그럴 수는 없었다. 분해서 실버타운으로 돌아가고 싶지 않았다. 아무리 일등급의 시설 좋은 요양병원일지라도 정말 실버타운은 싫었다. 그래서 여기에 있는 사람들은 너나 할 것 없이 실버타운을 줄여 실타라고도 부른다. 그러나 딱히 갈 곳이 없으니 발길은 로젠으로 향했다. 로젠은 이곳 실버타운의 중앙 홀. 아직 몸 움직임이 자유로운 노인들과 휠체어 신세의 환자와 초로기 치매에 있는 오륙십대 실타의 젊은이들까지 모이는 사교장이라 할 수 있었다.

송철환에게 입은 섭섭함에 약이 오를 대로 오른 홍일국의 뇌리에 문득 스치는 것이 있었다.

오 년 전이었다. 그때도 하늘은 저렇게 구름 한 점 없이 맑았었다.

"루악 커피! 그래 '커피 루악'이야!"

치매로 한참 애를 먹인 그의 아내가 외쳤다.

'맞아! 그때는 아내가 나를 섭섭하게 했었지. 약도 올랐었고…… 휴. 왜 그런 맘이 들었었나 몰라. 정신도 올바르지 않은 사람의 말에 약이 올랐었으니 나도 참 한심했었어.'

아내가 느닷없이 커피 루왁을 달라고 했다. 홍일국은 적잖이 당황했다.

"아니 루왁 커피라니? 당신이 언제부터 그런 커피를 마셨다구?"

"아니. 아니. 루왁 커피가 아니고 커피 루왁."

"그래 그럼 커피 루왁. 그런데 당신은 그 커피가 어디서 나는지나 알아요?"

아내는 뜻밖에도 루왁 커피의 생산지가 주로 어디이고 사향고양이가 어쩌고 하며 상세히까지는 아니더라도 간단하나마 루왁 커피에 대해 이야기하였는데 홍일국이 아는 지식과 별반 틀리지 않았다. 아내의 뜬금없는 고급 커피 타령에 당황했던 일국의 가슴 속에 놀라움이 솟아올랐다. 그럴 수밖에 없는 것이 아내와는 검은 머리 파뿌리는 아니더라도 강산이 네 번 하고도 반이 바뀌는 가시버시로 살아오면서 청국장이나 순댓국 혹은 삼겹살 먹은 후의, 봉지 인스턴트커피가 고작이었기 때문이었다. 대학 시절엔 캠퍼스 커플로, 직장 시절에도 길 하나 사이를 두고 오고 갔기에 아내와는 서로의 가슴 속을 투명하게 비춰 보는 사이였다고 자부해 온 터였다. 아메리카노나 카푸치노라면 몰라도 일국의 아내 입에서 나온 루왁 커피는 정말 생뚱맞은 소리였다.

"빨리 커피 루왁 한 잔 주세요. 빨리!"

머릿속은 엉켜버린 실타래였으나 가위로 삭둑 자르고,

"알겠습니다. 이제부터 커피 루왁을 마시러 가 볼까요?" 하며 일국은 휠체어를 밀었다. 산책길에는 만발한 코스모스가 다투어 키 재기를 하며 꽃잎을 떨구고 있었다.

홍일국은 아내와 함께 로젠 중앙홀로 들어섰다. 2남 1녀의 자식 중 사십이 되도록 시집을 안 갔던 딸애까지 결혼하고 떠나자 몇 년 전부터, 그동안 너무 힘들었던가 아니면 너무 편해져서 그런지 슬금슬금 정신 줄을 놓기 시작해서 들어 온 곳이었다. 처음엔 기억력이 떨어지고 말이 좀 어눌해져도 그저 노화 현상이 빠른가 보다 했는데 증상이 심해져 방법이 없었다.

중앙 홀의 대형 티브이 앞에 아내를 데려다 놓고 휠체어의 브레이크를 채우는데,

"아니야. 아니야. 거기 아냐! 주차를 그렇게 하면 안 되지."

카센터를 운영했다는 만수 사장이 휠체어를 타고 어디선가 나타났다. 서울 서초동에서 삼십 년 이상 자동차 수리로만 잔뼈가 굵어 아파트까지 큰 평수로 장만한 위인인데 그만 보증을 잘못 서 날리고 말았단다. 그래서 죽겠노라고 차 안에 들어가 번개탄을 피웠는데 정작 본인은 심폐소생술로 살아나고 머리만 이상해졌다는 것이다. 정 간호사는 컴퓨터의 하드가 나간 것과 비슷하다고 설명했다.

"주차는 선을 잘 맞추는 게 기본이야. 이렇게. 봐. 이렇게."

자기 휠체어의 바퀴를 바닥의 타일 경계선과 나란히 하려고 애를 쓰는 것이었다.

"빨리빨리 커피 루왁 한 잔 주세요."

"잠깐 기다려요. 우리도 주차 좀 잘하고…… 자-. 그럼 커피 루왁을 가져올께요."

간호사실로 가며 홍일국은 아내 입에서 나온 커피 루왁이라는 단어가 몹시 궁금했다. 마침 가을의 미소 천사로 뽑힌 정 간호사가 자리에 있었다. 아내가 평소답지 않게 커피 타령을 한다는, 그것도 루왁이라는 한 번도 마시기는커녕 본적도 없을 커피라는 말을 하자 정 간호사는 치매 환자에겐 아주 오래된 기억은 잊지 않고 있다가 내뱉는 경우가 종종 있다고 하였다. 그래서 일국은 아내와 결혼 생활 사십오 년은 물론 대학 시절과 직장 시절에도 가깝게 지냈기에 루왁이 끼어들 틈이 없었다고 단언하였다.

"아이참! 그럼 고등학교 때, 그도 아니면…… 아버님이 모르는 어머님만의 어떤 추억이 있으셨던가 보죠?

아내의 고향은 경북 영양이었다. 고등학교까지 그곳에서 다녔는데

그 당시에 고추와 담배 말고는 자랑거리가 없던 두메라 아내는 고향 이야기만 하면 한발 물러서며 부끄러워하였다. 담배면 몰라도 커피 루왁이 들어 설 자리가 아니었다.

"아무튼 루왁을 가져오라고 보채는데 정 간호사가 마시는 아메리카노 한 잔 어떻게 안 될까?"

"기다려 보세요. 제가 잠깐 검색해 볼게요."

정 간호사는 PC를 한동안 투다닥 거리더니 루왁 커피는 향도 맛도 좋지만 구수한 맛도 있다고 하였다.

"루왁 커피의 향과 맛에 대한 기억은 지금까지 보관 못 하고 계실지도 몰라요. 제가 아메리카노 새로 진하게 한 잔 빼 드릴게 둥굴레 차 살짝 담갔다가 드려 보세요. 아버님! 성공하면 한턱 쏘시기예요? 오케이?"

"당근이지"

일국이 젊은이들처럼 V자로 고마움을 표시했으나 손가락 흔드는 것도 이제는 부자연스러웠다.

혹 그사이 내뱉은 말을 기억하지 못하는 것은 아닐까 조바심을 내면서 정간호사가 특별 조제한 아내의 약, 커피 루왁이 담긴 찻잔을 들고 일국은 아내에게 갔다.

아내는 자리에 없었다. 보이질 않았다. 그때 '여-어 일국 선생!' 하며 성북동이 오더니 하늘공원으로 가보라고 한다. 성북동 노인의 정신은 평소에는 문제없는데 비만 오는 날이면 조바심을 내며 만나는 사람마다 붙들고 성북동 가려면 어디서 버스 타야 하느냐고 묻고 다녀 멀쩡한 사람들은 피하기 일쑤였기에 붙여진 별명이었다.

삼 년 전, 성북동 집에서 비 오는 날 외출을 하였는데 집으로 가는 방법을 잊어 버려 파출소에 맡겨졌다가 며느리가 찾아와, 바로 이곳 실타 행으로 길을 틀었다고 했던가.

하늘공원으로 가니 일국의 아내는 간병인 최 씨와 해바라기를 하고 있었다.

"자- 주문하신 커피 루왁 나왔습니다."

찻잔 뚜껑을 열고 아내의 손에 쥐여 주었다.

홍일국 아내의 눈은 허공을 향하고 있었다. 하늘은 짙푸르고 높았었다. 어쩌면 윈더우먼처럼 추억의 하늘을 날고 있는 중인지도 몰랐다.

"대학 때였어요. 입학생들을 위한 오리엔테이션을 시작했죠."

"루이스 가든이었지. 아마."

"네. 맞아요. 루이스 가든. 오리엔테이션 도중에 어느 남학생이 단상으로 뛰어올라 마이크를 빼앗더니 대학 측의 오리엔테이션 진행이 잘못되었다며 개선을 요구하는 것이었어요. 목소리가 신성일 같았지요."

"아! 문창과 복교생 김진태! 과대표였지. 나중에는 운동권으로 돌아섰지. 아마?"

홍일국은 그가 선동꾼에다가 여학생들도 잘 후렸다는 말은 하지 않았다.

"시내에서 일국 씨를 만나러 가는 길이었는데 나를 알고 있다면서 잠깐이면 된다며 근사한 커피숍으로 데려갔어요. 이 정부를 어떻게 생각하느냐면서 다가오는 종업원에게 한마디 하더군요. 커피 루왁."

"얼굴은 생각이 안 나는데 목소리, 목소리는 생각이 나요. 커피 루왁!"

아내가 계속 말을 이었다.

"그래서 그 날은 복교생 일국 씨와 데이트에 삼십 분이나 늦었어요. 전 엄마가 시골에서 올라오셨다고 일국 씨에게 거짓말을 했더랬죠. 참 미안했어요. 선생님도 혹시 아세요? 홍일국 씨를? 참 오래 사귀었는데…… 어디 계실까?"

그녀는 남편인 일국을 곁에 놓고도 예전 젊은 시절의 홍일국을 아득히 먼 곳의 남자로 기억하며 아무나 붙잡고 일국의 행방을 묻곤 했다.

홍일국의 아내는 유언 한마디 못해보고 두 해를 더 살다가 원더우먼이 되어 하늘로 간 후로는 연락을 끊었다.

아내는 실버타운에서 임종했으나 홍일국은 아내의 마지막 가는 길을 집에서 배웅해주고 싶었다. 환자 이름으로 불리며 보내긴 싫었다. 자식들이 부르는 어머니 소리 들으며 집에서 죽기를 바랐는데 그것이 그렇게 어려운 일이었을까?

일국이 곰곰이 생각하니 어쩌면 자기 자신도 집에서 죽기는 어려울 것 같았다.

홍일국이 가래 끓는 숨을 내며 헉헉댄다. 일국의 자식들은 놀라고 다급해서 119를 호출해 병원으로 보낸다. 삐뽀! 삐뽀! 병원 응급실에 도착한다. 의사가 아닌 사람들이 이것저것 검사하며 체크 하랴 바쁘다. 의사는 잠시 후 전혀 바쁘지 않게 나타난다.

본능적으로 살려달라는 자식들의 말에 각서까지 받아 놓았다.

'환자가 숨을 안 쉬는데 인공호흡기로 호흡 유지 합니다.'

잠시 후 다시 자식들한테 왔다.

'인공호흡기로는 안 되니 목을 뚫어 삽관, 호흡 유지하겠습니다.'

또다시 왔다. 걱정스러운 표정이 아니다. 지극히 사무적이다

'심장이 멈추었습니다. 심폐소생술을 하겠습니다.' 그러더니 일국의 가슴에 전기다리미처럼 생긴 제세동기를 갖다 댔다. 악! 죽일 놈들! 저승 문고리를 막 잡은 홍일국의 뒤통수를 내려치듯 그들은 저만치 날아오른 일국의 심장박동을 강제로 유턴시키고 있었다. 일국의 상체가 놀라 펄쩍 뛰었다. 악! 이승과 저승의 경계에서 막 저세상으로 넘어가던 일국의 영육이 대혼란을 겪으며 고통스러워했다.

'여기가 어디냐? 저승이냐? 이승이냐? 악! 중환자실! 으-악 지옥이구나.'

'소변이 안 나오니 투석합니다. 오줌 줄 차세요.'
'혈관으로 칼로리 보충합니다.'
침대 양쪽으로 링거 병이 걸렸다.
한 발이나 되는 줄을 코로 집어넣으며,
'유농식 드립니다. 환자가 술 빼실까 봐 손 묶습니다.'
자식들은 코빼기도 안 보인다.
'오줌 줄이 자꾸 엉키니 발도 침대에 묶을게요. 홍일국씨!'

악! 소리를 지르며 홍일국이 악몽에서 깨어난 건 한낮이었다.
'이건 아닌데. 이렇게 죽을 수는 없다. 안되지. 안 돼!'
중환자실에서 환자로 묶여 있는 악몽을 꾼 일국은 생각에 잠겼다.
먼저 간 아내의 길을 답습할 것 같은 공포감에 휩싸였다.
'아내에겐 나라도 있었는데. 큰일 났다.'
일국은 저승길도 알아서 가야 할 것 같았다. 아이들에게, 119차량에
게 맡기고 싶지가 않았다. 유언 한마디 없이 간 아내가 생각났다. 일국
은 무언가 미리 남겨야 했다. 무엇을 남긴 담?

홍일국은 가족들의 반대를 무릅쓰고 아내를 화장하고 유골을 고향
의 선산도 아니고 납골당이나 수목장도 아닌 바다에 뿌리고 왔었다.
바다 장을 한 셈이었다.
일국은 저승길도 혼자 알아서 가야 한다면 우아하고 품위있는 죽음
은 일국에게 사치일지 모르나 최소한 고독하게 죽고 싶지는 않았다.
온 가족에게 둘러싸여 있다 가는 망자는 저 세상에서도 큰소리칠 것
같았다. 홍일국은 그런 호사는 못 누리더라도 중간은 가고 싶었다. 부
산의 다세대 주택 어떤 노인처럼 집주인에게 백골 상태로 오 년 만에
발견되고 싶지는 않았다. 고독사. 할 수만 있다면 다시 듣고 싶지 않은
단어라고 일국은 생각했다.

'내가 유명을 달리할 때, 마지막으로 내 손을 잡고 있어 줄 사람은 누구일까?'

홍일국은 아내의 케어를 간병인에게만 맡길 일이 아니어서 이 년여를 실버타운으로 출퇴근하다시피 했었다. 아내를 이곳에서 떠나보내고, 한동안 허허로운 마음으로 그 역시 이곳에 들어와 힘겨운 날들이 이어질 듯했지만, 사람의 내일은 아무도 모를 일이었다. 두어 달 전, 실타의 모란실에 새로 입원 한 행숙에게 마음이 쏠리는 것을 어쩌지 못하는 것이다.

'그래 고독하게 죽으리만치 실패한 인생은 아니었어.'
혼자 밥 먹기 이젠 정말 싫다. 홍일국은 입술을 깨물었다.
'내 마지막 손은 그녀가 잡아 주면 좋겠다'

행숙은 한 때 세신사라고 부르기도 하는 목욕관리사를 한 적이 있었는데 별명이 '서초동 명의'였다. 어렸을 적부터 한약방을 하던 아버지의 조수가 되어 손끝이 야무졌다. 학교 갔다 오면 얼른 숙제하고 놀러 나갈 생각도 않고, 찾아온 이의 얼굴이나 몸을 촉진하고 침을 놓거나 약을 짓는 아버지 곁을 떠나지 않았다. 그래서 아버지는 돈은 없지만 내심 의대를 갔으면 했다. 그러나 사달이 나고 말았다. 무슨 귀신에 씌었는지 행숙은 덜컥 여군 장교가 되고 말았다. 요즈음 갔으면 공무원이니 안정된 직업이라 할 수 있지만, 그 당시에는 길가는 여군이 있으면 모두 한 번씩 쳐다보던 시절이었다. 그런데 또 사달이 나고 말았다. 중위로 진급할 시기에 결혼한다고 덜컥 제대하였다. 그 후부터는 그녀의 인생이 꼬이기 시작했다.
월남전에서 다친 남편은 시름시름 앓다 죽고, 둘 사이에 생긴 남매는 고스란히 그녀 혼자만의 몫이 되었다. 친정집은 그녀가 군대 간다 했을 때 노발대발하여 자식의 인연을 끊는다 하였고 남편 쪽은 원래 재산이라곤 없는 집안이었다. 그래서 아이들을 어떻게 하면 남들처럼 키울까 생각한 것이 세신사였다. 때 미는 기술과 요령을 터득하고 장소 좋은 사우나에서 보증금 몇 천만 원만 넣고 시작하면 한 달에 수백 벌기는 일도 아니었다. 지치지 않고 손끝만 매우면 할 수 있는 직업이었다.

아니나 다를까 그 길로 들어선 중년의 행숙은 유명한 서초동 H 여성 전용 사우나에서 '서초동 명의'라는 소리까지 듣게 되었다. 원래 초기 유방암은 의사보다 목욕탕의 세신사가 잘 잡아낸다는 말이 있는데 틀린 말이 아니었다. 하루는 평상시처럼 상류층 차림의 오십 대 손님들이 왔는데 그중의 한 손님 겨드랑이에서 아주 미세하나마 멍울과는 다른 느낌의 비정상 종양 같은 것이 직감적으로 촉진되는 것이었다. 행숙은 큰 병원의 정밀 검진을 조심스럽게 권했는데 옆에 있던 일행들이 와~하고 웃는 것이었다.

"하하하. 선무당이 사람 잡네. 그분 남편이 S 대학병원 외과 과장님이야."

그러나 결국 그 손님은 초기에 행숙이 발견해 준 덕분으로 유방은 놔두고 종양만 제거하게 되었다. '서초동 명의'는 불과 사 년 사이에 쓸 것 쓰면서도 통장의 돈이 이 억 원이 넘었다. 그러니 매달 나오는 남편 연금도 있어 생활의 불편함은 덜었는데 집안의 종양을 초기에 잡아내지는 못했다. 딸은 엄마 행숙을 닮아 매사에 성실하고 공부도 잘했다. 덕분에 유방을 온전히 살려 일등 단골이 된 손님은 행숙의 딸이 공부 잘한다는 말을 듣고 중매까지 서, 지금은 캐나다에서 잘 살고 있으나 문제는 아들이었다. 누구를 닮았는지 대학까지 나와 취직을 해도 한군데 오래 붙어있는 법이 없었다. 집 안에 있어도 책을 본다든가 생산적인 행동과는 거리가 멀었다. 애물단지 아들이 행숙의 카드로 긁은 것이 어떤 때는 이백만 원을 넘기는 것이었다. 집안에 빈둥거리기만 하는 줄 알았는데 어느 날부터는 집 안에 택배 상자가 쌓이기 시작했다. 내용물을 보니 온통 여자 것들이었다.

아들에게 여자 친구가 생긴 것이었다. 말리고 싶었으나 제 눈에 안경이라고 우여곡절 끝에 결혼을 시켰다. 그러나 아들과 합세한 며느리의 낭비벽은 도를 넘었다. 돈이 궁해지자 아들은 아버지의 연금을 나누자고 떼를 썼다. 사단은 또 일어났다. 벌어 놓은 돈으로 행숙이 장만한 주택을 노후연금으로 전환하였는데 왜 자기하고 상의도 없이 그랬냐며 그것까지 절반을 달라는 것이었다. 상의했으면 집이 날아갔을지도 모를 일이었다. 안주면 맞아 죽고, 반만 주면 졸려서 죽고, 다 주면 굶어서 죽는다는 끔찍한 우스개가 유머로 끝날 일이 아니었다.

행숙이 실버타운으로 들어온 것은 순전히 살기 위해서였다.

행숙이 남자 동의 홍일국과 말벗이 된 것은 한 달 전쯤이었다.

천일홍이 만발한 산책길을 일국이 저만치서 오며 '또 뵙습니다. 날씨 참 좋네요.' 하며 그녀에게 정중하게 인사하며 자기소개를 했다.

그리고 어느 날엔가는 벤치에서 '대단히 실례지만-' 하더니

"여긴 어떻게 오시게 되었는지 물어봐도 될까요?" 하였다.

"…… 네, 시인 천상병님의 귀천歸天에 이런 구절이 있다지요. '아름다운 이 세상 소풍 끝내는 날'처럼 소풍 한번 잘 끝내 보려고요."

행숙은 수줍고도 밝게 대답하였다. 일국은 뭔지 모르게 따뜻해 보이는 그녀의 모든 것이 싫지 않았다.

며칠 전 아침이었다. 식사를 마치고 홍일국은 샤워장으로 갔다. 아침 드라마 '일편단심 민들레'가 끝나고 열 시가 되면 하늘 공원으로 행숙 여사가 나와 있을 것이다. 어젯밤 목욕은 했지만 어림없다.' 일국은 한 번 더 개운한 몸이 되고 싶었다. 어제 게이트볼 시간에 음료수를 주면서 일국은 자연스레 약속을 받았었다. 면도한 얼굴에 로션도 바르고

코털도 대충 정리한 후, 일국은 복도로 나왔다. 여자 동이다. 모란실을 지나며 곁눈질을 주었으나 행숙은 그곳에 없는 것 같았다. 엘리베이터를 타고 하늘 공원이 있는 7층에 내렸다. 가을 해가 아직 따뜻해서 모두 파라솔이 있는 테이블을 차지하고 있었다. 행숙이 테라스 쪽으로 앉아 있는 것이 보였다.

그런데 송철환이가 벌써 마주하고는 무슨 이야기인지 한창 보따리를 풀고 있었다. "끄-응" 홍일국의 입에서 신음이 나왔다. '샤워를 하지 말고 그냥 올 걸 그랬나.' 송에겐 눈총을 담아 "무슨 이야기를 그렇게 진지하게 하고 계시나?" 했지만 행숙에게는 짐짓 쾌활한 목소리로 아침 인사를 건네며 합석했다.

"호랑이도 제 말 하면 온다더니 잘 왔네. 지금 행숙 여사에게 자네 이야기를 하는 참이야. 자네가 얼마나 착해빠졌으면 알토란같은 재산 자식들에게 다 빼앗기고 실타신세가 웬 말이냐 이거야."

"아니 그건 또 무슨 뚱딴지여. 나는 빼앗긴 게 아니라 나눠 준 거라니까."

"아이고 하늘이 알고 내가 아는데 무슨 소리야. 자네도 들어 봐. 내말에 하자 있는가."

결국 송이 나를 위한답시고 하는 얘기는 모두 내가 얼마나 못났는가를 까발리는 셈이었다. 홍일국의 적은 가까운 곳에 있었다. 일국의 언짢음은 아랑곳없이, 송은 더욱 신이 나서 일국 체면에 흠집 내기를 이어갔다. 송의 흠집은 일국의 착해 빠짐을 일거에 박살냈다. 원수가 따로 없었다.

"그래서 행숙 여사! 이 친구가 말입니다. 멀쩡히 살던 집도, 알토란같은 땅 있던 거 자식들에게 다 털리고 여기까지 왔다는 것 아닙니까? 행숙 여사나 나야 가진 재산 없어도 자식들이 월세 신경 안 쓰게 하지 가끔 용돈도 주러 오지만 이 친구는 개털이라고요. 자식들이 찾아오기를 하나 조금 가지고 나온 돈이나 곶감 빼먹듯 하는 것 말고 뭐가 있느냐고요."

홍일국은 건강에 나쁘다는 것을 알지만, 개털과 곶감이란 단어에 그만 울화가 폭발했다.

"뭐라구! 아니 이눔의 영감태기가 무슨 소릴 하는 거야? 지난번 추석 때 딸네가 와서 용인 나가 전복 요리를 코스로 하고 온 걸 진정 몰라서 하는 말이여? 그리고 장남은 미국에서 한번 오는데 뱅기값이 얼만지나 알아? 그 돈으로 꼬박꼬박 내 입성 택배로 대잖혀? 막내야 프로 골퍼니께 시합이다 레슨이다 워낙 시간이 없는 거고…… 대체 행숙 여사 앞에서 나를 음해하는 이유가 뭐냐구!"

사실 송이 행숙 여사 앞에서 까발린 말이 어느 정도 사실은 사실이었다. 팔십 줄에 들어선 일국에게 재산이라곤 고향에 있는 땅과 삼십오 평의 아파트가 전부였는데 오 년 전 상처를 하고 혼자가 되자 아파트는 삼베옷에 물 배어들 듯, 한 순간에 장남 가족 차지가 되었고 손주들에게도 밀려 현관이 있는 입구 방에서 큰 며느리 눈치만 보게 되자 홍일국은 마음고생 끝에 큰 결심을 하였다.

어느 날 이남 일녀 모두 불러 모은 뒤 홍일국은 선언하듯 자식들의 의중을 떠보았다.

"고향 땅에 선산이 있다고는 하나 시대가 변했다. 나는 옛날의 부모들처럼 아낌없이 주는 나무가 아니다. 등걸은커녕 몸통도 줄 생각이 없다는 뜻이다. 그리고 너희 어머니가 돌아가신 뒤로 앞으로 대를 이어 해마다 조상의 차례를 지낸다는 보장도 없고 제사를 대행 준다는 업체의 잿밥은 더더욱 먹을 생각 없다. 그래서 조상 묘는 모두 파묘하여 합쳐서 너희 엄마처럼 바다에 뿌리고 나도 그렇게 해 주거라. 공연히 납골당에 보관도 하지 말고 나무에 이름 쓰는 수목장도 원치 않는다. 그냥 너희 엄마와 합쳐 기일이나 정해 사진이나 하나 옆에 두고 그

핑계로 모두 모여 밥이나 한끼 먹고 헤어지면 좋겠다. 그리고 넓지도 않은 땅이 있어 봐야 너희들 간에 괜한 갈등의 씨앗만 뿌려질 터. 그래서 나는 땅을 처분, 너희 셋과 나 이렇게 나눠 가지려 한다. 장남! 너는 이 집도 있으므로 이의가 없을 것이다. 그리고 나는 내 몫을 니들 엄마가 있었던 실버타운 보증금과 85세까지 살 용돈만 빼고 남은 것을 삼등분 할 것이니 신경 쓰지 말기를 바란다. 알겠느냐?"

"그래도 아버님은 아이들 크는 것도 보시면서 저희들하고 같이 사시는 게 아무래도 좋지 않으시겠어요? 다른 친구 분들에 대한 체면도 있고……" 하며 큰 며느리가 한마디 던졌다.

"아니다. 이젠 힘도 달리고 손주들 머슴 할 생각도 없다. 나를 실버타운에 보냈다고 너희들이 불효자라는 말을 들을까 그러는 모양이다만 너희들 엄마도 치매가 오자 그곳으로 가지 않았느냐? 나라도 자주 가 보았기에 망정이지…… 으흠. 병수발 십 년, 아니 요즘은 오 년 간병에도 효자 없다고 보면 된다. 내가 풍을 맞던가 치매 걸려 가는 것보단 아직 내가 혼자 거동에는 이상이 없으니 지금 내 발로 가는 것이 더 낫다고 생각한다. 살기 바쁜데 너희는 자주 안 와도 된다. 무슨 날이다 하면 그때나 한번 오던지. 어험."

혹시나 했으나 일국이 제일 귀여워하였고 정이 갔던 막내는 묵묵히 듣기만 하였고 장남네와 딸네는 끝까지 슬픈 표정만 유지한 채, 어느 누구도 실버타운으로 간다는 아버지를 만류하지 않았다. 침묵은 자연스레 결론의 손을 들어 주었다.

앞날에 대한 일말의 불안감도 애써 참으면서 단호하게 얘기한 일국은 짐짓 돌아앉는 시늉을 하였다. 그러자 조금 있더니 큰며느리가 슬금슬금 자리를 벗어나며 주방 앞에서 핸드폰 꺼내고 일국의 자식들 역시 무슨 중대한 연구 과제물 보는 듯 핸드폰에 머리를 박는 것이었다.

그 날 밤, 홍일국은 '내 이럴 줄 알았지. 낙동강 오리알이 따로 없구면. 내가 알아서 황천길 찾아가야지.' 어쩌고 하면서 아랫입술을 풍선처럼 부풀리며 미리 작성해 둔 비장의 서류를 꺼내 다시 읽어 보았다.

언젠가 외국인이던가 한국인이던가 자기의 부고장을 미리 써 둔 위인이 있다고 신문에 난 것을 보고 그것을 본 따 '나 몇 년 후에 죽을 것이고 죽은 다음에 부고장이나 돌릴 것이니 그리들 아시오!' 하는 심정으로 작성한 글이었다.

망자하고 일면식도 없는 사람들이 체면 때문에 와서, 망자하고 전혀 관계없는 얘기만 하다가 가고 또 장례식장에서 돈세는 꼴도 보기 싫어 문상객도 안 받고 장례도 하루 이틀만 가족끼리 치루라 할 작정이었다. 유골은 바다에 뿌리면 되니 돈 들일 일도 돈 받을 일도 없는 것이었다. 다만 그때까지 살아 있는 지인들을 위해 거동하기 불편하지 않을 때 큰 식당 빌려 노래방 기기도 갖다 놓고 반나절 굿바이 파티하면 설마 욕이야 하겠는가 하며 일국은 다시 한 번 부고장을 읽어 보았다.

부고장

본인 홍일국이 노환으로 2033년 8월 15일 자택에서 죽었기에 삼가 알려드리며 사고사나 돌연사 혹은 고독사가 아니었기에 다행으로 생각해 주시면 고맙겠습니다. 크게 결례일 줄은 아오나 이 부고장을 받아 보시는 시점엔 이미 발인도 끝나고 바다 장으로 하였기에 장지는 없습니다. 이 모두 저의 뜻으로 가족과 협의, 장남이 주관하였음을 밝힙니다.

간단하게 죽음을 알리는 것으로 그치는 것이 부고장입니다만 저승길의 길목에서 느꼈던 감정을 조금이나마 남기고 싶었기에 다소 글이 장황하더라도 끝까지 읽어 주시면 감사하옵고 읽기를 그만 두셔도 좋겠습니다.

저는 백세까지 산다는 세상에서 팔십 오세로 마감했으니 중간은 한 셈이었고 무엇보다도 노년에 걸리지 말아야 말기 암이나 중풍도 아니었고 치매로 타인을 괴롭히다가 죽은 목숨도 아니었습니다. 정말 하느님께 감사할 따름입니다.

혼자 알아서 가야 하는 저승길이지만 저승사자들 입맛대로만 하고 싶지 않아서 죽기 전에 제 부고장을 미리 써 놓은 것입니다.

오래전 부산에서 칠십오 세의 여성 세입자가 집안에서 백골 상태의 시신으로 누워 있는 것을 오 년 만에 발견했다는 신문 기사를 기억하시는지요? 가족이 뿔뿔이 흩어져 무연고 신세가 된 분들도, 세상에서 마지막으로 눈을 감을 때 곁에 아무도 없는 고독사 보다는, 옆에서 그동안 돌봐주었던 호스피스나 간병인의 손이라도 잡으며 떠나면 덜 슬플 것입니다. 물론 죽을 때 온 가족에 둘러싸여 있다 간다면 천국이 따로 없겠지요.

제가 죽기 전 한 달여 병원에 있을 때입니다.

제 병상 옆에는 골수종 말기로 들어온 수백억 원대의 빌딩을 가진 환자인데 이미 세포이식수술이며 방사선치료도 받았으나 나아질 기미가 없는데도 불효자 소리 들을까 보아 자식들은 너도나도 질세라 더욱 더 센 항암치료를 요구하였습니다. 값비싼 고강도 항생제 투여를 받으며 결국 인공호흡 심폐소생술도 허사로 돌아가고 그는 지옥에서나 맛볼 고통을 자식들과 의사에게 받으며 숨을 거두었습니다. 과연 환자는 자식들과 의료진의 '최선을 다함'에 대한 만족한 느낌으로 죽었을까요? 그보다는 겨울에 추위를 소주로 달래다가 돌연사한 서울역 광장의 노숙자가 더 나은 편이 아닐까 저는 생각합니다.

그래서 오래전 뇌졸중으로 돌아가신 어머니와 치매로 먼저 간 집사람의 고통을 어느 정도 알고 있기에 저는 큰아들을 불러 놓고 '사전의료의향서'와 사전장례의향서'에 보증인으로 사인하라고 하였습니다. 아무 준비 없이 있다가 가는 것보다는 낫기에 말입니다.

저는 지금 세상을 하직하였으나 외로워 무섭거나 쓸쓸하기만 한 것은 아닙니다.

저승길-. 까짓것. 죽기 아니면 까무러치기 아니겠습니까?

다음 인연으로 이어질 때까지 부디 안녕히 계십시오.

망자 홍 일 국 배상

부고장을 미리 써둔 홍일국은 장남에게 내가 죽으면 장례는 가족들만이 간단하게 하고 부고장대로 해달라고 하고 싶었다. 그러나 장남네는 재산을 정리, 미국으로 간다기에 복사본을 주는 수밖에 없었다. 아직 잘 나가지 못하는 프로골퍼를 핑계로 차남은 백화점에 골프샵을 열었다가 어느 사이 문을 닫고 함흥차사가 되었다.

그동안 제일 많이 찾아와서 얼굴을 보여주던 딸은 시어머니 모르게 동생에게 돈을 융통해 주다가 못 받자 찾아오는 횟수가 점차 줄고 말았는데 그래도 이 상황에서는 딸에게 부탁할 수밖에 없었다.

"미안하구나. 남자가 둘씩이나 있어도 이 봉투는 네가 가지고 있어야겠다. 내가 직접 미리 써둔 부고장과 나의 사전의료의향서와 장례의향서이니 네가 읽어 보고 내가 어떻게 되면 이대로 해다오. 미안하다. 실버타운의 보증금은 네가 찾을 수 있도록 해 놓았으니 때가 되면 막내에게 빌려준 돈도 시가에 갚고 나머지는 네가 쓰도록 해라."

딸에게 단단히 부탁하고 실타로 들어서는 홍일국은 어느 사이 답답했던 마음이 개운하고 새로운 힘도 솟는 기분이 들었다.

자. 이제 남은 여생이 십 년이 될지 오 년이 될지 모르나 갈 데까지 가 보자. 모든 것 떨어내고 새로 시작하는 거야. 저승길은 다음 문제다.

그러나 여자 동 모란실의 행숙에게 마음이 가는 것을 어쩌지 못하는 일국이었다.

그녀에게는 아련한 대학 시절의 아내 모습과 흡사한 분위기가 있어 정이 가는 것이었다. 그래서 젊은 애들 말로 작업 좀 해 보려는데 하필 룸메이트가 고춧가루를 뿌리다니!

며칠이 지난 어느 날, 택배가 홍일국의 두루미실로 도착하였다. 택배 박스의 배달 주소를 찬찬히 살펴보던 일국은 박스를 들고 하늘공원으로 올라갔다. 아직 오전이라 행숙도 송도 해바라기를 하고 있었다. 홍일국은 그들에게 다가가 택배 상자를 탁하고 내려놓았다.

"허 참! 큰놈이 이번엔 미국에서 정관장 홍삼정을 택배로 보내왔네? 인터넷으로 주문한 모양이여. 여기 보이지? 주소! 주소를 잘 보라고!"

최병갑

광주 출생
2013년 한국소설 신인상으로 등단
현재 서울특별시교육청 장학관

호압사 가는 길

최 병 갑

도원, 도담, 도결은 무학선사를 따르는 승가 사람들 중 으뜸으로 꼽혔다. 도원은 불목하니 출신이고 도담은 고려말 교학의 흐름에서 공부하였으며 도결은 산천을 떠도는 선승이었지만 출신의 차이가 선의 바다를 같이 헤엄치는 데는 방해가 되지 않았다. 오히려 세 제자의 색깔의 차이는 선의 뿌리와 꽃, 그리고 열매처럼 서로를 채워주고 끌어주는 아름다운 도반의 우정을 형성하였다. 그러나 도에 있어서는 추호도 양보를 용납하지 않으며 서로 앞서거니 뒷서거니 하며 용맹정진하였다. 그래도 선의 그릇에는 생래적 차이가 없을 수 없었다. 교학보다는 차츰 선을 중시하게 된 스승은 아무래도 도결을 맨 앞에 두었다. 도결은 유일하게 스승과 선문답이 가능한 제자였다. 도결이 탐이 나서 평소 제자를 거두기를 좋아하지 않는 무학이 이들은 굳이 수하에 두었다는 소문이 돌 정도였다.

무학은 제자들의 수행 진도에 무관하게 이들을 무한히 자애하였고 제자들도 스승을 한결 같이 존경하고 받들었다. 적어도 성계가 무학을 뺏어가기 전까지는.

성계는 어느 날 무학이 한양 남쪽 갓뫼 인근 토굴에서 제자들과 면

벽을 하고 있을 때 한 무리의 요란한 말방울 소리와 함께 피냄새를 풍기며 왔다. 일체의 화식을 끊고 동안거 백일동안 면벽한 수도자들의 눈에는 성계의 뒤를 감싸고 도는 빛무리가 선명히 떠올랐다. 그것은 핏빛이었다.

"머리가 빠개지듯 아프고 꿈자리가 뒤숭숭하오."

성계는 말에서 뛰어내리자마자 무학선사를 찾았다.

"나무관세음보살."

무학은 토굴 안에서 조용히 합장하였다. 도원은 차를 준비하고, 도담은 오랜 면벽으로 비틀거리는 스승의 상체를 부축하며 토굴을 나섰다. 도결은 결가부좌를 풀지 않고 면벽을 계속하였다.

단절적인 소음과 거친 기운으로 수행 도량을 흔들던 성계 일행은 말에 박차를 가하여 우뢰와 같은 울림을 남기며 사라졌다. 뭇생령들의 울부짖는 소리가 아스라이 귓전을 울리는 듯했다. 도결은 미간을 약간 찡그렸다가 이내 허리를 곧추 세웠다.

"장군이 꿈을 꾸었다는구나. 무너진 집에서 서까래를 세 개 지개에 지고 나왔다는데 무슨 뜻인고?"

이어 스승은 전에 없이 장황하게 설명을 덧붙였다. 선문답을 할 때 스승은 늘 짧게, 앞뒤 없이 간결하게 질문하곤 하였다. 무란 무엇인고? 이것이란 무엇을 말함이냐? 참된 나는 무엇이냐? 처럼 단문으로 된 질문을 즐겨거나 아니면 아예 미간을 좁히거나 찡그림으로서 무언의 질문을 던졌다. 제자들은 스승의 질문에 대하여 며칠 동안 혹은 동안거 내내 붙들고 씨름하고서야 스승이 원하는 문답의 언저리를 서성거릴 수 있었다. 질문에 질문으로 답을 할 수 있는, 즉 스승과 선문답을 할 수 있는 제자는 도결이 유일했고 도결로 인해 스승은 다음 질문을 제자들에게 내릴 수 있었다. 그러나 성계를 만난 후로 스승의 질문은 들떠 있었고 앉은 자리에서 답변을 요구하였으며 갈수록 언어의 수식이 늘었다.

세 제자는 잠시 말이 없었다. 도결은 스승이 성계를 가까이 하면서 왜 세속의 일에 마음을 빼앗기고 세속의 일을 토굴에 끌어들이는지 혼란스러웠다. 선지식의 방편으로 지세를 살피고 화두로 산과 물을 거론한 적이 있지만 하필 전장을 누비는 장수의 꿈에 관하여인가.

"뭔가 중요한 현시인가 합니다. 장군의 일이 크게 이루어 지려는."

스승의 눈치를 살피던 도원이 겨우 입을 열었다.

"그러겠지."

스승은 전에 없이 선선히 받아주었다.

"석가래 셋에 사람이 가운데 섰으면 한자로 왕을 뜻합니다. 아무래도 장군은 왕이 될 듯합니다."

교학을 탐구하는 성실성에서는 앞서가지만 선문답 근기에서는 세 제자 중 가장 처진다는 평을 받는 도담이 굵직한 목소리로 이어 말했다.

"그리고 초가집이 무너진다는 의미는 구왕조가 몰락하고 새 왕이 새 집을 짓는다는 의미로 보아야겠지요."

스승은 도결을 쳐다보았다. 그러나 도결은 스승의 기대를 채워주지 못하고 말없이 앉아 있었다. 도결은 선의 세계에 본격적으로 입문하기 전 한 때 떠돌이 도사 무리를 따른 적이 있었다. 얼굴을 보고 전생을 알아본다는 관상을 배웠고, 마음을 꿰뚫어 본다는 관심법, 그리고 축지법과 도술에도 심취하였다. 선의 바다에 비하면 초간모옥의 낙수물에도 미치지 못하는 술법을 그만 둔지는 오래 되었지만 성계의 얼굴과 기운을 한눈에 꿰뚫어 볼 수 있는 방편은 되었다. 도결이 보기에는 성계의 꿈은 현실세계의 모사에 다름없었다. 젊은 시절 여진과의 수없는 전쟁, 서북 산간에서 단련된 근력으로 날린 화살이 꽂힌 젊은 만주족의 일그러진 얼굴, 불탄 초가집에서 검게 그을린 아이를 안고 통곡하는 여진의 아낙들⋯⋯. 불교적으로 말하더라도 성계는 전생에서부터 미완의 살육, 전쟁의 업을 타고 난 사람이었다. 현실 전쟁에서보다 더 넓은 전쟁터가 꿈에 펼쳐졌고 더 많은 수급을 수습해야 했다. 그리고 자주 두통에 시달렸다.

"살육의 업에서 벗어나라고 하시지요."

도결은 짧게 답변했다.

"굳이 자구로 따지더라도 집家은 돼지豕가 갓宀을 쓴 형상 아닌가요?"

스승의 미간이 흔들렸다. 그러나 이내 스승은 목소리를 낮추고 전에 없이 밤이 깊도록 긴 설명을 곁들였다.

……성계는 새 세상으로의 업을 지고 가는 사람이다. 그 와중에 전쟁은 강을 건너는 거룻배와 같다. 거룻배가 흔들리는 것이 무서워 강을 건너지 않을 수 없다. 결국 성계는 장차 왕이 될 것이다. 석가래 셋을 진 성계는 왕을 암시하고 있다. 그러나 새 왕조로 바뀌어 제도와 습속이 바뀌더라도 바뀌어서는 안 되는 것이 있다. 고려가 그러했듯이 새 나라도 불국토 강산이 되어야 한다. 고려의 옷을 벗는다고 불교까지 벗어버리면 되겠는가? 불도는 육신 안에 있는 정신이자 혼이다. 그런데 이제 북방으로부터 건너온 유학이 새로운 불도를 대신하려고 한다. 유학의 무리가 장군으로 하여금 불교를 버리도록 하기 전에 우리가 그를 붙들고 있어야 할 것이다.

아무래도 스승은 성계의 거룻배에 탑승할 예정인 듯했다. 날이 새기가 무섭게 스승은 행장을 수습하여 길을 떠났다. 도원이 짐을 꾸리고 도담이 서둘러 불경 등속을 챙겨 뒤를 따랐다. 도결은 자리를 지켰다.

도결이 솔잎가루로 아침 공양을 마치기도 전에 산을 다 내려간 줄 알았던 스승 일행이 다시 돌아왔다. 제자들은 산문 밖에 있고 스승만 토굴에 올라와서 도결과 마주하였다.

"도결, 네가 남아서 이곳을 지키거라."

무슨 뜻인지를 묻기도 전에 스승은 말을 덧붙였다.

"불국을 이루기 위해서는 산 같고 칼 같은 선의 기운이 있어야 하는 법, 그대가 이제 해동국의 선의 금맥을 지켜야 할 것이야."

후세 사람들이 무학선사가 도결에게 선의 적통을 승계하였다는 근거로 드는 이날 스승과 제자의 만남은 황망한 가운데 끝났다. 스승은 긴 장삼을 추스르더니 서둘러 길을 다시 떠났다. 선문답을 위해서건 수도를 위해서건 두 사람이 다시 만나지 못하는 인연이 될 줄은 거기 있는 사람 누구도 짐작하지 못하였다. 그만큼 시속이 빠르게 변화하고 세상이 바뀌고 있었던 것이다. 도결은 스승의 뒷모습을 지켜보다가 다시 벽을 마주하였다.

도결은 그해 홀로 동안거를 마쳤다. 봄이 되어 개고마리가 울자 매년 그렇듯 걸망을 짊어지고 산문을 나섰다. 만추의 계절에 걸어 잠근 산문 밖 흙은 눈에 띄게 보드라워져 있었고, 성계 일행이 남긴 말발굽 자국에도 원근각처에서 풀씨가 날아들어 싹을 틔우고 있었다. 해제일에 스승은 행자의 발걸음은 개미와 지렁이와 같은 움직이는 미물 뿐 아니라 생명의 맹아인 새싹도 조심하여 발을 디뎌야 한다고 법문을 하곤 하였다. '도의 길을 조심하라. 사람들이 따른다.' 그런 분이 어쩌자고 창칼 번득이는 아수라를 전전하는지 도결은 이해할 수 없었다.

산천은 평화로웠지만 세상은 숨 가쁘게 변화하고 있었다. 때는 고려 말, 이성계를 비롯한 신흥 사대부가 세상을 거의 평정하던 시기였다. 선비들은 책을 덮고 새 세상에 대한 흥분과 불안감, 긴장 속에서 개경의 숨 가쁜 권력투쟁을 바라보고 있었다. 성계 수하로 들어간 무리들은 논공행상에서 행여 밀릴세라 여기저기 줄을 대고 아부성 시부(詩賦)를 지어 바치고, 새 세상에 대한 대책을 만들어 냈다. 부패한 여말 관료들은 중앙의 통제가 느슨한 틈을 타서 마지막 수탈을 노골화하고 있었고 그렇게 긁어모은 재물을 쌓아놓고 누구에게 선을 대야 하는지를 살피느라 여념이 없었다. 사찰이라고 예외는 아니었다. 삼봉의 일갈이 아니라도 고려의 영혼을 지배한 사찰은 격변의 두려움에 떠는 늙은 귀족과 몰락한 지주들의 빈 곡간을 축내었다. 먹고 살기에 지친 백성들만이 이도저도 못하고 메마른 춘궁기를 버텨내고 있었다.

사람들은 그를 걸사라 불렀다. 시골 초동들이 걸머질법한 짚풀 걸망을 메고 탁발을 다니기 때문이었다. 걸망에 바람이 스치듯 세상일이 그에게 머무는 법이 없었고 그 또한 인연의 얽힌 망에 스스로를 가두지 않았다. 선사라서 당연히 육식은 물론 화식을 하지 않았고 그래서 피가 맑았다. 동네 개들은 그가 지나가도 초목을 대하듯 무연하게 스쳐갔다. 한양 인근에도 높은 산에 호랑이가 출몰하던 시절이었다. 석양의 놀이 붉고 어두워질 때까지 그는 가던 길을 멈추지 않았다.

개성의 지덕이 쇠하고 한양에 새로운 대궐이 들어선다는 소문이 돌면서 인마가 끊임없이 한양을 향하고 있었다. 도결은 인마를 거슬러 남으로 향했다. 도결이 남녘의 한 암자를 바라고 운수행을 결심한 것은 우선 시끄러운 도성을 피하고 스승으로부터 멀어지고자 하는 마음 때문이었다. '난국일수록 공부하고 목숨이 경각에 달할수록 화두를 놓지 마라.' 이것은 지난날 스승의 가르침이었다. 안성들을 걸어서 지났고 한밭을 거쳐 계룡산을 돌았다. 그야말로 바람이 부는 대로 길을 가고 바람이 멈추는 곳에 머물렀다. 그런데 공교롭게도 충청 일대는 개경과 한양보다 더 분위기가 달아올라 있었다. 이성계와 무학대사가 계룡산 일대를 천도 대상지로 답사하러 내려왔기 때문이다. 아아, 우리도 드디어 궁성을 끼고 세세손손 복락을 누리는구나! 사내들은 아주까리 기름을 발라 상투를 곧추세웠고, 아녀자들은 창포 우린 물에 긴 머리를 헹군 뒤 동백기름을 발라 쪽을 지었다. 노인들은 시렁에 얹어둔 갓을 털어 새로 쓰고 땅에 깊이 부복하여 성계 일행을 맞았다. 도결도 얼결에 성계의 행렬에 마주쳐서 땅에 엎드렸다. 엎드리기 직전 성계의 일산 옆에 햇볕에 머리가 반짝이는 스승을 언뜻 보았다. 노안의 스승이 자기를 알아보지 못하는 것을 다행스럽게 생각하면서. 그러나 그의 허리는 깊이 숙여지지 못하였다. 토굴에서 오랜 세월 면벽한 흔적이 몸에 남아 있었다. 뭇 백성 중에 그의 어깨는 유독 돌출하여 솟아 있었다. 말 탄 호위병의 창을 쥔 손에 힘이 들어갈 뻔하였다. 성계의 그림자가 땅을 짚은 그의 손등을 스칠 때 스승은 낯익은 좌정이 그의 눈앞에 있음을 알아보았다. 수종하던 도원에게 낮은 목소리로 말하였다.

저기 어깨가 두드러진 저 사람을 불러오게.

그러나 성계의 행렬이 시야에서 사라지기 전에 도결은 바람같이 오던 길을 되짚어, 계룡의 반대방향으로 사라지고 없었다. 스승은 도결을 찾지 못하였지만 스승이 그를 부른다는 소식은 떠도는 말이 되어 그를 따라오고 있었다. 저자거리의 으뜸가는 화제는 성계가 새 왕조를 연다는 것이었고, 가장 빈번한 얘깃거리는 성계의 정신세계를 지배한다는 무학대사에 관한 내용이었다. 사람들은 이미 스승을 왕사로 지칭하고 있었다. 도결이 한양에서 왔고 무학선사의 수제자였다는 사실을 알게 된 사람들은 개경의 소식을 물었고 한양의 움직임에 궁금증을 토로하였으며 왕사의 최근 행적을 집요하게 깨물었다.

산문 안에 있는 사람들도 마찬가지였다. 속세 사람들보다 불안감과 긴장이 더했으면 더했지 덜하지는 않았다. 남도의 불가 사람들은 서북풍에 실려 오는 권력의 탁한 냄새와 피비린내를 일찍감치 감지하고는 참선을 멈추고 삼삼오오 모여서 전전긍긍 앞날을 걱정했다. 유씨(儒氏) 일파를 대표하는 삼봉이 왕씨 성을 가진 사람들을 구세력으로 몰아 한꺼번에 바다에 수장시킨 직후였다. 이어서 산문에도 살육의 칼바람이 불어 닥칠 것이라고 수군거렸다. 새 세상을 열기 위해서는 구악을 척결해야 하는 터이었다. 구악의 상징은 하늘아래 권세로는 왕씨일가요, 정신을 지배하는 패악은 불교가 으뜸이라는 삼봉의 일갈에 머리 깎은 승속들은 떨고 있었다. 하늘아래 태양이 둘이 아니듯, 하늘아래 왕족이 둘일 수 없고 세상의 궁극적 진리를 다투는 종교가 둘일 수 없는 이치였다. 세상은 두 쪽이되 한 쪽은 떠오르는 태양과 같았고 다른 한 쪽은 지는 태양과 같았다. 지는 태양을 물들이는 것은 시뻘건 핏빛 노을이었다.

도반들은 삼봉과 유일하게 대적하고 있는, 왕사인 무학대사에게 그들의 목숨 줄이 달려 있다고 믿고 있었다. 무학대사에게 매달려 그들의 앞날을 가늠해보고 있었다. 성계가 불문에 입도하였다는 희소식을 우습게 알 듯 삼봉은 구악을 일거에 척결하겠다고 사찰의 토지를 압수하고 승적을 정리하기 시작하였다. 시류의 불리함을 일찍이 깨닫고 서둘러 환속하는 자들이 늘어났다. 말이 환속이지 사찰의 남은 재산을 털어 도망가는 일에 다름 아니었다. 산속의 사찰은 빈집 투성이었다.

이런 와중에 도결은 지리산 인근 이름 모를 봉우리 기슭의 황폐한 빈 절에 갈대자리를 깔고 앉아 선정에 빠져들었다. 개경과 한양 쪽들 창문은 모두 황토로 바르고 남쪽으로만 그의 몸집이 빠져 나올만한 쪽문을 하나 만들었다. 봄이 되어 개고마리가 울어도 산문 밖을 나가지 않았다. 눕지 않고 잠자지 않는 정진이 계속되었다. 여름이 가고 가을, 겨울이 지나갔다. 인근 각처의 안면 있는 도반들이 가끔 쪽문 근처를 서성거리기도 했으나 면벽한 도결의 등을 보고 발걸음을 돌렸다. 더 이상 스승에 대해 묻는 자도 스승에 대해 말하는 자도 없었다. 도결은 드디어 세상으로부터, 스승으로부터 자유로워짐을 느꼈다.

그러던 어느 봄날, 모처럼 가부좌를 풀고 저녁거리로 솔잎을 다듬고 있는 걸사에게 긴 석양의 그림자가 드리워졌다. 남녘 지방에서 가장 가까운 도반인 무원이 말없이 합장하고 바위처럼 서 있었다. 무원은 도결과 선문답을 주고받는 사이였고 중앙의 일에 대해 일체 언급하지 않아 도결이 암자에 자유로운 출입을 허락하는 유일한 도반이었다. 두 사람은 바위에 걸터앉아 한동안 말이 없었다. 산 아래 노을은 생살을 잘라내서 피가 뚝뚝 떨어지는 것처럼 선연한 붉은 빛을 발하고 있었다. 갈가마귀 두 마리가 자리를 바꾸어가며 핏빛 속을 유영하고 있었다.

"도결, 아무래도 이러다가 불문의 씨가 마르겠어."

오랜 침묵을 깨고 무원이 입을 열었다.

"큰스님께서 잘 하시겠지."

한참을 뜸을 들이다가 도결이 무심하게 말을 받았다. 무원은 서둘러 품에서 두루마리를 꺼냈다.

"삼봉의 강설 초록을 베낀 거라는군. 우리 불씨佛氏를 모조리 말살하겠다는 내용 일색이야. 우리가 아무리 산중에 있다고 하지만 사태가 심상치 않아."

무원은 평소답지 않게 얼굴에 붉은 기운을 숨기기 못하였다. 훗날 불씨잡변이라는 정리된 저술로 세상에 나왔지만 삼봉의 주장은 도결이 보아도 자못 충격적이었다. 도결은 전날 스승이 삼봉의 얘기만 나오면 눈에 띄게 눈빛이 흔들리던 모습을 떠올렸다.

"삼봉은 우리를 혁파해야 할 제일의 공적으로 규정하고 있어. 불문에 있는 자들을 척살해야 한다고 여러 번 공개적으로 얘기했다는군. 왕씨 수장 사건이 끝난 지금 승적을 가진 자들의 생매장이 기다리고 있는 게야."

"윗전(성계)이 그렇게 생각하고 있지 않을 터인즉 별일 있겠나?"

"이번 인왕산 출행에서 드러나지 않았나? 윗전은 왕궁터를 정하는 데 삼봉의 손을 들어주었다는군. 왕사가 여러 차례 인왕산 삿갓봉을 왕궁의 중심으로 삼자고 했는데도 왕이 꿈쩍 않았다지 않나. 삼봉의 불같은 성미에 왕을 업었으니 무슨 일이 일어날지 잠자리가 편치 않네."

"원로 고승들이라고 가만 있겠어?"

"잘 알지 않아? 부패하고 무력한 종단의 어른들을. 삼봉 주변에 신흥 사대부가 진을 치듯이 우리 같은 신진들이 대사를 도와 다시 세상을 도모하지 않으면 불가의 씨가 말라 버릴 거야."

"아니야. 세의 확장이 아니라 삼봉의 철학을 능가하는 경지를 이루는 것이 우선이야. 해동국의 선맥을 되살리는 일부터 할 작정이네. 스승님도 이해하실 거야."

"내가 보기에는 왕사 근처의 도담 같은 교학론자들의 논거로는 유가의 백가쟁명을 따라가지 못하네. 도결 그대 같은 선의 기백이 실려야 힘겨루기에서 수승할 수 있어."

무원의 설득은 북녘 하늘에서 자미원의 뭇별이 이울도록 계속되었다. 무원의 방문이 신호나 되는 듯, 다음날부터 얼굴 검은 인근의 도반들이 암자에 올라왔다. 그 중 몇은 아예 도결 옆에 자리를 잡았다. 왕사의 수제자중 으뜸인 도결만이 왕사를 모시고 이 난국을 헤쳐 나갈 수 있다. 불가에 대한 티끌만큼의 은혜심이 있으면 그렇게 모른 척 할 수 없다는 논리가 매일 반복되었다. 그들의 비분강개는 차츰 도결을 배도자로 몰아갔다.

하안거를 채 마치지 못한 도결이 다시 한양으로 발걸음을 재촉하게 된 데는 도반들의 채근에 때로는 묵언으로 때로는 선문답으로 대응하였지만 더 이상 갈잎자리를 깔고 앉아 면벽수도할 분위기가 되지 않기 때문이었다.

도결은 다시 걸망 하나만 걸머진 채 걸식을 하며 스승과 수행을 하던 갓뫼에 있는 토굴로 향하였다. 백성들의 삶은 더욱 피폐하였다. 가을이 왔지만 삼남과 중부지방을 휩쓴 가뭄이 흰 옷 입은 백성들을 길거리로, 산으로 내몰았다. 갓뫼 인근 호암산 토굴로 가기 위해서는 대낮에도 호랑이가 출몰한다는 범실리 고개를 넘어야 했다. 늦은 밤 고개 앞에 도착한 도결은 생자부운생 사자부운멸, 말리는 사람들에게 싯구처럼 화두처럼 한 소절을 던지고 고개를 넘었다. 하긴 한 때 한양 인근에서 수도하던 시절 도반들 사이에 코 큰 짐승_{호랑이}, 그것도 백호가 그를 만나면 호위하여 밤길을 인도한다는 풍문이 돌던 도결이었다. 백호가 울부짖는 검은 산을 넘어서 새벽에 이슬을 털고 홀연히 암자에 들어서곤 하던 그를 두고 언제부턴가 도반들은 풀만 먹고 생식을 하여 고기를 탐하는 맹수들이 미처 알아보지 못한다고 믿었다.

갓뫼 자락에 있는 수행터는 떠도는 부랑인들과 병자들이 점령하고 있었다. 도결은 손가락이 하나만 남은 문둥병자와 같이 토굴에서 기거

하였다. 탁발한 알곡을 나누고 풀뿌리와 솔잎을 갈아 병자들의 입에 넣어주었다. 닷새가 멀다하고 숨이 끊긴 사람이 가마니 들것에 실려 나갔다.

그런 와중에도 도성이 가까워서인지 스승의 소식은 도결의 귀에 끊임없이 스쳤다. 알려진 것보다 순탄치 못한 과정을 겪고 있다는 얘기가 떠돌았다. 왕위에 오른 성계는 유현하고도 아리송한 법의 세계를 논하는 불가 사람들보다 중국 역대 왕의 법식을 과감히 도입하고 발 빠르게 법률과 제도를 정비해 나가는 신흥 사대부들을 선호하였다. 전쟁터에서 적을 질풍노도로 치고 나가는 선봉장처럼 옛 무리를 혁파해 나가는 삼봉을 자주 독대한다고 하였다. 겨울이 지나고 봄이 되자 스승이 수도를 평계로 샘들에 있는 법성사에 칩거한다는 소식이 들려왔다. 스승이 몸져누웠다는 얘기도 곁들여졌다. 법성사는 성계가 스승과 함께 3년 동안 새 왕조 창건을 위한 기도를 한 곳이었다. 그 뒤 성계가 동북병마사가 되어 요동으로 출전하자, 무학은 그곳에 홀로 남아 그의 역성혁명이 성공하도록 축원하였다. 삼각산 자락 바위굴에서 도를 닦던 도결이 스승의 부름에 의해 스승을 처음 만난 곳이기도 했다.

도결은 이제 스승에게 세속의 일과의 인연이 끝나 가는지도 모른다고 생각했다. 이제야 광풍의 시대가 끝나고 살육의 피바람이 멈추는가? 마음이 왠지 모르게 뒤숭숭하고 참선이 제대로 이루어지지 않던 어느 봄날, 토굴 주변에서 두런두런하던 사람들이 어디론가 사라지고 없었다. 거동이 불가능한 병자들만 토굴 근처에서 귓속말을 주고받고 있었다. 스승에 대한 상념을 애써 멀리하며 오후 내내 벽을 마주한 도결의 코에 저녁이 되자 밥 짓는 냄새가 파고들었다. 어디서 구했는지 쌀자루가 지천으로 눈에 띄었다. 남정네들은 밥솥에 머리를 처박고 있는 아이들을 떼어 내어 서둘러 길을 떠났다. 아낙네들도 알곡자루를 머리에 이고 밤길을 재촉하여 어디론가 사라졌다. 병자들과 부랑인, 노인들과 도결만 수런수런한 밤을 보내고 아침을 맞았다. 아침 참선을 끝내기도 전에 요란한 말발굽 소리와 함께 한 떼의 군마가 밀어닥쳤다. 보이는 대로 창칼로 베고 잡히는 대로 끌어내 수레에 가두었다. 도결은 장봉에 맞아 쓰러진 채 질질 끌려 수레에 실렸다.

처형은 신속히 진행되었다. 비몽사몽을 헤매던 도결이 가까스로 눈을 떴을 때는 벌써 두 명이 참수되어 봉두난발의 머리가 피를 뚝뚝 흘리며 기둥에 매달려 있었다. 그중 하나는 병수발을 하여 눈에 익은 얼굴이었다. 도결은 모든 것이 꿈일 거라 생각했다. 참선 초기에 수행자들에게 발생하는 몽마夢魔일 뿐이라고 믿었다. 날이 저물면서 북소리의 속도가 더해지고 도결 앞에 묶여 있는 사람들의 수가 줄었다. 도결은 오히려 마음이 편안하였다. 가쁜 숨을 모아 참선을 하면서 스승의 화두를 떠올렸다. 모든 게 무無다. 이것도 무고 저것도 무다.

스님 스니임!

북소리와 사람들의 비명 사이로 가느다란 소리가 도결에게 전해졌다. 옆자리에 있던 문둥병자가 비틀린 입술 사이로 쉰 목소리를 내고 있었다. "……스님. 스님의 원력으로 제가 다음 세상에는 온전한 몸으로 태어나게 해 주시오. 저자들을 축생의 길로 가게……."

도결은 힘겹게 고개를 끄덕이고 또 고개를 가로저었다. 병자의 몸이 눈에 띄게 허물어졌다.

그때 포졸 중 하나가 도결을 무리의 밖으로 끌어냈다. 마지막이라는 생각에 휘청거리는 걸음으로 천천히, 그러나 가볍게 걸어 나갔다. 누군가가 숨을 헐떡이며 뛰어오고 있었다.

"도결. 도결 스님. 큰일 날 뻔했어."

지옥에서 부처를 만난다더니 뜻밖에도 도원이었다.

"빨리 타게. 포도청에는 내가 얘기했어. 여기를 속히 벗어나야 해."

도원은 도결을 수레에 태우고 자기는 말을 타고 길을 재촉하였다.

"날 여기 있게 해줘. 떠날 수 없어."

"무슨 소리. 스승님께서 기다리고 계셔."

"저들을 어떻게 할 거야. 죄 없는 뭇백성이 새 왕조의 창칼을 저렇게 무참히 받고 있는데?"

도결의 핏발선 눈에 눈물이 고였다. 불문에 들어선지 처음으로 눈물을 흘린다는 생각이 들었다.

"갓뫼 기슭의 초비草匪들이 세수선稅收船을 털었어. 왕께서 진노하셨지. 그렇잖아도 요즘 새 대궐을 짓느라 물자가 턱없이 부족한 판에 도적이 날뛰니 난리가 날 수밖에. 혹시나 하고 뛰어왔는데 그대가 눈에 보이지 뭐야."

"안 돼. 스승께 내가 말씀드릴 테니 무슨 수를 써서라도 저들을 구하도록 해."

도결은 쓰러졌다. 한양 인근 사찰에서 밤새껏 신음 속에 보낸 도결은 다음날 아침에야 깨어났다. 수레는 샘들을 지나 스승이 머문다는 법성사로 향하였다. 왕사 자리를 비우고 칩거한 스승은 이제 전처럼 제자들과 더불어 선의 바다를 헤엄쳐 나갈 수 있는 걸까? 법성사 초입의 골짜기에 비추이는 아침 햇살을 보면서 도결은 스승에 대한 애증이 물큰 솟아오름을 느꼈다.

이른 아침인데도 법성사로 들어가는 골짜기 입구에는 생나무 재목을 가득 실은 수레와 목부들이 줄을 잇고 있었다. 주막에서는 마당에 큰 솥을 걸어놓고 일꾼들을 위한 국을 끓이고 있었다. 고기 익는 냄새가 도결을 더욱 어지럽게 만들었다. 마주보이는 산에서는 수백년은 됨직한 생나무들이 도끼날에 찍혀 허연 몸통을 드러내고 있었다. 낯익은 일주문은 오간데 없고 새로운 석물이 자리를 차지하고 있었다. 절의 경계를 넓히는지 주변이 온통 파헤쳐져 시뻘건 흙이 여기저기 산더미처럼 드러나 있었다.

"법성사에 도대체 무슨 일이 생긴 거야?"

도결이 멀찍이 앞서가는 도원을 불러 세웠다. 도원은 듣지 못하였는지 서둘러 경내로 들어가고 얼마 지나지 않아 안쪽에서 석까래 공사를 지휘하던 도담이 뒤뚱거리며 뛰어왔다.

"도결. 얼마만인가?"

도담이 도결을 껴안았다. 붉은 얼굴에 새로 무명초를 밀었는지 머리가 유난히 반들반들했다. 알굵은 염주를 목에 두르고 가사에서는 원나라에서 온 듯한 이국적인 향내가 코를 찔렀다. 둘은 거친 생목에 걸터앉았다.

"스승께서는 어제 대궐로 떠나셨지. 얼마 전에 윗전께서 이곳을 방문하셨다는 얘기는 들었을 거고."

아아 스승은 권세의 길, 왕사의 길을 버리지 못하는구나. 도결은 아득한 느낌이 들었다.

"윗전께서 다시 돌아오셔서 스승은 용이 돌아왔다는 의미로 회룡사를 짓겠다고 건의하셨어. 감동한 윗전은 대궐을 짓느라 부족한 물자를 나눠 절을 짓도록 하셨지. 내년 초파일까지 차질 없이 짓도록 내게 명하고 스승이 떠나셨지."

"그런 거야?"

"이제 스승님께서 새 왕조에서도 불국토 건설의 터전을 항구적으로 확보하는 위업을 남기신 거야. 도결도 우리와 함께 새 일을 하는 게 어때?"

"아니야."

도결은 바랑을 어깨에 걸쳤다.

"난 가겠네."

"아니 이런 몸으로 어디를?"

"갓뫼봉에 있는 토굴로 가야지. 떠난 자들을 위해 기도나 하면서 남은 날을 보내겠네."

도결은 비틀거리며 일어섰다. 도담이 쫓아왔다.

"내 말을 곡해하지는 말게. 그리고…… 이거 노자에 보태게."

도담이 바랑 가득 옛 왕조의 주화를 건네주었다. 녹슨 주화를 보며 도결이 무연한 낯색으로 도담을 바라보았다.

"솔잎 먹는 중에게 이런 건 필요 없네. 일 끝나면 갓뫼봉 토굴에 산바람이나 쐬러 와."

"아참. 그곳 얘기 듣지 못하였나? 여기 절을 대대적으로 중창하고 난 후에 거기에도 대 사찰이 세워질 거야."

"왜 갑자기 절을?"

몇 번이나 돌아가라고 해도 골짜기 입구까지 동행한 도담의 설명은 길었다. 성계는 새 왕조를 열고도 불면의 밤을 지속하면서 식은 땀을 흘리고 알 수 없는 꿈에서 벗어나지 못하였다고 한다. 스승은 풍수의 한 원리를 들어 성계의 마음을 열어 주었다.

……갓뫼의 한 줄기인 호암산은 호랑이 기운을 받은 산으로 언제든지 한강수를 넘어 도성을 넘볼 수 있다. 그래서 스승은 법성사에서 성계의 장도를 기원한 데 이어 새 수도의 순탄한 출발을 위해 가장 뛰어난 선지식을 가진 세 제자를 데리고 수도하고 있었다. 이제 새 왕조가 출범하는 마당에 호랑이의 꼬리에 해당되는 지점에 호랑이의 기를 누르는 호압사虎壓寺를 지어 기운을 다스려야 한다. 그리고 도성 앞에는 해태를 두어 갓뫼의 호랑이를 향해 늘 물의 기운을 뿜게 하여야 한다…….

스승의 주장은 당시 살육에 지치고 역성혁명 이후 권력을 둘러싼 측근들의 복잡한 다툼에 지쳐 불교에 깊이 빠져들고 있던 성계의 마음을 사로잡았다. 그래서 궁궐 공사에도 빠듯한 인력과 예산을 쪼개어 또다시 절을 짓게 했다는 것이다.

"스승의 선지식이 이번에도 톡톡히 한 몫을 했어. 삼봉 쪽에서도 주역의 팔괘이론을 원용하여 남화南火의 상징으로 갓뫼를 언급하였지만 윗전을 설득하지는 못하였어. 도성터를 놓고 삼봉에게 밀린 스승께서 삼봉의 도성터 논거가 불완전함을 우회적으로 지적하면서 멋진 한 방을 날린 완승이었지. 스승께서는 호압사 건축의 적임자로 그대를 찾고 있어."

"일 없어."

"아니야. 잘 생각해 봐. 한양 북쪽인 이곳에 회룡사를 짓고 남쪽 갓뫼 자락에는 호압사를 지어 백성의 기운을 순하게 해서 천년 불국토를 만드는 거야."

"백성의 기운을?"

도결의 눈에는 묶인 채 창칼을 기다리던 사람들의 퀭한 눈이 떠올랐다.

"백성은 물이고 하늘이고 호랑이지만 배가 뜬 다음에 물이 배를 전복시켜서는 안 되고, 왕이 호랑이 등을 타고 갈 수는 없지."

"백성을 바라보는 게 유씨들보다도 못하군."

"아니야. 이게 현실이고 세속의 일은 어쩔 수 없어. 어때? 이제 나와 그대가 용호가 되어 새 왕조를 수호하는 것이?"

"삿된 이론에 물들지 말게. 이 화상아. 난 토굴로 가겠네. 왕은 왕의 길이 있고 중은 중의 길이 있을 뿐이야."

주화 자루를 들고 서있는 도담을 뒤로 하고 회룡사 골짜기를 벗어난 도결은 남쪽으로 길을 재촉하였다. 한 떼의 개고마리가 하늘을 가로지르고 있는 봄날이었다.

정이수

경기 여주 출생
2002년 수필 「월요일 풍경」으로 『월간문학』 신인상 수상
2014년 소설 「타임 아웃」으로 『한국소설』 신인상 수상
수필집 『문자메시지 길을 잃다』
소설집(공저) 『소설, 인천을 낳다』
소설집 『2번 종점』

손바닥 노트

정이수

부산 동부경찰서에서 걸려온 전화를 받은 건 이륙 직전 비행기 안에서였다. 대뜸 한지영을 아느냐고 물었다. 경찰이라는 말에 지은 죄 없이 목소리가 기어들어 갔다. 한지영과 경찰? 쉽게 연결이 되지 않았다. 막연한 불안감, 왠지 느낌이 좋지 않았다. 뭔가 성가신 일에 연루된 게 분명했다. 한지영 그러니까 '소리'와는 하루에도 수십 통의 메시지를 주고받을 만큼 각별한 사이였다. 그럼에도 한지영을 아느냐는 물음에 '조금'이라는 말이 먼저 튀어나왔다.

"한지영 씨가 오늘 아침 자택에서 시신으로 발견됐어요. 마지막으로 연락한 사람이 김성주 씨로 돼 있어 전화 드렸습니다. 자세한 것은 만나 뵙고 말씀드리겠습니다. 사건 해결을 위해 협조 부탁드립니다."

"소리가 죽었다구요? 왜, 무슨 일로?"

소리가 죽었다는 말을 듣는 순간 머릿속이 하얗게 바래지는 것 같았다.

"전화로 말씀드리기는 좀 그렇고, 부검을 의뢰했으니 정확한 사인은 결과가 나와 봐야 알 것 같습니다. 여러 가지 정황상 자살로 추정하고 있습니다만."

"부검을 한다구요? 소리를요?"

"김성주 씨가 말하는 소리라는 분이 한지영 씨와 동일 인물인가요?"

"네. 한지영이 소리 맞습니다."

소리의 갑작스런 사망 소식이 믿어지지 않았다. 경찰은 자살로 추정하는 것 같았다. 설마, 그럴 리가? 내가 아는 소리는 스스로 목숨을 끊을 만큼 모진 여자가 아니었다. 아무리 생각해 봐도 짚이는 게 없었다. 형사가 뭐라고 계속 떠들어 댔지만 더 이상 아무 말도 귀에 들어오지 않았다. 비행기 안이라고 하자 형사는 돌아오는 대로 연락 달라며 전화를 끊었다.

서른다섯, 소리는 왜 거기서 스스로 생을 멈춰야만 했을까? 어젯밤 늦게까지 주고받은 메시지를 다시 한 번 훑어보았다. 죽음을 암시하는 그 어떤 단서도 들어 있지 않았다. 안구 건조증으로 안과에 다녀왔다는 내용도 그렇고, 이유 없이 살이 빠져 고민이라며 느닷없이 나의 이상형을 물어왔을 때도 평소처럼 농담을 주고받았다. 비쩍 마른 체형보다는 섹시스타 '경리' 같은 글래머가 좋다고 하자 곧바로 폰 화면 가득 하트모양의 이모티콘을 보내왔다. 그것이 소리와 주고받은 마지막 메시지였다. 빠르게 문자를 조합해 나갔다. 자꾸만 오타가 났다.

별일 없지? 세미누드 사진촬영대회가 있어 제주도 가는 중. 비행기 안이야. 이 메시지 받는 대로 답장 줘. 알았지? 공항에 내려서 전화할게.

평소 하던 대로 안부 메시지를 보내고 서둘러 휴대폰을 껐다. 탑승 전에 경찰의 전화를 받았다면 제주행을 포기하고 부산으로 달려갔을지도 모른다.

악몽이라면 빨리 깨어나고 싶다. 자살과 이어지는 단어들이 부유물처럼 눈앞에 둥둥 떠다녔다. 우울증, 수면제, 압박붕대, 유서, 머릿속은 헬륨가스를 집어넣기라도 한 것처럼 금세라도 펑! 하고 터질 것만 같다. 꺼져있는 전화기를 자꾸만 들여다보았다. 소리가 보낸 메시지가 도착해 있을 것만 같아서였다.

카페 photo essay방에 사진을 올리는 날이면 방문자 수가 여느 때보다 몇 배로 늘어났다. 조회 수가 많을수록 댓글도 줄줄이 달렸다. 황매산 철쭉축제 때 찍은 사진을 올렸을 때도 예외는 아니었다. 소리의 댓글이 첫 번째로 올라왔다.

좋네요. 역쉬! 그런데 이렇게 아름다운 꽃을 볼 수 없는 사람도 있답니다. 불행한 일이죠. 이건 어디까지나 가정인데요. 만약에 운영자님이 장애를 안고 태어날 운명에 놓인다면, 그래서 그중 하나를 선택해야 한다면 시력, 언어, 청각장애 중 어느 쪽을 선택하시겠어요?

댓글을 읽는 순간 소름이 돋았다. 만약이란 전제를 깔긴 했지만 아름다운 꽃 사진을 보며 왜 하필 장애인을 들먹이는 걸까? 상투적이긴 해도 예쁘다거나 멋있다면 족할 것을……. 카페 회원들이 개방적이고 표현이 자유롭다는 건 알고 있었지만 대놓고 그런 엉뚱한 질문을 받기는 처음이었다. '소리'란 닉네임에서 느껴지는 맑음, 상쾌함과 달리 그녀의 글에선 무거운 중음의 쳇소리가 났다. 너무 어둡고 무거운 질문에 쉽게 답을 할 수 없었다. 시간이 지나면서 게시물은 자연히 뒤쪽으로 넘어갔다. 그런데 카페를 들락거릴 때마다 내게 던져 놓은 그 짧은 댓글이 자꾸만 신경 쓰였다. 그냥 지나치기엔 뭔가 개운치가 않았다.

앞을 못 보는 사람과 말을 못하는 사람 그리고 듣지 못하는 사람, 세 유형의 장애인을 놓고 끊임없이 저울질을 했다. 무음으로 티브이를 시청하기도 하고, 눈을 감고 공원길을 걸어보기도 했다. 직접 체험까지 하며 댓글 하나에 집착하는 내 모습이 우습기도 했다. 그렇게 열흘이 훌쩍 지나갔다. 나는 밀린 숙제를 하듯 게시글에 댓글을 달았다. 굳이 하나를 고르라면 언어장애 쪽을 선택하겠다고. 몇 번의 가상체험을 통해 얻은 결과였다. 언어나 청각장애보다는 사물을 볼 수 없는 시각장애가 사회활동을 하는데 제약이 많을 것 같았다. 듣지 못하면 표정으

로 읽을 수 있고 언어전달은 수화로도 얼마든지 가능한 일이었다. 곧
바로 꼬리 글이 달렸다.

댓글 감사합니다. 저도 같은 생각이에요. 통하는 게 있어 좋네요.

시작은 그랬다. 그녀는 수시로 카페를 드나들며 여기저기 흔적을 남
겼다. 커피를 마실 때도 그랬고, 자신이 직접 만든 요리와 공원 풍경 심
지어 영화 예매표까지 사진을 찍어서 올렸다. 덕분에 카페는 북적였고
자유게시판이나 앨범 방 등 몇 개의 창에는 늘 불이 켜져 있었다. 특별
할 것도 없는 그녀의 일상을 그렇게 들여다보게 됐다.

개인적으로 카톡을 주고받을 만큼 가까워지면서 나는 그녀를 본명
인 한지영 대신 '소리'로 불렀다. 하긴 카페를 드나드는 회원은 모두 닉
네임으로 통했다. 소리. 어감도 좋고 무엇보다 부르기 편해서 좋았다.
왠지 사람 냄새가 나는 것도 같았다.

한지영. 부산 출생. 35세. 모태솔로. 취미는 영화감상과 사진촬영.

회원정보란에 올라있는 그녀의 프로필이었다. 영화 보기, 사진 찍기
등 나와 취미가 같다는 것에 우선 합격점을 주었다. 그녀의 말대로 취
미가 같다는 것만으로도 한 뼘 가까워진 느낌이었다. 뭔가 얘기가 통
할 것도 같았다. 그녀는 이미 나에 대해 많은 것을 알고 있었다. 회원
정보란에 있는 소리의 블로그 주소를 따라가 보았다. 놀랍게도 〈best
friend〉라는 카테고리를 만들어 많은 양의 내 글과 사진들을 옮겨 놓았
다. 부분적으로 편집된 사진들도 눈에 띄었다. 편집을 거치면서 전혀
다른 분위기로 탈바꿈한 사진이 있었지만 개의치 않았다. 그것마저도
그녀의 취향이고 나에 대한 관심인 것 같아 모르는 척했다. 개인전이
나 대회출품용 사진은 비공개로 따로 저장해 놓았기 때문에 크게 신경
쓰지 않아도 됐다.

잠시 들렀다 갑니다.

가입인사로 방문 흔적을 남겼다.

서로 신상을 털고 나자 그녀는 곧바로 존칭부터 잘라먹었다. 나를 마

277

치 십년지기 대하듯 했다.

베프! 내가 두 살 연상인 건 알고 있죠? 이제부터 존칭 생략. 대화는 문자로 주고받기.

저야 나쁠 거 없습니다. 근데 지극히 일방적이네요.

그녀의 부탁대로 의사소통은 문자메시지로만 가능했다. 문자조합이 서툰 나는 불편했지만 왜 꼭 그래야만 하는지는 묻지 않았다. 카페 회원은 아니었지만 소리와 비슷한 유형의 사람이 있었다. 매일 대여섯 통의 문자메시지를 보내는 사람이었다. 자신을 화가라고 소개한 그녀는 처음부터 일방적이었다. 작업 중인 미완성 작품이나 화실 풍경을 찍어 보내기도 하고 아주 가끔은 자신의 모습을 영상에 담아 보내기도 했다. 단발머리에 안경을 쓴, 선이 고운 여자였다. 그것이 사진을 통해서 본 그녀의 첫인상이었다. 하지만 그녀의 작품이나 얼굴모습을 보면서도 어떤 특별한 느낌 같은 것은 없었다. 다행히도 그녀가 보내오는 메시지엔 물음표가 없었다. 그래서인지 답장을 안 해도 부담이 없었다. 어쩌면 처음부터 답장 같은 건 기대하지 않았는지도 모르겠다. 날씨 이야기, 작품이야기, 여행을 하면서 겪었던 일상의 소소한 이야기들, 가끔은 자살을 암시하는 글로 염세주의자 같은 느낌을 주기도 했지만 그로 인해 내가 혼란스럽거나 심적 부담을 느낄 정도는 아니었다.

알 수 없는 것은 그 많은 문자메시지를 보내면서 단 한 번도 전화 통화를 하지 않았다는 사실이었다. 당연히 목소리를 들은 적도 없다. 투명인간도 아니면서 휴대폰 수신함에서만 존재하는 목소리 없는 여자, 혹시 언어장애가 있는 사람은 아닐까 의심이 들기도 했다. 사실 그 여자에 대해서 아는 것이 아무 것도 없었다. 목소리가 허스키한지 솔음의 하이 톤인지, 키가 큰지 작은지, 뚱뚱한지 말랐는지…… 하긴 내 쪽에서 먼저 그녀의 실체를 확인해 볼 수도 있었다. 유혹이 없었다면 거짓말일 게다. 하지만 나는 장난으로라도 전화번호를 누르는 따위의 짓은 하지 않았다. 누가 먼저랄 것도 없이 지켜온 불문율을 내 쪽에서 먼저 깨고 싶지 않았다. 굳이 새로운 인연을 만들고 싶지 않았다는 게 더 솔직한 표현인지도 모른다. 지치지도 않고 안부메시지를 전해오던 여자. 난 누굴 위해 그처럼 마음 보탠 적이 있었던가. 이제는 그마저도 지난 얘기가 됐지만.

문자메시지로만 소통이 가능한 사람, 소리도 어쩌면 그런 유형의 여자가 아닐까 하는 생각이 들었다. 다른 것이 있다면 화가 여자가 일방적이었다면 소리와는 매일 메시지를 주고받는다는 사실이었다. 느리기만 했던 문자조합도 이제는 제법 속도가 붙었다. 문자메시지, 아니 소리에게 점점 빠져들었다. 시도 때도 없이 울어대는 메시지 알림음. 어느새 나는 그것에 길들여지고 있었다.

카페 photo essay방에 저장된 사진들을 보니 풍경사진보다는 인물 중심의 사진들이 많았다. 그중 누드사진이 칠팔십 퍼센트를 차지하고 있었다.

누드사진을 찍게 된 동기가 무엇인지 궁금해요. 그쪽에 관심이 많은가 봐요?

소리의 질문에 장문의 답장을 보냈던 적이 있다. 우연한 기회였다. 사진에 관심을 갖게 된 것도 그리고 누드사진에 꽂히게 된 것도.

일본 출장길에서였다. 호기심에 들러본 성인 나이트클럽, 운명처럼 그곳에서 전라의 무희를 만났다. 실오라기 하나 걸치지 않은 여체는 그동안 내가 생각했던 것처럼 그렇게 외설스럽지 않았다. 완전체, 그야말로 예술 그 자체였다. 여자의 몸이 그처럼 아름다울 수 있는지, 표정 하나 동작 하나하나를 스캔해 두고 싶을 정도로 신비스러웠다. 그 어떤 표현으로도 내 감정을 드러낼 수 없었다. 무대 위 장면 하나하나를 두 눈에 담았다. 카메라를 하나 장만해야겠다고 마음먹은 것도 그때였다. 카메라를 손에 넣기까지 행복지수, 엔도르핀 수치 최고점을 찍었다. 두 달 치 월급이 날아갔다. 하나도 아깝지 않았다. 클럽에서 본 무희가 아니었다면 지금의 사진작가 김성주도 없을 것이다.

소리는 내가 올리는 사진에 꼬박꼬박 댓글을 달았다. 빛이 너무 들어갔다거나 구도가 안 맞는다는 둥. 처음엔 그저 사진에 관심이 많거나 나의 대한 관심도라 생각했다. 그런데 그게 아니었다. 작품을 보는 눈이 예사롭지 않았다.

이연주 갤러리에서 얀 사우덱의 사진전이 있는데 부산 구경도 할 겸 시간 비워 놓을래?

소리 방식의 데이트 신청이었다. 사진전은 나를 만나기 위한 구실인지도 몰랐다. 나쁠 것 없었다. 그렇잖아도 소리를 한 번 만나보고 싶었다. 곧바로 답장을 보냈다.

ktx 타고 소리 찾아갑니다. 17일 12시 부산역 도착 예정.

소리는 부산역으로 마중을 나오겠다고 했다.

여자를 만나러 가면서 긴장하기는 처음이다. 소리가 호락호락한 여자가 아니란 건 느낌으로 알 수 있었다. 메시지를 주고받을 때마다 직설적이고 저돌적인 성격이 그대로 드러났다. 소리의 장점이자 단점이었다. 부산역에 도착하기도 전 소리의 문자메시지가 먼저 도착했다.

카페 〈마주보기〉야. 친구들이랑 함께 있는데 곧장 카페로 오셩.

소리는 부산역이 아닌 커피숍에서 나를 기다리고 있었다. 친구들에게 나를 공개할 생각인가? 첫 만남을 위해 이벤트까지 준비했는데 기대는 보기 좋게 무너졌다. 카페 〈마주보기〉는 역에서 멀지 않은 곳에 있었다. 문을 열고 들어서자 사람들의 시선이 일제히 내게 쏠렸다. 삼십여 평 남짓한 가게 안은 조용했다. 음악소리조차 들리지 않았다. 쏟아지는 시선이 부담스러웠다. 그 시선 속에 소리가 있다고 생각하니 더 쑥스러웠다. 그때, 뻘쭘하게 서 있는 나를 향해 손을 들어 보이는 여자가 있었다. 한눈에 그녀가 소리라는 것을 알 수 있었다. 하지만 나는 못 본 척 창가 쪽 빈자리를 찾아 앉았다. 여자들 틈에 낄 자신이 없었다. 약속을 어긴 소리에 대한 서운한 감정 탓도 있었다. 자리에 앉기도 전에 메시지가 도착했다.

잘 찾아왔네. 오늘이 내 생일이야. 친구들이 연락도 없이 생일 축하 파티 해준다고 쳐들어 왔어.

생일인 줄 알았으면 선물을 준비했을 텐데. 나 신경 쓰지 말고 친구들과 즐거운 시간 보내. 커피 마시고 일어날게. 전시장엔 언제 갈 거야?

미안, 조금만 기다려. 기분 상한 거 아니지?

테이블 너머 한 공간에 앉아 있으면서도 서울에 있을 때처럼 문자를 주고받았다. 안 보는 척했지만 나도 모르게 소리가 있는 테이블 쪽으로 눈이 갔다. 커피 한 잔을 다 비울 때까지 소리는 오지 않았다. 음악이라도 있으면 덜 지루했을 텐데. 분위기 있는 카페에 음악이 없다는 게 좀 이상했다. 이른 시간이라 그런가? 이상한 것은 그뿐 아니었다. 가만 보니 소리의 행동이 여느 사람과 달랐다. 수화로 대화를 나누고 있었다. 친구들도 마찬가지였다. 문자로만 의사소통을 하자던 소리, 그게 이 때문이었나?

그렇다면 나를 부산까지 부른 이유는 뭘까? 이쯤에서 자신의 모습을 있는 그대로 보여주고 싶었던 걸까. 의문부호를 찍으며 생각이 꼬리를 물었다. 조금 더 지켜보기로 했다. 수화를 한다고 해서 모두가 말을 못하는 건 아닐 것이다. 그렇게 믿고 싶었다. 빈속에 마신 커피가 위벽을 훑는지 가슴께가 뻐근했다.

소리가 내 앞에 나타난 건 리필한 커피가 바닥을 보일 때쯤이었다. 소리가 먼저 손을 내밀어 악수를 청했다. 소리는 자리에 앉자마자 손바닥만 한 수첩을 내밀었다. 역시 슬픈 예감은 빗나가지 않았다. 소리에게 언어장애가 있는 게 분명해졌다.

지금부터 대화는 필담으로. 상황 판단 끝났을 테니 무슨 얘긴지 알겠지.

나는 소리를 빤히 쳐다보았다. 고운 피부에 이목구비가 뚜렷한 미인형이었다. 펜을 쥔 손이 떨렸다.

반가워. 그런데 무슨 인사법이 그래. 사람 불러 놓고 바보 만들기야?

예쁘다고 쓴 수첩을 들어 보이자 소리가 고개를 끄덕이며 웃어보였다. 두 사람의 대화는 테이블 위에서 펜글씨를 따라 이어졌다. 필담으로 밀린 이야기를 나누기에는 한계가 있었지만 의사소통에는 문제가 없었다. 볼수록 안타까운 마음이 더해졌다. 눈앞에서 확인을 했으면서도 믿고 싶지 않았다. 소리가 말을 못한다고 미리 고백했다면 그래도 부산행 기차를 탔을까?

비록 말은 못했지만 환하게 웃는 소리의 모습이 보기 좋았다. 가까이서 소리의 표정을 읽을 수 있다는 것만으로 만족했다.

많이 놀랐지? 마중 나가려고 했는데 날 보면 실망해서 곧바로 되돌아갈지 모른다는 생각이 들었어. 그래서 여기로 오라고 한 거야. 미안해. 아무튼 이렇게 와 줘서 고마워.

왜 있지도 않은 걱정을 미리하고 그래. 내가 그 정도밖에 안 되는 남자로 보여?

경험으로 미루어 보면 그래. 외모만 보고 들이대던 남자들이 내가 언어장애가 있는 줄 알면 그걸로 끝이더라고. 하지만 걱정 마. 연애 한 번 못해본 숙맥은 아니니까. 베프도 어쩌면……. 그렇더라도 부산 구경은 하고 가야지? 전시회장도 들르고. 나가자. 배고프지?

얘기를 하다말고 소리는 자리를 털고 일어섰다.

생일인데 주인공이 빠지면 안 되잖아. 친구들은?

내가 이 카페 사장인 거 몰랐지? 오늘 임시휴일이야. 조금 있으면 친구들이 또 몰려 올 거야. 그 전에 사라지자구. 부산에 머무는 동안 모든 스케줄은 내게 맡기고.

조금 불안했지만 따르기로 했다.

소리가 예약한 레스토랑에서 점심식사를 하고 전시회장으로 향했다. 갤러리를 둘러보는 동안 소리는 사뭇 진지했다. 카페에서 볼 때와는 또 다른 모습이었다. 그동안 메시지를 통해 많은 이야기를 주고받았지만 만남은 이번이 처음이었다. 처음 만난 남녀가 누드사진전을 둘러본다는 것이 평범한 사고를 가진 사람들이 할 수 있는 행동은 아니었다.

갤러리는 생각보다 많은 사람들로 붐볐다. 블로그에 올라온 사진을 통해 미리 숨 고르기를 한 때문인지 소리는 전라의 사진 앞에서도 얼굴색 하나 변하지 않았다. 당당하게 자신의 느낌을 글로 써 보이거나 내게 질문을 하기도 했다. 나의 작품세계를 되돌아볼 수 있어 좋았다. 부부, 연인, 모자, 부녀 등 다양한 인간관계를 표현한 사진을 둘러보며 포르노와 예술의 경계는 어디까지일까에 생각이 미치자 전라의 모습으로 춤을 추던 클럽에서 본 무희의 모습이 떠올랐다.

최초 누드화가가 스페인 출신의 고야라는 건 알고 있지?

전시장을 둘러보고 나왔을 때 소리가 내게 던진 첫 번째 질문이었다. 내가 잘 모르겠다는 표정으로 얼버무리자 볼펜을 쥔 소리의 오른손이 바삐 움직였다. 고야가 그린 '옷을 벗은 마하'가 바로 그것이라고 했다. 가족들은 죽은 지 20년이나 된 그림 속 모델의 주인공 알바공작 부인의 무덤을 파헤쳐 그림 속 마하의 골격까지 확인했고, 그 일로 7년 동안 법정소송에 휘말리기도 했다며 친절하게 설명해 주었다. 우리나라에선 조선 마지막 황태자 영친왕이 누드에 관심이 많아 직접 그림을 그리기도 했다고 한다.

소리가 사진이나 그림에 관심이 많다는 건 알고 있었지만 그 정도로 꿰고 있는 줄은 몰랐다. 알고 보니 소리는 대학에서 그림을 전공한 미술학도였다. 관심 정도가 아닌 전문가 입장에서 출품된 작품들을 살펴보았던 것이다. 사진작가와 화가가 같은 시각을 가질 수는 없겠지만 많은 부분 공통점이 있다는 걸 알 수 있었다. 부산행 ktx를 탈 때만 해도 사진전 초대가 순전히 나를 만나기 위한 미끼라 짐작했는데 그게 아닌 것 같아 부끄러웠다. 함께 있는 시간이 길어지면서 소리의 또 다른 면을 보는 게 마냥 즐거웠다.

내가 어찌 사는지 궁금하지 않아? 오늘 올라갈 거 아니면 우리 집으로 가자.

시간이야 얼마든지 쓸 수 있지만 그렇다고 여자 혼자 사는 집에 어떻게?

그런 이유 때문이라면 괜찮아. 부산에 있는 동안은 내게 맡기기로 했잖아.

거절했지만 통하지 않았다. 소리가 하자는 대로 따르기로 했다. 부산 지리도 잘 모르고, 무슨 일이 생긴다 한들 소리에게 언어장애가 있다는 사실을 안 것보다 더 크게 놀랄 일은 없을 것 같았다. 생각을 바꾸고 나자 마음이 편했다. 사실 대화를 나눌 때가 아니면 소리가 언어장애가 있다는 것을 전혀 느낄 수 없었다.

혼자 사는 여자 집을 방문한 것도 처음이었지만, 여자를 만나면서 하루 종일 지갑 한 번 열지 않은 것도 처음이었다. 소리는 아파트에 도착하자마자 와인을 들고 나왔다. 와인이 한 잔 들어가자 어색하던 분위기가 한결 부드러웠다. 생각보다 크게 불편하지 않았다. 대화의 주제는 주로 사진에 관한 거였다. 카메라 사용법에 대해 이것저것 질문을 하던 소리가 갑자기 화제를 바꾸었다.

나 어때? 이 정도면 모델로 훌륭하지 않아. 사진 부탁해도 되겠지?

어려울 거 없어. 이래 봬도 내 이름을 걸고 사진을 찍는 사람이야.

헌데 그것이 스냅사진이 아닌 누드사진임을 알고 나는 귀를 위심했다. 당황할 수밖에. 즉흥적인 것인지 아니면 처음부터 계획적으로 나를 끌어들였는지 모르지만 선뜻 대답을 할 수 없었다. 잠시 어색한 침묵이 흘렀다. 누드사진을 찍으면서부터 나는 여자를 보면 옷부터 벗기고 보는 습관이 생겼다. 물론 상상 속에서만 존재하는 여체의 탐닉이다. 오늘 카페에서 소리를 만났을 때도 예외는 아니었다. 그런데 소리가 누드사진을 찍겠다며 스스로 옷을 벗겠단다. 속마음을 들킨 것 같아 얼굴이 달아올랐다. 연거푸 술잔을 비웠다. 소리는 자신이 내뱉은 말에 끝장을 보려는지 나를 설득하기 시작했다.

누드사진을 처음 찍는 것도 아니면서 왜 그래? 여긴 촬영장이고 작품사진을 찍는다고 생각하면 되잖아.

말이 되는 소리를 해야지. 자신 없어.

왜 말이 안 돼. 안 되는 걸 되게 만드는 것도 능력이야. 나를 모델로 한 번 찍어 봐. 오늘 갤러리에서 봤잖아. 베프는 셔터만 눌러. 포즈는 내가 알아서 취할 테니까. 말을 못하니까 몸으로라도 표현해 보고 싶어서 그래. 나 준비하고 나올게.

내 기분 따윈 안중에도 없었다. 멍하니 소리의 뒷모습을 바라보던 나는 무엇에 홀린 듯 주섬주섬 카메라를 챙기기 시작했다. 그래, 소리 말대로 난 지금 작업 중이야. 모델이 누구면 어때. 소리에 대한 감정은 잠시 접어두고 한 번 해보는 거야. 난 프로야. 철저히 사진쟁이로 돌아가자. 삼각대에 카메라를 고정시키며 최면을 걸듯 중얼거렸다. 그 어느 때보다 긴장이 됐다.

소파 위에 비스듬히 누워 있는 전라의 여자, 카메라 셔터 소리, 그리고 또 하나의 배경이 되어 움직이는 남자, 작업은 빠르게 진행됐다. 소리는 초보답지 않게 나의 주문이 있기도 전, 여러 각도의 포즈를 취했다. 자신의 끼를 한껏 드러내며 마치 오늘의 촬영을 준비한 사람처럼 적극적이고 능동적이었다. 작업이 진행되는 동안 대담하게 카메라 앵글 속을 휘젓고 다녔다. 원하는 컷이 나올 때까지 찍고 또 찍었다. 의외의 대작을 건질지도 모른다는 생각이 들었다. 화려한 조명 아래 보았던 무희의 곡선까지는 아니더라도 충분히 작품성이 있었다. 가슴 선이 매우 아름다웠다. 줌을 이용해 확대한 가슴, 꽃망울 같은 유두를 중심으로 쉼 없이 셔터를 눌러댔다. 목덜미에서 쇄골을 지나 이어지는 선의 유혹, 나는 아주 잠깐 흔들렸다. 작업할 때만큼은 개인적인 감정을 접어두자고 했던 다짐을 비웃기라도 하듯 몸이 먼저 반응했다. 초점을 자동 기능에 맞춰놓고 그대로 소리 위에 포개져도 좋을 것 같다는 생각이 들었다. 나의 마음을 읽은 것일까? 시간이 지나면서 소리의 몸짓에서 미세한 떨림 같은 게 느껴졌다. 대담한 척했지만 그게 아닌지도 몰랐다.

촬영이 끝나자마자 소리는 안방으로 뛰어 들어갔다. 한참이 지나도록 기척이 없었다. 자정이 넘도록 안방에서 나오지 않았다. 얼결에 소리의 알몸을 카메라에 담긴 했지만 정신이 없기는 나도 마찬가지였다. 갈증이 났다. 와인을 두 잔이나 연거푸 마셨다. 빠르게 술기운이 돌았다.

자정을 훌쩍 넘긴 시각, 나는 서둘러 카메라 장비를 챙겨들고 아파트를 빠져나왔다. 빈 택시는 좀처럼 나타나지 않았다. 큰 도로를 따라 걸었다. 비틀거리며 걷는 폼이 영락없는 주정뱅이 모습이었을 것이다. 말 못하는 소리, 부산역, 마주보기, 나체사진, 생각나는 대로 마구 지껄여 댔다. 뒤쪽에서 승용차 한 대가 달려왔다. 손을 들어 세울까 하다 그만두었다. 승용차는 더 이상 속도를 내지 않고 마치 내 걸음에 속도를 맞추기라도 한 양 적당한 거리를 유지하며 따라왔다. 헤드라이트 불빛에 노출된 나는 영락없이 한 마리 길 잃은 고양이었다. 헤드라이트 불빛이 계속 나를 향해 비춰졌다. 나도 모르게 어깨에 멘 카메라가방 끈을 움켜쥐었다. 긴장을 해서인지 갑자기 소변도 마려웠다. 횡단보도를 건너려고 주춤하는 사이 뒤따르던 승용차가 내 앞에 멈춰 섰다. 소리였다. 소리는 아무 일도 없었다는 듯 운전석에 앉아 나를 향해 손을 흔들어 보였다. 하지만 나는 선뜻 차에 오르지 못했다.

호텔까지 안내할게. 오늘은 아무 생각 말고 그냥 푹 자. 아침에 로비에서 기다릴 테니까 9시까지 내려와.

운전석에 앉아 있는 소리는 여차하면 강제 연행이라도 할 것처럼 단호했다. 더 이상 버틸 수도 버틸 이유도 없었다. 호텔 정문 앞에서 나를 내려주고 소리는 되돌아갔다.

부산을 다녀오고 며칠 뒤 택배가 도착했다. 소리가 보낸 것이었다. 사진작가라면 누구나 탐낼 만한 고가의 카메라였다.

내가 쓰려고 샀는데 아무래도 임자가 따로 있는 것 같아서. 나를 모델로 써준 고마움의 표시야. 그날 내가 좀 오버한 거 맞지?

선물 고맙다는 인사와 앞으로 자주 부산행 ktx를 타겠다는 메시지를 보내는데 이틀이 걸렸다.

부산 갈 때 카메라 꼭 챙겨갈게. 벌써 기다려지네. 그땐 꼭 역으로 마중 나와.

둘만의 여행 계획을 세웠다. 듣지 못하고 말 못하는 소리를 위해 많은 것을 보여주고 싶었다. 일주일 뒤 나는 소리가 선물한 카메라를 들고 부산으로 향했다.

문자메시지, 손바닥 노트에 이어 소리와 나 사이에 또 다른 방식의 소통이 시작했다. 뜨거운 몸의 대화였다. 그것은 몇 배의 집중력이 필요했다. 몸이 요구하는 순간순간마다 손가락 글씨를 썼다. 가슴과 등 그리고 손바닥에……. 몸의 대화는 어둠 속에서 더 빛을 발했다. 나는 점을 찍듯이 소리의 등에 하트를 그렸다.

휴대전화는 날마다 메시지를 토해내느라 몸살을 앓았다. 우린 그새 현관 번호 키 비밀번호를 공유하는 사이가 됐다. 그 어떤 선물을 받은 것보다 기분 좋은 일이었다. 그랬는데 그랬었는데…….

제주공항은 많은 사람들로 붐볐다. 때맞춰 비까지 내리고 있었다. 사람들 틈에 끼어 떠밀리다시피 청사 밖으로 나왔다. 일행들에게 양해를 구하고 택시 승강장으로 향하던 발길을 돌려 다시 공항 출입국장으로 들어왔다. 다행히 부산행 비행기 표를 구할 수 있었다.

왜 그랬을까? 소리가 자살을 하다니. 여전히 답은 없고 머리만 복잡했다. 소리가 살던 아파트로 향했다. 확인해 보고 싶었다. 왜 극단적인 선택을 할 수밖에 없었는지. 나에게까지 말할 수 없는 사연이 무엇인지. 그곳에 가면 소리가 내게 남긴 무언가가 있을 것만 같았다.

현관문에 노란색 테이프가 둘러져 있었다. 폴리스라인이 쳐진 곳을 함부로 들어갔다가는 책임을 추궁당할 게 뻔했다. 민형사상의 책임, 하지만 개의치 않았다. 그건 나중 문제였다. 떨리는 손으로 번호 키를 눌렀다. 3335, 나와 소리의 나이를 차례로 나열한 숫자. 문은 쉽게 열렸다다. 까다롭지 않은 건 주인을 꼭 닮았다.

거실과 안방 그리고 주방을 찬찬히 둘러보았다. 특별히 달라진 건 없었다. 마지막으로 작은방 문을 열었다. 눈앞에 펼쳐진 소리의 흔적, 나도 모르게 호흡을 가다듬었다. 메모지와 사진으로 한쪽 벽면이 도배가 되다시피 했다. 소파에 비스듬히 누워있는 전라의 소리, 그날 찍은 사진이었다. 사진 속의 그녀는 분명 살아 있었다. 금방이라도 튀어 나와 손바닥 노트를 내밀 것만 같았다. 퍼즐을 맞추듯 붙여놓은 형형색색의 메모지들, 직접 쓴 손 글씨도 있고 문자메시지를 복사해서 순서대로 붙여놓은 것도 있었다. 역시 소리다운 발상이었다. 비밀 창고, 기억을 저장해둔 곳, 소리는 자신에게 질문하고 답하면서 자기만의 방법으로 세상과 소통했던 것이다. 나는 벽에 붙어 있는 메시지를 하나하나 읽어 나갔다.

그 사람과 통하는 게 있어 좋다. 한 뼘 가까워진 느낌이다.

베프, 그 사람이라면 나를 이해해 줄 것도 같다. 소중한 걸 잃지 않으려면 용기가 필요한데, 그런데 자신이 없다.

그가 나에게 한 발자국 다가오면 두 발자국 뒤로 물러서게 된다. 겁이 난다. 내 곁에서 멀어질까 봐.

계속 가다 보면 답이 나올까?

메모지 한 장을 뜯어내 소리의 글 바로 밑에 답글을 썼다.

세상은 한 번 살아볼 만하다고 생각했어. 소리 너를 만나면서부터.

메모지를 다시 제자리에 붙여 놓았다. 한참을 그렇게 소리의 흔적을 더듬으며 서성거리다 아파트를 빠져 나오는데 등짝에 메시지 하나가 매달렸다. '스치면 인연, 스며들면 사랑이래. 나도 스며들고 싶어, 간절히⋯⋯.' 소리의 목소리를 처음으로 들은 것도 같다. 곧바로 택시를 잡아탔다. 행선지를 묻는 운전기사에게 부산동부경찰서로 가자고 했다.

휴대폰을 쥔 손이 자꾸 간질거린다. 소리가 내 손바닥에 뭔가를 쓰고 있는 것 같다. 하지만 무슨 글자인지는 알 수 없었다. 상형문자 같기도 하고 설형문자 같기도 했다.

박초이

추계예술대학교, 숭실대 대학원 문예창작학과 졸업
2016 〈문학나무〉 가을호 등단

프레임 밖, 의뢰인

박초이

　내 눈은 오십 미터 표준렌즈다. 먼 대상물을 가까이 끌어당겨 볼 수도 없고 이미지를 확대하거나 축소할 수도 없다. 프레임에 담긴 쓸모없는 잡동사니를 의도적으로 제거해 버릴 수도 없다. 하지만 어떤 각도가 편안함을 주는지, 어떤 피사체가 시선을 끌어당기는지 본능적으로 알 수 있다. 수많은 인파 속에서 의뢰인을 한눈에 구분해 낼 줄 알며 그들의 몸짓을 읽을 수도 있다.

　나는 의뢰인을 눈으로 찾는다. 그는 카페테라스에 앉아 있다. 나는 초점거리를 설정해 의뢰인을 화면 중앙에 배치한다. 프레임 안으로 그가 들어온다. 그는 침울해 보인다. 앞에 앉은 약혼녀도 침울해 보인다. 결혼을 한 달 앞둔 남녀로는 보이지 않는다. 찻잔을 만지는 손길도, 가끔 훌쩍이는 모습도 곤혹스러워하는 빛이 역력하다. 마치 만나서는 안 될 사람을 실수로 만나 차 한잔 마시고 헤어지려는 사람들 같다. 이래서는 제대로 된 사진이 나올 리 없다. 파파라치 스냅 사진이라고 해서 데이트 장면만을 무차별적으로 찍는 것은 아니기 때문이다. 파파라치 컷을 원한 건 남자였다. 식전 영상으로 상영할 건데 데이트 사진이 별로 없어서요. 스튜디오 사진은 너무 인위적이라. 남자는 영상에 사계절이 들어가야 된다고 했다. 주변 사람들이 자신과 약혼녀를 일 년 전부터 교제한 것으로 알고 있다면서. 여름을 담기 위해 워터파크로 겨울을 담기 위해 은악으로 갈 예정이었다. 아직 시월인데 은악에는 눈이 왔다고 했다.

뷰 파인더 속 표정은 피사체가 들려주는 말과 같다. 저들은 아직 대화를 나눌 준비가 되어 있지 않다. 그 어떤 말도 하지 않겠다는 듯한 완강함이 느껴진다. 무언가 새로운 구성이 필요하다. 두 사람 사이로 빛이 새어든다면. 그림자가 기울어 서로에게 포개어 진다면. 대화를 나누고 있다는 듯한 느낌, 아쉬워하는 듯한 느낌을 만들어야 한다. 초대형 스크린을 채울 영상이라고 해서 웃는 얼굴만 나열할 필요는 없다. 아마도 의뢰인이 나를 찾은 건 일상을 담되 특별한 순간을 포착하고 싶었기 때문일 것이다. 식장을 찾는 사람들에게 그들의 이야기와 역사를 들려주고 싶었기 때문일 것이다. 그것이 비록 연출이기는 하지만. 나는 줌인, 줌아웃을 반복한다. 왼쪽에 여백을 넣었다, 오른쪽에 여백을 넣었다를 반복한다. 카페 뒤 호수를 배경에 넣었다, 빼기를 반복한다.

나는 화각이 넓은 이십오 밀리미터 렌즈로 바꾼다. 조리개를 f/22로 설정한다. 프레임 안으로 너무 많은 것들이 무차별적으로 쏟아져 들어온다. 내 눈 앞에 있는 넝쿨과 의뢰인 뒤쪽에 있는 나무들까지 선명하게 보인다. 모든 것이 작고 멀지만 대신 선연하다. 테라스를 가득 채운 화병과 화병 안에 놓여 있는 작은 돌과 꽃, 나무껍질의 거칠고 퍼석한 질감까지 느껴진다. 그들 사이에 놓여 있는 흰 머그컵도 보인다. 머그에 새겨진 그림은 드럼이다. 음표도 몇 개 그려져 있다. 남자는 컵에 그려진 음표를 손으로 만진다. 어쩌면 남자는 재즈 바에서 섹스폰을 연주하는 광경을 보고 있는 중인지도 모르고 여자는 야생화가 펼쳐진 들판을 바라보는 중인지도 모른다.

태양이 떨어지면서 호수 주변의 카페를 환하게 비춘다. 호수 사이를 가로지르는 철교에는 그늘이 진다. 그늘 진 철교와 태양빛이 화려하게 비치는 카페를 배경으로 그들은 걷고 있다. 나는 멀리서 그들이 오기를 기다린다. 호수 속에 카페와 하늘이 반영돼 구불구불한 길을 잘라 놓은 것 같다. 잘라 놓은 길을 뚫고 그들이 온다. 형체와 질감은 모두 사라지고 그들의 실루엣만 보인다. 실루엣 둘이 멈춰 선다. 마주본다. 남자가 여자의 허리를 끌어당기자 여자의 고개가 뒤로 젖혀진다. 오늘도 어김없이 똑같은 패턴이다. 호숫가 카페, 일몰 직전의 산책, 입맞춤. 다르다면 은악과 워터파크가 끼어든다는 것 정도. 부득이하게 은악으로 가 일박을 하고 내일도 파파라치 스냅 사진을 찍어야 한다는 것.

남자는 육 개월에 한번씩, 규칙적으로 내게 사진을 의뢰했다. 매번 상대는 다른 여자였고 이번이 여섯 번째였다. 그는 내 첫 고객이기도 했다. 그를 통해 나는 캔디드 사진이 내게 잘 어울리는 작업일지도 모른다는 생각을 하게 됐다. 그는 까다로운 고객이 아니었기 때문이다. 그는 사진 찍는 걸 간섭하지도 않았고 두 시간에 100장, 보정 20컷의 요구사항도 없었다. 찍은 사진을 모조리 보내 주면 거래는 성사되었다. 사진은 즉시 파기한다는 조건과 상대 여자가 모르게 촬영해 달라는 요구 상황이 붙었지만 그건 당연한 일이었다. 비밀 보장, 완벽 파파라치 컷, 그것이 내가 다른 사진가와 구별되는 지점이며 고객들이 나를 찾는 이유이기 때문이다.

나는 SNS나 블로그를 통해서만 일을 의뢰받았다. 연락은 문자나 이메일로만 했고 돈은 온라인으로만 입금 받았다. 미리 정해놓은 장소에 가서 도착했음을 알리는 문자 한통과 함께 일을 시작했고, 끝났음을 알리는 문자 한통과 함께 일을 끝냈다. 촬영하는 내내 들키지 않기 위해 노력했지만 간혹 의뢰인들이 눈치 채는 경우도 있었다. 하지만 그들은 대부분 모른 체 하거나 상대 여자가 눈치 챌 수 없도록 나를 도와주었다. 상대가 알아채도 크게 문제되지 않았다. 그것은 특별한 데이트를 위한 이벤트이며 기념일 앨범을 제작하기 위한 촬영이라고 말하면 되었기 때문이다. 대부분의 여자들은 자신이 생각했던 것보다 훨씬 예쁜 자신의 모습을 발견하고 기뻐했다. 마치 아름다움만 꺼내주면 그 어떤 도둑 촬영도 감당할 각오가 되어 있는 사람들처럼.

내 역할은 늘 여기까지였다. 카페에 앉아 차 마시는 것을 촬영하고 호숫가를 산책하는 것을 찍는 것. 그 뒤 의뢰인이 여자와 무엇을 했는지는 모른다. 어쩌면 레스토랑에 가서 밥을 먹고 모텔에 갔는지도 모른다. 아니면 라이브카페에서 음악을 듣고 집으로 갔는지도. 늘 같은 곳을 찾는 남자의 행동이 궁금해 미행하고 싶었던 적이 있었다. 그건 축구 경기장에서 선수들을 더 잘 보기 위해 쌍안경을 들이대는 것과 같다. 하지만 나는 쌍안경을 들이대지 않았다. 내가 고객과 계약한 것은 딱 거기까지였기 때문이다. 그렇게 생각하면서도 나는 뷰 파인더를 거두지 않는다. 그들의 내밀한 순간들을 기록하고 싶다. 관계에 대한 발전의 궤적을 보여주는 순간들 말이다. 표정을 좀더 세밀하게 살필 수 있다면. 나는 렌즈를 당긴다. 빛이 표정을 거둔다. 다른 각도에서 보면 표정을 볼 수 있을지도 모른다. 방향을 바꾼다.

휠체어 탄 여자가 보인다. 주위에 누군가 있을 법 한데 아무도 없다. 여자는 철교 위에서 호수를 바라보다 몸을 돌린다. 휠체어 바퀴를 두 손으로 민다. 드르륵, 드르륵 바퀴 굴러가는 소리가 철로를 가득 메운다. 힘줄이 툭툭 불거진 건강한 팔 근육이 쉴새없이 오르락내리락한다. 그 뒤로 여자의 가뿐 숨소리가 들린다. 쇄골을 타고 흐르는 굵은 땀방울도 보인다. 마치 여자는 바퀴 굴리는 일을 하는 노동자 같다. 신호등 없는 철로 위에서 철로의 바퀴를 확인해야 하는 바퀴 검수자 같기도 하다. 일하는 자의 힘겨움, 살아 내야 하는 자의 고단함이 느껴진다. 여자의 겨드랑이 아래도 점점 넓게 번지는 땀의 흔적. 아버지의 티셔츠가 생각난다.

아버지는 의류 상가의 지하, 전기실에서 근무했다. 그곳에서 아버지는 전구를 갈아주거나 수도꼭지를 교체해 주거나했다. 때로는 막힌 변기를 뚫어 주었고, 그것이 여의치 않을 때는 변기를 뜯어 재조립해 주기도 했다. 아버지에게서는 늘 땀 냄새가 났고 옷이 축축했다. 상가 주인들은 땀으로 번진 아버지의 젖은 티셔츠를 보며 수군거렸다. 저 얼굴로 지하실에서 지내다니. 몸도 좋고 성격도 나무랄 데가 없는데. 인물이 아깝다니까. 그 얘기 들었어. 마누라 얘기, 장모 얘기.

나는 카메라 방향을 바꾼다. 누군가 나를 감시하고 있는 것 같다. 카메라가 미치지 않는 프레임 밖에서. 누구일까. 의뢰인일까. 아니면 휠체어 그녀일까. 나는 주변을 샅샅이 살핀다. 의뢰인도 휠체어 그녀도 아니다. 의뢰인은 호숫가에 앉아 있고, 휠체어 그녀는 잠시 쉬고 있다. 카페 안에서 누군가 나를 훔쳐보고 있는 것은 아닐까. 내가 볼 수 없는 곳에서. 느낄 수도 없는 곳에서. 엄마의 눈이 생각난다. 내 모든 것을 보려하는 눈. 내 모든 행동을 감시하고 있는 듯한 눈. 너는 엄마의 눈이야, 아버지 말이 들린다. 네가 보는 것을 보고 싶어, 엄마의 말도 들린다.

엄마가 어딘가에서 나를 지켜보고 있는 지도 모른다. 그럴 리 없는데도 그런 것 같다. 골목길에서 택시에 치일 뻔 했을 때도, 공원에서 아이들에게 둘러싸여 폭행당할 뻔 했을 때도 어딘가에 숨어 있던 엄마가 지팡이를 휘두르며 나왔다. 엄마의 눈에서 벗어나야 한다. 나는 의뢰인에게 초점을 맞춘다. 인내심을 가지고 지켜보다보면 눈길을 끌만한 자연스런 행동을 포착할 수 있을지도 모른다. 최고의 패션은 멋진 옷이나 액세서리로 치장되는 것이 아니라 자연스런 행동과 표정에 있기 때문이다. 그 어떤 값비싼 옷도 표정을 따라가지 못한다. 그에게 어울리는 최고의 패션을 찾아주고 싶다. 하지만 그는 약혼녀와 함께 자동차 안으로 들어간다. 아마도 은악으로 출발할 생각인 것 같다.

나는 망원 줌렌즈를 장착하고 은악을 프레임에 담는다. 산꼭대기에는 눈이 설핏 쌓여 있고 산중턱은 단풍을 품고 있다. 입구에는 떨어진 낙엽과 은행잎이 굴러다닌다. 산 깊숙한 곳 어딘가에서는 계곡물이 흘러갈 것 같고, 그곳은 여름의 울창함을 숨기고 있을 것 같다. 나는 의뢰인에게 다가가 케이블카를 타고 올라갈 것인지, 등산로를 따라 이동할 것인지 묻는다. 등산로 쪽이 나을 것 같다는 말도 덧붙인다. 그는 알았다고 대답한다. 나는 앞서서 걷는다. 미리 좋은 자리를 선점하고 기다려야 한다. 그들이 프레임 안으로 들어오는 적절한 순간에 셔터를 눌러야 한다.

한참을 걷다 나는 멈춘다. 가지런히 늘어선 나무들이 시선을 잡아당긴다. 나무 위쪽에는 얼키설키 엮은 새둥지도 보인다. 나는 렌즈를 당긴다. 짚의 틈새로 움직이는 물체를 포착할 수 있을 것 같은데 아무것도 보이지 않는다. 틈이 있을 것 같지만 틈이 없다. 하나의 틈새를 지나면 그 안에 보이는 것은 또 다른 짚이고, 그 짚의 틈새를 지나면 또 다른 짚이 보일 뿐이다. 새 둥지는 강풍도 피할 수 있을 정도로 안전하고 견고해 보인다. 아쉽다. 불가능을 가능으로 만들어주는 것, 그것이 망원렌즈라 생각했다. 망원경을 통해 달 표면을 관찰할 수도 있고 불에 휩싸인 숲을 멀리서도 촬영할 수 있으며, 보이지 않는 풍경을 담을 수도 있다고 생각했다. 하지만 그것은 특정 장소, 특정 사람에게만 허락된 일인 것 같다. 낭패감이 든다. 나무들만이 무질서하게 눈으로 들어온다. 혼란스럽다. 나는 뷰 파인더 속으로 나무들을 가둔다. 질서를 준다. 카메라를 처음 만지던 날이 떠오른다.

여섯 살인가, 일곱 살인가 그 무렵이었다. 아버지가 일하는 전기실에 나 혼자 있었다. 전기실 앞에는 배관통과 가스 설비 시설들이 쭉 늘어서 있었다. 그것들은 때로 죽은 동물의 뼈처럼 기이한 형태로 얽혀 있었는데, 갑자기 동물들이 무리지어 이동하는 듯한 소리를 내며 내게 다가오곤 했다. 그때마다 나는 심장이 아팠고 기침이 나왔다. 귀가 멍멍해졌으며 팔 다리를 움직일 수조차 없었다. 나는 애벌레처럼 꿈틀거리며 기둥 아래 틈 속으로 기어들어갔다. 그 틈에서 녹슨 카메라를 발견했다. 나는 카메라를 들고 네모난 구멍을 통해 설비 시설들을 훔쳐보았다. 둥그런 파이프와 배관들을. 누군가 의도적으로 무질서하게 버려둔 것만 같은 시설물을. 구멍 안으로 들어온 그것들은 단순한 선과 면이 아니라 생명력이 깃든 사물로 보였다. 쇳가루가 묻어날 것 같은 배관은 노쇠하고 병든 노인의 피부 같았고, 한쪽 면만 빛이 닿아 반짝거리는 파이프는 어둠 속에서 빛나는 엄마의 눈 같았다. 이상하게도 마음이 편안해졌다. 더 이상 무섭지 않았다. 그게 무엇인지는 모르겠지만 배관 이전의 무엇, 파이프 이전의 무엇과 마주친 기분이었다. 재료의 본래 얼굴이 있다면 저런 얼굴일지도 모른다는 생각이 들기도 했다.

나무들 사이로 의뢰인과 여자가 보인다. 의뢰인이 앞서서 걸어오고 여자가 그 뒤를 따른다. 나는 의뢰인의 표정을 살핀다. 그의 얼굴에서 복잡한 감정이 읽혀진다. 계획대로 움직이는 자의 불안과 두려움, 책임감 같은. 그것이 무엇이든 간에 목표를 이루고 말겠다는 단호함도 엿보인다. 문득 그가 했던 말이 떠오른다. 다섯 번째 여자와의 촬영을 마친 후였다. 이건 제 마음을 확인해 보려는 과정이에요. 사진 속 표정을 보면 제 마음이 읽혀지거든요. 올해는 결혼하고 싶은데. 제 목표예요. 다섯 번째 여자와는 헤어진 걸까. 사진 속 표정에서 아무것도 확신할 수 없었던 것일까. 불과 이 개월 전인데. 다섯 번째 여자가 아닌 여섯 번째 여자와 결혼을 서두르는 이유는 무엇일까.

나는 여자를 살핀다. 여자의 표정은 덤덤하다. 그저 정해진 길을 따라 걸어가기만 하면 되는 사람처럼 앞만 보고 걷는다. 걸음을 옮기는 속도도 일정하다. 평균적인 키에 평균적인 외모, 평균적인 옷차림. 너무나 평범해 어디를 가든 어느 곳에서든 비슷한 사람을 무수히 발견할 수 있을 것만 같다. 문득 어렸을 때 가지고 놀던 장난감 카메라가 생각난다. 비슷비슷한 동굴 사진만 오십 장 정도 들어 있던 카메라. 셔터를 누르면 다음 사진이 보이고, 또 누르면 다음 사진으로 넘어가던. 마지막 사진까지 다 보고나면 다시 처음 사진이 나오는, 똑같은 사진이 무수히 반복되던 카메라였다. 셔터를 누를 수는 있지만 찍을 수는 없는. 아마도 그때부터였던 것 같다. 새로운 사진을 찍고 싶다는 충동을 느꼈던 것이. 나만의 카메라로 나만의 사진을 찍고 싶다는 기대를 품었던 것이. 여자는 삶에 대한 기대도, 충동도 없는 것일까.

그들 모습을 몇 컷 담은 후 나는 앞서서 내려간다. 하산 하는 모습을 찍기 위해 산 정상을 프레임에 담는다. 배경이 쓸 만하다. 나는 그들에게 바위 위에 서 보라고 말한다. 그들이 바위 위에서 나를 내려다본다. 굳이 웃지는 않더라도 산 정상에 섰을 때의 희열, 혹은 연인과 함께 할 때의 행복한 긴장이 느껴졌으면 좋겠다. 하지만 저들은 그저 식전 영상을 위해 자세를 취하는 것 같다. 저들에게 결혼이란 무엇일까, 궁금하다. 이게 아닌데, 하면서도 셔터를 누른다. 좋은 사진이 되기는 글렀다. 단 한 컷이라도 숨겨진 얼굴을 찾아주고 싶은데 저들은 어울리지 않는 장식으로 표정을 가리고 있다. 어쩔 수 없이 살아야 하는 부부처럼. 아버지 얼굴이 겹쳐진다.

아버지는 얼마 전 일을 그만 두었다. 그 후 누워서만 지냈다. 아버지를 일어나게 하는 것은 종편에서 방영되는 현실을 재현한 이야기들 뿐이었다. 어쩌면 실재라고 말하는 기막힌 사연들을 보면서 아버지는 자신의 인생을 위로받으려는 건지도 몰랐다. 앞 못 보는 아내와 자폐적인 아들, 암에 걸린 장모를 혼자 감당한 삶이 다른 사람들의 삶에 비하면 괜찮다고. 혀를 쯔쯔 차거나 올바르게 살아야지, 암 그래야지, 중얼거리면서 힘겨웠던 자신의 삶을 인정받고 싶은 건지도 몰랐다. 하지만 말과는 달리 올바르지 않는 어떤 삶, 욕심대로 사는 어떤 삶에 대한 동경이 아버지 표정에 서려 있었다. 또한 올바르게, 를 내뱉을 때마다 얼굴에는 피로함이 가득했고 그만큼 쇠약해져 가는 것 같았다. 어쩌면 노쇠함과 피로는 한가할 때 찾아오는 것인지도 모른다.

의뢰인이 내게로 걸어온다. 사진을 보고 싶다고 말한다. 일을 시작한 후로 사진 찍는 중간에 사진을 보여준 적도, 의뢰인과 대화한 적도 없었다. 하지만 이번에는 경우가 다르다. 일이 끝나면 영상으로 쓸 사진을 같이 골라야 되기 때문이다. 나는 그에게 카메라를 건넨다. 의뢰인과 여자는 카메라 속에 담긴 자신들의 모습을 본다. 여자가 느릿느릿 말한다. 우리 어제 카페에서 뭐 한 거죠? 이 얼굴 좀 봐요. 내게 이렇듯 쓸쓸한 표정이 있었나. 잠시 사이를 둔 후 여자의 말이 이어진다. 그래도 이 사진은 무척이나 인상적인데요. 액자에 걸어놔야겠어요. 남자가 대답한다. 노을이 멋진 걸. 둘이 사진을 넘긴다. 멈춘다. 남자가 사진을 가리키며 내게 말한다. 이 사진, 시선을 뗄 수가 없어요. 휠체어와 철교와 노을이라, 사진전에 응모해도 되겠어요. 나는 카메라를 빼앗는다. 파파라치 스냅 사진을 찍고, 가끔 쇼핑몰 의류 사진을 찍지만 내가 원하는 건 삶의 힘겨움을 몸으로 표현하는 사람들이다. 하지만 나는 원하는 사진조차 늘 숨어서 찍는다. 사람들과 말하고 눈 맞추는 것이 두렵기 때문이다. 만약 어딘가에 응모하거나 사진전을 하게 된다면 초상권 침해로 법정에 서게 될 것이 뻔하다. 어서 빨리 워터파크로 가고 싶다.

　여자 탈의실 앞이다. 의뢰인과 여자를 기다리는 중이다. 결혼식 날 와주었으면 해요. 식장 풍경을 찍어주세요. 그의 목소리가 들린다. 나는 어깨에 걸쳐져 있던 카메라를 손에 든다. 뷰 파인더를 그에게 맞춘다. 그의 눈이 화면을 빤히 쳐다본다. 궁금한 것이 있으면 물어보라는 듯. 다섯 번째 여자가 아닌 여섯 번째 여자와 결혼하려는 이유는 무엇일까, 궁금하다. 하지만 묻지 않는다. 대신 카메라를 재설정하려는 것처럼 메뉴를 만지작거린다. 남자가 어깨 돌리기를 한다. 그의 몸을 재빠르게 훑는다. 떡 벌어진 어깨와 몸을 움직일 때마다 불거지는 가슴

근육을. 예의와 배려가 서려 있는 듯한 그의 몸을.

나는 인터뷰 하듯 말한다. 서둘러 식을 올리는 이유를 말씀해 주시겠어요? 그가 대수롭지 않게 말한다. 사실은 결혼식 날짜며 예식장, 전에 만나던 여자와 하려고 잡아둔 거예요. 한데 여자만 바뀐 거죠. 네? 나는 반문한다. 그가 대답한다. 백화점에서 옷을 고르듯 저는 여자를 만나요. 옷을 입고 거울로 봤을 때는 괜찮은데 거리를 걸어 보면 그게 아닌 경우가 많잖아요. 구김이 잘 간다거나, 불편하다거나, 혹은 다른 의상과 매치가 잘 안된다거나. 그런 옷을 오래 입을 수는 없잖아요. 내 가치를 떨어뜨리는 일 같거든요. 그렇다면 여섯 번째 여자는 남자의 가치를 높여주는 사람일까, 나도 모르게 중얼거린다. 내 중얼거림을 들었는지 남자가 말한다. 요즘은 생각이 복잡해요. 전에 만나던 여자⋯⋯, 알죠? 사진 속 그녀와 저는 그야말로 완벽해 보였거든요. 그게 사진일 뿐이라는 사실을 너무 늦게 깨달은 거죠. 갑자기 남자가 말을 멈춘다. 돌아보니 여자가 이쪽으로 걸어오는 중이다.

여자는 수영복 위에 긴팔 가운을 걸치고 그 위에 타월까지 두르고 있다. 다섯 번째 여자의 하이힐과 아슬아슬하게 엉덩이를 가린 시스루 원피스가 생각난다. 카페에 앉아 있는 그녀를 보았을 때 나는 캔디드를 가장한 쇼핑몰 사진을 찍으러 온줄 착각했다. 그녀는 예쁘다고 말할 수밖에 없는 얼굴에 볼륨 있다고 말할 수밖에 없는 몸을 가진 여자였다. 하지만 그녀의 몸짓과 표정은 어딘지 모르게 어색했고 불편해보였다. 찍으면 찍을수록 인터넷 속 어디에서나 볼 수 있는 쇼핑몰 모델일지도 모른다는 생각이 들었다. 비슷비슷한 얼굴에 비슷비슷한 몸매, 비슷비슷한 표정과 포즈로 옷을 광고하는 모델들. 연예인 누군가를 닮은 듯 닮지 않은 얼굴, 은근히 시선을 강요하는 듯한 몸짓과 표정, 나는 쇼핑몰 사진을 찍듯 그녀를 찍었다.

비치용 침대에 눕는 여자가 보인다. 나는 멀찌감치 떨어져 그녀를 관찰한다. 그녀는 재빠르게 자신의 몸을 훑은 후 선글라스를 쓴다. 가운 지퍼를 절반 정도 내리고 모자를 고쳐 쓴다. 한쪽 다리를 살며시 꼰다. 가운 아래로 그녀의 엉덩이 살이 살짝 엿보인다. 그녀는 손으로 팬티 끝을 잡고 엉덩이 아래쪽으로 끌어당긴다. 팬티가 위로 말려 올라간다. 엉덩이 아래 살들이 팬티 바깥으로 삐져나온다. 그녀가 자리에서 일어난다. 두 손으로 팬티 끝을 잡는다. 엉덩이 아랫 살을 감싼다. 뒷모습이 궁금한지 고개를 뒤로 돌려 엉덩이 쪽을 살핀다. 가운이 흘러내린다. 가운을 한 손으로 잡고 고개를 돌린다. 가운이 자꾸만 손에서 빠져나온다. 그녀는 가운을 벗어던진다. 몸의 굴곡이 고스란히 드러난다. 보통 사람에 비해 유난히 큰 엉덩이와 스케이트 선수처럼 비대한 허벅지, 알 박힌 종아리. 그렇다고 운동을 한 몸 같지는 않다. 선천적으로 타고 난 몸이라는 것을 한눈에 알 수 있다. 비정상적으로 가는 팔 다리와 볼록하게 올라온 윗배가 그 사실을 알려준다.

여자는 팔을 휘저으며 몇 발자국 걸음을 옮긴다. 걸을 때마다 엉덩이가 기묘하게 흔들린다. 발걸음과는 반대 방향으로, 중력을 거슬리는 것처럼 뒤틀린다. 팬티가 점점 위로 말려 올라간다. 티 팬티를 입은 것처럼 가운데로 몰린다. 여자가 팬티 끝을 잡는다. 아래로 내리며 내 쪽을 향해 고개를 돌린다. 카메라를 바라보는 것 같은데 표정을 알 수가 없다. 커다란 선글라스만 프레임에 가득 찬다. 답답하다. 언제 왔는지 여자의 허리를 남자의 손이 감싼다. 어쩌면 여자가 쳐다본 것은 카메라가 아니라 남자인지도 모른다.

친구 녀석이 생각난다. 그는 일 년 반 주기로 여자를 사귀고 일주년 기념일에는 항상 보라카이로 떠난다. 리조트에서 수영을 즐기고 씨푸드 음식을 먹고 바다 속을 잠수하다 돌아오는 코스라고 했다. 다른 곳을 가보라는 내 말에 녀석이 대답했다. 보라카이가 처음이었어. 여자와 비행기를 타고 해외로 간 게. 처음에는 낯설고 긴장됐지만 지내다보니 참 좋더라. 그 후로 여자만 생기면 그 편안함이 그리워져. 자꾸 가다보니 스파는 어디가 좋은지, 잠수하려면 어디를 이용하면 좋은지, 어떤 음식이 맛있는지 저절로 알게 되었어. 그곳에 가면 여자를 리드하기도 좋고 내가 괜찮은 남자인 것 같다는 착각이 들어. 아니, 여자들이 착각하는 것 같아. 내가 자신들을 위해 철저하게 준비한 줄 알거든.

남자가 여자를 데리고 파라솔 아래 침대로 간다. 여자에게 아이스크림을 내민다. 여자가 아이스크림을 손에 들고 한 입 베어 먹으려는 찰나 허벅지 위로 한 덩어리의 아이스크림이 떨어진다. 여자의 엉덩이가 뒤로 움찔 물러난다. 허벅지 근육이 제트스키를 타듯 불거진다. 쇄골과 팔 근육까지 긴장하는 게 느껴진다. 나는 풀 프레임 어안렌즈로 배경을 왜곡시킨다. 그녀의 입술과 혀를, 팔의 근육과 쇄골을, 엉덩이와 허벅지를 클로즈업 한다. 쉴새없이 셔터를 누른다. 그녀의 어깨 위로 빛이 떨어진다. 빛이 그녀의 몸 중간 중간 음영을 만든다. 상체와 하체가 대칭되는 그녀의 몸은 시시각각 변한다. 몽환적이면서도 기이하다. 하루종일 그녀와 같이 다녔음에도 그녀의 몸을 눈치채지 못했다. 어쩌면 그녀는 남들과는 조금 다른 자신의 몸을 숨기기 위해 무던히 노력했을지도 모른다. 그리고 자신의 결점을 무기로 만들었을 것이다. 엄마처럼.

엄마는 나를 임신한 후 뇌에 종양이 생겼다. 나를 선택하면 시신경이 손상되고, 종양 제거술을 하면 내가 위험하다고 의사가 말했다. 엄마는 나를 선택했다. 나는 결혼한 지 십 년 만에 생긴 아기였기 때문이다. 엄마는 엄마가 되지 못할 거란 불안감에서 놓여났지만 그 대신 나를 보지 못할 거란 두려움을 안고 살아야 했다. 시력이 아주 조금씩 나빠졌고 엄마는 그 사실이 더 두려웠다고 했다. 나쁜 일이 생길 것임을 미리 알고 기다리는 것만큼 나쁜 일은 없다고 엄마는 말했다. 한순간에 세상을 보지 못했더라면 덜 두려웠을 거라고도 했다. 엄마의 두려움은 어쩌면 내게로 전이되었는지도 모른다.

남자가 여자의 허벅지에 묻은 아이스크림을 손으로 닦는다. 자신의 입으로 가져간다. 곧 그의 손이 여자의 팔꿈치를, 어깨를, 볼을 쓰다듬는다. 여자의 입이 슬며시 열린다. 남자의 손이 여자의 입 주위를 가만가만 맴돈다. 여자가 남자의 품 속으로 쓰러진다. 여자의 몸은 남자의 몸에 가려 더 이상 보이지 않는다. 커다란 골반만 남자의 허리 위로 불쑥 올라와 있다. 남자의 허리에 잘못 기생한 식물을 보는 것 같다. 올라와 있는 그 부분만 없다면 하나인 듯 둘인 것 같은, 완전하게 하나를 품은 다른 하나를, 멋진 컷을 만들 수도 있을 것 같다. 남자가 손을 더듬어 비치 타월을 찾는다. 타월로 자신들의 몸을 덮는다. 타월의 미세한 움직임, 타월 속을 휘젓는 팔의 근육만 보일 뿐이다.

주위 사람들의 시선이 느껴진다. 의뢰인과 여자를 흘깃거린다. 뭐라고 수군대는 것도 같다. 나는 프레임을 통해 그들을 살핀다. 그들의 시선은 의뢰인과 여자를 향해 잠시 머물다 곧바로 흩어진다. 나를 향해 시선을 던지는 사람도 있다. 불신이 가득 담긴 눈으로 무엇을 찍고 있느냐고 묻는 것 같다. 나를 몰상식한 사람이라고 생각하는 것도 같다. 그게 아니라고 말해주고 싶다. 그들의 눈을 정면으로 바라보고 내가 하고 있는 일에 대해 설명해주고 싶다. 내 귀로 빠른 말 소리가 쏟아져 들어온다. 정말 어울리지 않는 부부야. 남자에게 다른 여자가 있을 거야, 어쩌면 연극을 하는 건지도 몰라, 혹시 보험료가 어마어마하게 많은 것은 아닐까. 상가 사람들의 수군거림 뒤로 친척들 말소리가 들린다.

사촌의 결혼식이었다. 삼촌이 숙모를 떠나지 않는 것은 돈 때문이에요. 저 집도 친정엄마에게 물려받았고, 직장도 친정아버지가 하던 일을 물려받아서 하게 된 거잖아요. 확신에 찬 목소리다. 나는 그게 아니라고, 돌아가신 외할아버지가 구해준 직장이라면 양복 입고 출근해야 하는 거라고, 아버지는 다만 상가 사람들의 심부름을 해주는 것뿐이라고. 집도 마찬가지라고. 물려받은 게 아니라 외할머니가 아파서 같이 사는 것일 뿐이라고 말하고 싶지만 속으로만 삼킨다. 누군가 엄마 보고 살을 빼라고 말한다. 누군가는 집안일이나 제대로 하느냐고 묻는다. 삼촌이 여러모로 애쓴다고 누군가는 위로의 말을 건넨다.

사람들의 수군거림과는 달리 엄마는 집안일을 잘했다. 요리도 수준급이었다. 냄새나 촉감만으로 재료를 알아 맞추었고 칼질도 능숙했다. 어찌나 능숙한 지 그 순간 만큼은 엄마에게 눈이 생긴 것 같았다. 아버지의 팔 다리를 주물러주는 것도 목욕물을 받아 놓고 등을 밀어주는 것도 엄마였다. 간혹 아버지의 손이나 팔이 엄마의 팔을 스치면 엄마는 흠칫 몸을 떨었다. 약간은 상기된 표정으로 아버지의 품속으로 파고들기도 했다. 마치 엄마의 모든 감각은 아버지를 향해서만 열려 있는 것 같았다.

나는 카메라를 내리고 주위를 둘러본다. 동그랗게 모여 앉아 치킨을 먹는 사람들, 파도풀로 달려가는 사람들, 미끄럼을 타기 위해 줄서서 기다리는 사람들이 보인다. 그들은 각자 자신들 앞에 놓인 것에만 열중하는 것 같다. 간혹 애정을 표현하는 남녀를 향해 시선을 던지기도 하고 지나가는 사람을 보기도 하지만 그뿐이다. 곧 자신이 하던 일에 열중한다. 나는 카메라를 다시 들고 프레임 속 사람들을 본다. 그들은 모두 무엇인가를 바라본다. 그들이 보고 있는 것을 향해 카메라를 돌린다. 그들의 시선이 의뢰인과 여자를 향해 있으면 그들을 보는 것만 같고 나를 향해 있으면 나를 보는 것만 같다. 카메라를 내린다. 시선이 흩어진다. 카메라를 든다. 그들이 나를, 의뢰인과 여자를 본다. 카메라를 내린다. 시선이 흩어진다. 그들은 제각각 다른 것을 보고 있다. 어쩌면 시선을 돌리는 순간 나와 연관된 것만 빼고 모두 사라지는 것인지도 모른다.

나는 하늘을 향해 시선을 던진다. 햇살이 따갑다. 내 귀를 달군다. 사람들의 함성소리와 파도소리, 물살 헤치는 소리가 귀로 파고든다. 흥겨움이 느껴진다. 그 소리 속에 내 소리를 섞고 싶다. 사람들과 어울려 하나의 소리를 낸 것이 언제인지 기억나지 않는다. 아니 한번도 소리낸 적이 없었다. 그것이 함성이든, 비명이든. 나는 주위 사람들을 바라본다. 그저 자신이 보고 싶은 것을 보고 본 것을 이야기하고, 짐작대로 말로 건네고 곧 잊어버리는 사람들을.

　나는 물품 보관소로 걸어간다. 그곳에 카메라를 맡긴다. 어깨와 손이 허전하다. 뭔가를 잃어버린 것만 같다. 견딜 수 없다. 나는 잃어버린 무엇인가를, 허전함을 메우기 위해 달린다. 파도 풀 속에 몸을 담근다. 파도가 밀려온다. 빠지기 않기 위해 버둥거릴수록 더 깊은 곳으로 빨려 들어간다. 문득 구명조끼를 입고 있다는 사실을 떠올린다. 힘을 뺀다. 몸이 둥둥 떠오른다. 파도가 밀려온다. 함성소리가 들린다. 구령에 맞추듯 소리를 낸다. 소리가 파도에 섞인다. 내 몸이 부드럽게 흔들린다. 웃음이 터진다.

김나영

대구 출생, 일산동중학교 교사
2016년 작가연대 신인상 수상

단편소설

미로

김 나 영

사사삭, 사우, 사, 사, 사악, 삭…….

귓속에서 다시 소리가 들리기 시작했다. 이번엔 가랑잎이 바람에 굴러다니며 서로 부딪치는 소리 같았다.

김 과장은 최 부장의 이야기에 맞장구를 치기 위해 풀린 눈에 잔뜩 힘을 주었다. 하지만, 그의 목소리는 돌아가는 미러볼처럼 주위를 빙글빙글 돌고 있을 뿐이었다.

"야, 너 내 얘기 듣고 있어? 듣고 있냐고?"

한쪽 손으로 턱을 괴고 있던 최 부장이 다른 쪽 손으로 김 과장의 뺨을 툭툭 치며 말했다.

"아! 예. 듣고 있다마다요. 누구 말씀이신데요."

"시끄러워! 술이나 만들어, 빨리!"

김 과장은 되었다 싶었다. 익숙하고 빠른 솜씨로 양주잔에 양주를 붓고 맥주가 담긴 잔에 빠뜨린 뒤, 냅킨으로 덮고 휘휘 저어 최 부장과 박 원장 앞에 내밀었다. 냅킨은 최 부장이 보지 않는 사이 바닥에 집어던졌다. 찰진 소리를 내며 냅킨은 바닥에 철썩 달라붙었다. 최 부장과 박 원장은 호기롭게 원 샷을 했다. 그리고는 비틀대며 아가씨를 끌어 안고 일어났다. 그때였다. 최 부장이 바닥에 떨어진 냅킨을 밟고 날갯 짓을 하듯 버둥대다 넘어진 것은. 김 과장은 자기도 모르게 씨익 웃고 말았다. 그 장면을 놓치지 않고 최 부장은 손바닥으로 김 과장의 머리 를 때렸다. 김 과장은 아픔을 느낄 새도 없이 '죄송합니다'를 연발하며 최 부장을 부축했다. 그제야 최 부장은 마음이 조금 풀린 듯 아가씨를 끌어안고 블루스를 추기 시작했다.

김 과장은 다시 얼굴을 찡그렸다. 귀청을 때리는 음악 때문일까? 귓 속에서 라디오 잡음 같은 소리가 다시 연신 들려오기 시작했다. 한 손 으로 귀를 툭툭 쳐봤지만, 소리는 좀체 사라지지 않았다. 김 과장은 슬 그머니 밖으로 나왔다. 귓속을 파고드는 소리를 이기지 못하고 복도에 몸통을 기대었다. 쟁반을 들고 가던 웨이터와 어깨를 부딪친 것은 바 로 그때였다.

"뭐야?"

김 과장이 소리를 질렀다.

"죄송합니다. 손님."

"눈 똑바로 안 뜨고 다녀?"

웨이터는 영문도 모른 채 머리를 조아리며 죄송하다는 말을 반복했 다. 두 사람이 겨우 지나다닐 정도로 좁은 복도는 평소에도 그런 일이 비일비재하게 벌어지곤 하였다. 그러나 김 과장은 그것을 이해하지 않 았다. 속이 풀리지 않은 김 과장은 손님을 뭘로 아느냐고 눈을 부라리 며 손바닥으로 웨이터의 뒤통수를 툭툭 쳐댔다. 그리고는 종업원 교육 이 엉망이라고, 복도가 떠나갈 듯 소리를 몇 차례 지른 후에야 웨이터 를 놓아주었다. 웨이터는 그 뒤에도 몇 번 더 고개를 숙이고는 돌아섰 다. 김 과장은 비로소 속이 후련했다. 몸속에 가득 차 있던 기분 나쁜 무 언가가 한꺼번에 빠져나간 느낌이었다. 귀에서 들리던 가랑잎 구르는 소리도 씻은 듯 사라졌다. 멀리서 김 과장에게 사과한 웨이터가 어린 종업원의 머리를 쟁반으로 때리는 모습이 보였다. 어린 종업원은 훌쩍이고 있었다. 그때, 룸에서 김 과장을 부르는 최 부장의 소리가 들렸다. 열기를 뿜던 블루스 곡이 어느새 끝난 모양이었다. 김 과장은 행여나 최 부장의 심기를 거슬릴까 냉큼 룸으로 들어갔다.

최 부장과 박 원장의 술자리는 새벽 두 시를 넘기고서야 겨우 끝이 났다. 그나마 박 원장이 술이 약해 일찍 끝난 셈이었다. 대리기사를 불러 박 원장을 차에 태웠다. 그가 차에 오를 때 김 과장은 잊지 않고 고급 안마기와 영양제 등이 가득 담긴 종이 가방을 차에 함께 넣었다. 다음엔 최 부장 차례였다. 최 부장을 차에 태우고서야 그는 길게 안도의 한숨을 내쉴 수가 있었다. 비로소 그의 일과가 모두 끝난 것이었다.

자신의 차례는 언제나 마지막이었다. 김 과장은 시각을 지체한 대리기사가 도착하자 왜 그렇게 굼뜨냐고 대뜸 소리부터 질렀다. 대리기사는 퉁명한 얼굴로 자동차 키를 받아들고 차에 올랐다. 김 과장은 심통이 났지만, 행여나 대리기사가 다시 간다고 할까봐 더 이상 몽니를 부리지 않았다. 차 안의 히터가 돌기 시작하자 눈꺼풀이 무거워진 그는 자신도 모르게 잠이 들었다.

고향 마을의 강변이었다. 아이들은 송사리 떼를 잡겠다고 첨벙거리며 뛰어다녔다. 그때, 명훈이가 아이들을 불렀다.

"여기 봐! 또 찾았다."

그것은 뜻 모를 영어와 숫자가 적힌 쇳덩이였다. 참나무 몽둥이 같기도 하고, 또 한편으로는 논둑에 매어놓은 쇠말뚝 같기도 한, 그것은 장마가 지나면 강변에서 종종 발견되곤 하던 것이었다. 어른들은 위험한 물건이니 만지지 말라고 했지만, 아이들은 크게 개의치 않았다. 명훈이가 돌을 주워 쇳덩어리를 신나게 두드렸다. 그러다가 옆에 있던 석이에게 건네주었다. 석이는 양 손에 다른 크기의 돌을 주워 번갈아가며 두드렸다. 두드릴 때마다 쇳덩이에서는 통탕거리는 묵직하고 나지막

한 소리가 났다. 이번엔 정남이 차례였다. 정남이는 또 재식에게 건넸다. 그때, 철종이가 송사리가 담긴 병을 들고 다가왔다.

"어? 그거 이장아재가 주우면 절대 만지지 말고, 꼭 얘기하라고 했는데……."

"야! 바보처럼 그 말을 믿냐? 그거 고물상에 팔려고 그러는 거야."

"진짜?"

"그럼, 진짜지. 너도 함 쳐봐."

이번엔 철종이가 받아들었다. 그러나 쇳덩이를 두드리는 놀이는 더 이상 이어지지 못했다. 철종이 딱 한번 탕, 하고 쳤을 때가 끝이었다. 귀청을 때리는 소리와 함께 철종의 손이 순식간에 피를 튀기며 사라졌다.

철종의 울부짖음이 귀청을 때렸다.

눈을 떴다. 피를 흘리며 울고 있는 철종은 없었다. 차안의 라디오에서는 트로트가 흘러나오고 있었다. 김 과장은 회식자리에서 마이크를 놓지 못하던 최 부장의 걸쭉한 목소리가 떠올라 순간 화가 치밀었다. 잠시 멈췄던 소리가 다시 귓속을 파고들기 시작했다. 스, 스, 스, 스윽, 스, 스으윽…… 이번엔 산짐승들이 조심스럽게 낙엽을 밟고 지나가는 소리 같았다.

"이봐! 소리 좀 낮춰!"

대리기사가 좌회전을 했다. 갑자기 구역질이 올라왔다.

"운전 똑바로 안 해? 토할 뻔 했잖아!"

아파트 주차장에 차를 세운 대리기사는 김 과장에게 자동차 키를 건네며 말했다.

"이만오천 원입니다."

"뭐? 원래 이만 원인데, 이만오천 원? 운전도 거지같이 하면서?"

"제가 사전에 분명히 주말이라 오천 원 더 받는다고 말씀 드렸는데요?"

"오천 원 더 받아서 얼마나 부자 되나 함 보자, 어?"

김 과장은 지갑에서 만 원짜리 두 장과 마지못해 꺼낸 오천 원짜리 한 장을 땅바닥에 집어 던졌다. 한 차례 한숨을 뽑아낸 대리기사는 주섬주섬 돈을 주웠다. 아파트를 나가던 대리기사가 바닥에 떨어져 있던 캔을 주워, 쓰레기통을 뒤지던 길고양이에게 집어던지는 게 보였다. 어둠속에서 길고양이의 가냘픈 울음소리가 들렸다.

거실은 고요했다. 아이 방문을 열었다. 아이와 함께 잠들어 있던 아내가 인기척에 눈을 떴다.

"이쁜 우리 새끼 얼굴 좀 보자."

김 과장은 자신을 쏙 빼닮은 아들을 보자마자 함박웃음을 터트렸다. 귀한 보석을 다루듯 살며시 아들의 볼을 잡고 입맞춤을 했다. 그러나 아들의 얼굴에 생채기가 난 것을 발견한 그의 얼굴은 다시 굳어졌다.

"얼굴이 왜 이래?"

"자꾸 괴롭힌다는 그 애 있잖아요? 그 애가 또 얼굴을 할퀴어 놓았다지 뭐예요."

김 과장의 얼굴이 순식간에 일그러졌다.

"뭐라고? 그걸 가만둬? 병신같이 참고만 있었던 거야? 찬아, 일어나. 빨리 안 일어나?"

김 과장은 잠들어 있는 아들을 흔들어 깨웠다. 아내가 말려도 듣지 않았다. 아빠의 거센 손길에 어깨를 잡힌 아들은 어리둥절한 눈빛으로 김 과장을 쳐다봤다. 김 과장은 아들의 팔을 거칠게 잡아당기며 똑바로 보라고 다그쳤다. 절대로 만만하게 보여선 안 된다고, 혼쭐을 내줘야 다시는 그러지 않는다고, 몇 번이나 되풀이했다. 김 과장의 다그침에 아들은 겁먹은 눈빛으로 고개를 끄덕였다. 아들의 다짐을 받은 후에도 김 과장은 분이 풀리지 않았다. 이번엔 아내에게 화살을 돌렸다.

엄마라는 사람이 아들 얼굴에 생채기가 났는데도 가만히 보고 있었느냐고 소리쳤다. 아니, 내일 아침 직접 담당선생에게 전화를 해야겠다고 했다. 아내는 자기가 하겠다면서 제발 좀 그만하라고 손사래를 쳤다. 김 과장은 지난번에 아들의 반 아이가 던진 장난감에 아이가 상처가 나자 유치원에 직접 찾아가 발칵 뒤집어놓은 일이 있었다. 김 과장은 그런 아내가 못마땅해 바닥에 있던 리모컨을 집어던졌다. 리모컨은 거실 진열장을 향해 날아갔고, 진열장은 쩍, 소리를 내며 갈라졌다. 이미 그런 일을 한두 번 겪은 게 아닌 아내는 숙달된 듯 김 과장의 행동에 더 이상 토를 달지 않았다. 한참동안 우는 아들을 달래고 깨진 유리를 치웠다. 그러나 침대에 널브러진 김 과장은 벌써 모든 것을 잊은 듯 평온한 얼굴로 코를 골고 있었다.

출근 시간이 다소 지체된 김 과장은 초조했다. 시가지에 접어든 차가 길이 막혀 도무지 움직일 기미조차 보이지 않자 초조는 극에 달했다. 끼어들 곳을 찾지 못해 두리번거리던 김 과장은 신호가 바뀌어도 출발하지 않고 있는 느긋한 차에게 바짝 다가가 신경질적으로 경적을 빠앙, 울렸다. 그러자 너도나도 여기저기서 경적 소리를 울렸다. 그러자 잠시 멈췄던 김 과장의 귓속에서도 경적이 울리기 시작했다. 빠앙, 빵, 빠빠빠빠앙……. 손바닥으로 귀를 툭툭 쳐봤지만, 소용이 없었다. 자신의 의사와는 상관없이 소리는 오히려 점점 더 크게 울려대고 있었다. 그것은 다른 때처럼 은밀하게 들리던 소리가 아니었다. 김 과장은 멈추지 않는 그 소리 때문에 얼굴이 일그러졌다. 회사에 도착하기 직전, 사거리에서 우회전하려던 찰나였다. 김 과장의 바로 앞에서 직진하려는 차가 신호에 걸려 서 있었다. 김 과장은 길을 비켜달라고 경적을 짧게 울리며 신호를 보냈다. 그러나 앞차는 꼼짝도 하지 않았다. 이번엔 경적을 꾹 누르며 더 크고 길게 울렸다. 그래도 꼼짝 않자 김 과장은 자신도 모르게 화가 치밀기 시작했다. 이번엔 신경질적으로 경적을 빵,

빵, 빵, 더 크게 울렸다. 그래도 앞차는 길을 비켜줄 생각을 하지 않았다. 그러다 신호가 바뀌자, 도망을 치듯 냅다 속력을 올렸다. 김 과장은 끓어오르는 화를 도저히 참을 수가 없었다. 앞차를 쫓아가기 시작했다. 이윽고 멈춤 신호에서 앞차와 나란히 서게 되자, 김 과장은 급기야 차에서 내렸다.

"이봐! 바빠 죽겠는데, 뭐 하자는 수작이야?"

안을 들여다보던 김 과장은 운전대를 잡고 있는 사람이 여자라는 사실을 알게 되자, 아예 팔까지 걷어붙이고 목덜미 가득 붉은 핏줄이 도드라지게 소리를 높였다.

"야! 창문 안 열어? 여자가 집에서 밥이나 할 것이지, 차는 왜 끌고 나와서 지랄이야, 지랄이!"

창문도 내리지 않은 채 여자는 두 손으로 운전대를 꼭 잡고 벌벌 떨며 아무 대꾸도 하지 않았다. 그런 모습에 더 의기양양해진 김 과장은 급기야 차를 발로 차기 시작했다. 순식간에 도로는 아수라장이 되었다. 뒤차들이 일제히 경적을 울려댔다. 그러나 그뿐이었다. 신호가 바뀌자, 앞차 운전자는 언제 그랬느냐는 듯이 다시 쌩하니 달아나버렸다. 김 과장이 씩씩거리며 차를 탔을 땐, 이미 따라잡을 수 없을 정도로 멀리 가버린 뒤였다. 김 과장은 어디라고 할 것도 없이 소리를 지르다가 핸드폰을 냅다 집어 던지고는, 신경질적으로 액셀을 밟았다. 차는 거친 엔진 소리를 내며 빠르게 달려 나갔다. 옆 차선을 달리던 운전자가 김 과장의 차를 향해 손가락질을 하였다.

회사에 도착하자, 최 부장이 은근한 목소리로 김 과장을 불렀다. 은근한 호출에는 언제나 위험이 내포되어 있다는 것을 이미 감지하고 있던 김 과장은 긴장하지 않을 수 없었다. 아니나 다를까. 김 과장의 시선을 외면한 채 최 부장이 입을 연 것은 역시 폭탄 같은 위험물이었다.

"지난 번 영일병원 건 말인데, 자네가 한 걸로 하는 게 어때? 내가 그 은혜를 잊을 사람이 아니라는 건 알지? 이 회사 들어온 지 몇 년 쨌데,

아직 과장이라는 게 말이 되나?"

김 과장은 주먹을 불끈 쥐었으나, 대꾸할 말을 찾지는 못했다.

"그래서 내가 자네를 좋아한다니까. 거절할 줄 모르는, 그 착한 심성……."

최 부장은 걸핏하면 김 과장을 추켜세우곤 했지만, 그럴 땐 꼭 해결하기 힘든 최 부장의 일이 김 과장에게 넘어오곤 했다. 이번에도 그런 식이었다. 김 과장이 재무상태가 불량한 영일병원에 외상으로 납품하지 않는 것이 좋겠다고 몇 번씩 만류했지만, 웬일인지 최 부장은 막무가내로 밀어붙였다. 아니나 다를까. 결국 병원이 문을 닫고, 대금을 회수하지 못해 손실이 발생했다. 그런데 최 부장은 이를 김 과장에게 떠넘기려고 하는 것이었다. 최 부장의 방을 나서는데, 귀에서 다시 소리가 들리기 시작했다. 김 과장의 얼굴이 다시 일그러졌다. 삐, 삐이, 삐, 삐……. 해독조차 할 수 없는 모리스 부호 같은 그 소리 때문에 머리가 무거웠다.

자리로 돌아온 김 과장은 이 대리를 불렀다. 그리고는 열어보지도 않은 결재파일을 그에게 집어 던지며 말했다.

"다시 정리해 와. 회사 들어온 지 몇 년쩬데, 아직 이런 것도 하나 제대로 정리를 못해?"

그리고도 화가 덜 풀린 김 과장은 볼펜을 들고 책상을 꾹꾹 찌르다가 급기야는 쓰레기통을 발로 찼다. 쓰러진 통에서 쓰레기가 쏟아져 나오자, 이번엔 청소반장에게 전화를 걸어 청소 아주머니들의 게으름을 질타하며 청소 똑바로 시키라고 고래고래 고함을 질렀다. 그래도 화가 가라앉지 않은 김 과장은 어제 몸이 아프다고 결석했던 이 양에게 회사 때려치우고 시집이나 가라고 했고, 외근을 다녀오겠다는 박 대리에게는 외근 핑계로 놀러가는 거 아니냐고 쏘아붙였다.

김 과장이 던진 결재판을 주워 자리로 돌아간 이 대리는 PPT 자료를 만드느라 밤을 새우고 출근한 인턴을 불러 그렇게 해서 정규직 전환이 되겠느냐며 신경질을 부렸다. 인턴은 무엇을 잘못했는지도 모른 채 '죄송합니다. 다시 해서 가지고 오겠습니다' 말하고선 자리로 돌아갔다. 몸이 아팠던 이 양은 걱정되어 전화한 어머니에게 짜증을 부리며 전화를 끊었고, 외근 나간 박 대리는 머리가 반이나 하얗게 센 나이 지긋한 하청공장 공장장을 많은 사람이 보는 앞에서 삿대질까지 해가며 질타했다.

상대를 막론하고 다수를 향해 한참동안 분노를 쏟아내던 김 과장은 비상계단으로 내려가 담배를 한 대 피워 물었다. 그리고선 핸드폰을 꺼내 들고 무엇인가를 한참 들여다보았다. 아들과 함께 찍은 사진이었다. 아들의 모습을 처다보는 김 과장의 얼굴에는 그제야 평온함이 조금씩 번지기 시작했다. 마침내 유리창 사이에 끼워놓은 종이컵에 꽁초를 쑤셔 넣고 돌아서는 김 과장의 입에서는 휘파람소리까지 흘러나왔다. 귓가를 맴돌던 소리도 어느새 사라져 있었다.

김 과장은 모처럼 일찍 회사를 나왔다. 오래간만에 고향친구 정남을 만나기로 약속했기 때문이었다. 김 과장보다 먼저 도착해 있던 정남은 그 사이 소주 한 병을 혼자 비워놓고 있었다. 불그레한 얼굴로 김 과장을 보자마자 정남은 와락 끌어안으며 반가움을 온몸으로 표현했다. 김 과장과 정남의 회사는 겨우 두 블록 떨어진 거리에 자리하고 있었다. 가끔 회식장소가 겹쳐 우연히 만날 때도 있었지만 서로의 회사생활은 애써 모른 척 했다.

정남은 소주 한 병에 감정이 폭발이라도 한 듯 말이 많아졌다. 눈물까지 찔끔거리며 김 과장의 손을 꽉 잡았다. 옛날이 그립다고 했다. 그러다 무엇이 갑자기 생각난 듯 눈을 번쩍 뜨고는 바깥을 응시하며 입을 열었다.

"재식아! 그때, 그 포탄을 철종에게 주는 게 아니었어. 언젠가, 어디서든 터질 것이었는데, 나라도 먼저 그만 둬야 할 것을……. 난 아직도 그때 꿈을 꿔."

"시끄러 임마! 술맛 떨어지게. 그게 우리 때문이야?"

김 과장은 정남의 말을 가로막았다. 하지만, 그도 그랬다. 폭죽처럼 터지던 철종의 팔, 바위에 벌겋게 번지던 핏물, 절규……. 그 일은 김 과장의 꿈속에서도 늘 반복되었다. 다만 꿈속에서는 정남이 철종에게, 철종이 석이에게, 명수가 김 과장에게, 규칙 없이 순서가 마구 뒤바뀌곤 했다. 그렇지만 분명한 것은 그렇게 돌고 돌던 포탄이 누군가의 손에서 '펑'하고 터진다는 사실이었다. 그게 김 과장인지, 정남인지, 철종인지, 누구인지 분명하지는 않았지만…….

김 과장은 소주잔을 연거푸 비웠다. 옛 추억을 되살린 인테리어의 돼지갈비집은 사람들의 소음으로 가득 차 있었다. 건너편 테이블에서는 건장한 몸집의 청년들이 실랑이를 벌이고 있었다. 또 그 건너편에 앉은 20대 중반의 여자는 혀 꼬부라진 소리로 악다구니를 쓰며 남자친구 같아 보이는 사람의 멱살을 잡고 있었고, 어떤 중년의 늙수그레한 남자는 무엇이 불만인지 종업원에게 삿대질까지 해가며 따지고 있었다.

둥근 양철 테이블 위에 빈 소주병이 여백 없이 쌓여갈수록 김 과장의 시야도 뿌옇게 흐려져 갔다. 그는 문득 고기 굽는 연기가 자욱한 이 공간이 문득 아수라의 지옥 같다는 착각이 들었다. 소주 몇 병에 나가떨어진 정남은 테이블에 널브러진 채 엎드려 있었다. 이윽고 김 과장도 앉은 채 스르르 눈이 감겼다. 그때였다. 정남이 팔꿈치로 테이블의 소주병을 건드렸고, 소주병은 '픽'소리를 내며 바닥으로 떨어졌다. 그 소리에 벌떡 일어난 정남은 무슨 생각이 났는지 김 과장을 깨웠다.

"참, 너희 아버지 장례는 잘 치뤘어? 하필이면 해외에 출장 나가 있을 때라, 못 갔어. 미안하다……."

"미안할 거 없어. 나도 보고 싶지 않은 사람이었으니까."

김 과장의 아버지는 그 시절 땅을 꽤나 소유해서 소작을 여럿 부린 부농이었다. 덕분에 김 과장은 친구들처럼 월사금이 없어 학교를 다니지 못한 적도 없었고, 농사를 거들기 위해 학교를 빠져본 적도 없었다. 학교 운동회면 아버지는 늘 교장 선생님의 옆자리에 앉아 있었고, 김 과장은 친구들이 부러워하는 커다란 자전거를 몰고 학교를 다녔다. 쌀이 없어 칡뿌리로 끼니를 때우던 어머니로서는 아버지에게 시집간다는 게 아마도 큰 행운이었을 것이다. 하지만, 어머니의 결혼 생활은 그렇게 행복하지 않았다. 아버지는 술주정뱅이에 유명한 오입쟁이였으니까. 아버지는 이틀이 멀다 하고 술에 취해 들어왔고, 들어와서는 지칠 때까지 어머니를 때리다가 잠이 들었다. 그럼에도 아버지는 언제나 어머니를 굶지 않게 해준 것만으로도 당당한 사람이었고, 어머니는 또한 굶지 않게 된 것만으로도 감사한 마음을 가져야 하는 사람이었다. 눈자위의 시퍼런 멍을 문지르면서도 어머니는 나만 참으면 된다고 입버릇처럼 얘기했고, 아버지는 젊은 여자를 안방으로 끌어들이고도 당당했다. 행여나 어머니가 심기를 거슬리는 말을 꺼내면 '어디 감히'가 시작되었으며, 폭력 또한 예사였다. 그럴 때면 김 과장은 아니, 어린 재식은 여동생과 함께 방구석에 쪼그리고 앉아 끝날 때까지 그 모습을 지켜봐야 했다. 여동생은 울음소리를 내지 않기 위해 두 손으로 입을 막은 채 헉헉거렸고, 가슴에서 활활 타오르는 불길을 끄지 못한 재식은 당장이라도 뱉어내고 싶을 정도로 뜨겁고 답답했지만, 커다란 떡을 삼킨 것처럼 입을 다물고 있을 수밖에 없었다. 그런 지옥 같은 밤을 보내고 나면 아버지는 재식과 여동생에게 용돈을 두둑이 찔러주거나, 원하는 장난감을 사주곤 하였다. 그 보상은 달콤했고, 그 달콤한 유혹은 어느 사이인가부터 아버지에 맞으며 신음하는 어머니의 모습을 보면 갖고 싶은 장난감을 떠올리게까지 되었다. 그리고 어느 때부터는 재식이도 뱃속에서 점점 끓어오르던 불덩어리를 어머니에게 토해내기 시작했다. 아버지의 얼굴을 한 채 어머니에게 독설을 쏟아내었으며, 물건을 집어던졌다. 그나마 어머니에 대한 죄책감으로 견딜 수 없을 때면, 여동생의 머리채를 쥐거나 뺨을 때렸다.

어머니는 바보 같았다. 언젠가는 아버지가 자신에게 잘못을 참회할 기회가 있을 것이라고 굳게 믿고 살았다. 하지만, 어머니는 끝내 아버지의 사과를 받지 못했다. 병든 몸으로 고통 속에 살다가 숨을 거두었다. 아버지는 어머니가 돌아가신 지 일 년도 채 지나지 않아 새어머니를 들여앉혔다. 그러나 아버지 역시 말년은 행복하다고 할 수 없었다. 치매로 요양원에 입원해 있었는데, 요양보호사를 때리거나 식판을 집어던지는 등, 느닷없이 사고를 저지르는 것으로 자신이 살아 있다는 것을 자식들에게 증명하는 게 전부였다. 그러다가 억울할 것도 없는 사람이 죽는 게 억울하다면서 고래고래 소리를 지르다 숨을 거두었다. 김 과장은 환하게 웃는 아버지의 영정사진 앞에서 어머니의 머리채를 끌고 방바닥을 누비던 모습이 자꾸만 눈앞에 어른거려 괴로웠다. 그것은 어느새 어머니에게서 전염병처럼 자신에게 옮겨진 아픔이었고, 슬픔이었고, 고통이었다. 그러나 김 과장은 내색하지 않았다. 그 마음을 꼭꼭 숨겨둔 채, 아버지의 죽음을 진심으로 슬퍼하듯 영정 앞에서 통곡을 했고, 새어머니에게 착한 아들 노릇을 했으며, 그 덕분에 유명 브랜드의 아파트까지 유산으로 물려받았다.

　술이 약한 정남을 데리고 김 과장은 집으로 향했다. 집으로 들어오자마자 아들아이의 방부터 들렀다. 아들을 보는 김 과장의 얼굴에 미소가 번졌다. 고달픈 삶에서 그나마 김 과장을 행복하게 하는 건 아들의 모습뿐이었다. 아들의 얼굴을 감싸 쥐고 볼을 비볐다. 잠결에도 손으로 얼굴에 묻은 아빠의 침을 닦는 모습이 귀여워 김 과장은 어쩔 줄을 몰랐다. 그때였다. 아들이 돌아눕는데, 이불 속에서 커다란 풍선 칼이 눈에 들어왔다.
　"이게 뭐야?"
　"그거요, 낮에 유치원에서 받은 풍선인데, 손에서 놓질 못하네." 김 과장이 조심조심 이불 속에서 빼내려는 순간, 손톱에 긁힌 풍선이 그만 펑, 하고 터졌다. 풍선 소리에 놀라 깬 아이가 울기 시작했다. 괜히 미안해진 김 과장은 아내한테 버럭 소리를 질렀다.

"아이를 달래서 뺏었어야지! 터질 줄 뻔히 알면서도 그대로 두면 어떡해?"

김 과장이 지르는 소리에 아이는 겁을 먹고 엄마의 품에 안긴 채 더 크게 울었다.

아침부터 회의가 있어 김 과장은 일찍 집을 나섰다. 며칠 째 계속된 술자리 탓인지 속이 유난히 쓰렸다. 그때였다. 귀에서 다시 소리가 들리기 시작했다. 사악, 삭, 사, 사, 삭, 사, 삭, 사그락…… 이번엔 누가 몰래 뒤를 밟으며 내는 발자국 소리 같았다. 은밀하고 불길한 소리였다. 귀에 손가락을 쑤셔 넣어 보았지만, 소용이 없었다. 김 과장은 얼굴을 찡그린 채 회사 앞 편의점으로 향했다. 숙취해소제가 어디 있느냐는 그의 질문에 종업원은 말없이 손가락으로 위치를 가리켰다. 김 과장은 종업원까지 자신을 무시하는 것 같아 기분이 나빴다.

"아니, 여기 아르바이트생은 서비스가 왜 이 따위야? 사람이 말을 하는데, 눈도 안 돌리고, 어따 대고 감히 손가락질이야?"

유통기한이 지난 삼각 김밥을 꺼내던 아르바이트생은 잠시 김 과장을 힐끗 쳐다보다가 다시 하던 일을 계속했다.

"이 새끼가, 사람 말이 우스워? 우습냐고?"

아르바이트생은 그제야 작은 소리로 '죄송합니다'라고 말했다. 제가 좀 바빠서요. 하지만 분이 풀리지 않은 김 과장은 그를 그냥 풀어주지 않았다. 계산대에 숙취해소 음료를 거칠게 내려놓으며 따져 물었다.

"지금 뭐라고 했어? 그게 사과야?"

마침 편의점으로 들어오던 편의점 주인이 이 모습을 발견하고는, 김 과장의 팔을 붙잡으며 정말 죄송하다고 몇 번이나 고개를 숙였다. 그제야 아르바이트생도 고개를 숙였다. 김 과장은 똑바로 하라며, 아르바이트생의 머리를 손바닥으로 몇 번 툭툭 치고는 밖으로 나왔다. 숙취해소제를 단숨에 들이키고는 하늘을 올려다봤다. 하늘은 유난히 파랬다. 김 과장은 왠지 개운한 느낌이 들었다. 이명도 어느새 사라지고 들리지 않았다. 김 과장이 떠난 편의점 안에서는 아르바이트생이 빈 캔을 밟아 찌그러뜨리고 있는 모습이 보였다. 이미 찌그러져 납작해져 있었으나 그는 빈 캔을 밟고 또 밟고 있었다.

회사에 출근하자마자 외근 나갈 채비를 했다. 그저께 접대를 했던 병원과 납품 계약을 하기 위해서였다. 병원에 도착하자마자 김 과장은 원장에게 의료기 상사에서 왔다고 전해달라고 했다. 그러나 그렇듯 의기양양하던 것도 잠깐이었다. 간호사는 분명 잠시만 기다리라고 했지만, 한 시간이 넘도록 소식이 없었다. 사람들이 흘끗흘끗 쳐다보는 것 같았다. 하지만 난감한 것은 그게 전부가 아니었다. 한 시간 반 남짓 기다리다가 겨우 원장실로 들어갔으나 박 원장은 컴퓨터에 시선을 고정시킨 채 김 과장을 쳐다보지도 않았다.

"그 문제는 아무래도 생각 좀 해봐야 할 것 같아. 지금 쓰고 있는 제품이 뭐 단가도 괜찮고, 효능도 나쁘지 않아서 말이야……. 하여튼 돌아가 있어. 내가 연락하지. 지금 좀 바빠서 말이야."

며칠 전 접대할 때와 달리 박 원장의 마음이 바뀌었다는 것을 금세 눈치챘지만, 김 과장은 그러나 끝까지 미소를 잃지 않았다. 언제든지 전화 달라고 웃으며 눈도 마주치지 않는 박 원장의 뒤통수에 대고 깍듯하게 인사까지 하고 원장실을 나왔다. 괜히 속이 뒤틀리고 비위가 상해서 구역질이 나왔다. 어느새 지긋지긋하게 따라다니는 소리가 또 귓속을 긁어대기 시작했다.

소리의 원인은 알 수 없었다. 병원에서도 밝히지 못했다. 다만 병원에서는 이명이라는 증상만 밝히고는 조속히 치료하지 않으면 어지럼증은 물론 두통, 나중엔 큰 불행까지도 야기할 수 있는 난치병이라고 엄포를 놓았다. 치료방법은 우선 막힌 기혈의 순환을 풀고, 허약해진 장기를 회복시키는 게 급선무라고 했다. 그러나 김 과장은 크게 개의치 않았다. 그러다가 말겠지, 했다.

쓰린 속을 달래기 위해 김 과장이 들어간 곳은 일본식 라면전문점이었다. 된장라면 한 개를 시켜놓고 기다리는데, 손님이 줄줄이 들어오는 게 보였다. 쟁반을 들고 테이블 사이를 정신없이 왔다 갔다 하는 아르바이트생의 모습이 보였다. 그때였다. 분명 김 과장이 먼저 들어왔는데, 뒤에 들어온 젊은 남녀의 자리 앞에 라면 두 그릇을 내려놓는 게 보였다. 순간, 김 과장은 분을 참지 못하고 벌떡 일어섰다. 눈을 부릅뜨고 아르바이트생을 닦달했다.

"이봐, 내가 분명 먼저 들어왔는데, 왜 음식은 저기가 먼저 나가? 혼자 왔다고 무시하는 거야? 뭐야?"

"그게 아니라, 주문이 정신없이 몰리다 보니까 착각했나 봐요. 죄송해요……."

"뭐, 죄송? 지금 그걸 말이라고 해? 이 식당 서비스가 왜 이래?"

김 과장의 목소리가 조금씩 높아가자 사람들의 시선이 그에게 쏠리기 시작했다. 그러나 개의치 않고 김 과장은 목소리를 더욱 높였다.

"사장 나오라고 해! 사장! 내가 너 가만 둘 것 같아?"

사장은 이미 옆에 와 있었다.

"죄송합니다. 손님, 너그러운 마음으로 이해해 주십시오."

사장은 사이다 한 병을 서비스라면서 김 과장에게 건넸다. 사이다 한병에 김 과장의 마음은 조금 누그러졌다. 못이기는 척 헛기침을 몇 번뱉어낸 김 과장은 유리잔에 사이다를 부었다. 하얀 기포가 그의 마음을 개운하게 했다. 사장은 아르바이트생에게 신경질적으로 테이블이나 치우라고 소리쳤다. 아직 어린 티를 벗지 않은 아르바이트생은 쟁반에 그릇을 담으며 훌쩍였고, 김 과장은 시원하게 사이다 한 잔을 들이켰다. 된장라면의 국물까지 싹 비운 김 과장은 자기도 모르게 캬, 하며 추임새를 넣었다. 시원한 국물 때문인지 꽉 막혔던 귓속까지 뚫리는 기분이었다. 김 과장이 식당을 나설 때까지도 일본식 라면전문점의 아르바이트생은 발갛게 충혈된 눈으로 내내 훌쩍이고 있었다.

회사로 돌아갔을 때 김 과장은 자신이 그 라면집에 핸드폰을 두고 나왔다는 사실을 깨달았다. 미스 정이 집에서 여러 번 전화가 왔다고 알려줬다. 김 과장은 왜 근무시간에 귀찮게 전화를 하는지 모르겠다고 투덜대며 집으로 전화를 걸었다. 전화를 받은 아내는 울먹이고 있었다.

"왜 전화를 안 받는 거예요, 용이 지금 수술해야 한대요, 위급하대요."

"무슨 일이야? 수술이라니?"

김 과장은 갑자기 눈앞이 노랗게 물드는 것을 느꼈다. 다급하게 달려갔을 때, 아들은 수술실에 있었다. 아내는 수술실 의자에 앉아 다리에 얼굴을 파묻고 울먹이고 있었다.

"뭐야? 이게 무슨 변고냐고?"

김 과장은 아내의 어깨를 흔들었다.

그러자 아내 대신 옆에 있던 경찰이 설명했다.

"아이가 학원 가는데, 누가 옥상에서 벽돌을 던졌다고 합니다. 그런데 불행스럽게도 댁의 아이가 그 벽돌에 맞았습니다."

"뭐? 누가? 왜? 도대체 왜요?"

"벽돌을 던진 건 20대 청년이고, 지금 경찰서에서 조사받고 있습니다. 동기는 더 조사해봐야겠지만, 검거 당시 얘기로는 화가 나서, 도무지 참을 수가 없어서 던졌다고 합니다."

"뭐라고요? 그게 말이 됩니까? 자기가 화난다고 엄한 사람한테 벽돌을 던져요? 그 놈 어딨어요? 내가 똑같이 해줄 테니까."

주먹을 쥔 김 과장은 벽을 때리고 의자를 발로 찼다. 그래도 분은 풀리지 않았다. 이윽고 경찰의 멱살을 잡고 흔들었다.

"네놈들은 우리 세금으로 일하면서 그런 것도 못 막고 뭐했어? 어? 그래놓고도 경찰이랍시고 모자 쓰고 돌아다녀?"

"여보, 하지 마세요, 정말! 지긋지긋해! 지긋지긋하다구요! 당신이나 벽돌을 던진 그 인간이나 내 눈에는 다 똑같아! 다 똑같다구요!"

아내가 김 과장의 팔을 붙들고 늘어졌다. 아내는 이미 정신이 반쯤 나간 사람 같았다. 꺼이꺼이 소리를 내어 울기 시작했다. 아내의 그런 모습을 본 적 없던 김 과장은 바람 빠진 풍선처럼 고분고분하게 수술실 앞 벤치에 주저앉았다. 곧이어 수술을 끝낸 아이가 수술실을 나왔다. 의사는 아이가 깰 수 있을지는 경과를 지켜봐야 할 것 같다고 했다. 아이가 깨어날 수 없다는 사실을 믿을 수 없었던 김 과장은 의사의 옷깃을 잡아당기며 몇 번이고 되물었지만, 의사는 어떤 감정의 동요도 전혀 드러내지 않고 똑같은 말을 반복할 뿐이었다. 글쎄요, 경과를 두고 봅시다……. 믿을 수 없는 현실 앞에서 망연자실해진 김 과장은 아이 곁으로 다가갔다. 의식을 잃은 아이는 천사처럼 누워 있었다. 얼마나 지났을까. 아이 곁을 지키던 김 과장은 자신도 모르게 깜빡 잠이 들었다.

고향 시냇가였다. 아이들의 웃음소리는 개울물 소리보다 컸다. 아이들 틈에 한 아이가 커다란 무언가를 주워왔다. 어린 김 과장은 친구에게서 그것을 받았다. 뭐가 그리 궁금했는지, 들었다 놨다를 반복하다 급기야 돌멩이를 주워 두들기기 시작했다. 쿵쿵쿵. 아이들이 몰려들었다. 김 과장은 다른 아이에게 그 물건을 건네주었다. 그런데 이상한 것은 그 물건을 건네받은 아이가 김 과장의 아들 용이였다. 김 과장은 안 된다고 소리쳤지만, 목소리가 나오지 않았다. 용이가 그 물건을 받자마자, 물건은 요란한 소리를 내며 폭발했다. 비명을 지르던 용이는 붉은 피와 함께 산산이 흩어졌다.

으억, 소리를 지르며 깨어난 김 과장은 비로소 그게 꿈이었다는 것을 깨닫고 안도했다. 누워 있는 용이는 아무런 미동도 없었다.

"미안하다."

그때였다. 김 과장의 입에서 자신도 모르게 한 마디가 터져 나왔다. 그의 눈에서는 어느새 눈물이 흘러내리고 있었다.

웬일일까. 누군가 자신의 뒤를 몰래 밟는 것 같은 소리는 더 이상 들리지 않았다. 그러나 김 과장은 긴장을 늦추지 않았다. 아직 안심하기에는 이르다고 생각했다. 방심하고 있다가 부지불식간에 또 기습을 당할 수도 있기 때문이었다. 그게 어디 한두 번인가. 그는 주위를 한 차례 둘러보았다. 하얀 벽이 완강하게 가로막고 있는 병실은 출구가 없어 보였다.

2017 신예작가

초판 발행 2016년 12월 15일
저   자 이재은 외
발 행 인 김명자(김지연)
주   간 김호운
편집국장 김성달
발 행 처 사단법인 한국소설가협회
등록번호 신고 제313-2001-271(2001. 12.13)
주   소 04340 서울 용산구 소월로 109 남산도서관 2층
전   화 02)703-9837, 02)703-7055
전자우편 novel2010@naver.com
한국소설가협회카페 http://cafe.naver.com/novel2011
인   쇄 정은출판 (02)2272-9280
총   판 한국출판협동조합 (070)7119-1740
I S B N 979-11-7032-061-6
정   가 13,000원

잘못 만들어진 책은 교환해 드립니다.
저자와 출판사의 허락 없이 책의 전부 또는 일부 내용을 사용할 수 없습니다.

사단법인 한국소설가협회
명예이사장 백시종
이 사 장 김지연
부이사장 노순자 우한용 이광복
이   사 김선주 김용필 김재순 김정례 김현진 김호운 박경희 박종윤 박충훈
          변영희 서기향 성지혜 손정모 송하춘 오대석 윤재롱 윤정옥 이덕화
          이영철 이은집 이인우 이정은 정성환 채문수 최성배 황충상
감   사 강병석 노수민 안문길
상임이사 김호운
편집국장 김성달
사무국장 김명회